LES ORPHELINS DE PHILADELPHIE

ÉGALEMENT CHEZ POCKET

LA VIE QU'ON M'A CHOISIE
CE QU'ELLE A LAISSÉ DERRIÈRE ELLE
LÀ OÙ SONT TES RACINES
LES ORPHELINS DE PHILADELPHIE

ELLEN MARIE WISEMAN

LES ORPHELINS DE PHILADELPHIE

Traduit de l'anglais (États-Unis)
par Typhaine Ducellier

Faubourg * Marigny

Titre original :
THE ORPHAN COLLECTOR

ISBN 978-2-266-34837-9
Dépôt légal : mars 2025

À ma famille adorée.
Je chéris chacun et chacune d'entre vous.

Chapitre un

Pia

28 septembre 1918

Par une journée ensoleillée de septembre, le virus mortel se faufilait, inaperçu, dans les rues bondées de Philadelphie, muet et invisible au cœur du chaos jubilatoire du défilé de Liberty Loan et des marches patriotiques de John Philip Sousa. Plus de deux cent mille hommes, femmes et enfants agitaient des drapeaux américains et jouaient des coudes pour bénéficier du meilleur poste d'observation possible le long du parcours de trois kilomètres. Les spectateurs situés à l'arrière lançaient des cris d'encouragement par-dessus les premiers rangs sur le passage des fanfares, scouts, infirmières, marines, matelots et soldats. Des avions survolaient la foule, des chevaux tiraient des mortiers, des groupes de militaires s'adonnaient à des démonstrations de maniement de baïonnette, les cloches des églises carillonnaient, les sifflets des policiers résonnaient ; de vieux amis se serraient dans les bras ou échangeaient des poignées de main, des couples s'embrassaient, et des enfants partageaient des friandises et des sodas. Ignorant que la maladie mortelle s'était échappée du chantier naval, le public impatient n'avait pas la moindre idée que les hôpitaux des environs avaient admis plus de deux cents patients la veille, ou que de nombreux spécialistes en maladies infectieuses avaient exercé des pressions sur le maire afin d'annuler l'événement. Non pas que cela eût une quelconque importance. Toute la ville était là pour soutenir les troupes, acheter des obligations et montrer son patriotisme en temps de guerre. La victoire en Europe (et le maintien des Boches hors des frontières américaines) était la principale préoccupation.

De nombreux spectateurs avaient entendu parler de la grippe qui avait frappé Boston et New York, mais le directeur des laboratoires de l'institut Phipps de Philadelphie venait d'annoncer qu'il avait identifié la raison pour laquelle cette grippe spécifique causait tant de problèmes (le bacille de Pfeiffer). En outre, les journaux locaux affirmaient que la maladie ne présentait aucun danger, car elle était connue depuis longtemps et s'accompagnait d'air vicié, de brouillard et d'invasion d'insectes. Or, aucun de ces phénomènes n'était observé à Philadelphie. Par conséquent, il était raisonnable de penser que, tant que la population suivait les recommandations du conseil d'hygiène (maintenir ses pieds au sec, rester au chaud, manger davantage d'oignons et garder les fenêtres ouvertes), tout irait bien.

Mais du haut de ses 13 ans, Pia Lange savait qu'il y avait un problème. Et pas parce que son meilleur ami Finn Duffy lui avait parlé des marins morts que son grand frère avait vus devant un pub du coin. Pas à cause des affiches placardées sur les poteaux télégraphiques et les bâtiments, qui proclamaient : « Lorsque vous toussez ou éternuez, placez toujours un mouchoir, une serviette en papier ou un morceau de tissu devant votre visage » ou « Couvrez-vous la bouche et le nez ! La grippe se propage par projection de gouttelettes buccales ou nasales ! ».

Si Pia savait qu'il y avait un problème, c'était parce qu'à la minute où elle avait suivi sa mère (qui poussait les frères jumeaux de Pia dans leur landau en osier) pour s'approcher de la trajectoire du défilé, un sentiment de malaise s'était emparé d'elle. Comme lorsque l'atmosphère s'appesantissait avant un orage, ou qu'elle éprouvait une gêne au niveau de l'estomac avant d'être malade. Se sentir angoissée au beau milieu d'une foule n'avait rien de nouveau pour elle. Jamais elle n'oublierait la panique qui l'avait saisie la première fois qu'elle avait parcouru les rues bondées de Philadelphie, ou quand Finn l'avait traînée à Hog Island pour le lancement d'un navire de guerre auquel assistaient le président Wilson et trente mille autres personnes, tandis que l'eau était peuplée de remorqueurs, de bateaux à vapeur et de péniches décorés de drapeaux américains.

Mais là, c'était différent. Quelque chose qu'elle ne parvenait pas à nommer semblait la bousculer de toutes parts, quelque chose de lourd, d'invisible, de menaçant. Au début, elle crut que c'étaient la chaleur et les trottoirs noirs de monde, mais elle ne tarda pas à reconnaître la sensation familière de naufrage qu'elle essayait d'éviter depuis qu'elle était enfant, le sentiment écrasant que quelque chose n'allait pas du tout. Elle avait l'impression d'être de nouveau la petite fille qui se cachait derrière le tablier de Mutti quand des visiteurs venaient à la maison, incapable d'expliquer pourquoi elle voulait toujours jouer toute seule. La petite fille qui refusait de serrer la main, de faire un câlin, de s'asseoir sur les genoux de quiconque. La petite fille qui était reconnaissante qu'on ne l'inclue pas dans les jeux de ballon et de corde à sauter, même si cela lui brisait le cœur dans le même temps.

En observant les garçons en vestes élimées et pantalons rapiécés qui escaladaient les lampadaires pour mieux voir le défilé, elle regretta de ne pas pouvoir les rejoindre pour échapper à la foule grandissante. Les garçons criaient, riaient et agitaient leurs casquettes, suspendus tels des singes sous des drapeaux américains géants. Elle aurait tout donné pour être comme eux, insouciante, inconsciente que quelque chose clochait. Mais c'était impossible. Elle avait beau essayer de toutes ses forces, jamais elle ne serait comme les autres.

Lorsqu'elle reporta son regard sur le trottoir, sa mère avait disparu. Elle ouvrit la bouche pour l'appeler, avant de se mordre la langue. Elle n'était plus censée faire cela, en tout cas pas à voix haute. Parler allemand en public n'était plus autorisé. Dans son esprit, ses parents resteraient toujours Mutti et Vater, qu'importait ce que disait la loi, mais elle ne voulait pas attirer l'attention en la hélant de la sorte au milieu de cette masse de gens. Dressée sur la pointe des pieds pour mieux voir, elle repéra l'arrière du chapeau marron délavé de Mutti quelques mètres plus loin et s'empressa de la rattraper tout en évitant de se cogner contre les passants.

De nouveau sur les talons de Mutti, elle essuya la pellicule de sueur qui couvrait sa lèvre supérieure et poussa un soupir de soulagement. La dernière chose dont elle avait besoin, c'était de se perdre dans la ville. Elle rentra la tête dans les épaules pour se rapetisser et resta aussi proche de sa mère que possible, se décalant et se faufilant parmi l'océan de bras et de mains qui l'entouraient. Si seulement sa mère avait pu ralentir. Si seulement elle avait pu grimper dans le landau avec ses frères et se cacher sous leurs couvertures. Elle savait que ce serait une épreuve de venir au défilé, mais elle ne s'était pas attendue à ça.

Si loin qu'elle se souvînt, elle avait toujours été d'une timidité hors du commun. Mutti racontait que très peu de gens parvenaient à la prendre dans leurs bras quand elle était bébé, car elle se mettait à pleurer comme si c'était la fin du monde. Heureusement que Mutti avait été là pour la protéger des hommes qui souhaitaient lui pincer les joues et des vieilles dames qui agitaient leurs doigts sous son nez pour lui prouver qu'elles ne lui voulaient pas de mal. Pia avait longtemps cru que tout le monde était comme elle. Mais peu à peu, ce sentiment avait évolué, et elle avait commencé à remarquer d'autres sensations au cours des derniers mois. Parfois, elle effleurait la peau de quelqu'un et éprouvait alors une douleur sourde au niveau de la tête ou de la poitrine, une étrange gêne au bras ou à la jambe. Cela ne se produisait pas de manière systématique, mais à une fréquence suffisante pour qu'elle se demande si quelque chose ne tournait pas rond chez elle. Désormais, chaque fois qu'elle se rendait à la mercerie ou au marché aux légumes, elle marchait sur la chaussée, préférant slalomer entre les chevaux, les chariots, les bicyclettes et les automobiles plutôt qu'emprunter les trottoirs encombrés. Tendre de la monnaie aux marchands lui donnait presque des vapeurs, alors elle posait les pièces sur le comptoir. Malheureusement, il était absolument hors de question d'en parler à Mutti (ou à qui que ce fût d'autre), surtout après avoir entendu les histoires sur sa grand-tante Lottie, qui avait passé la seconde moitié de son existence dans un asile de fous en Allemagne parce qu'elle voyait des choses qui n'étaient pas là. Qu'importait à quel point Pia était perturbée ou effrayée, elle ne voulait pas prendre le risque de finir enfermée, elle aussi.

Sa peur panique se confirma quand un homme en costume de lin et chapeau de paille traversa le flot des piétons et lui rentra dedans. Il commença par rire, puis s'excusa. Parce qu'on lui avait enseigné à toujours se montrer polie et souriante, elle se força à sourire (elle était si douée pour faire semblant que cela l'effrayait parfois), mais ensuite l'homme lui pinça la joue, et une douleur aiguë lui transperça la poitrine, comme si on lui tranchait le cœur en deux. Elle frémit et baissa les yeux, certaine de trouver un couteau dépassant de sa cage thoracique. Mais il n'y avait pas de couteau, pas de sang qui coulait sur le devant de sa robe en toile de jute. Son corsage était immaculé, aussi impeccable que lorsqu'elle l'avait revêtu plus tôt dans la matinée. Elle recula d'un pas pour s'éloigner de l'homme, mais il avait déjà disparu, emportant la douleur avec lui. Néanmoins, elle avait été si intense que Pia était encore tremblante et affaiblie.

Puis une petite main froide agrippa la sienne et sa poitrine se serra. Elle aurait pu jurer entendre ses poumons se contracter, mais elle n'en était pas certaine au milieu de tout ce vacarme. Elle dégagea sa main et baissa les yeux. Une petite fille en robe blanche à volants la dévisageait en souriant, jusqu'à ce qu'elle se rende compte que Pia était une inconnue. Alors la peur fripa son visage et elle balaya frénétiquement la foule du regard avant de s'éloigner en courant et en appelant sa mère. Après son départ, Pia parvint à respirer de nouveau normalement.

Elle aurait adoré retourner à Hazleton, retrouver les grands espaces de Pennsylvanie, le ciel bleu, les étendues de fleurs sauvages et les troupeaux de daims, au lieu des kilomètres de trottoirs, des bâtiments collés les uns aux autres et de la foule. À Philadelphie, elle ne pouvait pas parcourir deux mètres sans croiser quelqu'un. Tout ce qu'elle voyait, sentait, entendait revêtait un caractère inconnu et menaçant. Les ruelles du quartier étaient jonchées de détritus et trempées d'eaux usées, et les plus gros rats qu'elle avait jamais vus se faufilaient dans tous les coins et recoins et trottinaient d'un bâtiment à l'autre. Les voitures et les chariots se disputaient le moindre espace, et une masse de gens semblait envahir constamment chaque trottoir. La ville lui faisait penser à une ruche surpeuplée où les humains remplaçaient les insectes. Les maisons mitoyennes débordaient de familles entassées dans deux ou trois pièces. Certes, tout n'était pas rose dans le village minier de Hazleton (les murs de leur cabane étaient fins comme du papier, tout depuis leurs vêtements jusqu'à la table de la cuisine était couvert de poussière de charbon et, surtout, le travail de Vater à la mine était dangereux et épuisant), mais cela n'atténuait en rien sa nostalgie. Elle se réjouissait que son père ait trouvé un emploi moins risqué en ville un peu plus d'un an plus tôt, mais les poules dans la cour lui manquaient, ainsi que le chien de chasse du voisin qui dormait sous leur porche. Cela lui manquait d'emprunter le chemin de terre jusqu'à la cabane de la veuve Wilcox pour apprendre à lire et à écrire. Les sentiers de montagne lui manquaient, ainsi que l'herbe devant la maison. Vater disait que Hazleton lui manquait à cause des collines et des champs verts de Bavière. Et lorsqu'elle lui rappelait qu'elle n'avait que 4 ans lorsqu'ils étaient montés à bord du bateau pour l'Amérique, il riait et répondait qu'elle avait l'Allemagne dans le sang, comme son goût pour les sucreries ou l'amour que lui-même portait à sa femme.

En pensant à son père, ses yeux brûlèrent. S'il avait été là avec eux à cet instant, elle aurait pu tenir sa grande main calleuse dans la sienne et s'appuyer contre son grand corps musclé. Il aurait serré ses doigts à deux reprises, vite, comme chaque fois qu'il voulait lui dire « je t'aime » ; elle aurait serré les siens en retour, et ils se seraient souri, enchantés de partager ce petit secret. À première vue, personne ne devinait que Vater était un homme sensible qui passait son temps à siffler, à chanter et à plaisanter ; au contraire, les gens avaient tendance à s'écarter sur son passage du fait de sa présence imposante et de ses épaules larges comme une armoire. Avec lui à ses côtés, elle aurait pu avancer dans la foule sans qu'on l'effleure ou presque. Mais c'était impossible, car il s'était engagé dans l'armée trois mois plus tôt, avec deux amis germano-américains, afin de prouver leur loyauté aux États-Unis. Désormais, il était quelque part en France, et elle n'avait pas la moindre idée de quand il rentrerait à la maison. Comme l'avait dit Mutti à travers ses larmes quand il était parti, emménager en ville pour qu'il soit en sécurité n'avait rien donné de bon, au contraire.

Soudain, une femme en costume de Lady Liberty se faufila entre Pia et sa mère. Lorsque le bras nu de la femme effleura sa main, Pia retint son souffle, dans l'attente que l'étrange sensation se manifeste. Mais à son grand soulagement, elle n'éprouva rien. La tension dans ses épaules se dissipa, et elle expira profondément pour tenter de se détendre. Il lui fallait tenir une heure à peine. C'était tout. Ensuite, elle rentrerait à la maison, retrouverait sa chambre de Shunk Alley dans la cinquième circonscription de Philadelphie, là où personne ne pouvait l'atteindre à part ses êtres chers.

Quand Mutti s'arrêta pour discuter avec une cliente du marchand de fruits et légumes, des doigts moites couvrirent les yeux de Pia. Quelqu'un ricana à son oreille. Une douleur intense lui vrilla aussitôt la cage thoracique, lui donnant chaud et le tournis. Elle écarta violemment les mains inconnues et fit volte-face. C'était Tommy Costa, le garçon aux taches de rousseur qui la taquinait pendant la récréation à l'école, et deux de ses amis, Angelo DiPrizzi et Skip Turner. Ils rirent et lui tirèrent la langue avant de partir en courant. La sensation d'inconfort dans sa poitrine disparut avec eux.

Quand Mutti finit par trouver un endroit d'où regarder le défilé, Pia tremblait. Elle avait supplié sa mère de rester à la maison, allant jusqu'à promettre de ranger l'appartement pendant son absence. Mais même si elle savait ce que sa fille pensait des bains de foule, Mutti avait insisté.

— C'est le seul moyen de prouver que nous sommes des Américains loyaux, avait argué Mutti dans un anglais fortement accentué. C'est assez difficile comme ça depuis que le président Wilson a dit que tous les citoyens allemands étaient des ennemis étrangers. Je respecte les nouvelles lois. Je signe les papiers qu'ils veulent que je signe pour renoncer à ma nationalité allemande. Je fais relever mes empreintes digitales. Mais je n'ai pas d'argent pour acheter des bons ou faire un don à la Croix-Rouge. Je dois vous nourrir, tes frères et toi. Alors nous devons aller au défilé. Tous ensemble. Même avec ton père qui se bat en première ligne, les voisins ne sont pas contents.

— Mais ça n'a pas d'importance que je vienne ou non avec toi, avait protesté Pia. Tout le monde te verra là-bas et les jumeaux seront contents. Pendant ce temps, je peux préparer à manger. Le dîner serait prêt à ton retour.

— *Nein*, avait répliqué sa mère.

Dès que le mot avait franchi ses lèvres, un voile d'inquiétude était passé sur son visage.

— Je veux dire, non. Tu dois venir avec nous. Les journaux disent à tout le monde d'être sur ses gardes avec ses voisins germano-allemands et de les signaler aux autorités. Avant le départ de ton père, une femme m'a crié dessus en affirmant qu'il volait le travail d'un vrai Américain. Elle a craché par terre et m'a dit de retourner d'où je venais. Je refuse de te laisser seule à la maison.

Pia savait que Mutti avait raison ; elle avait été suffisamment malmenée à l'école pour savoir que ce qu'elle lui racontait était la vérité. Des rumeurs circulaient :

des espions allemands empoisonnaient la nourriture, des Germano-Américains accumulaient des armes… Certains Allemands avaient même été envoyés en prison ou en camps d'internement. La ville était couverte d'affiches montrant des Allemands penchés par-dessus des cadavres et des publicités encourageant la population à acheter des bons de guerre pour « Vaincre les Boches ! ». Les églises des congrégations allemandes avaient été peintes en jaune, les journaux en langue allemande fermés, et les enfants étaient obligés de signer un papier où ils promettaient de ne pas parler dans une langue étrangère. Comme si cela ne suffisait pas, un groupe de forces spéciales baptisé Garde nationale avait vu le jour. Au départ censée patrouiller les rues avec des armes pour assurer la protection des endroits stratégiques de la ville (la station d'épuration et de pompage, la centrale électrique, la centrale téléphonique et diverses installations, usines et infrastructures), la Garde patrouillait désormais aussi dans le sud de la ville pour surveiller les immigrants allemands. Certaines entreprises refusaient de les employer. Mutti avait perdu son travail à l'usine textile. Et parce qu'elle avait besoin d'un permis pour retirer de l'argent à la banque, tout l'argent liquide qui leur restait se trouvait sous une latte de plancher à l'intérieur d'un placard. Même la choucroute et les hamburgers étaient renommés « chou de la liberté » et « sandwichs de la liberté ».

Mais que Mutti ait raison ne changeait rien au fait de ne pas avoir envie d'aller au défilé.

Trois jours plus tard, alors que ses camarades riaient et jouaient à la marelle et à la corde à sauter pendant la récréation, Pia était seule à sa place habituelle. Assise sur une pierre plate près de la clôture dans le fond de la cour, elle faisait semblant de lire. Le ciel était d'un gris pâle semblable à de la fumée et la brise était fraîche. Heureusement, elle s'était souvenue d'apporter son pull, d'autant plus que les fenêtres de l'école restaient ouvertes pour lutter contre la grippe. Sa robe trois-quarts avait de longues manches, et ses collants en coton étaient épais, mais la toile de sa jupe et de son corsage était fine et élimée. Elle posa son livre, tira sur ses manches et tenta de réprimer ses tremblements. Frémissait-elle à cause du froid, ou parce qu'elle ne parvenait pas à arrêter de penser à ce qu'elle avait vu et entendu depuis le défilé de Liberty Loan ?

Mrs Schmidt avait dit à Mutti que, dans les trois jours suivant les festivités, tous les lits de chacun des trente et un hôpitaux de la ville seraient occupés par des victimes d'une nouvelle maladie appelée la grippe espagnole. Les établissements commençaient à refuser des patients. Le quatrième jour, la maladie avait contaminé plus de six cents Philadelphiens et tué plus d'une centaine d'entre eux en une seule journée. Pia avait entendu les professeurs parler d'une pénurie de médecins et d'infirmières à cause de la guerre et de refuges pour sans-abri et d'églises utilisés comme hôpitaux de fortune. De plus en plus d'affiches fleurissaient, qui disaient que « Cracher veut dire mourir », et la police arrêtait quiconque désobéissait. Une autre affiche montrait un homme en costume près de la silhouette d'un diable griffu émergeant de ce qui semblait être une flaque de salive sur le trottoir, avec le message « Stoppez l'épidémie ! Arrêtez de cracher ! ». Et parce que tout le monde portait de l'ail ou des boules de naphtaline dans des pochons d'étamine accrochés autour du cou, une odeur infecte flottait dans les rues. Pia ne parvenait pas à s'empêcher de se dire que c'était l'odeur de la mort. Le plus effrayant, c'était qu'elle avait entendu dire que ceux qui tombaient malades étaient déjà morts à la tombée de la nuit. Leurs visages noircissaient et bleuissaient, du sang leur jaillissait de la bouche, du nez, des oreilles et même des yeux.

Elle faisait des cauchemars épouvantables, dans lesquels elle voyait les spectateurs du défilé sous forme d'images saccadées comme dans un mutoscope. Tous avaient les lèvres noires et les joues violettes, et du sang qui leur coulait de la bouche et des yeux. Chaque fois, elle se réveillait trempée de sueur, enchevêtrée dans ses draps, avec un mal de ventre et la poitrine serrée. Le simple fait d'y penser lui donnait la nausée. La puanteur qui s'élevait de l'ail qu'elle avait autour du cou n'aidait pas.

Elle retira son collier putride et le posa sur la pelouse. Puis elle releva le menton et inspira profondément pour inhaler les odeurs familières de l'automne, un mélange de terre humide, de feuilles sèches et de feu de cheminée. Mais même si le fond de l'air était nettement moins désagréable que le parfum de l'ail, il lui rappelait son horrible première journée d'école l'année dernière. Elle entendait encore les voix de sa mère et de sa nouvelle institutrice.

— Avez-vous lu ma lettre, Mrs Derry ? avait demandé Mutti.

— Oui, Mrs Lange, je l'ai bien reçue, mais je ne suis pas sûre d'avoir compris.

— Pardonnez-moi, je tenais juste à m'assurer que…

Mutti avait marqué une pause, hésitante.

— Pia est… comment dire… délicate ? C'est une enfant normale et intelligente, mais…

Sa mère avait commencé à se tortiller les mains.

— Elle n'aime pas la foule, ni qu'on la touche. Je ne sais pas trop pourquoi… S'il vous plaît, pouvez-vous vous assurer que les autres enfants…

— Mrs Lange, je ne vois pas comment…

— Je vous en prie. Pia a besoin d'apprendre. Il faut qu'elle aille à l'école.

— Très bien, Mrs Lange. Je ferai de mon mieux. Mais les enfants se touchent tout le temps, en particulier lorsqu'ils jouent pendant la récréation. Cela fait partie de leur apprentissage. Parfois, je ne serai pas en mesure de l'éviter.

— Oui, je comprends. Mais si Pia ne veut pas… si un enfant refuse de la laisser tranquille… pourriez-vous…

Mrs Derry avait posé la main sur l'avant-bras de sa mère et l'avait couvée d'un regard empli de pitié.

— Ne vous inquiétez pas, je vais prendre soin d'elle. Et je vais prévenir mes collègues.

Mutti avait hoché la tête et lui avait offert un sourire fatigué avant de dire au revoir à Pia et de s'en aller.

Après cette première journée, Mrs Derry et le reste du corps enseignant n'avaient pas fait grand-chose pour protéger Pia. Le souvenir de cet échange, sa mère se tortillant les mains tandis qu'elle tentait d'exprimer ses inquiétudes à une Mrs Derry perplexe pendant que Pia se tenait près d'elle, mortifiée, et que les autres élèves observaient la scène, lui revenait chaque fois qu'elle entrait dans la salle de classe. Alors que les autres enfants jouaient au jeu du facteur ou faisaient la ronde, Pia restait à l'écart, à la fois triste et soulagée. Inévitablement, quand les professeurs tournaient le dos, certains élèves l'embêtaient et la poussaient, la traitant de trouillarde ou de tordue. Et à présent, à cause de la guerre, ils la traitaient aussi de Boche.

Heureusement, elle avait fait la connaissance de Finn avant la rentrée, et il avait pu se forger son propre avis sans être influencé par les autres. C'était le lendemain du jour où elle avait emménagé dans l'immeuble avec sa famille, quand Mutti l'avait envoyée s'asseoir sur le perron avec l'ordre de ne pas s'éloigner pendant qu'elle et son père discutaient (de quoi, Pia n'en était pas sûre). Au bord des larmes, elle était restée là, effrayée par les allées jonchées d'ordures, les rues pavées et les maisons collées les unes aux autres qui lui donnaient l'impression d'être prise dans un piège. Lorsqu'il l'avait approchée, elle avait fait mine de l'ignorer dans l'espoir qu'il entrerait sans s'occuper d'elle, mais il s'était arrêté en bas des marches, avait écarté ses cheveux roux qui lui tombaient dans les yeux et lui avait offert un sourire amical.

— Tu es la nouvelle, c'est ça ? avait-il demandé avec un fort accent irlandais. Je m'appelle Finn Duffy, je suis ton voisin d'en face.

Il avait désigné le bâtiment délabré en briques de l'autre côté de la rue, avec ses quatre niveaux, ses fenêtres étroites et son escalier de secours noir.

Elle avait hoché la tête et s'était forcée à sourire. Elle n'avait pas envie de parler, mais elle ne voulait pas non plus se montrer impolie.

— Oui. On a emménagé hier.

— Ravi de faire ta connaissance, euh… Comment tu t'appelles, déjà ?

— Oh, désolée. Pia Lange.

— Enchanté, Pia Lange. Ça te dirait de jouer aux billes ?

Il avait sorti un petit sac en toile de la poche de son pantalon élimé. Elle avait secoué la tête.

— Non, merci.

— Dans ce cas, je peux m'asseoir avec toi ? Tu as l'air de te sentir seule, si je peux me permettre.

Elle avait songé à lui répondre qu'elle préférait rester seule, justement, mais elle n'avait pas envie de se faire des ennemis à peine arrivée. Alors elle avait hoché la tête et s'était décalée pour lui faire de la place, ramenant sa jupe plissée autour de ses jambes et glissant ses mains sous ses cuisses. Il avait souri et s'était installé à côté d'elle, à une distance respectueuse. Au soulagement de Pia, il avait gardé le silence, comme s'il savait qu'elle n'avait pas envie de discuter. Ensemble, ils étaient restés assis là, perdus dans leurs pensées tandis qu'ils observaient trois fillettes de couleur avec des tresses et des couettes jouer à la marelle. L'une avait sous le bras une poupée de chiffon, dont la tête molle dodelinait de haut en bas chaque fois qu'elle sautait. Un groupe de garçons aux joues rouges, avec des pantalons rapiécés et des chaussures usées, shootaient dans une canette en criant. Des éclats de rire, de conversation et des notes de musique aux sonorités métalliques s'échappaient des fenêtres, avec des fumets d'oignon frit et de pain en train de cuire. Au-dessus de leurs têtes, figés dans l'air humide, des vêtements mouillés étaient suspendus aux cordes à linge qui s'entrecroisaient comme des guirlandes de fanions. Des gens de toutes les couleurs, de tous les âges et de toutes les tailles prenaient l'air dans les escaliers de secours, certains assis sur des bassines ou des baignoires retournées, tous en quête d'un peu de fraîcheur.

Une vieille femme de couleur avec un foulard sale et des bottines sans lacets était passée devant eux en boitillant, tirant derrière elle un chariot en bois rempli de chiffons et de bouteilles vides. Elle avait contourné deux garçons de 7 ou 8 ans qui jouaient aux cartes devant un édifice en pierre trois bâtiments plus bas. L'un des garçons avait bondi sur ses pieds, attrapé quelque chose dans le chariot, puis s'était sauvé en courant. La vieille femme avait continué sa route, sans se rendre compte qu'on venait de la voler. L'autre garçon avait rassemblé les cartes et imité son camarade avant de s'enfuir à son tour.

Finn s'était lancé à leur poursuite et les avait rattrapés au détour d'une ruelle. Il avait crié quelque chose que Pia n'avait pas compris, puis les avait attrapés par l'oreille et traînés jusqu'à la vieille dame. Après avoir rendu ce qu'ils avaient dérobé, ils avaient filé en se frottant les oreilles, non sans le fusiller du regard tandis qu'ils marmonnaient entre leurs dents. La femme s'était arrêtée et avait regardé autour d'elle, sentant que quelque chose clochait. Elle avait chassé Finn en lui donnant une tape sèche de sa main osseuse. Il avait ri et haussé les épaules avant de rejoindre Pia.

Elle n'avait pu retenir un sourire.

— Est-ce que tu la connais ?

— Non, avait-il répondu.

Le souffle court, il s'était rassis à côté d'elle.

— Mais je la vois tous les jours qui vend ses chiffons et ses bouteilles au coin de la rue. Eux, par contre, je les connais, et ils font toujours du grabuge.

— Ils n'avaient pas l'air très contents.

— J'imagine que non. Mais ils ne me feront rien.

— En tout cas, c'était gentil de ta part de les rattraper et de les forcer à rendre ce qu'ils ont volé.

Un sourire en coin s'était formé sur les lèvres de Finn.

— Eh bien, ça alors, c'est génial. Tu me trouves gentil. Merci, Pia Lange.

Elle s'était sentie rougir. Ne sachant pas quoi répondre, elle avait acquiescé avant de reporter son attention sur les filles qui jouaient à la marelle. Pensait-il réellement que c'était génial, ou était-il en train de se moquer d'elle ? Son sourire portait à croire qu'il appréciait le compliment, alors elle se convainquit que c'était le cas. Non pas que cela eût une quelconque importance. Une fois qu'il découvrirait qu'elle était allemande, il ne lui adresserait sans doute plus jamais la parole.

Les coudes sur les genoux, il s'était penché en avant et avait, lui aussi, observé la partie de marelle.

— On est arrivés d'Irlande il y a trois ans, avait-il déclaré. Depuis combien de temps es-tu aux États-Unis ?

— Depuis que j'ai 4 ans.

Il avait haussé les sourcils.

— Tant que ça ?

Elle avait hoché la tête.

— Et tu as toujours vécu à Philly ?

— Non. On habitait en Pennsylvanie avant, à Hazleton. Vater… je veux dire, mon père travaillait dans les mines de charbon.

Il avait inspiré bruyamment.

— C'est sacrément dur comme métier.

Elle avait acquiescé. Au moins, il n'avait pas réagi au mot allemand. Ou alors il n'avait pas remarqué.

— Cette ville peut être rude au début. Mais tu t'habitueras. C'est mon père qui a voulu venir, mais il n'a jamais vu Philadelphie.

— Comment ça ?

— Il n'a pas survécu au voyage.

— Je suis désolée.

— C'est gentil. Ce n'est pas facile pour ma mère depuis. Avec mes grands frères, on s'est occupés d'elle et de mon grand-père, mais l'armée a pris un de mes frères il y a six mois et l'autre a dû commencer à faire des doubles rotations à l'usine de textile. Je suis prêt à travailler, mais ma mère insiste pour que je finisse d'abord l'école. La vie était dure à Dublin, mais je ne suis pas sûr que ce soit beaucoup mieux ici. Ça me rend nostalgique, même si je sais que partir était la bonne décision.

Elle l'avait vraiment regardé à ce moment-là, lui et son visage avenant et ses yeux noisette. C'était comme s'il lisait dans ses pensées.

À partir de ce jour-là, ils étaient devenus amis. Il se fichait qu'elle et sa famille soient allemandes, il ne lui demandait pas pourquoi elle n'avait pas envie de jouer à la ficelle ou à n'importe quel autre jeu qui impliquait une proximité physique. Après qu'il lui avait envoyé, *via* les cordes à linge tendues entre leurs appartements au troisième étage, un message qui disait « Content de t'avoir rencontrée, ma vieille ! », ils avaient commencé à se faire passer des mots les dimanches soir, quand les cordes étaient vides (mais seulement si les fenêtres n'étaient pas fermées et qu'ils parvenaient à trouver des morceaux de papier qui n'avaient pas été mis de côté pour l'effort de guerre). C'étaient des bêtises sans importance, un simple bonjour, une plaisanterie amusante ou un dessin, mais c'était leur petit secret. L'une des rares choses que Pia ne partageait avec personne d'autre.

Une fois que l'école avait commencé et qu'ils avaient découvert qu'ils étaient dans la même classe même s'il avait un an de plus, il lui avait proposé de rester avec lui pendant la récréation, mais elle lui avait répondu qu'elle préférait ne pas attirer l'attention. Pendant qu'il jouait à la balle ou aux billes avec les autres garçons, il ne manquait jamais de lui adresser un sourire ou un signe de la main. Et ce petit geste rendait tout plus facile.

La plupart du temps, cela ne la dérangeait pas d'être seule. Mais aujourd'hui, c'était différent. Elle aurait aimé qu'il délaisse le ballon et vienne s'asseoir près d'elle, ne serait-ce que pour quelques minutes. Car en dépit de tous ses efforts, elle ne pouvait s'empêcher de penser à la grippe. Une inquiétude et une peur incontrôlables la distrayaient constamment. Quand un groupe de filles qui jouaient à la corde à sauter commença à entonner une nouvelle comptine, un frisson remonta le long de sa colonne vertébrale.

Il y avait une petite fille, qui avait un p'tit oiseau
Elle l'avait appelé Grippe, un petit nom tout beau ;
Mais en ouvrant la fenêtre, elle l'a laissé s'envoler,
Et tout le monde en ville a commencé à tousser.

— Qu'est-ce que tu regardes, la trouillarde ?

Pia leva les yeux. Elle ne s'était pas rendu compte qu'elle fixait les autres. Une fille mince avec des couettes brunes la fusillait du regard, une expression dégoûtée sur le visage. C'était Mary Helen Burrows, la fille que tout le monde aimait ou craignait, en fonction du jour et de si Mary était ou non à portée de voix lorsqu'on posait la question. Personne ne l'avait jamais vue se bagarrer, mais une colère permanente lui faisait froncer les sourcils, et elle avait toujours des hématomes sur les bras et les jambes. Deux autres filles se tenaient derrière elle, les bras croisés sur la poitrine. Beverly Hansom et Selma Jones.

— Je ne regardais rien du tout, répondit Pia en attrapant son livre.

— Je t'assure, Mary Helen, intervint Beverly. Elle nous fixait comme si elle était en train de comploter un sale truc d'Allemande.

Pia secoua la tête.

— Non, j'étais juste en train de…

— Qu'est-ce qui se passe ? tonna une voix. Tout va bien, Pia ?

C'était Finn. Essoufflé, les joues rouges et les cheveux ébouriffés.

— Ta copine nous regardait de haut, dit Mary Helen.

— Ce n'est pas ma copine, rétorqua Finn.

— Tais-toi, Mary Helen, ordonna Pia.

Mary Helen l'ignora et se tourna vers Finn.

— Je voudrais juste savoir une chose. Qu'est-ce que ta mère dirait si elle savait que tu es ami avec une sale Boche ? Surtout avec ton grand frère parti se battre pour assurer notre sécurité ?

Pia bondit sur ses pieds.

— Retire ce que tu viens de dire !

Mary Helen tourna brusquement la tête vers elle et la fixa, bouche bée, choquée de l'entendre se défendre.

— Quoi ?

— Retire ce que tu viens de dire, je t'ai dit !

Mary Helen leva les poings.

— Tu veux un œil au beurre noir pour nous voir encore mieux, la trouillarde ?

— Bon Dieu, Mary Helen. Par tous les saints, boucle-la. Tu ne vas pas te battre.

— Ah ouais ?

Tout à coup, Mary Helen tendit le bras et agrippa le devant de la robe de Pia. Elle la tira en avant et amena son visage si près du sien que la puanteur de l'ail et de l'oignon qu'elle avait accrochés autour du cou donna la nausée à Pia. Elle attrapa le poignet de Mary Helen à deux mains et tenta de se dégager, mais, soudain, un violent éclair de douleur traversa sa poitrine et elle ouvrit grand la bouche, incapable de respirer. Elle lâcha le poignet de Mary Helen et voulut s'écarter, subitement désorientée et étourdie. Finn parvint à repousser Mary Helen, fit passer Pia derrière lui et resta entre les deux. Pia se laissa lourdement tomber à terre et tenta de reprendre son souffle.

Une des institutrices les rejoignit au pas de course.

— Au nom du ciel, que se passe-t-il ici ?

C'était Miss Herrick, qui les dominait de toute sa taille, svelte comme une tige de fleur.

— Rien, madame, répondit Mary Helen. Vous avez mal compris. On jouait, c'est tout.

— Ça ne m'a pas l'air d'être un jeu, répliqua Miss Herrick. Dispersez-vous, tes amies et toi, et laissez Pia tranquille.

Mary Helen grogna, mais elle obéit. Les autres la suivirent, un air pincé sur le visage.

— Est-ce que ça va, Pia ? s'enquit Miss Herrick.

Elle s'accroupit pour l'aider à se relever et voulut la prendre par le bras.

— Ne me touchez pas, lança Pia, plus fort qu'elle ne l'aurait voulu.

Miss Herrick poussa une petite exclamation de surprise et porta une main à sa poitrine.

Pia regretta aussitôt sa réaction. La dernière chose dont elle avait besoin, c'était d'avoir des ennuis à l'école. Mutti serait affreusement contrariée. Pia se leva et épousseta sa robe.

— Je suis désolée, Miss Herrick. Je ne voulais pas être impolie. J'ai eu peur, c'est tout.

L'enseignante soupira.

— C'est compréhensible, je suppose. Je sais que Mary Helen aime bien mettre la pagaille et tout le monde est anxieux ces jours-ci, mais es-tu sûre que ça va ? On dirait que tu as vu un fantôme.

Pia parvint à esquisser un faible sourire.

— Je vais bien. Merci, Miss Herrick.

C'était un fieffé mensonge, mais comment aurait-elle pu expliquer à son institutrice ce qu'elle avait ressenti en attrapant le poignet de Mary Helen ? Miss Herrick la prendrait pour une folle.

Le lendemain, Mary Helen manqua l'école, et Selma Jones s'évanouit alors qu'elle déballait son sandwich à l'heure du déjeuner. Miss Herrick se précipita sur elle et tenta de la ranimer pendant que toute la classe assistait à la scène bouche bée, mais Selma ne réagit pas. Miss Herrick sortit dans le couloir et cria. Deux collègues arrivèrent et emportèrent Selma. La mère de Beverly Hansom vint bientôt la chercher et lui fit quitter la salle à la hâte, livide et un bras protecteur passé autour des épaules de sa fille. Dans la cour cet après-midi-là, les institutrices parlaient à voix basse en se couvrant la bouche, les sourcils froncés par l'inquiétude. Des rumeurs circulaient selon lesquelles Mary Helen et Selma avaient la grippe et Mary Helen était déjà morte.

Après sa dernière leçon, Pia partit à la hâte la tête baissée et ses livres serrés contre sa poitrine. En temps normal, elle aurait attendu Finn sur les marches, mais il fallait qu'elle rentre au plus vite chez elle, là où elle pouvait fermer la porte et se cacher de tout et de tous. À un pâté de maisons de l'école, une ambulance de la Croix-Rouge la dépassa en trombe. Sur un banc, un homme lisait un journal dont la une proclamait : « ORDRE POUR TOUS LES CITOYENS DE PORTER DES MASQUES DE GAZE DANS LES LIEUX PUBLICS ». Sur le lampadaire à côté de lui, une publicité pour les masques disait : « Portez un masque pour respecter la loi, protégez-vous et la grippe ne passera pas ».

Pia décida qu'elle n'avait pas envie d'effectuer le reste du trajet seule et attendit Finn sous une porte cochère à l'écart des passants. Elle aurait voulu disparaître. Tout le monde semblait pressé. Deux femmes aux bouches couvertes par un foulard avançaient bras dessus, bras dessous, si vite qu'elles couraient presque. Un couple aux cheveux gris avec des masques sur le visage sortit précipitamment d'un bâtiment avec des valises à la main et héla un taxi. C'était tout juste si le vieil homme ne poussait pas les passants avec sa canne. Même les voitures et les chariots semblaient circuler plus rapidement que d'habitude. Quelque chose d'étrange flottait dans l'atmosphère, comme la joyeuse légèreté la veille de Noël ou l'excitation qu'elle avait ressentie avant le feu d'artifice de son premier jour de l'indépendance à Philadelphie. Sauf qu'à présent c'était un sentiment de mauvais augure et menaçant, comme lors du défilé, mais dix fois pire. Et désormais, tout le monde semblait en être conscient.

Lorsqu'elle aperçut Finn, le soulagement l'envahit. Elle le rejoignit sur le trottoir.

— Eh, dit-il, surpris. Pourquoi tu ne m'as pas attendu ?

— Je suis là, non ?

Elle se remit en marche et il la suivit.

— Oui, mais je ne t'ai pas vue en sortant de l'école. J'ai cru que…

— Tu as cru quoi ?

Il haussa les épaules et fourra ses mains dans ses poches.

— Tout le monde tombe malade. Tu te rappelles quand on a appris que Tommy Costa et sa famille avaient quitté la ville ?

Pia hocha la tête.

— Skip, son meilleur ami, a dit qu'il était mort hier soir.

Pia s'arrêta dans son élan. Tommy était le garçon qui lui avait mis les mains sur les yeux pendant le défilé.

— Est-ce que c'était la grippe ?

— Une mort aussi rapide, je ne vois pas ce que ça pourrait être d'autre.

Elle serra ses livres plus fort et reprit sa route. Tommy et Mary Helen étaient jeunes et en parfaite santé. Comment auraient-ils pu mourir de la grippe ? Comment Selma Jones pouvait-elle se porter comme un charme et s'évanouir tout à coup ? Et pourquoi Pia avait-elle eu mal en les touchant ? Était-ce parce qu'elle avait senti la grippe ? Non. Elle ne pouvait pas sentir la maladie chez quelqu'un. C'était forcément une coïncidence. Ou peut-être que sa timidité devenait un réel handicap physique. Elle voulait raconter à Finn ce qui se passait, lui demander ce qu'il en pensait, mais elle ne pouvait pas. Pas encore.

Au quatrième pâté de maisons, ils tournèrent à gauche sur Jacob's Alley, une allée bordée de boulangers, de cordonniers, de tailleurs et de cigariers dont les boutiques occupaient le rez-de-chaussée des bâtiments en briques où vivaient leurs familles. Certaines habitations avaient été transformées en pensions de famille ou en chambres que louaient des marins. Des rubans en crêpe étaient accrochés à plusieurs poignées de porte. Noirs, gris et blancs, ils voletaient dans la brise de l'après-midi. Certaines portes étaient marquées de l'inscription « Quarantaine grippe : ne pas entrer ». Au fond de l'allée, une femme en robe noire sortit de l'atelier d'un orfèvre et noua un morceau de crêpe blanc à la poignée, agitée par des sanglots incontrôlables.

Pia observait la scène, en proie à une peur croissante. Elle savait ce que signifiaient les différentes couleurs : elle les avait assez souvent vues dans le village après les éboulements et les explosions dans la mine, ainsi que pendant la vague de tuberculose quand elle avait 7 ans. Le noir indiquait la mort d'un adulte ; le gris, celle d'une personne âgée ; le blanc, celle d'un enfant. Elle échangea un regard avec Finn. Une alarme silencieuse passa entre eux et ils pressèrent le pas jusqu'à atteindre l'intersection de Lombard Street. Là, des dizaines de policiers tous masqués patrouillaient sur les trottoirs en ordonnant aux passants de circuler. Des gens faisaient la queue devant la pharmacie sans un mot, des bouteilles en verre vides à la main, les traits tirés par l'angoisse, les yeux cernés par la peur. Certains portaient des masques blancs et se tenaient à distance des autres, ainsi que des piétons qui passaient sur le trottoir, des journaux sur la bouche. Une pancarte dans la pharmacie disait : « Comprimés de formaldéhyde. Fond sous la langue. Efficacité prouvée dans l'élimination des microbes et la prévention d'infection et de contagion. Cinquante comprimés pour cinquante cents ».

— Pourquoi font-ils la queue, à ton avis ? demanda Pia à Finn.

— Pour tous les médicaments qu'ils peuvent trouver, je suppose. Mais surtout pour du whiskey.

Dans la vitrine du magasin voisin, une publicité pour des phonographes affirmait : « Avec cette machine, vous avez la garantie de ne pas attraper la grippe. Restez à la maison. Tenez-vous à l'écart des foules et des théâtres. Ordres du médecin. Écoutez les nouveaux disques d'octobre sur votre nouveau phonographe et vous irez jusqu'à oublier que vous devez rester chez vous le soir ou que vous avez raté un dimanche sans carburant ». De l'autre côté de la rue, des gens avec des sacs et des paniers s'agglutinaient autour d'un camion dont la pancarte disait : « Mangez plus d'oignons, l'une des meilleures mesures préventives contre la grippe ». Un groupe de personnes de couleur se tenait à l'écart, dans l'attente de voir s'il resterait des oignons pour eux.

Pia repensa à ce que sa mère avait dit le matin : qu'ils n'avaient plus beaucoup de nourriture et qu'elle devait se rendre au marché, mais qu'elle ne voulait pas emmener les jumeaux, alors elle attendrait que Pia rentre de l'école. Avec un peu de chance, ellc était restée à la maison. Pia allait lui rappeler que ce n'était pas une bonne idée de sortir, pas tant que les choses ne seraient pas revenues à la normale.

Un tramway s'arrêta quelques mètres plus loin. Deux hommes avec un chapeau melon noir, dont l'un arborait un masque, se précipitèrent dans sa direction. Le conducteur, qui en portait un également, vint à la porte et montra l'un des hommes du doigt.

— Vous ne montez pas sans masque, affirma-t-il.

Il s'écarta pour laisser passer l'autre, puis bloqua l'accès à celui sans masque. La colère durcit les traits de ce dernier.

— J'ai un rendez-vous et je dois absolument arriver à l'heure. Laissez-moi grimper.

— Désolé, répliqua le chauffeur. C'est la règle.

Un policier s'approcha, la main sur sa matraque.

— Vous l'avez entendu. Pas de masque, pas de transport.

L'homme jura et s'éloigna en trombe. L'agent fit signe au conducteur de repartir, mais avant que celui-ci ait le temps de remonter, une femme cria et les passagers descendirent si précipitamment qu'ils faillirent le renverser avant de se mettre à courir en tous sens. Pia et Finn s'arrêtèrent pour observer la scène. Le policier grimpa sur le marchepied, puis redescendit aussitôt. Deux homologues apparurent et s'entretinrent avec lui. L'un s'éloigna au pas de course tandis que l'autre s'adressait à la foule qui s'amassait.

— N'approchez pas ! cria-t-il. Le médecin légiste arrive.

Quand Pia vit pourquoi les voyageurs étaient si impatients de sortir du wagon, elle poussa une exclamation de surprise et plaqua une main sur sa bouche. Un homme était avachi sur son siège, le front contre la fenêtre. Son masque taché pendait sous son menton, dévoilant son visage au teint étrange où se mêlaient le gris, le bleu et le rouge. Du sang avait jailli de ses yeux, de ses lèvres et de son nez, projetant des caillots noirs sur le carreau. L'horreur noua l'estomac de Pia. Elle se remit en route, aussi vite que le lui permettaient ses jambes vacillantes. Finn la suivit.

— Finn ? appela-t-elle entre deux respirations entrecoupées.

— Oui ?

— J'ai peur.

— Je sais.

— Pas toi ?

— Si.

Pendant quelques minutes, ils marchèrent en silence. Ce fut Finn qui finit par le briser.

— As-tu des nouvelles de ton père ?

Si elle n'avait pas été si terrifiée, elle lui aurait souri. Comme d'habitude, il tentait de la distraire pour lui faire oublier son angoisse. C'était typique de Finn, toujours à se préoccuper des autres. Elle avait plus que jamais envie de le serrer dans ses bras, mais elle avait aussi plus peur que jamais de toucher qui que ce fût.

— Non. On n'a pas reçu de lettre depuis plusieurs semaines.

— Je parie que vous en aurez bientôt une.

Elle hocha la tête.

— Mutti… enfin, ma mère a dit qu'on devrait en recevoir une d'un jour à l'autre. J'aimerais bien qu'il soit là.

Sa poitrine se serra et elle dut retenir un flot subit de larmes. Si Vater avait été là, peut-être aurait-il su quoi faire. Peut-être les aurait-il emmenés à la campagne, loin de ce qui se passait en ville. Aussi loin qu'elle s'en souvînt, il les avait toujours protégés. Comme la fois où un orage s'était déclenché tout à coup alors qu'ils pique-niquaient un dimanche et qu'il les avait mis à l'abri dans une cave. Ou quand elle avait accidentellement fait tomber un nid de frelons et qu'il l'avait enveloppée dans sa veste, prise à bras et ramenée dans leur cabane en courant. Il n'aurait pas été en mesure de faire quoi que ce fût contre la grippe, mais sa simple présence l'aurait aidée à se sentir plus en sécurité.

— Essaie de ne pas trop t'inquiéter, tenta de la rassurer Finn. Une lettre met du temps à traverser l'océan.

Elle acquiesça de nouveau, reconnaissante pour la gentillesse de son ami, mais incapable de parler à cause du nœud brûlant qui lui obstruait la gorge.

Après avoir tourné à gauche sur Broad Street, ils parcoururent le labyrinthe engorgé d'allées peuplées de maisons mitoyennes qu'ils appelaient leur chez-eux. Ce quartier de Philadelphie était baptisé « le 5ᵉ arrondissement sanglant » à cause de sa réputation de violence. Rien qu'au cours de la dernière semaine, deux hommes y avaient été assassinés (l'un tué par balle et l'autre poignardé), tandis qu'un autre homme de couleur avait été roué de coups et laissé pour mort dans une ruelle derrière l'entrepôt au coin de la rue. À l'exception de la Garde nationale dont le travail était d'espionner les immigrants allemands, il semblait que les seules fois où la police s'aventurait dans le voisinage, c'était pour effectuer des descentes dans les bars clandestins, arrêter des femmes pour vagabondage et « marche nocturne », ou appréhender des hommes pour jeux d'argent, agressions et ivrognerie. Certains affirmaient que la criminalité était en hausse à cause du nombre croissant d'étrangers et de personnes de couleur qui étaient arrivés en quête d'un emploi depuis le début de la guerre, mais, d'après Finn, les rues du quartier avaient toujours été dangereuses. Il lui avait raconté les histoires d'un activiste pour les droits des Noirs qui s'était fait assassiner, d'une église qui avait été incendiée, de maisons détruites pendant des émeutes raciales. Pia et sa famille n'habitaient là que depuis quelques mois quand un policier avait été tué par balle pendant une campagne électorale musclée lors de laquelle dix-huit hommes, surnommés le gang de Frog Hollow, étaient descendus à New York pour attaquer l'un des candidats.

Ses parents étaient-ils conscients des dangers inhérents à une grande ville lorsqu'ils avaient décidé d'emménager ici ? Le savaient-ils et avaient-ils choisi de venir tout de même ? Elle n'avait même plus le droit de sortir quand il faisait noir, à présent, ce qui la rendait encore plus nostalgique des montagnes où elle observait les libellules dans le millet vivace et cherchait la Grande Ourse parmi les étoiles. Sans compter qu'elle aurait parié qu'il n'y avait pas de grippe espagnole à Hazleton. Elle ne pouvait pas s'empêcher de penser à quel point sa vie serait différente s'ils n'étaient jamais venus à Philadelphie.

Mais ensuite, Finn et elle quittèrent l'artère principale au profit de Shunk Alley et quelque chose d'étrange se produisit. Elle ignorait si cela était dû au groupe de garçons qui jouait au stickball ou aux petites filles qui faisaient semblant de prendre le thé sur le perron d'un immeuble, mais, pour une raison quelconque, sa peur parut s'atténuer. Personne ne portait de masque ni ne s'éloignait en courant d'un tramway qui abritait un cadavre. Aucune pancarte n'annonçait de quarantaine sur les portes. Aucune nouvelle affiche n'avait été placardée. Tout avait l'air normal. Lorsqu'ils arrivèrent devant chez Pia, elle relâcha son étreinte sur ses manuels et un sentiment de calme l'envahit. Peut-être que la grippe ne gagnerait pas leur petit coin.

Puis des sanglots de femme s'échappèrent par une fenêtre ouverte.

Finn leva les yeux en direction du bruit, avant de fixer Pia avec les sourcils froncés. De toute évidence, il se posait la même question. La grippe était-elle déjà arrivée à Shunk Alley ? Il ouvrit la bouche pour dire quelque chose, mais la voix de sa mère retentit dans l'escalier de secours à l'extérieur de leur appartement.

— Finn, dépêche-toi ! C'est ton frère ! cria-t-elle.

Il jeta un regard inquiet à Pia et tourna les talons.

— Je te vois plus tard, lança-t-il par-dessus son épaule. Fais attention à toi, d'accord ?

Sans lui laisser le temps de répondre, il traversa la rue en courant et rentra dans son bâtiment. Pia garda les yeux fixés sur la porte, tremblante. Sa dernière phrase semblait chargée d'appréhension et de malheur, comme un augure ou un avertissement. Le reverrait-elle ? La peur l'enveloppa telle une couverture lestée. Soudain, elle regretta de ne pas lui avoir parlé de ce qui s'était passé avec Tommy Costa et Mary Helen, l'étrange sentiment qu'elle avait éprouvé quand ils l'avaient touchée. Il n'aurait rien pu faire pour l'aider, mais peut-être que partager son secret aurait permis à Pia de se sentir moins seule.

Derrière elle, quelqu'un cria son nom. Elle sursauta et pivota si vite sur elle-même qu'elle faillit laisser tomber ses livres. Mutti se tenait sur le seuil de leur immeuble. Elle tirait répétitivement sur son tablier, signe révélateur qu'elle était inquiète. Pia l'avait déjà vue effectuer ce geste mille fois : chaque jour quand Vater partait à la mine ; quand un fourgon de police avait ramené au village les blessés et les morts après un accident dans la mine ; quand Vater avait annoncé qu'ils déménageaient à Philadelphie ; quand elle avait cru qu'elle allait perdre les jumeaux de la même façon qu'elle avait perdu trois autres bébés ; quand Vater était parti à la guerre.

— Pia, dépêche-toi, ordonna Mutti avec de grands gestes. Rentre.

Le cœur de Pia s'emballa. Était-il arrivé quelque chose à Vater ? Aux jumeaux ? Non. Ce n'était pas ça. C'était de la peur qui assombrissait le regard de sa mère, pas du chagrin.

— Que se passe-t-il ? demanda Pia en montant rapidement les marches.

Mutti referma derrière elle et appuya légèrement sur la porte après l'avoir fermée, comme si elle essayait d'empêcher quelque chose de se glisser à l'intérieur.

— Les églises et les écoles vont fermer. Tous les lieux de rassemblement, même les usines et les cinémas, vont fermer aussi. Les enterrements vont être interdits. Beaucoup de gens tombent malades, alors tout le monde doit rester chez soi.

Elle traversa l'entrée en tirant sur son tablier. Pia la suivit.

— Comment le sais-tu ? Qui te l'a dit ?

Ils n'avaient pas reçu le journal depuis le départ de Vater, car Mutti ne savait pas lire.

— Frau Metzger l'a entendu chez le boucher, expliqua Mutti. Et Mrs Schmidt l'a entendu au marché.

Elle se figea et montra la porte du doigt, un mélange de colère et de peur sur le visage.

— Ces mères laissent encore leurs enfants sortir ? Elles sont *verruckt* ! décréta-t-elle en faisant tourner son index contre sa tempe. Tu dois rester à la maison jusqu'à ce que tout ça soit fini, tu m'as comprise ?

Pia hocha la tête et colla son index à ses lèvres.

— Quoi ? Pourquoi me dis-tu de me taire ?

— Tu as parlé en allemand, murmura Pia.

Mutti se plaqua une main sur la bouche. Puis son regard se posa sur le cou de Pia et elle écarquilla les yeux.

— Où est ton ail ?

Pia porta sa main à l'endroit où aurait dû se trouver l'immonde collier, puis se rappela qu'elle l'avait ôté pendant la récréation et posé dans l'herbe, comme la veille quand Mary Helen était venue lui chercher des noises.

— Je l'ai sûrement perdu.

— Tu dois faire plus attention, Pia. Mrs Schmidt a été très gentille de nous en donner et je n'en ai plus.

— Je suis désolée.

Mutti leva les mains en l'air, exaspérée, puis traversa l'entrée en direction de l'arrière du bâtiment.

— Viens m'aider avec la lessive, *bitte*, fit-elle, trop contrariée pour se rendre compte qu'elle parlait de nouveau en allemand. Les jumeaux ne vont pas tarder à se réveiller.

Pia lui emboîta le pas, plissant les yeux pour s'accoutumer à la pénombre grandissante. À l'exception des appartements qui donnaient sur la rue et avaient des fenêtres, les couloirs et les autres pièces étaient plongés dans l'obscurité, même au beau milieu de la journée. Elle tenta de ne pas repenser à leur petite cabane là-bas, à Hazleton, dont trois des murs comportaient des fenêtres qui laissaient entrer le soleil et les brises venues de la montagne. Heureusement, sa famille vivait dans l'un des appartements côté rue, et une fenêtre dans la pièce à vivre permettait à la lumière naturelle d'entrer. Elle ne pouvait s'imaginer au milieu ou au fond du bâtiment, là où la seule lumière provenait de bougies ou de lanternes. Sans parler de l'air frais pour éloigner la grippe. À cette pensée, des images effrayantes se formèrent dans son esprit, de gens dans les appartements du fond, malades et mourant dans le noir, là où personne ne les trouverait avant des jours.

Les dents serrées, elle repoussa cette idée et accompagna Mutti. Elles franchirent la porte arrière et sortirent dans la cour grillagée qui accueillait la pompe à eau et les toilettes. Mutti s'empara d'un des deux seaux et le plaça sous le bec verseur en fonte. Pia posa ses livres sur une marche et actionna la poignée, contente de prendre de l'eau maintenant au lieu qu'on l'envoie en chercher après le dîner. Elle détestait venir seule dans la cour, surtout pour utiliser les commodités. Les partager avec d'autres familles n'avait rien d'inédit, c'était déjà le cas dans le village de mineurs. Mais ici, le grillage et la proximité des bâtiments environnants lui donnaient l'impression d'être un porc enfermé dans un enclos, à la merci de quiconque était là en même temps qu'elle. Comme Mrs Nagy, qui ne cessait de poser des questions en hongrois avant de la fixer dans l'attente d'une réponse, comme si Pia parlait sa langue. Et surtout le vieux Mr Hill, qui tirait sur la poignée des toilettes quand quelqu'un était à l'intérieur et commençait à baisser son pantalon avant de fermer la porte lorsque c'était son tour. Parfois, il lui parlait jusqu'à ce qu'elle sorte des cabinets, puis souriait comme s'ils étaient les meilleurs amis du monde. Il secouait toujours la tête et gloussait en prétextant qu'il était vieux et sénile, mais elle lisait la fourberie dans ses yeux. Il savait exactement ce qu'il faisait.

Une fois les deux seaux remplis, Pia ramassa ses livres et aida Mutti à transporter l'eau à l'intérieur, le long du sombre couloir puis dans l'escalier étroit. Les dures semelles de leurs chaussures crissaient dans la poussière et le plâtre. Cent couches épaisses d'odeurs semblaient recouvrir le sol du bâtiment. Chou bouilli, pommes de terre frites, curry, tomates mijotées, saucisse sautée, ail rôti, pain, toutes plus fragrantes les unes que les autres. En dépit de sa peur et de son malaise, Pia sentit son estomac gargouiller de faim. Elle n'avait avalé qu'un peu de pain de seigle et du thé chaud au petit déjeuner et n'avait rien mangé depuis, car la nourriture manquait pour lui permettre d'emmener de quoi déjeuner à l'école.

Au deuxième étage, Mrs Ferrelli était sur son pas de porte, en train d'attacher un morceau de crêpe noir à la poignée, les yeux rouges et les joues baignées de larmes. Des traînées sombres et des taches marron parsemaient le devant de sa robe, comme des rayures par-dessus son ventre de femme enceinte.

Non, pensa Pia. *Pas Mr Ferrelli.* Il était trop jeune et trop fort, un maçon à la carrure de titan dont le rire remplissait les couloirs et qui avait espéré voir naître son premier enfant avant de devoir se présenter pour l'enrôlement. Sa femme et lui faisaient partie de leurs rares voisins anglophones à ne pas avoir peur d'être amis avec des Allemands. Comment la grippe avait-elle pu emporter quelqu'un comme lui ?

Mutti s'arrêta et Pia l'imita, sans savoir quoi dire ni quoi faire. L'anse du seau lui meurtrissait les doigts. Elle était mortifiée pour Mrs Ferrelli et son bébé, mais par-dessus tout elle voulait regagner la sécurité de leur appartement.

— Je suis profondément désolée pour vous, déclara Mutti.

— Moi aussi, je suis désolée, ajouta Pia.

Mrs Ferrelli murmura un merci à peine audible.

— Était-ce la grippe ? demanda Mutti.

Mrs Ferrelli acquiesça, le visage déformé par le chagrin, puis rentra précipitamment chez elle.

Mutti regarda Pia avec des larmes dans les yeux.

— Savais-tu qu'il était malade ? interrogea Pia.

Mutti secoua la tête, tira sur son tablier de sa main libre puis grimpa à la hâte la dernière volée de marches. Pia la suivit et ferma la porte de leur appartement derrière elle avec soulagement. Enfin, elle était à la maison. L'espace aux murs sombres consistait en deux pièces : l'une qui faisait office de cuisine et de salon, et une chambre sans fenêtre pas plus grande que le poulailler qu'ils avaient dans le village. Une lampe à huile diffusait une faible lumière sur les objets de première nécessité qui occupaient le moindre centimètre carré disponible. Des étagères en bois dégrossi couvertes de napperons au crochet d'un blanc devenu gris accueillaient un pot avec des couverts, une pile d'assiettes blanches, des moules, un assortiment dépareillé de tasses et de verres, des biberons, une carafe en argile et un tour de cheminée. Des poêles étaient suspendues à des crochets au-dessus d'une étroite table en bois avec trois chaises dépareillées qui avaient été réparées et consolidées avec de la ficelle et des bouts de bois. Des paniers, une cuvette en métal et des seaux étaient empilés sous la table, à côté d'une caisse de chiffons et d'un petit balai. Une bouilloire en émail ébréchée et un fait-tout assorti mijotaient sur le poêle à charbon au conduit tordu dont tous les joints laissaient échapper de la fumée. Un calendrier en tissu était accroché au mur au-dessus d'une bassine en métal posée sur des caisses en bois, et des couches propres occupaient les cordes à linge suspendues au plafond. Les seuls objets décoratifs étaient un vase bleu à fleurs et une nappe brodée délavée qui avait appartenu à feu la grand-mère de Pia. À gauche du poêle, le lit de Pia se trouvait sous l'unique fenêtre, le long d'un mur couvert de papier journal pour empêcher le froid d'entrer. Des rideaux confectionnés à partir de sacs de farine ondulaient au-dessus de l'appui de fenêtre écaillé.

Pia repensa à la promiscuité qui régnait après leur arrivée à Philadelphie. À l'époque, ils avaient partagé l'appartement avec sa tante et son oncle paternels pendant dix mois. Mutti et Vater dormaient dans le petit lit dans la cuisine tandis que Pia dormait par terre. Elle avait de la chance d'avoir un lit rien que pour elle désormais. Elle savait que le vent tournerait, soit quand le propriétaire découvrirait que sa tante et son oncle étaient partis à New York et qu'il pouvait loger davantage de locataires, soit quand les jumeaux seraient trop grands pour dormir avec Mutti. Mais pour l'instant, elle se délectait de pouvoir s'étirer et se tourner sur son matelas en crin de cheval.

À cette pensée, elle eut hâte d'aller se coucher. L'épuisement pesait sur elle comme une chape. Ses poumons et ses membres étaient lourds et lents, chaque pensée et chaque mouvement représentaient un effort. Elle était pressée de manger puis de se réfugier dans le sommeil pour arrêter de penser à la petite fille qui lui avait pris la main pendant le défilé, et à Mary Helen et à Tommy Costa, à Mr Ferrelli et à l'homme dans le tramway. Elle voulait arrêter de penser à son visage ensanglanté, arrêter de penser à la grippe et aux horreurs qui se passaient en ville, jusque dans cet immeuble. C'était trop. Puis elle songea au frère de Finn et espéra qu'il n'était pas trop malade, même si elle connaissait la vérité au fond de son cœur. Mais elle espérait que Finn lui enverrait un mot qui la détromperait.

Après avoir posé son seau près de celui de Mutti à côté de la bassine, Pia déposa ses livres sur son lit. L'odeur familière du vinaigre, des pommes de terre bouillies et de la soude caustique l'enveloppait dans un cocon invisible de familiarité et de sécurité. Elle avait envie de fermer la fenêtre pour conserver le parfum réconfortant à l'intérieur et empêcher la réalité extérieure d'entrer. C'était ridicule, bien sûr (l'air frais et la ventilation étaient supposés faire barrage contre la maladie), mais l'envie de bloquer le passage à la grippe et à l'air contaminé l'emportait sur toute logique. Elle s'agenouilla sur son lit et posa les mains sur le châssis pour le baisser.

— Qu'est-ce que tu fais ? demanda Mutti.

— Il fait froid.

— On fermera quand les garçons se réveilleront. C'est bien d'aérer. Nous devons garder la fenêtre ouverte pendant qu'ils dorment.

Mutti tendit une cuillère à Pia.

— Mrs Schmidt a apporté ça. Pour lutter contre la grippe.

Avant de descendre de son lit, Pia lança un regard en direction de la fenêtre de Finn. Elle était ouverte, mais Pia ne vit personne dans l'appartement. Elle rejoignit sa mère.

— Qu'est-ce que c'est ?

— Un morceau de sucre imbibé de…

Mutti fronça les sourcils.

— J'ai oublié le mot… Kar… Karo…

— Kérosène ?

Mutti acquiesça.

— *Ja.* J'en ai pris un et j'en ai donné un aux garçons avec un peu d'eau. Il en reste un pour toi.

Pia grimaça. À Hazleton, pour éviter de tomber malades, ils mangeaient des violettes et buvaient du thé de sassafras, pas du kérosène. Mais ni violettes ni sassafras ne poussaient dans le quartier, ou nulle part ailleurs en ville à sa connaissance. Sachant qu'elle n'avait pas d'autre choix, elle prit la cuillère et plaça le morceau de sucre dans sa bouche. C'était doucereux et huileux en même temps, comme si elle mangeait une friandise roulée dans du goudron. Prise de nausées, elle mâcha et avala aussi vite que possible. Mutti lui donna une louche d'eau, mais cela ne changea rien. Elle avait un goût de terre et d'huile de lanterne dans la bouche. Elle grimaça et s'essuya les lèvres d'un revers de main.

— C'est dégoûtant ! s'écria-t-elle.

Mutti porta un index à ses lèvres.

— Chut, ne réveille pas tes frères. Ils ont été grincheux toute la journée.

Elle récupéra la cuillère et la mit dans la bassine, avant de s'asseoir à table et de prendre son œuf en bois dans son panier à ouvrage.

— Sûrement parce qu'ils n'ont pas aimé le médicament, fit remarquer Pia.

— Un médicament n'est pas censé être bon, répliqua Mutti.

Dans l'espoir que le dîner l'aide à se débarrasser de la saveur infâme sur sa langue, Pia s'approcha du poêle et souleva le couvercle du fait-tout. De la soupe de pommes de terre. Encore. À cause de la guerre, ils étaient censés faire des sacrifices en ne mangeant pas de viande les lundis et pas de farine les mercredis, mais elle ne se souvenait pas de la dernière fois qu'ils avaient mangé de la viande. Peut-être à Pâques, ou à Noël. Vater avait punaisé les coupures de journaux au mur avant de partir, pour leur rappeler de continuer à se sacrifier pendant son absence. Comme s'ils avaient le choix.

Si vous mangez ces aliments, alors vous ne mangez pas de farine. ALIMENTS SANS FARINE *: flocons d'avoine, pommes de terre, riz, gruau de maïs, orge et substituts de pain.*

Substituts de pain : pain de maïs, muffins, biscuits, tout type de pain fabriqué à partir de maïs, avoine, orge et tout autre ersatz de farine.

Ne gaspillez pas les glaçons, ne gaspillez pas l'ammoniac.

Une tonne de glaçons peut représenter une livre d'ammoniac. Une livre d'ammoniac peut permettre de fabriquer vingt grenades. Vingt grenades peuvent permettre de remporter une bataille.

Les pommes de terre sont un aliment formidable. Excellentes pour la santé. Délicieuses quand bien cuisinées.

Ce qu'elles font pour votre corps : elles sont une source d'énergie. Elles sont riches en amidon, qui est pour vos muscles ce que l'essence est pour un moteur d'automobile. Une pomme de terre de taille moyenne vous procure autant d'amidon que deux tranches de pain. Quand vous prenez un repas à base de pommes de terre, vous avez besoin de moins de pain. Les pommes de terre permettent d'économiser de la farine et sont également une source de sel, nécessaire pour un corps fort et en bonne santé. Vous pouvez même utiliser les pommes de terre dans vos gâteaux !

Si seulement on pouvait se procurer des muffins, des biscuits et de la viande, songea Pia. Elle regarda sa mère, qui raccommodait une chaussette tout en tirant sur son tablier. Son chemisier en toile de jute trop grand exposait son cou fin et ses clavicules saillantes, et sa jupe marron tombait comme une tente écroulée sur ses jambes. Sa mâchoire et ses pommettes formaient des angles proéminents, elle était pâle, et ses longs cheveux blonds qui lui descendaient jusqu'à la taille et que Pia adorait brosser étaient désormais ternes, ramenés en une natte mal serrée. Pia se demandait pendant combien de temps encore sa mère parviendrait à donner le sein aux jumeaux en mangeant si peu, mais elle refusait de dépenser le peu d'argent dont ils disposaient en lait en poudre alors qu'elle pouvait les nourrir gratuitement. De même, elle ne voulait pas se servir des pots pour bébés Mellin sur l'étagère à moins d'une absolue nécessité, et ce même si le docteur disait que le Mellin mélangé à du lait de vache était plus nutritif que le lait maternel. Mais ils n'avaient pas de lait de vache de toute façon.

Pia voulait chercher du travail pour ramener davantage d'argent à la maison, mais Mutti espérait que la guerre serait bientôt finie, que Vater rentrerait et que la vie normale reprendrait son cours. Dans le même temps, Pia n'avait que 13 ans et devait rester scolarisée aussi longtemps que possible. En effet, les lois concernant les Allemands semblaient changer chaque jour, et il n'existait aucun moyen de savoir pendant combien de temps encore Pia aurait le droit de continuer à aller à l'école. Finn lui avait proposé de lui apprendre à voler de la nourriture au marché en plein air, mais elle avait refusé. Mutti ne mangerait jamais des aliments obtenus de la sorte, sans parler des problèmes qu'elle s'attirerait si elle se faisait prendre. La première fois qu'elle avait vu Finn glisser un morceau de viande sous sa veste, elle avait été choquée. Elle lui avait demandé en quoi subtiliser de la viande était différent de piquer des bouteilles et des chiffons à la vieille dame de couleur. Il avait répondu que les garçons qui faisaient ça voulaient juste causer des ennuis à une personne qui n'avait déjà rien, tandis que lui tentait d'aider sa famille à survivre. Comme lui et toute autre personne suffisamment malchanceuse pour vivre dans le 5e arrondissement, l'existence lui réservait un sort imprévisible, avait-il affirmé, et peut-être devrait-elle un jour glisser une miche de pain sous sa chemise pour rester en vie. Mais on avait enseigné à Pia que c'était mal de prendre quelque chose qui ne lui appartenait pas, et Finn n'avait pas réussi à la convaincre. Néanmoins, à ce stade, elle devait bien admettre qu'elle commençait à comprendre ses raisons. Le désespoir était un vecteur puissant. Désormais, elle regrettait de ne pas l'avoir écouté. Elle pouvait toujours essayer de voler si la situation continuait à empirer. Mais elle se rappela alors qu'elle avait trop peur pour sortir.

— Es-tu allée au marché ce matin ? demanda-t-elle à sa mère.

— Non. Je t'attendais pour que tu restes avec les garçons. Ensuite, Mrs Schmidt m'a dit que tout fermait et que je ferais mieux de rester à la maison.

Au même moment, un des jumeaux se mit à pleurer dans l'autre pièce. Mutti soupira et se leva. Une grimace de douleur déforma ses traits.

— Qu'est-ce qui ne va pas ? s'enquit Pia. Tu t'es fait mal ?

Mutti secoua la tête.

— Je vieillis, c'est tout.

Pia fronça les sourcils. À 32 ans, sa mère n'était pas *si* vieille.

— Reste ici. Je vais chercher les jumeaux.

Sa mère se rassit dans un soupir.

— *Danke.*

Pia entrouvrit la porte et regarda dans la chambre. Peut-être que celui qui pleurait allait se rendormir. La lumière de la lanterne de la cuisine éclaira un meuble de toilette en bois, une commode aux poignées dépareillées et aux tiroirs tordus, et le lit en fer de ses parents qui occupaient la moitié de la pièce. Près de la tête de lit, un meuble de rangement bas et un placard étaient adossés au mur. Les jumeaux étaient allongés sur l'édredon dans leurs robes en coton et leurs bonnets, leurs hochets et leurs couvertures sur le sol. L'un était sur le dos, avec les orteils d'un pied dans la bouche, tandis que l'autre, étendu sur le ventre, était rouge et poussait des cris. Ils s'appelaient Oliver et Maxwell, Ollie et Max. De bons prénoms américains, d'après Mutti, qui avait voulu que Pia change son nom au profit de Polly ou Peg après le début de la guerre. Mais Pia aimait qu'on l'ait baptisée en l'honneur de son arrière-grand-mère, et, même si ses camarades de classe se servaient de cela comme d'une autre excuse pour se moquer d'elle, Vater avait dit qu'elle pouvait conserver son nom.

C'était Max qui geignait. Pia entra, alluma la lampe sur la commode et ramassa couvertures et hochets. Debout près du lit, elle attendit de voir comment les jumeaux réagiraient en remarquant sa présence. Ce fut Max qui la vit en premier. Il cessa de pleurer et lui sourit à travers ses larmes, le menton encore tremblotant et trempé de bave. Elle l'enveloppa dans une couverture, le prit dans ses bras et s'assit au bord du lit. Il attrapa une mèche de ses cheveux pendant qu'Ollie babillait, avant de remettre ses orteils dans sa bouche. Alors Pia se figea. Et si elle éprouvait quelque chose d'étrange au contact de ses frères ? Si sa poitrine se serrait, si ses poumons brûlaient ? Toucher les membres de sa famille ne l'avait jamais perturbée auparavant, mais c'était avant le défilé et avant la grippe, avant Mary Helen et Tommy Costa. Elle prit la petite main de Max dans la sienne, retint son souffle et attendit. À son grand soulagement, elle ne sentit rien d'autre que son corps chaud contre le sien et la peau soyeuse de sa paume. Elle exhala une expiration tremblante et essuya les joues baignées de larmes de son frère.

— Qu'est-ce qui se passe, petit bout ? demanda-t-elle d'une voix chantante. Tu as cru qu'on t'avait laissé tout seul à la maison ? Tu sais bien qu'on ne ferait jamais ça. Jamais, jamais, jamais, répéta-t-elle en l'embrassant sur le front.

Max lui sourit de nouveau, des bulles de salive au coin de la bouche.

Elle était la seule qui parvenait toujours à faire la distinction entre ses frères. Même Vater plaisantait souvent quant au fait de leur accrocher un numéro autour du cou pour les reconnaître. Avec leurs cheveux d'un blond presque blanc et leurs yeux bleu cobalt (des caractéristiques héritées de Mutti), il était facile de les confondre. Mais Pia savait que le visage de Max était très légèrement plus fin que celui d'Ollie, le bout de son nez en bouton un tout petit peu plus épaté, ses fossettes un tantinet plus marquées.

Elle n'oublierait jamais le jour où les jumeaux étaient nés, quatre mois plus tôt. Les minutes de tension après l'arrivée d'Ollie, quand Mutti continuait à grogner en tenant son ventre encore gonflé. Vater avait envoyé Pia chercher Mrs Schmidt, mais, lorsqu'elle était revenue, un second bébé était là, à la surprise générale. Mrs Schmidt, un bocal de lard à la main pour « lubrifier les parties du passage », n'avait pas semblé étonnée outre mesure.

— J'ai compris que vous en portiez plus d'un quand vous avez dit que lorsque le bébé donnait des coups de pied, c'était comme s'il avait des bottes à semelles cloutées, avait-elle déclaré fièrement.

Pendant que Mrs Schmidt avait aidé Mutti à ôter sa jupe souillée et à se laver, Pia avait emmailloté les nouveau-nés et étudié leurs petits visages, reconnaissante et ravie d'avoir enfin des petits frères. À partir de cet instant, elle n'avait jamais eu de mal à les différencier.

— Je sais qui tu es, dit Pia à Max tandis qu'elle le berçait. Oui, je le sais.

Elle se pencha et déposa un baiser sur le front d'Ollie.

— Et toi aussi, Ollie chéri.

Ollie sourit, ses orteils toujours dans la bouche.

Pia ramassa un de leurs hochets et le lui tendit pour tenter de lui faire lâcher son pied. Vater les avait sculptés avant de partir. Il les avait poncés encore et encore jusqu'à ce que le bois soit uniformément doux et lisse. Il avait percé des trous pour accrocher quatre clochettes de chaque côté et gravé les initiales de chacun des garçons sur les poignées. Le son qu'ils produisaient en les agitant rappelait à Pia les grelots d'un traîneau au moment de Noël.

Ollie préférait définitivement jouer avec ses pieds. Elle reposa le hochet et vit que Max se rendormait, ses longs cils projetant une ombre sur ses joues pâles. Elle se mit à le bercer et à lui chanter une berceuse à voix basse. Ollie cessa de gigoter pour l'écouter. Il lâcha ses orteils, mit son pouce dans sa bouche et la fixa d'un regard ensommeillé. Au bout de quelques minutes, les deux dormaient de nouveau. Elle couvrit Ollie de l'autre couverture, se leva et allongea délicatement Max à côté de lui. Après avoir attendu quelques secondes, elle tourna le bouton de la lampe à huile pour raccourcir la mèche et diminuer la flamme. Puis elle quitta la pièce sur la pointe des pieds et les regarda une dernière fois avant de refermer silencieusement la porte.

Sa mère était toujours à table, la tête entre les mains, son raccommodage oublié sur ses genoux. Un nœud d'angoisse vrilla le ventre de Pia.

— Qu'est-ce qui se passe, Mutti ? Qu'est-ce qui ne va pas ?

Mutti se redressa.

— Oh, rien du tout, *liebchen*. Je suis fatiguée, c'est tout.

Ses mots ne rassurèrent Pia en rien. Elle examina sa mère, inquiète. Ce n'était pas son genre de se plaindre d'être fatiguée. Ni de se plaindre tout court, d'ailleurs.

— As-tu mangé aujourd'hui ?

Mutti acquiesça.

— Un beignet de pommes de terre et de la compote de pommes.

— Ça n'est pas suffisant, protesta Pia. Mange quelque chose et fais une sieste pendant que les jumeaux dorment, qu'en penses-tu ? Je peux m'occuper de la couture.

À la surprise de Pia, Mutti hocha la tête et se leva.

— *Ja*, je crois que je vais m'allonger un peu.

Elle gagna le lit de Pia, posa ses manuels scolaires à terre et se glissa sous la couverture.

— La soupe est presque prête, avertit-elle. Fais attention qu'elle ne brûle pas.

Elle inspira profondément et expira dans un soupir tremblant.

Pia s'enfonça les ongles dans les paumes. Mutti ne s'allongeait jamais dans la journée. Elle la rejoignit et s'agenouilla près d'elle.

— Tu es sûre que ça va ? Peut-être que je devrais aller chercher Mrs Schmidt.

Mutti lui offrit un faible sourire.

— Ne t'inquiète pas, *liebchen*, je vais bien. Les jumeaux ont été grincheux toute la journée et ils n'ont pas dormi la nuit dernière non plus. C'est ça qui m'a fatiguée, rien de plus.

Elle ferma les yeux avant d'ajouter :

— De toute manière, Mrs Schmidt n'est pas là.

— Comment ça ? Où est-elle ?

— Dans le train pour Pittsburgh. Elle est partie chez sa mère.

— Dans ce cas, peut-être que je devrais aller chercher un docteur, suggéra Pia.

La perspective de sortir et d'aller en ville la terrifiait, mais elle était prête à braver son appréhension pour sa mère. Elle repensa alors à ce que les institutrices avaient dit au sujet de la pénurie de médecins et d'infirmières à cause de la guerre, que ceux qui étaient encore là étaient débordés et que les hôpitaux étaient pleins, et une peur glacée se logea dans sa poitrine.

Mutti ouvrit les yeux et la fixa avec le plus grand sérieux.

— Je ne suis pas malade, Pia. J'ai juste besoin de me reposer quelques minutes, ça ira mieux après.

Pia soupira. Elle pria pour que sa mère dise vrai, mais elle détestait se sentir si impuissante.

— Dans ce cas, laisse-moi au moins fermer la fenêtre pour que tu n'aies pas froid.

Mutti se tourna sur le côté et ramena la couverture sous son menton.

— *Nein*, l'air frais aide à ne pas attraper la grippe.

Pia tendit le bras pour tâter le front de sa mère, puis se figea. Et si elle avait mal dans la poitrine ou le souffle coupé en la touchant ? Elle regagna la table, attrapa l'œuf en bois d'une main tremblante et le laissa tomber dans une chaussette. Peut-être qu'elle *devrait* tâter le front de sa mère ? Plus tôt elle saurait si elle était malade, plus tôt elle pourrait tenter de trouver de l'aide. Peut-être que quelqu'un dans l'immeuble saurait quoi faire. Peut-être que des voisins auraient du whiskey ou un médicament quelconque. Si seulement Mrs Schmidt avait été là…

Au bout d'un moment, elle délaissa son ouvrage, s'approcha du lit et observa sa mère. Elle était profondément endormie, la bouche ouverte, de fines mèches de cheveux collées à ses joues et à ses lèvres. L'épuisement se lisait sur ses traits et la vieillissait. Pia inspira profondément et expira avec lenteur. Que faire ? Elle regarda par la fenêtre en direction de l'appartement de Finn. Si seulement elle avait pu lui envoyer un mot pour lui demander de l'aide… Mais la corde à linge ployait sous les sous-vêtements et les vêtements de bébé, et il était impossible de les décrocher sans déranger sa mère. En outre, peut-être qu'il ne répondrait pas à temps de toute façon. Elle songea à traverser la rue pour aller frapper à la porte, mais… et si les jumeaux se réveillaient et que Mutti ne les entendait pas ? Sans parler du fait qu'elle n'avait aucune envie d'aller dans le couloir, et encore moins dehors.

Comme si ses pensées les avaient réveillés, les jumeaux se mirent à pleurer. Mutti ouvrit les yeux et se redressa.

— Reste ici, dit Pia. Je vais les chercher.

— *Nein*. Ils ont faim et j'ai trop à faire.

Elle se leva, les mains dans le bas du dos, puis se dirigea vers la chambre.

— Écrase quelques pommes de terre bien cuites pour leur dîner, s'il te plaît.

— Oui, Mutti.

— Et ferme la fenêtre. Ils risquent d'avoir froid.

Pia baissa le châssis jusqu'en bas puis s'approcha du poêle. Elle attrapa une écumoire sur l'étagère de la cuisine, attrapa plusieurs pommes de terre dans la soupe et les plaça dans un saladier. Mutti ressortit de la chambre avec les jumeaux, les allongea sur le lit de Pia et décrocha deux couches propres de la corde à linge du plafond pour les changer. Elle souriait aux garçons et les embrassait, riant lorsqu'ils babillaient.

— Vous êtes les plus merveilleux petits garçons au monde. Et les plus beaux, aussi. Vous avez faim ? *Ja ?* Votre sœur est en train de préparer votre dîner.

Pia écrasa les pommes de terre et les ramollit avec un peu de bouillon, tout en surveillant sa mère du coin de l'œil. Peut-être qu'elle était effectivement juste un peu fatiguée et que sa courte sieste lui avait fait du bien. En tout cas, elle se comportait normalement à présent. La peur relâcha son étreinte sur la poitrine de Pia et le soulagement lui décrispa les épaules.

Mutti souleva Ollie pour l'embrasser sur la joue avant de le reposer sur le lit. Elle voulut ensuite attraper Max, mais hésita. Elle porta une main à son front et s'assit lourdement au bord du matelas, le visage soudain cramoisi.

Pia posa la marmite de soupe et se précipita vers elle.

— Qu'est-ce qu'il y a, Mutti ?

Mutti ferma les yeux et poussa un gémissement.

— Je ne suis pas sûre. Je… j'ai un peu la tête qui tourne.

La panique resurgit dans la poitrine de Pia, cognant dans sa cage thoracique comme des ailes de pierre.

— Je vais essayer de trouver un docteur.

— *Nein*. Tu restes ici. C'est trop dangereux.

— Mais… et si…

Pia tenta de contrôler le tremblement dans sa voix.

— Et si tu es malade ?

— Je vais bien. Je ne tousse pas et je n'ai pas de fièvre. C'est seulement de la fatigue. De toute façon, nous n'avons pas d'argent pour un médecin, et personne ne voudra examiner une Allemande.

— Il n'y a personne d'autre comme Mrs Schmidt dans le bâtiment ? Quelqu'un qui saurait quoi faire ?

— Nos voisins ont leurs problèmes, eux aussi. J'ai juste besoin de dormir. C'est le meilleur remède.

Elle se releva.

— Peux-tu t'occuper des garçons pendant que je vais m'allonger ?

— Bien sûr. Je vais t'apporter un peu de soupe.

Mutti hocha la tête et se dirigea vers la chambre à coucher à pas lents. Pia tenta de garder son calme, mais elle était terrifiée. Jamais auparavant elle n'avait entendu sa mère dire qu'elle avait besoin de se reposer, pas même quand Mrs Schmidt lui avait ordonné de rester quinze jours au lit après la naissance des jumeaux. Ni quand elle avait eu cette horrible migraine qui avait duré des semaines ni quand elle s'était cassé le gros orteil. Mutti n'abandonnait jamais, ne craquait jamais.

Mutti s'assit sur le lit, et Pia s'agenouilla pour déboutonner ses bottines et les lui retirer.

— *Danke*, fit Mutti en posant la tête sur l'oreiller.

Pia mit une couverture sur elle tout en se demandant ce qu'elle pouvait faire d'autre.

Dans l'autre pièce, Ollie et Max se mirent à pleurer.

— *Bitte*, fais manger les garçons et laisse-moi me reposer, ordonna Mutti en la congédiant d'un geste de la main. Je me sentirai beaucoup mieux au réveil.

— Tu me promets de m'appeler si tu as besoin de quelque chose ?

— *Ja*. File, maintenant.

Pia s'arrêta sur le seuil.

— Et dis-moi si tu sens que ton état empire.

— *Ja, ja*.

Mutti laissa reposer son avant-bras sur son front et ferma les yeux.

— Promis ?

— *Ja*, Pia.

En proie à une angoisse grandissante, Pia quitta la pièce et ferma la porte. Avec les jumeaux qui se réveillaient plusieurs fois par nuit pour téter et tout ce qu'elle avait à faire durant la journée, cela semblait logique que sa mère soit exténuée. Néanmoins, Pia ne pouvait s'empêcher de craindre le pire. Pourvu qu'elle se trompe.

Après avoir donné à manger à Max et Ollie, elle étendit une couverture à terre et les y installa avec leurs hochets. Puis elle remplit un bol de soupe et entra dans la chambre. Un faible rayon de lumière éclairait le visage pâle de Mutti. Elle était profondément endormie, la bouche ouverte.

— Mutti ? Je t'ai apporté de la soupe.

Mutti ne bougea pas. Pia faillit la réveiller, avant de se raviser. Elle avait besoin d'une nuit complète de sommeil ininterrompu. Après ça, peut-être serait-elle de nouveau elle-même. Pia ressortit, ferma la porte sans bruit et s'installa à table avec la soupe. Souriants et gazouillants, les garçons la regardaient manger depuis leur couverture. Elle s'occuperait d'eux cette nuit. Elle mélangerait du Mellin avec de l'eau, qu'elle leur donnerait pour que Mutti n'ait pas à se lever pour les nourrir. Ils n'étaient pas habitués à boire au biberon, mais s'ils avaient suffisamment faim ils trouveraient un moyen.

Quand elle eut fini son dîner, elle ouvrit la fenêtre et détacha rapidement les vêtements de la corde à linge pour les plier. Les sous-vêtements et les chemises de nuit étaient encore humides, mais elle les raccrocherait dans l'appartement. Une fois qu'elle eut tout décroché, elle referma la fenêtre et empila le linge sur les chaises de la cuisine, puis elle prit son livre de mathématiques sous son lit et déchira la première page. Cela lui vaudrait certainement des ennuis, mais il n'y avait pas de papier dans la maison et c'était une urgence. Elle trouva un stylo, se rassit à table et écrivit à Finn.

Est-ce que tu vas bien ? Qu'est-ce qui arrive à ton frère ? Mutti est peut-être malade et je ne sais pas quoi faire. Je n'ai pas de médicaments et pas de whiskey. Elle ne veut pas que je sorte de l'appartement pour aller chercher un médecin, et je n'en ai pas vraiment envie de toute façon. Aide-moi s'il te plaît. J'ai peur.

Elle plia le papier, grimpa sur son lit pour entrouvrir la fenêtre, attacha le mot à la corde avec une pince à linge et l'envoya de l'autre côté de l'allée. La poulie grinçait tandis que la ligne avançait jusqu'à ce que le message atteigne le rebord de la fenêtre de Finn. Elle guetta pour voir s'il venait le récupérer, mais personne n'apparut. Elle jeta un coup d'œil à ses frères, qui jouaient sagement sur leur couverture, et poussa le châssis jusqu'en haut. Penchée par la fenêtre aussi loin que son courage le lui permettait et priant pour que Mutti ne l'entende pas, elle cria :

— Finn !

Pas de réponse.

— Hé, Finn ! Est-ce que tu es là ? C'est moi, Pia !

Toujours rien.

Elle rabaissa le châssis et fit le guet pendant encore plusieurs minutes, mais personne n'apparut. Face au silence inquiétant qui régnait sur le 5e arrondissement, un tourbillon froid de solitude commença à se former dans sa poitrine. À l'horizon, le soleil projetait une lumière jaune dans la fraîche soirée d'automne. C'était le temps parfait pour une promenade vivifiante ou pour jouer à la balle. Mais aucun enfant ne jouait dans l'allée. Aucun chariot de livraison ne cahotait sur les pavés. Aucune femme ne cancanait sur les perrons ni n'appelait ses enfants par une fenêtre ouverte. Un courant de peur la balaya. L'image avait des airs de fin du monde.

Pendant que Mutti dormait et que Pia veillait sur ses frères, la panique s'emparait de la ville. Le directeur de l'hôpital général de Philadelphie implora des bénévoles de relever les infirmières qui s'écroulaient de fatigue à force d'être surmenées. Des médecins et des infirmières commencèrent à mourir. Trois un jour, deux le lendemain, quatre le jour suivant. Les croque-morts étaient à court de fluide d'embaumement et de cercueils, et des policiers masqués surveillaient les cercueils restants. Quand les fossoyeurs n'étaient pas malades, ils escroquaient les gens ou refusaient d'enterrer les victimes de la grippe. Le directeur de la prison de la ville proposa que des prisonniers aident à creuser les tombes, avant de retirer son offre lorsqu'il se rendit compte qu'il ne disposait pas de gardiens en bonne santé pour les superviser. Trente-trois agents de police étaient déjà morts. Les citoyens de Philadelphie commençaient à murmurer le mot *peste*.

Pendant ce temps, *The Philadelphia Inquirer* raillait la fermeture des lieux publics.

Que tentent de faire les autorités ? Terrifier la population ? Qu'y a-t-il à gagner en fermant des églises et des cinémas bien ventilés et en laissant les gens s'agglutiner dans des tramways ? Comment barrer la route à la panique et à la peur ? En vivant une vie calme. En ne parlant pas de la grippe. L'inquiétude ne sert de rien. Discutez de choses joyeuses au lieu de la maladie.

Donner le biberon aux jumeaux s'avéra plus difficile que prévu. Lorsque Pia eut fini de les nourrir, tous trois étaient épuisés. Quand ses frères finirent par sombrer dans un sommeil agité sur son lit, il était minuit passé. Sans bruit, à pas lents, elle se rendit dans la chambre. Elle était surprise que sa mère n'ait pas entendu les pleurs frustrés des garçons. Mutti dormait profondément. Sa respiration était comme du papier de verre contre du bois. Sur la pointe des pieds, Pia s'approcha et tendit une main tremblante pour tâter le front de sa mère. Dès que ses doigts effleurèrent la peau en sueur, la chaleur lui monta au visage et un poids invisible écrasa sa poitrine. Elle retira sa main d'un geste brusque, et l'effroyable sensation se dissipa. Ses yeux se remplirent de larmes. *Non. Mutti ne peut pas être malade. C'est impossible.*

Pia ouvrit le tiroir du bas de la commode et en sortit un pull qu'elle utilisa pour couvrir la poitrine et les épaules de sa mère. Elle remonta aussi la couverture sous son menton. Elle ne savait pas quoi faire d'autre.

Nauséeuse d'angoisse, elle se faufila hors de la pièce. La pensée de quitter la sécurité de l'appartement, d'être dans la rue en pleine nuit en quête d'un médecin sans savoir si elle trouverait quelqu'un pour l'aider, tout cela la terrifiait. Et qui surveillerait les bébés pendant son absence ? Mutti était peut-être trop malade pour s'occuper d'eux et, de toute façon, il valait sans doute mieux qu'elle ne les approche pas.

Paralysée par l'indécision, elle éteignit la lampe et s'allongea sur son lit, ses frères blottis entre elle et le mur. Il fallait qu'elle mette de l'ordre dans ses pensées et qu'elle rassemble son courage. Le soleil se lèverait dans quelques heures. Alors elle pourrait demander à un voisin de rester avec les petits. Mutti disait toujours que tout semblait moins effrayant à la lumière du jour.

Après une nuit de rêves agités, elle ouvrit les yeux, perdue. Quel jour était-on, déjà ? Une lumière grise inquiétante filtrait par les rideaux. Elle tourna la tête et regarda en l'air. Une tache d'humidité formait sur le plafond gris une sorte de petit lac jaunâtre. Puis tout lui revint. Les écoles, les églises et tous les lieux publics avaient été fermés. Mutti avait peut-être la grippe. Les jumeaux étaient toujours allongés entre elle et le mur. Elle se redressa d'un bond et faillit tomber du lit. Elle battit des paupières et regarda autour d'elle, tentant de déterminer combien de temps elle avait dormi. Elle ouvrit les rideaux.

C'était l'aurore.

Son mot pour Finn pendait toujours à la corde à linge. Ollie agita les jambes et se mit à geindre. Max aussi se réveillait. Elle prit Ollie et le fit bondir sur sa hanche, les yeux fixés sur la fenêtre de Finn.

— Chut, Ollie, dit-elle en lui tapotant le dos. Tout va bien se passer.

Rien ne bougeait derrière la vitre. Avaient-ils emmené le frère de Finn à l'hôpital ? Étaient-ils tous malades ? Ollie commença à pleurer, le visage rougissant, ses petits poings serrés.

— Je sais. Tu veux ta maman. Tu en as marre de moi, c'est ça ?

Elle se leva, sa joue tendrement collée à celle de son frère.

— D'accord, d'accord. Allons voir ta *mutti*.

Elle marqua une pause pour regarder Max par-dessus son épaule.

— Ne bouge pas. Sois sage. Je reviens tout de suite.

Max battit des cils et lui sourit, encore à demi assoupi, tandis qu'Ollie lui hurlait dans l'oreille, suffisamment fort pour réveiller les voisins. Elle se dirigea vers la chambre, en proie à une peur croissante qui lui vrillait la poitrine. C'était impossible que Mutti n'entende pas les pleurs d'Ollie. Alors pourquoi ne venait-elle pas voir ce qui n'allait pas ?

Pia frappa doucement à la porte.

— Mutti ? Tu es levée ?

Pas de réponse.

— Mutti ?

Pia ouvrit et entra à pas lents, les yeux baissés au cas où sa mère serait en train de s'habiller.

— Je suis désolée de te réveiller, mais Ollie a faim. Je lui ai donné du Mellin, mais…

Puis elle leva les yeux et se figea.

Mutti était allongée sur le côté, ses doigts figés autour de sa gorge, la bouche ouverte comme si elle poussait un cri. Un liquide sombre coulait de son nez, de sa bouche et de ses yeux, et sa peau était mauve. L'odeur métallique du sang chaud flottait dans l'air.

— Mutti ? parvint à articuler Pia.

Rien.

— Mutti ?

Soudain, l'horreur de la réalité frappa Pia. Ses jambes se dérobèrent sous elle. En proie à un haut-le-cœur, elle manqua lâcher Ollie. Elle agrippa le pied du lit pour ne pas s'écrouler. Le sol semblait tanguer sous ses pieds.

Les cris d'Ollie redoublèrent.

Pia tomba à genoux. Les battements de son cœur résonnaient furieusement dans ses oreilles. *Non. C'est impossible. Ce n'est pas vrai.* Étourdie, la respiration entrecoupée, elle contourna le lit en s'égratignant les genoux sur le plancher, peinant à tenir son frère.

— Mutti ! Lève-toi ! Tu ne peux pas nous laisser ! Tu n'as pas le droit !

Elle retint son souffle et tendit une main tremblante, comme si toucher sa mère risquait de la faire voler en éclats.

— Mutti, s'il te plaît. Réveille-toi !

Elle attrapa le bord du matelas pour se remettre debout, agrippa l'épaule de Mutti et la secoua. Le corps de Mutti s'agita d'avant en arrière comme celui d'une poupée posée sur une étagère.

Un cri naquit dans la gorge de Pia, qui serra les dents pour le contenir. Elle tomba à genoux et laissa son frère glisser au sol, trop faible pour le retenir. Étendu sur le dos, le visage cramoisi, il pleura plus fort. Dans l'autre pièce, Max l'imita. Pia dissimula son visage dans ses mains et ferma les yeux, dans l'espoir que l'image de sa mère morte aurait disparu lorsqu'elle les rouvrirait. *Ce n'est pas vrai ! C'est impossible ! Mutti n'est pas morte ! Non !*

Elle laissa retomber ses mains et rouvrit les yeux. Sa mère était toujours là, sur le lit, le visage maculé de sang. Pia gémit et s'affala sur le plancher, en proie à des tremblements incontrôlables, le souffle court. Des sanglots déchirants jaillirent de sa gorge avant qu'elle parvienne à reprendre sa respiration. Chaque cri la vidait de ses forces. Ollie braillait près d'elle, sans savoir que sa mère était morte et que sa vie venait de changer inexorablement. Il tendit la main vers Pia et agrippa sa manche dans son petit poing. Elle le souleva et le serra contre elle, les épaules secouées par des convulsions, l'âme hurlante de terreur et de chagrin.

Elle aurait tout donné pour perdre connaissance, s'évanouir et s'échapper dans le néant, où la douleur et la peur ne pouvaient pas l'atteindre. Mais elle devait s'occuper des garçons. Elle devait aller dans l'autre pièce chercher Max, qui pleurait de plus en plus fort. Quand elle s'en sentit capable, elle se leva en chancelant et se rendit dans la cuisine d'un pas mal assuré. Elle cala Max contre son autre hanche et ramena ses frères dans la chambre avant de se laisser glisser au sol, le dos collé au mur opposé au lit, étourdie et essoufflée. Son corps était comme du petit bois et ses nerfs une étincelle qui risquait d'y mettre le feu d'une seconde à l'autre. Ses pensées se bousculaient. L'horreur et l'incrédulité lui vrillaient l'estomac. Comment Mutti pouvait-elle être morte ? Morte ? Elle ne s'enrhumait quasiment jamais. Comment avait-elle pu contracter la grippe ? Elle maintenait toujours ses pieds au sec, elle restait au chaud. Elle mangeait même des morceaux de sucre imbibés de kérosène.

Pia fixa sa mère, un goût de bile dans la gorge, pendant que les jumeaux pleuraient dans ses bras. Qu'allaient-ils devenir sans elle ? Qui allait s'occuper d'eux désormais ? Pia pleura avec ses frères. Elle aurait voulu hurler, vomir. L'étau noir du chagrin se referma autour de son cœur brisé et se scella dans un atroce bruit sourd.

Chapitre deux

Bernice

11 octobre 1918

Pour ce qui lui sembla être la millième fois au cours des derniers jours, Bernice Groves, 20 ans, regarda par la fenêtre du deuxième étage de son immeuble de Shunk Alley dans le 5e arrondissement tandis qu'elle réfléchissait à un moyen de se tuer. Elle avait pensé à se jeter par la fenêtre, mais elle redoutait que la chute lui brise seulement les jambes. S'ouvrir les veines avec un couteau de cuisine était une option, mais elle détestait la vue du sang. Elle aurait pu avaler la mort-aux-rats que son mari avait ramenée à la maison avant d'être mobilisé, mais elle n'avait pas envie d'agoniser dans d'atroces souffrances. Sa mort devait être aussi rapide et indolore que possible. Peut-être cela faisait-il d'elle une lâche, mais cela lui était égal. Il n'y avait plus personne pour s'en rendre compte, de toute façon. Puis ses yeux se posèrent sur les cordes à linge tendues entre les bâtiments, qui s'entrecroisaient au-dessus de l'allée telle une toile d'araignée géante. Si elle en prenait plusieurs et les tressait, peut-être obtiendrait-elle une corde suffisamment solide pour supporter son poids et ainsi se pendre. Mais comment s'en procurer suffisamment ? Elle ne pouvait pas faire du porte-à-porte pour demander à ses voisins de les lui prêter. Et de toute façon, personne n'ouvrirait. Depuis le début de l'épidémie (il y avait combien de temps… Une semaine ? Dix jours ? Quinze jours ?), on n'osait plus laisser entrer personne chez soi, parfois même les membres de sa propre famille.

Plus aucun enfant ne jouait dans l'allée, plus aucune femme ne se hâtait d'aller faire des commissions, plus aucun homme ne sifflait ou ne fumait en rentrant du travail. Même les cordes étaient vides de linge. Les seuls êtres vivants qu'elle avait croisés ces jours-ci étaient un balayeur qui aspergeait les pavés d'une sorte de poudre et un chien marron reniflant deux corps enveloppés dans des draps avant de descendre l'allée en trombe, la truffe collée à la chaussée. Elle se demandait souvent si elle était la dernière personne encore vivante sur terre.

Ce n'était pas compliqué de comprendre pourquoi son voisin du dessus, Mr Werkner, avait tué sa femme et ses deux enfants avant de retourner son arme contre lui, au lieu de laisser la grippe décider de leur destin. Pendant que le reste de la ville attendait dans la peur et que les cadavres s'amoncelaient à l'extérieur des morgues et des cimetières, il avait pris les choses en main. Elle en aurait fait autant si elle avait su une semaine plus tôt ce qu'elle savait désormais. Et si elle avait eu une arme.

Avec un peu de chance, elle avait la grippe et mourrait bientôt de toute manière. Alors elle rejoindrait son mari et leur fils. Mais elle n'avait pas envie d'attendre tout ce temps. Elle voulait partir *tout de suite*, échapper à cet insoutenable chagrin, à cette horrible douleur pesante dans sa poitrine. Elle ne supporterait pas une minute de plus de cette agonie. La Bible affirmait que le suicide était un péché, mais Dieu comprendrait certainement qu'une mère ne puisse pas vivre sans son enfant. Il comprendrait certainement pourquoi elle tenait à être réunie avec son fils au paradis. Toutes les bonnes choses qu'elle avait connues avaient disparu. Toutes ses certitudes, tout ce qu'il y avait de juste et d'absolu dans le monde avaient été détruits.

Peut-être devrait-elle simplement arrêter de s'alimenter. Elle ne mangeait déjà pas grand-chose, cela dit. Comment aurait-elle pu penser à la nourriture quand son petit garçon était mort ? Comment aurait-elle pu avaler une bouchée de pain avec de la confiture sucrée, ou apaiser sa gorge sèche avec du thé chaud au miel alors que Wallis ne connaîtrait jamais le goût d'une fraise ou d'un œuf, alors qu'il ne mordrait jamais dans une pomme ou une galette tiède ? Cela semblait blasphématoire, comme si elle le trahissait.

Une miche de pain enveloppée dans de l'étamine était intacte dans le tiroir de sa commode, avec une livre de lard, quelques morceaux de bacon cuit, ainsi qu'une douzaine d'œufs, trois paquets de céréales, plusieurs bocaux de poires et de tomates et une demi-douzaine de boîtes de haricots et de carottes sur les étagères de la cuisine. Elle envisagea de déposer la nourriture sur les pas de porte de ses voisins, mais elle ne parvenait pas à en trouver la force ni le désir. Et en dépit de sa répulsion à l'idée de manger, de temps à autre, la morsure désespérée de la faim devenait insoutenable, comme si son estomac se grignotait lui-même de l'intérieur. Alors, elle ouvrait un paquet de céréales, dégoûtée, et s'en fourrait dans la bouche en pleurant et en se détestant. Puis, une fois sa fringale apaisée, elle se faisait la promesse de recommencer à s'affamer et suppliait Wallis de lui pardonner d'être si faible.

En pensant à son magnifique petit garçon, ses yeux brûlants se remplirent de larmes, et elle les posa sur lui. Une semaine plus tôt, il était l'incarnation de la santé, riant, gazouillant, tendant ses petites mains potelées vers elle. Puis il s'était réveillé avec une toux et de la fièvre et avait refusé de téter. Après deux jours passés à essayer tous les remèdes conseillés pour la grippe (du sirop d'oignon, du chlorure de calcium, du whiskey, le sirop de Mrs Winslow), elle l'avait emmailloté et avait couru sur ce qui lui avait semblé cent pâtés de maisons jusqu'au service d'urgences le plus proche, à savoir un refuge transformé en hôpital de fortune après le début de l'épidémie. Pleurant pendant tout le trajet, elle avait prié Dieu de sauver son enfant unique. La guerre lui avait déjà volé son mari. Combien de malheur une seule personne était-elle supposée endurer ?

En approchant de l'hôpital, elle avait ralenti. Tous les types de véhicules possibles et imaginables envahissaient la rue : des fourgons et des voitures, des chariots à cheval et des charrettes à bras, qui transportaient tous des malades, des mourants et des morts. Même des voitures de police amenaient les victimes. Une foule qui semblait composée de milliers de personnes, certaines en kippa et vêtements sombres, d'autres avec foulards et jupes colorés, affluait et tentait d'entrer dans le bâtiment. Des gens étaient assis ou allongés à terre, enveloppés dans des couvertures, tandis que d'autres étaient à demi nus et trempés de sueur, gémissant, toussant, peinant à respirer. D'autres encore étaient déjà morts, le visage violet, du sang coagulé au niveau de la bouche, du nez et des yeux. Un homme de couleur la dépassa en trébuchant et supplia qu'on le laisse entrer. Un Blanc le poussa en arrière en lui ordonnant d'aller ailleurs. L'homme de couleur s'écroula sur le trottoir puis resta étendu là, inerte. Des policiers masqués faisaient de leur mieux pour maintenir l'ordre, pendant que des religieuses en tabliers blancs priaient pour les morts et les vivants. Sous un arbre au bord du trottoir, des employés de la Croix-Rouge distribuaient des masques et cousaient des linceuls mortuaires. Une chorale de voix réclamait de l'eau et priait dans ce qui semblait une dizaine de langues différentes. En anglais, en russe, en italien, en yiddish, en polonais, en allemand.

Bernice s'était frayé un chemin parmi la multitude, Wallis serré contre sa poitrine.

— S'il vous plaît ! avait-elle crié. S'il vous plaît, laissez-moi passer ! J'ai besoin d'aide ! Mon fils est malade !

— Eh ! avait protesté quelqu'un. Faites la queue comme tout le monde !

— Attendez votre tour, avait rugi une autre femme.

Bernice les avait ignorés et avait continué à avancer en jouant des coudes. Un policier et une nonne montaient la garde à la porte, le visage couvert d'un masque de gaze. Quand Bernice était arrivée à leur hauteur, le policier s'était interposé entre la religieuse et elle.

— S'il vous plaît, avait supplié Bernice, à bout de souffle. Vous devez m'aider. Mon petit garçon est malade.

— Je suis désolée, ma chère. Tous nos lits sont occupés, avait expliqué la bonne sœur.

— Mais ce n'est qu'un bébé ! avait gémi Bernice. Mon seul enfant !

— Je comprends. Mais il y a d'autres mères qui sont également ici avec leurs enfants.

Bernice avait regardé autour d'elle, la vue brouillée par les larmes. Une jeune femme aux cheveux sombres avec un foulard sur la bouche était agenouillée sur le trottoir à côté d'un nourrisson pâle qui toussait, les yeux écarquillés par la peur. Une autre femme avait une petite fille calée sur la hanche et la berçait pour tenter de la réconforter. Les jambes maigres de la fillette pendaient mollement, et sa peau était d'une étrange teinte grise bleutée. Un millier de visages fixaient Bernice, tous déformés par la terreur.

Bernice s'était tournée vers la religieuse.

— Pourquoi refusez-vous de nous aider ? avait-elle crié. Qu'est-ce qui ne va pas chez vous ?

— Tous les lits sont pris, les malades s'agglutinent dans les couloirs. La plupart de nos médecins et de nos infirmières sont outre-mer. Nous avons lancé un appel pour des bénévoles, mais nous sommes débordés. Je suis navrée, ma chère, mais vous devez faire la queue.

Au même moment, un homme avec un petit garçon dans les bras avait grimpé les marches, une liasse de billets dans la main. Il avait supplié la femme d'emmener son fils à l'intérieur, mais le policier l'avait repoussé et avait menacé de l'interpeller pour tentative de subornation.

Bernice en avait profité pour contourner l'agent et se diriger vers la porte en poussant la religieuse sur le côté d'un coup d'épaule. Tout à coup, une femme était apparue, sortie de nulle part, et lui avait bloqué la route. Un nourrisson à l'air fiévreux était avachi dans l'écharpe nouée autour de sa poitrine.

— *Volte !* s'était écriée la femme. *Você tem que esperar como todo mundo !*

Bernice avait tenté de passer en force, mais la femme était solidement campée sur ses pieds et l'avait repoussée sans ménagement. Un homme aux larges épaules était venu à sa rescousse et s'était placé entre elles, les bras tendus pour tenir Bernice à distance.

— *Não toque nela !* avait-il grondé.

Bernice ne comprenait pas ce qu'il disait, mais sa voix était menaçante. Elle avait une nouvelle fois tenté de les dépasser, mais l'agent de police l'avait attrapée par les épaules et tirée en arrière.

— Allez, madame.

Le couple avait continué à l'admonester, la montrant du doigt et agitant le poing.

— Et eux ? avait crié Bernice. Vous ne pouvez pas les laisser entrer non plus !

Le policier l'avait ignorée. Elle s'était débattue et tortillée en tous sens pour se dégager de son étreinte, en vain.

— Pour qui vous prenez-vous pour m'empêcher d'obtenir de l'aide ? avait-elle vociféré à l'intention des immigrants. Vous ne devriez même pas être ici !

La femme lui avait répondu quelque chose, et la religieuse avait entraîné le couple à l'écart.

— Tout va bien, leur avait-elle dit. Calmez-vous, s'il vous plaît. Personne ne va prendre votre tour.

Le policier avait fait faire demi-tour à Bernice et lui avait fait descendre les marches, une main agrippant son bras et l'autre la poussant dans le dos. Au bas de l'escalier, il l'avait lâchée et avait regagné son poste. Elle avait baissé les yeux sur son petit Wallis adoré, qui avait du mal à respirer et luttait pour rester en vie. Comment était-ce possible qu'il doive faire la queue derrière des personnes qui n'étaient même pas d'ici ? Elle avait essayé de ne pas faire d'esclandre quand des étrangers avaient commencé à envahir sa ville, mais là, c'était trop. Entre ça et l'Allemand qui avait volé le travail de son père, elle en avait assez d'être civilisée.

Elle s'était de nouveau tournée vers la religieuse et l'agent de police.

— Qu'est-ce que vous faites ? La moitié de ces gens sont des étrangers. Nos médecins devraient aider les Américains ! Ce n'est pas normal !

— Nous sommes là pour aider tout le monde sans distinction, avait déclaré la religieuse. Je suis désolée, mais il vous faudra attendre comme les autres.

Par-dessus les plaintes et les gémissements de la foule, Bernice avait entendu son cœur se briser. Personne n'allait venir au secours de son petit garçon. Personne n'allait lui donner des médicaments ou soulager sa douleur. Pas avant d'être venu en aide à ces hordes de gens qui n'avaient rien à faire ici. Cela n'avait pas de sens. On aurait dû renvoyer ces immigrants, pas son fils. Les jambes lourdes comme des pierres, elle avait fait volte-face et traversé la nuée terrifiée d'âmes tourmentées et mourantes. Elle ramènerait Wallis chez eux. Elle le ramènerait à la maison et ils mourraient ensemble.

Sauf qu'elle n'était pas morte. Elle n'avait même pas eu de fièvre. Pas de toux, pas le moindre misérable picotement dans la gorge. Tout ce qu'elle avait eu, c'était un mal de tête, comme chaque fois qu'elle était en proie à une forte inquiétude.

Wallis, en revanche, était mort le lendemain matin.

Jamais elle n'oublierait les dernières minutes d'existence de son fils qui s'agitait dans ses bras, la peur et la panique dans ses yeux innocents, la façon dont il avait agrippé son index dans sa petite main tandis qu'il se battait pour respirer et survivre. Au bout d'un moment, son teint était devenu d'un gris de plus en plus sombre. Du sang avait coulé de son nez et de ses yeux. Puis, dans une dernière respiration entrecoupée, son petit corps avait tremblé avant de s'avachir. Sa main s'était relâchée autour de son doigt et ses paupières s'étaient closes. Elle l'avait gardé dans ses bras et avait fixé son visage pendant ce qui lui avait semblé une éternité avant de se lever, de le déposer dans son berceau, de s'écrouler à terre et de hurler jusqu'à en avoir un goût de sang dans la bouche. Lorsqu'elle s'était tue, le monde avait commencé à se refermer autour d'elle, comme un rideau que l'on tirait. Certaine qu'elle mourait de chagrin, elle avait accueilli le sentiment avec soulagement. Elle trouverait la paix, réunie avec son mari et son fils. En proie à la sensation de flotter dans une piscine d'argent liquide, un sourire s'était formé sur ses lèvres. Puis tout était devenu noir.

Elle n'avait pas la moindre idée de combien de temps s'était écoulé avant qu'elle reprenne connaissance, mais l'obscurité du crépuscule avait envahi la pièce. Au début, elle avait cru qu'elle s'était endormie et qu'elle avait fait un affreux cauchemar. Puis elle s'était redressée d'un coup et avait regardé dans le berceau, son cœur hurlant dans sa poitrine. Wallis était allongé là où elle l'avait laissé, enveloppé dans sa couverture bleue préférée, son visage de la couleur d'un ciel d'orage, le nez et la bouche maculés de sang séché, les yeux clos.

Mort.

Son fils était mort.

Elle avait plaqué ses mains sur sa bouche déformée par l'agonie, l'âme déchirée par le chagrin. *C'est impossible ! Pas mon bébé ! Pas mon petit garçon !* Elle avait tambouriné le sol de ses poings, maudissant Dieu et hurlant, avant d'agripper sa poitrine douloureusement gonflée d'un lait que son fils ne boirait plus jamais, son corps lui rappelant traîtreusement tout ce qu'elle avait perdu. Elle se pinça jusqu'à hurler de douleur, pour se punir d'avoir laissé Wallis tomber malade. Elle avait vu les pancartes, lu les avertissements. Elle aurait dû rester à la maison jusqu'à ce que le danger soit écarté au lieu d'aller au défilé. Elle aurait dû mettre Wallis à l'abri, en sécurité, loin de l'homme qui vendait des ballons et des foules d'immigrants sur les trottoirs. Elle aurait dû pousser le petit garçon à la peau sombre et lui ordonner d'ôter ses sales pattes quand il avait laissé tomber son drapeau miniature sur la couverture de Wallis et qu'il avait tendu le bras pour le récupérer dans la poussette sans demander la permission. C'était sa faute. Sa faute si Wallis était tombé malade. Sa faute si Wallis était mort.

Après plusieurs minutes à sangloter, elle s'était relevée tant bien que mal et s'était assise sur le lit. Ses pensées se bousculaient dans son esprit. Comment était-ce possible que son cœur batte encore ? Que ses poumons se remplissent d'air ? Elle souleva délicatement son fils et embrassa son front froid, sa petite bouche, ses doigts miniatures, tout en priant pour que son cœur vole en éclats et abrège ses souffrances. Elle s'allongea sur le matelas et serra Wallis contre sa poitrine. Elle ferma les yeux et attendit que ses poumons cessent de fonctionner, que le sang cesse de circuler dans ses veines. Elle maudit Dieu d'avoir pris son enfant, de l'avoir abandonnée alors qu'elle avait besoin de Lui. Puis elle L'implora de l'emporter, elle aussi. Mais ses supplications restèrent sans réponse.

C'était il y a trois jours.

Désormais, Wallis gisait dans son berceau pendant qu'elle regardait par la fenêtre en cherchant comment mettre fin à ses jours. Elle avait lu dans le journal que les entreprises de pompes funèbres étaient débordées, mais de toute façon elle n'aurait pas pu se résoudre à l'emmener chez le croque-mort, à lui donner son petit corps pour l'embaumer, le placer dans un petit cercueil et l'enterrer dans la terre dure et froide. Elle ne pouvait pas se séparer de lui. Jamais. Tout ce qu'elle souhaitait, c'était le rejoindre.

Plus bas dans l'allée, une femme avec un foulard coloré et une jupe à volants poussait un landau en osier aux roues branlantes. Elle s'arrêta, souleva le bébé qu'elle transportait dans ses bras et entra dans l'un des bâtiments d'en face. Bernice serra les dents. Qu'est-ce que cette immigrante fabriquait dehors alors que toute la ville était en quarantaine ? Et avec un nourrisson, en plus ? Était-elle folle ou simplement stupide ?

En voyant cette femme, elle repensa aux immigrants à l'hôpital venus quémander l'aide de médecins qui auraient dû s'occuper de malades américains. Ces gens auraient mieux fait de se tourner vers les sorcières et les marabouts qu'ils croyaient capables de les guérir par le biais de sortilèges quelconques. Sans eux, Wallis serait peut-être encore vivant. Les migrants et les nègres semblaient avoir envahi tout le quartier depuis le début de la guerre. Tous cherchaient du travail sur le chantier naval et à l'usine de munitions. Ils n'étaient pas comme sa famille et elle, installées dans le sud de Philadelphie depuis les années 1830, quand son grand-père était arrivé du Canada pour travailler en tant que tailleur de pierre. À présent, la ville tout entière grouillait de ghettos qui abritaient des étrangers de tous poils, des étrangers qui volaient les emplois des vrais Américains comme son père, qui avait œuvré sur le chantier naval pendant plus de quarante ans jusqu'à ce qu'un certain Mr Lange, un Allemand qui vivait de l'autre côté de la rue, soit engagé pour le remplacer. Six jours seulement après son renvoi, son père était mort. Insuffisance hépatique, avaient dit les médecins. Mais ce qui l'avait tué, c'était le fait d'avoir perdu son travail au profit d'un étranger.

Comme à l'extérieur des hôpitaux, les nouveaux arrivants s'agglutinaient autour des étals du marché dans leurs tenues bizarres, ralentissant la queue, car ils ne savaient pas parler anglais. Les mots du père de Bernice résonnèrent dans sa mémoire : « C'est l'Amérique, ils n'ont qu'à apprendre notre langue ou repartir dans leur pays ! » Même le rédacteur en chef du journal avait exprimé son opposition à « l'afflux d'indésirables en provenance des coins les plus sombres de l'Ancien Monde qui arrivent aux États-Unis sans la moindre notion des idées américaines ».

Comme si cela ne suffisait pas, les couloirs empestaient des odeurs de leur cuisine (agneau bouilli, paprika, curry, chou au poivre) et les rues fourmillaient d'enfants de toutes les couleurs qui criaient et jouaient à des jeux dans des dialectes étrangers. Même le nombre de sans-abri avait augmenté depuis ces arrivages de paysans. Bernice n'aurait pas été étonnée d'apprendre que la grippe était née chez eux. Après tout, tout le monde savait que les migrants colportaient des maladies dans les ports et par-delà les frontières. Les Irlandais avaient apporté le choléra, les Juifs la tuberculose, les Italiens la poliomyélite et les Chinois la peste bubonique. Avec les femmes de son groupe de prière, elles avaient souvent abordé le sujet des habitudes d'hygiène, les tendances insalubres et la morale discutable de ces gens. Et toutes étaient tombées d'accord sur le fait que les pancartes « Interdiction de cracher » auraient dû être rédigées dans toutes les langues, et pas seulement en anglais.

Pourquoi *leurs* enfants ne mouraient-ils pas, eux ? Pourquoi son fils, Américain pure souche, était-il tombé malade et décédé ? Ce n'était pas juste.

Dès que cette pensée lui traversa l'esprit, la culpabilité lui noua la poitrine. Elle avait vu les mères immigrantes avec leurs progénitures malades. Elle avait lu l'angoisse sur les traits livides de Mr et Mrs Yankovich lorsqu'ils avaient sorti le cadavre de leur fille de chez eux. Mrs Yankovich avait manqué s'écrouler et son mari avait dû la retenir. Elle avait vu le crêpe blanc à la porte des Costa après la mort du petit Tommy. Au fond d'elle-même, elle savait que toutes les mères aimaient leurs enfants et les pleuraient de la même manière, qu'importait leur nationalité, leur race ou leur religion. Et pourtant… et pourtant, c'était comme si ces nouveaux arrivants avaient toujours trois ou quatre petits pouvant remplacer ceux qu'ils perdaient. Bernice, elle, n'en avait qu'un. Et il était parti.

Personne n'était immunisé contre la maladie.

Personne sauf elle, apparemment.

Après que la femme au foulard eut disparu dans l'immeuble, une voix grave se mit à résonner entre les édifices en briques et le grincement sec de roues de chariot se rapprocha. Bernice tendit le cou par la fenêtre pour voir ce qui se passait. Deux hommes sur un chariot tiré par des chevaux remontaient l'allée en direction de son bâtiment. Tous deux portaient un masque.

— Sortez vos morts ! criait l'un d'eux.

Son intonation semblait fatiguée et dans le même temps indifférente, comme un marchand de journaux à une intersection vide.

Bernice rentra la tête dans l'appartement. Elle ne pouvait s'empêcher de repenser aux histoires qu'elle avait entendues sur la fièvre jaune, quand la précipitation pour inhumer les victimes avait été telle que certaines personnes avaient été enterrées vivantes. Cela se produisait-il également avec cette épidémie ? D'après les informations diffusées, plus de cinq mille personnes étaient mortes depuis le défilé. Des étudiants en thanatologie et des croque-morts venaient des quatre coins du pays, mais cela ne suffisait pas. Dans le dernier journal qu'elle avait lu avant la disparition de Wallis, les avis de décès quotidiens occupaient une page entière, en plus de ceux des soldats morts au combat ou portés disparus. Sept colonnes en tout petits caractères avec une litanie répétitive : Cecile Newman, morte d'une pneumonie à l'âge de 21 ans ; Mavis Rivers, morte de la grippe à l'âge de 26 ans ; William Flint, mort de la grippe à l'âge de 15 ans. Un autre article expliquait que des fourgons étaient utilisés pour transporter les corps de la morgue à des fosses communes. Les cadavres étaient étiquetés pour être identifiables ultérieurement, avant d'être enterrés dans des tranchées creusées par des grues, et les fossoyeurs tombaient malades. Le Conseil de défense nationale de la Pennsylvanie avait déclaré : « Jamais, au cours de son histoire, la ville de Philadelphie n'a été confrontée à une situation aussi grave que celle liée à la préparation et à l'inhumation des corps pendant l'épidémie qui nous frappe. » Avec tout ce qui se passait, être enterré vivant n'avait rien d'impossible. Cette pensée la fit frémir.

Dans l'allée, le conducteur fit ralentir les chevaux et s'arrêta devant l'un des immeubles. Trois corps enveloppés dans des draps sales et tachés de sang étaient étendus à l'arrière du chariot. Les deux hommes descendirent, se saisirent d'un corps drapé posé à côté des marches d'un perron et le placèrent avec les autres. Puis ils retournèrent près du perron et s'emparèrent d'un autre corps, plus petit que le premier. Une fois le véhicule chargé, ils remontèrent et se rapprochèrent de chez Bernice tout en continuant à crier aux gens de sortir leurs morts.

Elle ne confierait pas Wallis à ces hommes. Ils ne pouvaient pas lui prendre son enfant. Elle ne les laisserait pas faire. Puis elle prit soudain conscience qu'ils ignoraient qu'elle était là à les regarder depuis sa fenêtre. Ils ignoraient que son petit garçon était mort. Et elle devait faire en sorte que cela continue. Autrement, ils le mettraient dans cet affreux chariot et, en la voyant elle, ils la forceraient à aller dans un asile de fous.

Elle avait aperçu son reflet dans le miroir ébréché au-dessus du lavabo. C'était celui d'une inconnue, avec des yeux vitreux et des cheveux emmêlés, des joues creuses et un teint cireux. Elle avait une tête de folle. Ils croiraient qu'elle était malade et qu'elle avait besoin d'aide. Mais elle n'avait pas envie qu'on lui vienne en aide. De toute façon, personne ne pouvait rien faire pour elle. Elle voulait mourir. Elle voulait retrouver son mari et son fils. Elle se recroquevilla sur elle-même quand les hommes passèrent sous sa fenêtre, mais pas avant d'avoir aperçu une petite main blanche dépasser de la pile de cadavres.

Les convoyeurs s'arrêtèrent encore à deux reprises pour charger des corps, puis ils repartirent aussi tranquillement que s'ils livraient du lait ou allumaient les lampadaires. Ils disparurent au coin de la rue et le bruit de leurs cris se dissipa peu à peu. Puis le silence revint et Bernice fut de nouveau seule.

En voyant ces hommes et ce chariot, elle avait repensé à son grand frère Daniel. Il avait pour habitude de l'enfermer dans une caisse et de lui dire que ses parents avaient décidé de se débarrasser d'elle.

Il lui faisait croire que le postier venait la chercher pour l'expédier dans une autre famille, ou que les religieuses arrivaient pour l'emmener à l'orphelinat. Il lui racontait que les orphelins dormaient sur des planches en bois dans des greniers glacés et qu'on ne leur donnait rien d'autre à manger que du gruau froid. S'ils n'étaient pas sages, les bonnes sœurs les frappaient ou les enfermaient dans des placards et oubliaient parfois de les laisser ressortir. La première fois qu'il avait fait cela, Bernice avait 5 ans. Elle était restée dans la caisse pendant des heures, à pleurer tandis qu'elle attendait qu'on l'emmène. Elle avait fini par dénoncer son frère à l'âge de 8 ans, mais sa mère avait refusé de croire que son fils chéri était capable d'une telle atrocité. Elle avait donc accusé Bernice d'avoir tout inventé et l'avait envoyée au lit sans manger. Un jour, enfin, son père avait surpris Daniel assis sur la caisse pendant qu'elle sanglotait à l'intérieur, et il l'avait corrigé à coups de ceinture. Après ça, Daniel n'avait jamais recommencé. Mais à compter de ce jour, quand leur mère éteignait la lampe de leur chambre le soir, il murmurait d'une voix menaçante que les religieuses viendraient quand même la chercher. Ou alors il se faufilait sans bruit dans l'obscurité et lui attrapait les chevilles, la terrifiant à tel point qu'elle manquait mouiller ses draps. Pendant des années, elle n'osa pas s'endormir tant qu'elle ne l'entendait pas ronfler. Parfois, il lui demandait si elle sentait le goût de la mort-aux-rats dans ses flocons d'avoine, ou laissait un nœud coulant entre ses doigts. Quand il était mort de la typhoïde à l'âge de 13 ans, elle avait pleuré toutes les larmes de son corps. Personne ne savait qu'il s'agissait de larmes de soulagement.

Soudain, un mouvement au-dehors attira son attention. La porte du bâtiment d'en face était entrouverte. Quelqu'un passa la tête à l'extérieur et un petit visage balaya la rue du regard. C'était une jeune fille avec des tresses blondes et un foulard rouge sur le nez et la bouche. Après avoir inspecté la ruelle de part et d'autre, elle sortit sur le perron, la tête rentrée dans les épaules comme pour se rapetisser. Elle portait un manteau trop grand avec des poches béantes par-dessus sa longue robe et avait à la main ce qui ressemblait à un sac vide.

Bernice n'en était pas certaine, mais elle ressemblait à la fille de Mr et Mrs Lange, celle avec les yeux les plus bleus qu'elle avait jamais vus et le nom bizarre. Comment s'appelait-elle, déjà ? Gia ? Pia ? Oui, Pia. Elle s'en souvint, car elle avait entendu le fils Duffy l'appeler un jour alors qu'elle lisait sur les marches. Une autre fois, au stand du marchand de légumes, elle l'avait vue en compagnie de Mrs Lange et avait alors compris que c'était sa fille. Aucune des deux n'avait fait attention à elle, mais Bernice avait remarqué la couleur incroyable des yeux de Pia, comme le cobalt profond de la robe d'un geai bleu. À l'époque, Bernice n'était plus qu'à quelques semaines d'accoucher de Wallis. Aimantée par leurs bouilles de nouveau-nés, elle avait failli s'arrêter pour admirer les jumeaux de Mrs Lange, mais elle avait finalement continué sa route, car Mr Lange avait volé le travail de son père. Même si ces bébés étaient encore trop jeunes pour être influencés par les vues et les comportements typiquement germaniques de leurs parents, elle ne pouvait pas s'afficher en train de parler à des Allemands.

Pourquoi diable Pia sortait-elle alors que tout Philadelphie était en quarantaine ? Où était sa mère ? Mrs Lange devait avoir perdu la tête pour laisser sa fille s'aventurer dehors dans un moment pareil. Pia ne devait pas avoir plus de 12 ou 13 ans. Même si Mrs Lange ne lisait pas les journaux, elle savait forcément que les gens tombaient malades et mouraient. Elle savait forcément que c'était dangereux pour Pia de quitter l'appartement. La pensée que les Allemands étaient à l'origine de l'épidémie et que Pia et sa famille étaient immunisées l'effleura, mais elle la repoussa. Mr et Mrs Bach et leurs quatre filles étaient allemands également, et ils étaient tous morts.

En dépit de sa colère, Bernice devait admettre que Mrs Lange était une bonne mère. S'il faisait froid, les jumeaux et Pia étaient toujours bien couverts avec des manteaux et des bonnets en laine. Chaque fois qu'elle sortait avec les petits, elle les embrassait avant de les mettre dans leur landau, elle leur souriait et leur parlait tandis qu'elle les poussait sur le trottoir. Elle caressait toujours délicatement la joue de Pia et lui déposait un baiser sur le front quand elle partait pour l'école. Alors pourquoi Mrs Lange risquerait-elle la vie de sa fille en la laissant sortir au plus fort de l'épidémie ?

Puis une autre pensée traversa l'esprit de Bernice. Une pensée qui lui glaça le sang.

Peut-être Mrs Lange était-elle morte.

Peut-être les jumeaux étaient-ils morts également.

Non. Pas ces magnifiques petits garçons.

La nausée retourna l'estomac de Bernice et la pièce tourna autour d'elle. Elle agrippa le dossier d'une chaise de cuisine pour se retenir, et ses yeux remplis de larmes se posèrent sur le corps de son fils. Comment était-ce possible que des bébés tombent malades et périssent ? Comment le Dieu qu'elle connaissait et qu'elle aimait pouvait-Il permettre un si atroce cauchemar ? Les garçons Lange étaient à peine plus âgés que Wallis, et tout aussi purs et innocents, même s'ils étaient allemands. Elle regarda de nouveau par la fenêtre et tenta de se concentrer. Pia remonta rapidement la ruelle en jetant un coup d'œil par-dessus son épaule, comme si elle avait peur d'être vue. Où allait-elle ? Peut-être était-elle en quête de médicaments et ignorait-elle que les pharmacies n'avaient plus rien à part du whiskey. À présent que les saloons étaient fermés, c'étaient les seuls endroits où il était possible de s'en procurer. Peut-être allait-elle à l'hôpital pour chercher de l'aide ? Mais si les garçons étaient malades, Mrs Lange les aurait emmenés directement au lieu d'envoyer sa fille. À moins que Mrs Lange soit malade aussi.

Puis Pia grimpa les marches du bâtiment voisin et entra.

Que fabriquait-elle ?

CHAPITRE TROIS

PIA

Tandis que les morts s'entassaient dans les maisons funéraires et envahissaient les quartiers des croque-morts, les morgues des hôpitaux débordaient dans les couloirs, celle de la ville débordait dans les rues, et Pia luttait pour rester en vie avec ses frères. Avant de prendre la décision de partir, elle avait vécu huit jours d'une anxiété insoutenable, sans savoir quand ni si elle pourrait un jour ressortir. Elle faisait de son mieux pour faire durer autant que possible leurs maigres provisions en rationnant le Mellin et en ajoutant des cuillerées de porridge, d'œufs durs, de pommes de terre bouillies et de carottes écrasées aux repas des garçons. Regrettant de ne pas avoir fait plus attention quand Mutti leur préparait à manger, Pia tentait de reproduire sa soupe de lentilles, mais les lentilles étaient trop cuites ou pas assez, et la soupe avait une saveur de craie mélangée à de la colle. Elle se forçait tout de même à la manger afin de pouvoir garder le reste de leurs réserves pour les jumeaux. Elle détestait le goût de la chicorée, mais la buvait aussi, en dépit du fait qu'elle n'aimait même pas le vrai café. Qu'importait si la faim lui donnait des crampes à l'estomac ou si elle avait envie de boire autre chose. Ollie et Max passaient en premier. Tout ce qui pouvait être suffisamment ramolli était pour eux. Tout ce qui était dur ou avait mauvais goût était pour elle.

Quand elle n'était pas occupée à nourrir, changer ou bercer les jumeaux, elle regardait par la fenêtre pour voir si les gens ressortaient, si le cauchemar prenait fin. Elle espérait malgré tout voir son père en uniforme arriver à la maison à temps pour les sauver. Mais il n'arrivait jamais. De temps à autre, les voisins sortaient précipitamment, leurs visages pâles couverts d'un voile de chagrin et de peur, pour déposer sur les marches des corps enveloppés dans des draps. Le reste du temps, la ruelle était vide. Elle s'était demandé si elle devait mettre Mutti dehors, mais ne se sentait pas capable de la porter seule dans les escaliers. De plus, elle ne voulait pas la laisser dans la rue. Ce n'était pas bien. Mieux valait qu'elle reste ici, avec eux dans l'appartement.

Se rappelant les veillées funéraires auxquelles elle avait assisté à Hazleton, elle avait fait de son mieux pour honorer Mutti en lui brossant les cheveux avant de les arranger sur son oreiller. Elle avait nettoyé le sang séché sur son visage avec un chiffon humide et tenté de lui fermer la bouche, mais il aurait fallu appuyer trop fort et elle avait abandonné. Elle avait ensuite mis une couverture supplémentaire sur Mutti pour qu'elle n'ait pas froid et décoré la taie avec des fleurs en papier confectionnées à partir de pages de manuels scolaires arrachées. Elle se moquait bien de se faire réprimander. Peut-être même ne retournerait-elle jamais à l'école.

Chaque matin, elle inspectait la corde à linge en quête d'un message de Finn, mais son mot était toujours accroché devant sa fenêtre, malmené par le vent et la pluie d'octobre. Cette image la faisait frissonner. Sans les voix étouffées et les bruits de l'autre côté des murs, elle aurait pu croire que ses frères et elle étaient les dernières personnes encore en vie sur terre. Parfois, lorsqu'elle entendait des échos de cris et de sanglots angoissés, elle imaginait la grippe les emporter un par un, jusqu'à ce qu'il n'y ait plus âme qui vive dans la ville.

Le chagrin et le désespoir la rongeaient.

Le quatrième jour, elle cessa d'inspecter la corde à linge. Quand elle ouvrit la porte de la chambre pour aller chercher des vêtements pour ses frères, elle recula et se plaqua une main sur la bouche. Jamais elle n'avait senti une odeur aussi horrible, une combinaison âcre d'animal mort, de toilettes par un jour de canicule et une étrange douceur écœurante de vieux parfum. Vater avait trouvé un rat mort qui pourrissait sous le poêle le jour où ils avaient emménagé dans l'appartement et Pia avait eu la nausée, mais là, c'était bien pire.

Figée sur le seuil, elle retint son souffle et lutta contre une envie de vomir. Elle ne parvenait pas à détacher son regard du corps de Mutti sur le lit. Elle avait commencé à gonfler et la fine peau de son visage s'étirait comme si elle était sur le point de craquer. Davantage de sang était sorti de ses yeux, de son nez et de sa bouche. Pia se força à entrer, s'empara de toutes les affaires des jumeaux dans la commode et ressortit en courant. Elle ferma la porte et s'y adossa, le souffle court. Mais la puanteur infâme semblait lui coller à la peau, s'accrocher à sa chevelure et tapisser l'intérieur de ses narines. Elle posa les vêtements en vrac sur la table, se précipita sur le seau d'eau et se frotta les mains, le visage et les cheveux avec le dernier petit morceau de savon. Mais cela ne changea rien. Elle attrapa les couches et les chiffons suspendus aux cordes à linge au-dessus du poêle et les plaqua contre le bas de la porte, les yeux brûlants de larmes.

— Je suis désolée, Mutti. Je sais que ce n'est pas ta faute.

La première fois qu'elle avait vu des hommes collecter des corps à l'arrière de chariots, elle avait songé à les héler par la fenêtre pour leur demander quelles étaient les nouvelles, si les choses revenaient à la normale, si les médecins avaient trouvé un remède. Puis elle avait pensé qu'attirer l'attention était une mauvaise idée. Les convoyeurs avertiraient peut-être les autorités. Puis la police viendrait, trouverait le corps de Mutti et emmènerait les jumeaux. Elle ne les reverrait sans doute jamais. Non, elle ne pouvait pas laisser faire une chose pareille. Cela n'avait pas d'importance qu'elle n'ait que 13 ans, elle s'occuperait d'Ollie et Max jusqu'au retour de leur père. Il le fallait. Elle n'avait pas d'autre choix.

En dépit de ses efforts pour garder ses frères au sec, propres et bien nourris, ils semblaient pleurer à longueur de journée et de nuit. Les rares moments où ils dormaient en même temps, elle se précipitait dans la cour pour aller aux toilettes et chercher de l'eau, en priant pour que les garçons ne se réveillent pas et pour qu'elle ne croise personne, particulièrement le vieux Mr Hill. Mutti avait l'habitude de descendre avec les jumeaux en écharpe et de remonter avec deux seaux remplis d'eau, mais Pia n'était pas assez forte. Parfois, pour ne pas être obligée de sortir, elle faisait ses besoins dans le seau qu'elle vidait ensuite dans la cour, mais pour l'eau elle n'avait pas le choix. Et il leur en fallait beaucoup : pour diluer le Mellin, pour ramollir les aliments, pour la vaisselle, pour laver les jumeaux et les couches. Des tas de couches. Elle utilisait le moins de lessive possible, mais ils ne tarderaient pas à être à court également.

Elle ne savait pas si Ollie et Max pleuraient parce que Mutti leur manquait ou parce que leur alimentation leur donnait mal au ventre. Dans un cas comme dans l'autre, elle était impuissante. Peut-être sentaient-ils qu'il s'était produit quelque chose d'horrible et que leurs vies avaient changé à jamais. Peut-être qu'ils étaient malades. Non. Elle refusait d'envisager cette possibilité. S'ils n'avaient pas encore contracté la grippe à ce stade, alors ils ne l'auraient sans doute pas. Néanmoins, chaque fois qu'elle les prenait dans ses bras, elle retenait son souffle, terrifiée d'éprouver la même sensation que lorsqu'elle avait touché Mutti la veille de sa mort. Jusque-là, elle n'avait rien senti d'autre que de l'inquiétude, mais la peur lui nouait l'estomac, lourde, solide, indélogeable.

Si seulement elle avait pu envoyer un télégramme à sa tante et son oncle à New York… Peut-être auraient-ils pu venir les chercher. Elle aurait aussi pu les appeler, mais elle ne savait même pas s'ils avaient le téléphone et quel était leur numéro le cas échéant, sans compter qu'elle doutait que quiconque possédât un téléphone dans le quartier. Leur adresse figurait sur les lettres qu'ils avaient envoyées à Mutti et Vater, mais le bureau de poste était à vingt pâtés de maisons de l'appartement. Pia ne pouvait pas laisser les garçons seuls aussi longtemps et elle ne pouvait pas les emmener avec elle. Et c'était en partant du principe que le bureau de poste était ouvert.

Quand elle se retrouva à court d'œufs et de légumes le sixième jour, elle donna aux garçons du pain rassis trempé dans de l'eau et de la compote que sa mère avait confectionnée avec des pommes achetées au marché à l'automne dernier. Deux jours plus tard, elle leur donna ce qui restait de porridge pour le petit déjeuner, puis s'assit sur le lit pour les regarder faire la sieste, écrasée par le désespoir. Même dans leur sommeil, le malheur leur faisait pincer les lèvres et froncer les sourcils. Leurs yeux frémissaient sous leurs paupières closes, comme pour chasser de mauvais rêves. Les voir ainsi lui brisait le cœur. Mutti lui manquait, à elle aussi, davantage qu'elle ne l'aurait cru possible. Elle pouvait presque éprouver la douleur de ses frères, privés des douces caresses et des tendres baisers de leur mère, de sa peau à l'odeur de lavande et de soude caustique, de ses cheveux qui sentaient toujours le pain chaud. Pia baissa la tête, la poitrine vrillée par le chagrin.

Au cours de toutes les épreuves qu'avait endurées la famille (le départ d'Allemagne quand elle avait 4 ans, la traversée interminable de l'océan Atlantique dont Pia se souvenait à peine, l'arrivée dans un pays inconnu, l'inquiétude quand Vater travaillait à la mine puis lors de son départ à la guerre), Mutti avait toujours été la source de réconfort. Peu importait où ils étaient et ce qui se passait, elle représentait la familiarité et la normalité, des repas aux vêtements propres en passant par les bains chauds. Naturellement, Vater avait travaillé dur pour subvenir à leurs besoins tout en s'assurant qu'ils prenaient du temps pour s'amuser (il l'emmenait nager dans la crique à Hazleton l'été, il lui avait appris à siffler et à faire des ricochets, il lui avait montré quels étaient les champignons comestibles dans les bois), mais c'était Mutti qui soignait les piqûres de guêpe et les genoux écorchés, elle qui s'asseyait au bord du lit quand Pia ne parvenait pas à dormir et lui caressait le front et les joues, elle encore qui mettait des chapeaux aux jumeaux pour les protéger du soleil. Mutti savait quand ils avaient faim et sommeil, ou quand ils avaient simplement besoin d'un câlin.

Du propre aveu de Vater, c'était Mutti qui l'avait encouragé à suivre son frère en Amérique après la fermeture de l'entreprise de construction pour laquelle il travaillait en Allemagne. C'était elle qui lui avait assuré que tout irait bien quand ils avaient découvert qu'ils auraient deux bouches de plus à nourrir si peu de temps après leur arrivée à Philadelphie. Grâce à Mutti, la famille était solide et organisée et tout le monde se sentait aimé. Comment Pia survivrait-elle sans elle ? Qui allait l'aider à traverser les épreuves de la vie ? Qui allait lui apprendre à devenir une femme, une épouse ? Si toutefois Pia vivait jusque-là.

L'un des adages préférés de Mutti était « Nous n'avons peut-être pas tout, mais nous sommes tous ensemble ». Sauf qu'ils ne l'étaient plus. Mutti n'était plus là et Pia n'avait pas la moindre idée de quand Vater reviendrait, si toutefois il revenait. Entre ça et toutes les personnes qui mouraient de la grippe, c'était comme si c'était la fin du monde. Tout ce que Pia connaissait, tout ce sur quoi elle s'appuyait avait disparu. Qu'était-elle censée faire maintenant ? Elle n'avait que 13 ans. Comment subviendrait-elle aux besoins des jumeaux une fois ce cauchemar terminé, s'il se terminait ? Elle n'avait pas d'argent. Pas de travail. Elle se rappela alors ce que Mutti disait toujours quand elle était perdue. « Contente-toi de faire la chose suivante. » Qu'il s'agisse de s'habiller le matin, de faire ses corvées et ses devoirs, le meilleur moyen d'avancer dans un moment difficile était de décider de ce qu'il fallait faire ensuite, et de le faire.

Avec cela en tête, Pia remarqua combien sa robe était sale, maculée de lait, de bave et de ce qui ressemblait à du jus de viande. Elle ne se souvenait pas de la dernière fois où elle s'était changée. Ni même du jour de la semaine. Avant la grippe, elle mettait une tenue propre chaque lundi, sauf si elle renversait quelque chose ou s'accrochait. Non pas qu'elle eût l'embarras du choix en termes de vêtements : elle possédait en tout et pour tout deux robes en toile de jute, une autre taillée dans un drap, deux jupes et un chemisier en coton. Mais tout était toujours propre et en bon état, même ses collants et ses sous-vêtements.

Elle regarda autour d'elle et une vague de panique monta en elle. Des boîtes de Mellin vides jonchaient le comptoir à côté d'un saladier rempli de pelures moisies de pommes de terre et de carottes. Une demi-douzaine de couches souillées flottait dans le seau à linge comme autant d'îlots gris dans une mer boueuse. Une marmite sale était posée sur le poêle, maculé d'éclaboussures et parsemé de restes desséchés. Des piles bancales de bols et de tasses s'amoncelaient sur la table. Elle avait arrêté de faire la vaisselle trois jours plus tôt, trop fatiguée pour aller chercher de l'eau. Mutti aurait été horrifiée.

Entre l'immonde odeur en provenance de la chambre et la puanteur des couches mélangée à la vieille soupe, elle avait le sentiment de suffoquer. Elle monta sur une chaise et inspecta les étagères en quête de quelque chose susceptible de masquer le relent. Peut-être trouverait-elle des herbes de Mrs Schmidt, un brin de lavande ou de sauge qu'elle pourrait écraser et saupoudrer. Elle ouvrit tous les bocaux, regarda derrière les assiettes, les casseroles et les bols, sans succès.

Puis ses doigts palpèrent quelque chose de long et dur derrière la pendule de cheminée. C'était un des cigares de Vater. Elle descendit de son perchoir, attrapa la boîte d'allumettes près du poêle, alluma le cigare et le posa dans une soucoupe sur la table. De la fumée s'éleva du papier brun, et l'odeur familière du tabac remplit la pièce, ravivant le souvenir de Vater. Des larmes montèrent aux yeux de Pia. Comment réagirait-il s'il savait ce que sa famille traversait ? Sa femme morte, sa fille tentant d'assurer la survie de ses fils ? Il se maudirait sans doute d'être parti.

Elle inspira profondément et essaya de réfléchir. Que faire ? Son père n'était pas là et elle ne savait même pas s'il était en vie. C'était donc à elle de sauver Ollie et Max. Mais la dernière dose de Mellin était déjà dans leurs biberons, elle n'avait plus de pain ni d'œufs, le dernier bocal de compote était presque terminé et elle avait aussi utilisé toutes les pommes de terre et toutes les carottes. Le seau à charbon était vide et le poêle ne contenait que des cendres grises. Ils n'avaient plus rien.

Elle regarda par la fenêtre. Des nuages sombres obscurcissaient le morne ciel matinal, et son mot était toujours accroché à la corde à linge, tremblant dans la brise. Il n'y avait aucun passant dans la ruelle, mais quatre nouveaux corps enveloppés de draps ensanglantés étaient apparus pendant la nuit. Elle serra les dents, l'estomac douloureusement vide. Il fallait qu'elle trouve à manger. Autrement, ils allaient mourir de faim. Elle volerait s'il le fallait. Elle était prête à tout pour les maintenir en vie. Mais les jumeaux devaient rester là. C'était trop dangereux de les emmener dehors, sans parler du fait qu'elle ne serait pas en mesure de transporter grand-chose si elle devait les porter eux. Elle n'irait pas loin, chez les voisins pour voir s'ils pouvaient lui donner quelque chose, et dans l'immeuble d'à côté si personne n'avait rien dans le sien. Le problème, c'était qu'Ollie et Max commençaient à réussir à se mettre à quatre pattes et qu'ils ne tarderaient pas à ramper.

Elle passa la pièce en revue en imaginant tous les accidents susceptibles de se produire pendant son absence. Ollie qui se hissait sur ses jambes et tombait, ou qui tirait sur la nappe et renversait toute la vaisselle sur la table. Max qui se coinçait la tête entre deux meubles. Elle ne pouvait pas les laisser sur le lit, car ils risquaient de chuter. Si seulement elle avait disposé d'un endroit où les mettre, comme une grande caisse ou un berceau avec un couvercle. Alors elle pensa au casier encastré dans la chambre de ses parents. Ollie et Max y seraient en sécurité et ils ne seraient pas en mesure d'en ouvrir la porte. Elle pourrait placer des couvertures à l'intérieur et leur laisser des biberons, même s'ils ne parvenaient pas encore bien à les tenir seuls. Ils pleureraient peut-être, mais au moins ils ne pourraient pas ramper dans l'appartement et se faire mal. Ils auraient sûrement peur, enfermés dans un si petit espace sombre, mais cela valait mieux que les laisser dépérir. Et puis ils seraient ensemble. Elle repensa à quand elle avait leur âge et tenta de se remémorer un souvenir désagréable, quelque chose de triste ou d'effrayant. Rien ne lui revint. Ils ne s'en souviendraient pas. Et elle ne s'absenterait pas longtemps.

Il fallait qu'elle passe à l'action tout de suite, avant de changer d'avis.

Elle regagna la table et attrapa le cigare. Le papier ne brûlait plus et le tabac était presque éteint. Se rappelant les gestes de Vater, elle porta le cigare à ses lèvres et inhala pour le faire repartir. La fumée lui brûla la gorge et elle toussa, la langue et l'intérieur des joues soudain tapissés d'une saveur âcre. Elle se plaqua une main sur la bouche pour que sa quinte de toux ne réveille pas les jumeaux. Quand elle cessa enfin de s'étrangler, elle aspira plusieurs bouffées et avança dans le nuage de fumée afin d'en imprégner sa robe et ses cheveux. Puis elle posa le cigare et écarta les couches et les chiffons du bas de la porte de la chambre. Elle n'y était pas entrée depuis des jours, mais la puanteur était pire que jamais, même de ce côté.

Les jambes tremblantes, elle prit une grande inspiration et s'y engouffra, les yeux rivés au sol. Elle contourna rapidement le lit et s'agenouilla devant le casier. Elle ouvrit la porte pour s'emparer de l'argent dissimulé sous la latte de plancher, puis elle examina les surfaces du bois en quête d'échardes ou de clous. Elle n'en remarqua aucun. Les poumons sur le point d'exploser, elle fouilla dans l'armoire à la recherche du manteau de Mutti. Elle flotterait dedans (il était déjà trop grand pour sa mère), mais il avait de profondes poches pratiques pour transporter de la nourriture. Quand elle le trouva, elle s'en servit pour se couvrir le bas du visage. Alors, elle ne put s'empêcher de se tourner vers le lit. Le corps de Mutti avait dégonflé. Sa peau était désormais parsemée de taches vertes sanguinolentes et sa langue dépassait de sa bouche béante.

De la bile remonta dans la gorge de Pia et elle sortit de la pièce en courant. Elle referma la porte, remit les couches et les chiffons en place et tenta de ne pas céder à son envie de vomir. À présent, elle comprenait pourquoi les gens mettaient leurs êtres chers dans la rue. Elle posa le manteau sur le dossier d'une chaise et essuya son front couvert de sueur. Une fois sa nausée dissipée, elle sortit l'argent de sa poche pour le compter. Trois dollars. Les marchés étaient sûrement fermés et le premier se trouvait à dix pâtés de maisons, mais peut-être pouvait-elle acheter à manger à l'un de ses voisins.

Sans bruit, elle sortit deux sacs de courses d'un panier en osier sous la table et les mit dans les poches du manteau. Puis elle prit l'oreiller, les hochets et les biberons des garçons sur son lit et resta plantée devant ses frères, redoutant ce qui venait ensuite. Rien que l'idée lui donnait la nausée. Elle saisit le foulard rouge de Mutti accroché dans l'entrée, le plaça au-dessus du cigare pour l'imprégner de fumée, puis le noua autour de son visage. Ce n'était pas parfait, mais cela aiderait.

Elle maintint également l'oreiller au-dessus du cigare, inspira profondément et retourna dans la chambre. Elle positionna le coussin dans le bas du casier afin de créer une sorte de matelas. Elle posa dessus les hochets et les biberons, puis rejoignit les garçons.

Avec des gestes lents, elle emmaillota Ollie dans sa couverture, le souleva et baissa son foulard pour l'embrasser sur le front. Il gigota comme s'il allait se réveiller et poussa un gémissement, mais il continua à dormir, blotti contre sa poitrine. Elle l'emporta dans la chambre et l'allongea soigneusement à l'intérieur du casier.

— Flûte, murmura-t-elle.

Il prenait plus de place qu'elle ne l'aurait cru. Peut-être qu'ils ne tiendraient pas à deux. Pendant un instant, elle hésita, mais une nouvelle crampe à l'estomac la convainquit. Elle n'avait pas le choix. Quelques heures d'inconfort valaient mieux que mourir de faim.

En se déplaçant aussi vite que possible sans courir, elle regagna l'autre pièce sur la pointe des pieds en quête de Max. Il remuait les jambes et commençait à se réveiller. Elle le borda plus serré, l'embrassa également sur le front et le berça en chantonnant tout bas. Au bout de quelques instants, il se calma et se rendormit. Elle laissa échapper un soupir soulagé. Elle aurait été incapable de les mettre dans le casier s'ils avaient été éveillés. Ç'aurait été au-dessus de ses forces.

Elle emporta Max dans la chambre où, par chance, Ollie dormait aussi. Elle s'agenouilla et déposa Max à côté de son frère, dos à dos. Ollie s'agita et elle lui caressa la joue en retenant son souffle et en priant pour qu'il ne se réveille pas. Heureusement, il finit par mettre son pouce dans sa bouche et se calmer. Elle se redressa et regarda ses frères, la vue brouillée par les larmes.

— Je suis désolée, murmura-t-elle. Je reviens tout de suite, promis. Dormez, vous ne vous rendrez même pas compte que je suis partie.

Elle ferma lentement la porte. Le déclic du loquet la fit frémir et elle resta paralysée, le cœur battant. Mais aucun bruit ne retentit depuis l'intérieur du casier, pas de gémissement, de pleurs, de cris angoissés. Ils dormaient. Tout irait bien. Il le fallait.

Les joues baignées de larmes, elle se leva et regarda sa mère en espérant que, de là où elle était, elle comprenait pourquoi Pia agissait de la sorte. Mutti en aurait sûrement fait autant si la survie de ses enfants en dépendait.

— Je reviens, promis, chuchota Pia. Surveille-les pour moi.

Se mordant la lèvre pour réprimer ses sanglots, elle sortit à la hâte avant de changer d'avis. Non seulement elle se sentait affreusement mal d'enfermer ses frères, mais elle était effrayée, terrifiée même, par ce qu'elle risquait de trouver à l'extérieur, où tout le monde semblait être mort ou agonisant. Elle ôta le foulard, avant de se rendre compte qu'il lui fallait un masque comme ceux que portaient les policiers et certains passants le jour où les écoles et les églises avaient fermé. Faute de mieux, elle attacha de nouveau le foulard autour de son visage. Elle revêtit ensuite le manteau en laine et noua la ceinture à la taille. L'ourlet lui tombait sur les chevilles et ses mains ne dépassaient pas des manches. Elle se dirigea vers la porte d'entrée et tourna la poignée. Alors, un bruit la paralysa.

Le cri assourdi d'un bébé.

Elle fixa la porte de la chambre, le souffle coupé. Son pouls battait dans ses tempes. Peut-être était-ce le fruit de son imagination ? Mais le cri retentit de nouveau, plus sonore. Ollie. Les larmes montèrent aux yeux de Pia tandis que son cœur cognait furieusement dans sa poitrine. Elle ouvrit grand la porte et se précipita hors de l'appartement.

Chapitre quatre

Bernice

Son attention rivée sur la porte d'entrée de l'immeuble mitoyen de celui des Lange, Bernice guettait le moment où Pia ressortirait. Si elle était allée chercher quelque chose chez un voisin, elle ne tarderait pas à réapparaître. Mais qu'est-ce qui pouvait bien être important au point de la faire sortir de chez elle ? Bernice se demanda de nouveau si Mrs Lange était morte. Auquel cas, qui prenait soin de ses adorables jumeaux ?

Après ce qui parut une éternité, il n'y avait aucun signe de Pia et Bernice n'y tenait plus. Il fallait qu'elle sache ce qui se passait et si les jumeaux allaient bien. Sans réfléchir, elle attrapa son manteau et sortit de chez elle.

Plissant les yeux dans l'obscurité du couloir froid et humide, elle marcha aussi vite que possible sans courir. Une odeur d'oignons frits flottait dans l'air, en plus d'une autre sous-jacente qui lui évoquait de la viande moisie. Elle faillit trébucher sur un seau rouillé et dut contourner un sac en toile adossé contre un mur. Il était couvert de larves et de mouches, et elle préféra ne pas penser à ce qu'il renfermait. Deux rubans noirs étaient accrochés à la poignée de l'appartement situé en haut des marches. Celui de Mrs Duffy et de ses fils.

Voilà ce qui arrive quand on n'est qu'une saoularde ignorante, songea-t-elle. *Vous auriez mieux fait de rester chez vous, au lieu de venir ici créer des problèmes avec tous les autres bourrins irlandais.* Ses pensées étaient dénuées de toute charité chrétienne, mais cela lui était égal. Mrs Duffy était fainéante et pénible. Elle laissait ses fils crier par les fenêtres et beuglait à tue-tête des chansons dans les couloirs avec son fort accent irlandais, utilisant des mots que personne ne comprenait. Elle arborait des décolletés inappropriés et rentrait à la maison tard le soir, le visage rougi par l'alcool et les cheveux en bataille. Bernice avait perdu le compte du nombre de fois où elle avait entrouvert sa porte et vu Mrs Duffy se battre avec sa serrure, marmonnant sans savoir qu'on l'observait. Ce n'était pas correct pour une mère de famille de se comporter de la sorte. Bernice ignorait pour qui étaient les rubans, mais une chose était certaine : cette femme avait payé pour ses péchés.

Dès que cette idée traversa son esprit, Bernice grimaça. *Si Mrs Duffy a été punie pour ses péchés, qu'en est-il de moi ? Qu'ai-je fait pour mériter de perdre mon mari et mon fils ?* Elle agrippa la rambarde et descendit l'escalier sombre, dont le colimaçon lui donnait autant le tournis que les pensées qui se bousculaient dans son esprit. Elle était une femme vertueuse, une mère aimante. Une personne juste et généreuse. Elle avait été fidèle à son mari. Rien dans ses actes ne justifiait un châtiment pareil. Lorsqu'elle arriva en bas des marches, elle était étourdie et à bout de souffle, et l'une de ses migraines habituelles commençait à l'assaillir. Elle s'arrêta dans le hall pour se masser les tempes et tenta de se concentrer sur sa mission, à savoir : découvrir pourquoi Pia était sortie et si les jumeaux étaient en vie. Elle ne pouvait prédire sa réaction s'il s'avérait que la grippe les avait emportés mais dans tous les cas, il fallait qu'elle sache. Soudain, une autre pensée l'effleura. Et si Mrs Lange ouvrait la porte et lui demandait ce qu'elle faisait là ? Quel prétexte lui donnerait-elle ? La colère se remit à bouillonner en elle. Si Mrs Lange était là, alors Bernice lui dirait sans détour ce qu'elle pensait du fait de laisser sa fille sortir dans un contexte pareil. Si Pia avait été sa fille, elle l'aurait gardée en sécurité à la maison.

Bernice traversa le hall et saisit la poignée, prête à aller dire ses quatre vérités à sa voisine d'en face. Puis elle hésita. Elle devait s'assurer qu'elle ne croiserait personne et que Pia n'était pas en train de rentrer. Elle entrouvrit la porte d'entrée et regarda dans la ruelle. Vide. Elle s'empressa de descendre les marches du perron et de gravir celui du bâtiment des Lange. Ils occupaient l'appartement qui donnait sur la rue, à gauche de l'escalier de secours. Elle le savait, car elle avait déjà aperçu Mrs Lange accrocher de la lessive à sa corde à linge. Les Allemands suspendaient toujours des choses dehors (les rideaux, les vêtements, même les tapis), et ce, y compris en plein hiver. Elle ne comprenait pas pourquoi.

Quand elle entra dans l'édifice, elle plaqua une main sur sa bouche et son nez. Cela sentait encore plus mauvais que dans le sien, comme si l'endroit n'avait pas été aéré depuis des années. Elle monta les marches le plus vite possible et toqua discrètement à la porte des Lange. Elle regarda par-dessus son épaule, nerveuse et en alerte. Si jamais elle entendait quelqu'un entrer, elle irait se cacher dans l'ombre au fond du couloir. Et si c'était Pia, elle rentrerait chez elle et tenterait de ne plus penser aux jumeaux. Si elle le pouvait.

Elle frappa à nouveau, se colla à la porte et appela aussi fort qu'elle l'osa :

— Mrs Lange ? Vous êtes là ?

Pas de réponse.

— Mrs Lange ?

Le silence régnait à l'intérieur. Pas d'éclats de voix, pas de cliquetis de vaisselle, pas de bruit de pas. Elle plaqua son oreille contre le bois et retint son souffle. Puis elle entendit quelque chose.

Des pleurs d'enfants.

Chapitre cinq

Pia

Au départ, Pia avait prévu de chercher à manger dans son bâtiment. Elle avait tenté de se souvenir de qui était gentil, qui n'avait jamais froncé les sourcils sur leur passage ou dit à la police qu'ils étaient allemands, pour déterminer à quels voisins demander s'ils voulaient bien lui céder quelques pommes de terre ou un ou deux œufs. Plus elle resterait près de l'appartement, plus vite elle serait rentrée. Mais après avoir entendu Ollie avant de partir, elle avait compris que, si elle restait dans son immeuble et qu'elle entendait ses frères pleurer, elle ferait machine arrière. Elle reviendrait sur ses pas, les sortirait du casier et ne ressortirait plus jamais. Et c'était impossible. Elle devait trouver de quoi manger. Elle devait être forte. Elle n'avait pas le choix.

Elle se tenait donc dans le hall d'entrée du bâtiment voisin, en se demandant par où commencer. Les couloirs étaient plongés dans l'ombre, de plus en plus dense à mesure que l'on s'enfonçait dans les entrailles de l'édifice. À l'exception d'une, toutes les portes du rez-de-chaussée étaient ornées de rubans en crêpe noir, blanc ou gris. Peut-être avait-elle mal choisi son point de départ. Elle monta la première volée de marches pour inspecter le premier étage. Pas de ruban. Elle s'arrêta devant l'appartement le plus proche de la cage d'escalier. Si personne ne répondait, elle verrait si la porte était verrouillée. Si elle ne l'était pas, alors elle entrerait. Si ce n'était pas fermé à clé, elle ne faisait rien de mal. Et s'il n'y avait personne et qu'elle trouvait des vivres, elle les prendrait. En tout cas, c'était l'idée. Elle frappa et attendit. Des éclats de voix étouffées lui parvinrent et quelqu'un ordonna de se taire. Elle tendit l'oreille.

— Il y a quelqu'un ? tenta-t-elle. Je cherche à manger pour mes petits frères. Ce sont des bébés, ils n'ont que quelques mois. Est-ce que vous auriez quelque chose ?

— Allez-vous-en ! cria une grosse voix.

— S'il vous plaît ! implora Pia. Je peux payer. J'ai de l'argent. Il me faut simplement du pain ou du bouillon.

— Non ! Laissez-nous tranquilles !

Pia soupira et s'éloigna, les dents serrées, la tête rentrée dans les épaules. Elle s'arrêta devant une autre porte, aux aguets. Le silence régnait à l'intérieur du logement. Elle frappa et attendit de nouveau. Toujours rien. Elle toqua encore et tourna la poignée. C'était fermé à clé.

— Il y a quelqu'un ? appela-t-elle.

Pas de réponse.

Une image se matérialisa soudain dans son esprit : celle de personnes mortes et en train de pourrir, assises sur des chaises ou allongées dans leurs lits, la table mise pour le dîner, le poêle à charbon vide et froid. Un frisson la parcourut. Car s'ils n'étaient pas morts, pourquoi les locataires ne répondaient-ils pas ? Ils n'étaient certainement pas en train de se promener en ville. À moins qu'ils soient partis en quête de provisions, comme elle. Mais tous les occupants ne se seraient pas absentés en même temps, si ?

Elle chassa ses horribles pensées et se dirigea vers l'appartement du fond. Elle frappa en se maudissant de ne pas avoir pris une lanterne, avant de songer que cela aurait fait une chose en plus à porter.

Personne ne répondit. Elle tourna la poignée, mais la porte était là encore fermée à clé. Peut-être perdait-elle son temps. Peut-être devrait-elle chercher ailleurs que dans le 5e arrondissement, car les habitants du quartier étaient si pauvres qu'ils ne risquaient pas d'avoir quelque chose à donner, sans parler du fait que tout le monde avait trop peur pour lui ouvrir. Peut-être que la grippe n'avait pas encore gagné d'autres parties de la ville. Ou peut-être que les églises distribuaient de la nourriture.

Déterminée à ne pas repartir avant d'avoir exploré tout l'immeuble, elle décida d'aller à l'étage du dessus et s'arrêta devant l'appartement situé côté rue, qui avait des fenêtres. Elle frappa et attendit. Pas de réponse, pas un bruissement. Personne ne lui cria de déguerpir. Elle toqua de nouveau, plus fort cette fois, et tourna la poignée. La porte était ouverte. Elle la poussa doucement et se plaqua aussitôt la main sur la bouche pardessus son foulard en reconnaissant l'odeur de la chair en décomposition.

Un faible rayon de lumière tombait sur le plancher, éclairant l'intérieur maussade d'une pièce à vivre presque identique à celle de Pia, du poêle à charbon aux étagères couvertes de vaisselle en passant par la porte de la chambre. Même le lit en fer étroit sous la fenêtre paraissait être une copie du sien. Tout ce qui manquait, c'étaient le vase de Mutti et la nappe d'Oma. Même si la table était plus grande et entourée de tabourets en bois et non de chaises, et même si un tapis à franges aux motifs étranges habillait le sol au lieu d'un assemblage de petits tapis, la ressemblance entre les deux appartements donnait le vertige. Pia tenta de se rappeler où elle était, mais elle avait du mal à garder son calme. La pièce se mit à tourner autour d'elle et elle dut s'appuyer contre le mur. De la sueur perla à son front. La confusion et la panique l'envahirent, alors qu'elle se sentait parfaitement bien une minute plus tôt. Puis son estomac se contracta douloureusement et elle se souvient qu'elle n'avait rien mangé depuis la veille. Elle serra les dents et attendit que le tournis cesse.

Peur de trouver des cadavres ou pas, il fallait qu'elle fouille l'appartement. Elle fit un pas de plus et aperçut des bottines marron à boucles. Un pas de plus, et elle distingua des chevilles gonflées sous des collants beiges.

Pia se mordilla la lèvre. L'accès à la cuisine était facile. Si elle regardait droit devant elle en passant à côté de la personne étendue au sol, tout irait bien. Elle se redressa et avança, les bras plaqués le long du corps. Sauf que… elle ne parvint pas à s'empêcher de regarder.

La dépouille d'une femme blonde gisait sur le tapis, la tête appuyée contre un seau à charbon. Du sang noir séché maculait son visage et ses mains, et ses yeux s'étaient enfoncés dans leurs orbites. Des asticots rampaient autour de sa bouche et de son nez. Pia se détourna, mais c'était trop tard. Elle baissa son écharpe, se pencha et vomit le peu qu'elle avait dans l'estomac, jusqu'à ne plus avoir que de la bile qui remontait à chaque haut-le-cœur. Quand elle parvint à reprendre son souffle, elle s'essuya la bouche d'un revers de manche, remit son masque de fortune en place et se dirigea vers le poêle en priant pour trouver des provisions.

Elle inspecta les étagères en quête d'un bocal de compote ou d'une conserve de haricots en essayant de ne pas faire trop de bruit. Mais ce qu'il lui fallait surtout, c'était trouver du lait en poudre. Soudain, un nouvel étourdissement la gagna. Elle agrippa l'étagère pour ne pas tomber et fit basculer une tasse à fleurs qui s'écrasa au sol et vola en éclats, projetant de minuscules fragments de porcelaine en tous sens. Terrifiée à l'idée qu'il y ait quelqu'un d'autre dans l'appartement ou qu'un voisin vienne voir ce qui se passait, elle s'immobilisa et attendit.

Un faible grognement lui parvint alors en provenance de la chambre.

Elle tourna la tête. Son pouls battait dans ses tempes.

Un autre grognement retentit.

Elle s'approcha de la porte et glissa la tête dans la pièce. Un homme était allongé sur le lit en position fœtale, le visage noir et gonflé. Sa respiration irrégulière faisait à peine monter et descendre sa poitrine. Près du lit, à terre, se trouvaient un bébé et une petite fille sur une pile de couvertures sales. Morts tous deux. L'homme riva ses yeux rougis et emplis de larmes sur ceux de Pia, puis souleva une main bleuie aux doigts maculés de sang coagulé. Pia se mit à trembler.

— Je suis désolée, murmura-t-elle. Je ne peux pas vous aider.

Face à cette famille décimée, le désespoir s'abattit sur elle telle une chape de plomb. Des larmes lui montèrent aux yeux tandis que tout son corps lui pesait, comme si son sang était du ciment. Une partie d'elle avait envie d'abandonner, de rentrer à la maison pour s'allonger avec Ollie et Max et attendre que la grippe ou la famine les emporte. Car à quoi bon survivre si le reste du monde était mort ?

Mais une autre partie refusait de baisser les bras et ne pouvait se résoudre à laisser mourir ses frères. Elle ne savait pas ce que l'avenir leur réservait. Elle ne savait pas si ce cauchemar prendrait fin, mais elle ne pouvait pas arrêter de se battre. Elle aimait trop Ollie et Max. Et comment pourrait-elle faire face à Mutti et Vater, dans ce monde ou dans l'autre, sans avoir tout essayé pour les sauver ?

Chancelante, elle retourna dans la cuisine. Elle remarqua alors un placard bas près du poêle, en partie dissimulé derrière un vieux rideau à motif cachemire. Elle s'en approcha à la hâte, s'agenouilla et l'ouvrit. Un pot de Mellin était sur l'étagère du haut, ainsi qu'une conserve de cornilles et autre chose enveloppée dans du papier kraft. Pia plaça le lait et les légumes dans ses poches puis déchira le papier. Il renfermait deux tranches de pain. Elle en prit une, baissa son écharpe et mordit dedans.

La croûte était dure et rassise, mais elle eut le sentiment de n'avoir jamais rien mangé d'aussi bon. Elle avala et prit une autre bouchée, puis inspecta rapidement le reste de la cuisine. Ne trouvant rien de plus, elle contourna le cadavre de la femme et se dirigea vers la porte.

Dans la chambre, l'homme grognait toujours.

CHAPITRE SIX

BERNICE

Plantée dans le couloir devant l'appartement des Lange, Bernice ne savait pas quoi faire. Les jumeaux pleuraient toujours et personne ne répondait. Elle frappa une troisième fois.

— Mrs Lange ? appela-t-elle de nouveau. Vous êtes là ?

Toujours aucune réponse.

— C'est Bernice Groves, votre voisine d'en face. J'ai vu votre fille sortir du bâtiment. Je tenais simplement à m'assurer que vous alliez bien.

Elle hésita et tenta de trouver quelque chose à ajouter. Grippe ou non, elle était sans doute la dernière personne que Mrs Lange avait envie de voir sur son pas de porte.

— Je sais que nous avons échangé des mots un peu vifs par le passé, mais par les temps qui courent, nous devons prendre soin les uns des autres.

Les pleurs des enfants semblaient devenir de plus en plus perçants.

Bernice eut envie de crier. Il fallait qu'elle entre à tout prix. Elle frappa de nouveau puis attrapa la poignée. À sa grande surprise, elle tourna et la porte s'ouvrit. Quel genre de mère ne s'enfermait pas avec deux bébés chez elle ? Puis elle se souvint que c'était Pia qui était sortie en dernier. Peut-être avait-elle oublié d'utiliser sa clé, ce qui serait tout naturel. Elle n'était qu'une jeune fille sans doute terrifiée par les horribles événements. Même Bernice l'était et pourtant c'était une adulte. Les jumeaux étaient trop petits pour comprendre ce qui se passait, mais eux aussi sentaient certainement que quelque chose n'allait pas et eux aussi avaient peur. Une vague d'instinct maternel submergea Bernice, si forte qu'elle s'engouffra dans l'appartement.

L'odeur de la chair en décomposition envahit aussitôt ses narines et lui donna un haut-le-cœur. Elle se plaqua une main sur la bouche et le nez, referma derrière elle et balaya la pièce du regard. Des rideaux en toile de jute volaient à la fenêtre qui surplombait un lit défait. Des vêtements de bébé étaient accrochés n'importe comment aux cordes à linge suspendues au plafond. De la vaisselle sale jonchait la table. Le seau près du poêle débordait de couches souillées. Soit Mrs Lange n'était pas aussi travailleuse et ordonnée que le reste des Allemands, soit Pia vivait seule ici.

Les cris d'enfants semblaient distants et étouffés, comme s'ils venaient d'ailleurs. S'était-elle trompée d'appartement ? Elle retint son souffle et tendit l'oreille, incapable de discerner s'il s'agissait de deux bébés ou d'un seul. Peut-être était-ce le nourrisson d'un voisin ? Alors elle remarqua les couches et les chiffons empilés contre le bas de la porte de l'autre pièce et son estomac se noua.

Les dents serrées, elle s'approcha, tourna la poignée et ouvrit lentement. Dans la faible lumière, elle distingua une commode avec deux photographies en noir et blanc, qui montraient Mr et Mrs Lange le jour de leur mariage, lui dans un costume sombre et elle vêtue d'une simple robe blanche et d'un voile en dentelle. Bernice retint son souffle et entra. Ce qui restait de Mrs Lange était étendu sur le lit, une couverture grise remontée jusqu'au cou, un coussin maculé de sang sous la tête. Des mouches et des asticots s'agglutinaient autour de ses yeux et de ses narines. Bernice poussa une exclamation horrifiée et se détourna, avant de s'obliger à regarder de nouveau pour voir si les jumeaux étaient près d'elle. Des fleurs en papier étaient disposées autour de la tête de la défunte, mais il n'y avait pas de cadavres de petits garçons à côté du sien. Pendant ce temps, des pleurs retentissaient toujours.

La possibilité qu'elle fût victime d'hallucinations lui traversa l'esprit et, l'espace d'un instant, elle songea qu'elle était peut-être devenue folle. Chaque battement de son cœur pulsait dans ses tempes et aggravait son mal de tête, comme autant de coups de marteau assenés à l'intérieur de sa boîte crânienne. Elle fixa de nouveau Mrs Lange. Entendait-elle les pleurs, elle aussi ? Alors qu'elle gisait là, entendait-elle ses fils qui l'appelaient, réclamant ses bras tendres et son lait ? Sa pauvre âme était-elle à l'agonie ? Peut-être son fantôme était-il là, impuissant et confus tandis qu'il cherchait frénétiquement ses enfants.

Bernice chancela sur ses jambes mal assurées. Elle connaissait parfaitement ce sentiment. Mais pour la première fois, elle fut reconnaissante que Wallis eût quitté ce monde avant elle. Si elle avait succombé en premier, il n'y aurait eu personne pour s'occuper de lui, personne en mesure de l'aimer autant qu'elle. Et peut-être serait-il mort de faim tout seul dans l'appartement. Elle songea alors que les bébés étaient peut-être morts et que c'étaient leurs fantômes qu'elle entendait, avant de secouer la tête. Non. Les pleurs étaient bel et bien réels. Elle plissa les yeux et inspecta attentivement la couverture. Elle était toute plate de part et d'autre du corps de Mrs Lange. Rien ne bougeait en dessous. Elle s'approcha du placard et tâta à l'aveuglette parmi les pulls, les robes, les pantalons. Elle s'agenouilla pour en explorer le bas et ne trouva que des bottes de femme et deux boîtes à chapeau. Elle regarda sous le lit. Là non plus, pas de bébé affamé la fixant avec effroi. Toujours à genoux, elle inspecta aussi le dessous de la commode, du lavabo, du fauteuil. Puis elle la vit.

Une petite porte basse entre le lit et l'armoire. Elle était de la même couleur que les murs, à l'exception de la petite poignée et du loquet, qui étaient peints en rouge. Bernice rampa jusque-là, attrapa la poignée d'une main tremblante et tira. Si elle avait été debout en découvrant ce qui se trouvait derrière, elle serait sans doute tombée à la renverse.

L'un des jumeaux était allongé sur une couverture et un oreiller. Il hurlait en battant des pieds et en agitant ses petits poings. L'autre était coincé dans un coin, mi-étendu, mi-assis, le visage rouge et les joues baignées de larmes. Les deux portaient des chemises de nuit à manches longues, des pulls, des bonnets et des chaussons.

— Mon Dieu ! Mes pauvres petits !

Geignant, l'un des bébés se blottit contre elle et ses pleurs cessèrent momentanément. Sa peau était moite et sa couche lourde et humide empestait. De sa main libre, Bernice s'empara d'une couverture dans laquelle elle enveloppa délicatement le petit. Elle le déposa à terre et attrapa son frère. Aussitôt, le premier se remit à hurler.

— Chut, souffla-t-elle. Ne pleure pas. Je suis là.

Tant bien que mal, elle saisit le premier et se leva, vacillante, les bébés serrés contre elle. Ils gémissaient et pleuraient, épuisés et tremblants, tandis qu'elle-même frémissait de rage. Elle ne comprenait pas comment Pia avait pu faire quelque chose d'aussi horrible. Ses propres frères ! Elle était au courant que des gens abandonnaient des parents malades car ils ne savaient pas quoi faire d'autre, mais dans le cas présent, à part le fait qu'ils semblaient affamés, sales et effrayés, les jumeaux avaient l'air en bonne santé. C'était impardonnable de les avoir laissés seuls. Apparemment, la réputation de sans-cœur des Allemands était la triste vérité.

Elle berçait les garçons et les faisait bondir tout doucement sur ses hanches.

— Voilà, voilà, dit-elle d'une voix mal assurée. Pas la peine de pleurer. Ne vous inquiétez pas, je vais m'occuper de vous.

Chapitre sept

Pia

Après avoir frappé et trouvé porte close ou s'être entendu dire de déguerpir et après avoir découvert deux autres cadavres dans le bâtiment voisin, Pia décida de tenter sa chance dans des quartiers plus prospères où les gens avaient de tout en abondance. Peut-être tomberait-elle sur un marché ouvert ou croiserait-elle un vendeur ambulant ? Une chose était certaine : c'était de la torture d'avoir laissé ses frères, et elle ne voulait pas recommencer à moins d'une absolue nécessité. Il lui fallait donc trouver suffisamment de nourriture jusqu'au retour de Vater ou jusqu'à ce que ce cauchemar prenne fin, si toutefois il se terminait un jour. Même si elle redoutait de s'aventurer loin de la maison, ce qu'elle avait dans les poches pour l'instant était loin de suffire.

Elle laissa Shunk Alley derrière elle et emprunta Delancey en direction de l'ouest, puis tourna vers le nord. Aucune voiture, aucun chariot ne circulait sur les pavés. Personne ne marchait sur les trottoirs. Un tramway passa, mais seuls quelques passagers masqués s'y trouvaient, tous assis à distance les uns des autres. La sensation que ses frères et elle figuraient parmi les derniers survivants de la ville se renforçait à chaque pas. En temps normal, les rues étaient si bondées qu'elle ne pouvait pas parcourir deux mètres sans se cogner contre des passants, des enfants, des hommes d'affaires ou des cyclistes. À présent, des rubans en crêpe ornaient les portes et flottaient silencieusement dans la brise matinale, tandis que des corps enveloppés dans des draps s'empilaient sur les trottoirs. Le seul bruit était le claquement de ses talons qui résonnait dans l'artère vide. Plus elle avançait, plus une peur froide lui compressait la poitrine, l'empêchant de respirer correctement.

Pia avait prévu de raser les bâtiments et de rester près des porches au cas où elle aurait besoin de se cacher (de qui ou de quoi, elle n'en savait rien), mais la puanteur des cadavres était intolérable. Elle marchait donc au beau milieu de la chaussée en essayant de ne pas penser à ce que dissimulaient les draps, ou à la femme blonde avec des vers sur le visage. Elle tentait de ne pas penser au fait que, seulement quelques jours plus tôt, ces personnes avaient assisté au défilé, avaient fait la fête avec leur mari et leur femme, leurs enfants et leurs amis, sans se douter que la mort guettait. À présent, ils étaient couverts de mouches et pourrissaient sur le bitume, comme les poissons vendus au port ou les porcs suspendus aux esses chez le boucher. Sauf qu'au moins le poisson était posé sur de la glace et que les porcs étaient cuits, sans vers qui leur rampaient autour des yeux. Elle resserra ses bras autour d'elle, ravalant ses larmes et son envie de vomir.

Des messages étaient placardés sur les bâtiments et les poteaux télégraphiques. « TOUTES LES ÉGLISES ET SALLES DE SPECTACLE SONT FERMÉES AFIN DE LUTTER CONTRE L'ÉPIDÉMIE. NOMBRE DE CAS DANS L'ÉTAT : 100 000. LES AGENCES DE SANTÉ MUNICIPALES ET DE L'ÉTAT SONT SUSCEPTIBLES D'INSTAURER DES MESURES PLUS DRASTIQUES APRÈS S'ÊTRE PLAINTES DE MÉDECINS QUI NE SIGNALENT PAS LES CAS, CE QUI LES HANDICAPE DANS LEUR TRAVAIL. LA DEMANDE DE MÉDECINS DÉPASSE LARGEMENT L'OFFRE. »

Ignorant la voix dans sa tête qui lui hurlait de faire demi-tour, elle prit le chemin de la 3e Rue, en quête d'un signe lui indiquant qu'elle allait dans la bonne direction. De temps à autre, un mouvement derrière un rideau attirait son regard, mais, dès qu'elle tournait la tête, le rideau retombait. D'un côté, même si elle n'avait rien, elle redoutait que quelqu'un l'agresse pour la voler, car les gens étaient désespérés, elle était bien placée pour le savoir. D'un autre, voir du mouvement lui procurait un semblant de réconfort. Au moins, elle n'était pas seule. D'autres personnes qu'elle se calfeutraient chez elles et essayaient de survivre. Elle continua sa route vers les quartiers chics. Si elle frappait aux bonnes portes et racontait son histoire, peut-être qu'une femme riche lui offrirait une miche de pain ou une conserve de fruits. Peut-être qu'une mère compatissante lui donnerait du lait de vache ou une boîte de Mellin. Elle l'espérait, en tout cas.

En arrivant sur Pine Street, elle ralentit. Des hommes armés patrouillaient devant des cercueils entassés par dizaines à l'extérieur du cimetière de l'église Saint-Pierre. À côté des piles de cercueils, sous une rangée de sycomores, des cadavres drapés s'amoncelaient en désordre au milieu de nuées de mouches. D'autres hommes masqués aux vêtements sales transportaient les corps à l'intérieur du cimetière, où un autre groupe creusait ce qui ressemblait à une immense tombe. Certains portaient ce qui s'apparentait à une tenue de prisonnier, tandis que d'autres étaient vêtus d'uniformes scolaires. Une nouvelle vague de nausée submergea Pia et lui donna le tournis. Elle baissa les yeux et continua d'avancer en espérant que personne ne remarque sa présence.

Quand elle arriva au bout du pâté de maisons, il se mit à pleuvoir, un crachin morne qui graissait les pavés. Le vent se leva, apportant dans son sillage le frimas de l'hiver approchant. Elle resserra le manteau de Mutti autour d'elle, mais elle se sentait glacée. Épuisée, aussi, comme si ses jambes étaient en ciment. Avec tout ce qu'elle avait vu et ressenti, tous ses efforts pour être forte pour les garçons et ne pas céder à la panique, cela n'avait rien d'étonnant que la fatigue la gagne. Mais, à son jeune âge, jusqu'à quand parviendrait-elle à endurer une telle peur et une telle inquiétude ? Aussitôt, elle se réprimanda en son for intérieur d'être aussi égoïste. Elle était là pour trouver à manger pour Ollie et Max, pas pour se morfondre sur son sort et sur combien ses parents lui manquaient. Encore quelques pâtés de maisons et elle serait à South Street, la grande avenue qui longeait la rivière Schuylkill et séparait la partie riche de la partie pauvre de Philadelphie.

Lorsqu'elle atteignit Lombard Street, une fine pellicule de sueur s'était formée sur son front et au-dessus de sa lèvre supérieure. Elle s'essuya le visage avec la manche de son manteau, pour finalement le retirer, ne supportant plus le poids suffocant de la laine sur ses épaules. Elle le mit sur son bras et repartit. Pourquoi avait-elle si chaud ? Avoir froid n'avait rien d'étonnant : on était en octobre et les gouttes de pluie étaient glacées. Mais tout à coup, il faisait lourd et humide, comme en plein été. Le cœur battant, elle ralentit le pas, jusqu'à marquer une pause au bord du trottoir. Le manteau semblait peser une tonne.

En entendant des pas résonner dans son dos, elle fit volte-face. Un homme avançait dans sa direction en chancelant. Il saignait du nez et des yeux, avait la bouche grande ouverte et la respiration entrecoupée. Il tendit vers elle ses mains ensanglantées.

— Aide-moi, supplia-t-il d'une voix rauque.

Pia tourna les talons et s'éloigna en courant. Quand elle regarda par-dessus son épaule pour voir s'il la suivait, elle le vit étendu sur le trottoir, les bras et les jambes formant des angles étranges. Elle courut encore un peu, puis s'arrêta pour reprendre son souffle, les mains sur les genoux. Ses cheveux trempés de sueur lui tombaient dans les yeux. Soudain, elle fut prise d'une quinte de toux, et un éclair de douleur lui transperça les poumons. Elle porta une main à sa poitrine. *Non.* Elle ne pouvait pas tomber malade. C'était impossible. Peut-être était-ce un simple rhume. Ou l'épuisement dû aux soucis, au chagrin, au manque de sommeil et de nourriture. Dans tous les cas, elle était déterminée à ne pas y faire attention et à continuer sa route.

Pia se redressa et regarda de nouveau en direction de l'homme. Il gisait toujours au même endroit, immobile. Une flaque de sang avait commencé à se former autour de sa tête. Faisant fi du nœud brûlant dans sa gorge,

Pia réprima sa terreur et repartit. Encore deux pâtés de maisons et elle était arrivée. Là, elle trouverait ce qu'elle cherchait, puis elle pourrait retourner chez elle. Elle pourrait donner à manger aux garçons, manger à son tour, puis elle s'allongerait sur son lit avec eux pour qu'ils dorment tous les trois. En sécurité dans l'appartement, ils attendraient que tout cela s'arrête, que Vater revienne du front. Puis tout rentrerait dans l'ordre. Sauf que…

Mutti, pensa Pia. Ses yeux se remplirent de larmes, ses jambes se dérobèrent sous elle, et elle s'assit pesamment au bord du trottoir. Les bâtiments d'en face paraissaient onduler, comme en été quand de la brume de chaleur montait des pavés. Mais ce n'était pas l'été. Elle s'attrapa la tête entre les mains. Sa poitrine semblait lourde et sa gorge éraflée, comme si elle avait avalé du verre brisé. Les battements de son cœur cognaient violemment dans ses tempes. Elle ferma les yeux. Elle avait juste besoin de se reposer. Rien qu'une minute. Elle irait mieux ensuite.

Elle sortit de sa poche l'une des tranches de pain qu'elle avait trouvées dans l'appartement de la femme blonde et mordit dedans. Cette fois, il avait un goût de papier et ses dents lui faisaient mal tandis qu'elle mâchait. En l'avalant, elle eut l'impression que des lames de rasoir lui arrachaient l'œsophage. Elle voulut néanmoins manger une autre bouchée pour récupérer des forces, mais une nouvelle quinte de toux s'empara d'elle, impitoyable. Elle recracha le pain, se leva en chancelant et se pencha en deux, le souffle court. Une panique incontrôlable la saisit. Elle devait faire demi-tour. Elle devait rentrer. Elle devait sortir Ollie et Max du casier.

Enfin, après quelques minutes d'une toux si violente qu'elle crut s'évanouir, Pia parvint à reprendre sa respiration. Elle ramassa le manteau de Mutti tombé sur le trottoir, traversa la rue pour ne pas passer à côté de l'homme allongé à terre et repartit en direction de la maison. Il faudrait pour l'instant se contenter du pain, des féculents et de la boîte de Mellin. Peut-être pourrait-elle ressortir après s'être reposée. Peut-être la situation s'améliorerait-elle entre-temps. Peut-être les gens arrêteraient-ils de mourir et les survivants oseraient-ils de nouveau sortir de chez eux.

D'une certaine façon, c'était un soulagement de rentrer et de savoir qu'elle allait retrouver ses frères. Son cœur se serra en les imaginant en pleurs et effrayés dans ce petit espace étouffant. Elle tenta d'accélérer le pas.

Alors, quelque chose se produisit, sans qu'elle sût bien quoi. Elle avait le sentiment de tomber, sauf qu'elle était debout. Tout se mit à tourner comme si elle était dans un manège. Elle s'effondra au ralenti et sa joue percuta l'asphalte, de petits cailloux et du gravier lui égratignant le visage. Une douleur violente parcourut son corps inerte, les muscles de son cou se contractèrent tandis que ses poumons tentaient désespérément de se remplir d'air. La terreur lui vrilla l'esprit et le malaise la submergea alors qu'elle s'enfonçait de plus en plus dans l'obscurité, soudain aveugle, sourde et muette. Sa dernière pensée fut pour Vater. Elle l'imagina trouvant dans le casier les petits corps squelettiques et froids des jumeaux.

Puis tout disparut.

Chapitre huit

Bernice

Les jumeaux dans les bras, Bernice fixait leur mère morte sur le lit, en proie à une peur glaçante. Les yeux de Mrs Lange étaient-ils ouverts quelques minutes plus tôt ? L'observait-elle ? Bernice s'admonesta. Elle était ridicule. C'était son imagination qui lui jouait des tours. Elle emmena les bébés dans l'autre pièce et les allongea sur le lit afin de refermer la porte de la chambre ainsi que la fenêtre. Dès qu'elle les posa, ils se remirent à hurler et à s'agiter en tous sens.

Bernice retira son manteau, le balança sur une chaise et attrapa un chiffon, des couches et des chemises de nuit propres sur la corde à linge. Avec des gestes rapides, elle humidifia le chiffon dans l'eau, dévêtit les garçons et les nettoya du mieux qu'elle pouvait tandis qu'ils continuaient à pleurer.

— Je sais, je sais. Vous avez froid, vous avez faim, vous avez peur. Mais ça ira mieux dans une minute, je vous le promets.

Après les avoir rhabillés, elle s'assit entre les jumeaux sur le lit et s'adossa contre le mur. Elle déboutonna son chemisier, écarta le rebord de son caraco et attrapa l'un des jumeaux pour le mettre à son sein gorgé de lait. Le bébé effleura son alvéole, puis se mit à téter avec avidité. Aussitôt, il cessa de pleurer. Un éclair de douleur traversa le sein de Bernice et elle arqua le dos en aspirant entre ses dents serrées. Puis elle souleva l'autre jumeau et le porta à son sein libre. Lui aussi commença à boire immédiatement. Au bout d'un moment, la douleur s'atténua et se transforma en une sorte de pulsation qui allait et venait à chaque gorgée.

Des larmes roulèrent sur les joues de Bernice et elle ferma les yeux. Le chagrin menaçait de l'engloutir. Chaque fibre de son être réclamait Wallis, sa petite bouche autour de son téton, sa douce main dans la sienne pendant qu'elle le nourrissait. Il lui semblait que la veille encore elle s'émerveillait devant ses minuscules ongles parfaits, sa peau rose, ses cheveux duveteux. Et à présent, il était mort. Mort. Plus jamais il ne boirait son lait. Cette pensée lui fit l'effet d'un coup de poignard en pleine poitrine.

Les bébés tétaient-ils au paradis ? Wallis aurait-il encore besoin d'elle lorsqu'ils seraient réunis au royaume de Dieu ? Elle avait hâte de le découvrir et priait pour que ce jour arrive le plus tôt possible. Soudain, la peur lui noua la gorge. Elle avait maudit Dieu à de nombreuses reprises après la mort de son fils. Elle avait failli se suicider. Elle n'avait plus aucune garantie de finir au paradis, désormais. Elle secoua la tête. Non. Elle ne pouvait pas se laisser aller à de telles idées. La perspective de revoir Wallis dans l'autre monde était la seule chose qui l'aidait à ne pas perdre la raison.

Elle rouvrit les yeux et les posa sur les jumeaux, le cœur brisé mais reconnaissante de pouvoir les alimenter et, sûrement, les sauver d'une mort certaine. Dieu verrait sans doute d'un bon œil un tel acte de compassion. Peut-être lui avait-Il permis de voir Pia dans la rue afin de la mener jusqu'aux jumeaux. Peut-être lui donnait-Il une chance de se racheter, de prouver qu'elle était une fervente chrétienne. En temps normal, elle détestait entendre les gens dire que rien n'arrivait par hasard. Car pour quelle raison son mari avait-il bien pu être tué à la guerre ? Pour quelle raison Wallis, un bébé entièrement innocent, était-il tombé malade à en mourir ? Rien ne pouvait justifier de telles horreurs. Mais parfois, peut-être que le hasard faisait bien les choses. Peut-être que sa mission était de sauver ces enfants.

Ils buvaient de plus en plus lentement et commençaient à s'endormir tandis que la fatigue les gagnait. Avec leurs cheveux blonds et leur teint pâle, ils lui rappelaient tant Wallis que c'était une torture. Mais dans le même temps, elle adorait les bercer, les serrer, caresser leurs joues toutes douces. C'étaient de magnifiques bébés, presque aussi parfaits que son fils. Jamais l'on n'aurait deviné qu'ils étaient allemands. En toute honnêteté, si Wallis et eux avaient participé à un concours du plus beau nourrisson, tous trois auraient fini à égalité.

Elle ne pouvait pas croire que Pia les ait abandonnés. Même si elle revenait, elle était clairement trop jeune et irresponsable pour s'occuper d'eux correctement. Elle l'avait prouvé en les mettant dans ce casier, puis en les laissant seuls dans un appartement même pas fermé à clé. Si Bernice ne les avait pas trouvés, que leur serait-il arrivé ? Mais peut-être que perdre sa mère et devoir assumer la responsabilité de ses frères était trop pour Pia. Peut-être avait-elle craqué et décidé de partir en espérant qu'elle serait déjà loin lorsque quelqu'un s'en apercevrait. Bernice avait entendu des histoires de maris qui abandonnaient leurs femmes malades, de mères qui abandonnaient leurs enfants après que le médecin leur avait intimé l'ordre de cesser de les nourrir, d'enfants qui abandonnaient leurs parents condamnés. Néanmoins, Bernice n'arrivait pas à concevoir que l'on puisse laisser des bébés innocents, mais tout semblait possible par les temps qui couraient. Des immigrants avaient pris possession de la ville, des langues étrangères résonnaient partout dans les rues, la grippe était devenue une épidémie qui tuait un par un tous les habitants de Philadelphie. Tout était hors de contrôle et Bernice était totalement impuissante.

Jusqu'à maintenant.

Ce serait facile de faire passer les jumeaux pour ses enfants. Et après ce qu'elle avait traversé, personne ne pourrait lui en vouloir. Leur mère était morte, leur sœur les avait abandonnés, et il était peu probable que leur père revienne du front. Les listes des disparus au combat que publiaient les journaux, en plus de celles des nouveaux cas de grippe et des décès, s'allongeaient chaque jour. Même si les jumeaux avaient de la famille en Allemagne, il serait impossible de la localiser dans ce pays déchiré par la guerre. Elle pouvait prendre soin d'eux et, plus important encore, leur offrir une bonne éducation, loin de leur héritage barbare et rétrograde.

Quand ils eurent fini de téter, elle les étendit sur le lit et se leva. Si elle décidait de mettre son plan à exécution, alors elle devait se dépêcher. Elle décrocha le reste des couches et vêtements propres de la corde à linge, les empila sur la table, puis retint son souffle et alla dans la chambre. Tentant de ne pas regarder Mrs Lange, elle commença par explorer la commode en quête de davantage d'habits de bébé, mais n'en trouva pas. Deux petits manteaux étaient suspendus dans l'armoire. Elle s'en empara, ainsi que des hochets et des biberons, puis se précipita hors de la pièce.

De retour dans la cuisine, elle fouilla les placards et les étagères en quête de nourriture, sans succès. Au-dessus du lavabo, un dessin d'une fille blonde tenant deux petits garçons par la main dans un champ fleuri était accroché au mur. Un soleil jaune sortait de derrière des nuages cotonneux. Dans le coin en bas à gauche, un message rédigé dans une calligraphie soignée disait : *Pour Ollie et Max. Avec tout mon amour. Votre grande sœur Pia.*

La culpabilité s'empara de Bernice. Peut-être Pia allait-elle revenir. Peut-être était-elle partie chercher à manger. Maintenant qu'ils étaient au sec et rassasiés, peut-être iraient-ils bien jusqu'à son retour. Bernice se mordilla la lèvre, indécise. Peut-être devrait-elle laisser les garçons ici. Peut-être qu'elle n'était personne pour les prendre à leur grande sœur. Et si leur père revenait ? Elle attrapa son manteau et se dirigea vers la porte, puis s'arrêta. Non, si Pia revenait et qu'ils n'étaient plus là, cela lui servirait de leçon pour les avoir négligés de la sorte. Tentait-elle de se justifier ? Non. Ils avaient besoin d'elle et elle avait besoin d'eux.

Elle fit volte-face, reposa son manteau et rassembla les affaires des jumeaux. Tandis qu'elle plaçait les vêtements sales et les couvertures dans un sac et qu'elle rinçait les biberons, son dégoût et sa colère grandirent. Pia aurait dû demander l'aide d'un voisin ou emmener les garçons à la Croix-Rouge, n'importe quoi sauf ça. Ces bébés méritaient mieux.

Soudain, quelqu'un frappa à la porte. Bernice sursauta si fort qu'elle faillit laisser tomber un biberon.

— Il y a quelqu'un ? interrogea une voix étouffée de femme.

Bernice se figea, les yeux rivés sur la porte.

On toqua de nouveau.

Elle se tourna vers les jumeaux en priant pour qu'ils ne se réveillent pas.

D'autres coups retentirent, plus forts cette fois. Bernice retint son souffle.

— C'est la société des infirmières de Philadelphie qui m'envoie, dit la voix. Nous faisons du porte-à-porte pour voir si les gens ont besoin d'aide. Il y a quelqu'un ?

Puis la poignée tourna et Bernice jura entre ses dents. Elle posa le biberon, saisit un tablier accroché au mur et l'enfila. Elle courut ensuite jusqu'à la porte, qu'elle ouvrit en faisant mine d'être à bout de souffle.

— Je suis désolée, j'étais en train de briquer le plancher de la chambre et je ne vous ai pas entendue.

L'infirmière dévisagea Bernice, ses yeux noisette remplis d'inquiétude par-dessus son masque de gaze. Vêtue d'un long manteau de style militaire, d'un chapeau et de bottes hautes, elle tenait dans sa main gantée ce qui ressemblait à une mallette de médecin. Une jupe sombre et un tablier blanc dépassaient du bas de son habit.

— Je suis navrée de vous déranger. Comment vous en sortez-vous ? Y a-t-il des gens malades à la maison ?

— Non, répondit Bernice en secouant la tête.

— Excellent. Mais si vous voulez rester en bonne santé, vous devriez toujours mettre un masque avant d'ouvrir la porte.

Bernice acquiesça et plaqua son tablier contre sa bouche et son nez.

— Et vous ne devriez vraiment pas laisser la porte ouverte, ajouta l'infirmière.

— Oh. Oui, je sais. Je venais d'aller chercher de l'eau et j'ai oublié de la fermer à clé.

La femme tendit le cou pour tenter de regarder à l'intérieur.

— Vivez-vous seule ?

— Avec mes garçons, répondit Bernice sans savoir si l'intruse pouvait voir les jumeaux depuis le seuil.

L'infirmière fronça les sourcils et porta sa main gantée à son masque.

— Est-ce que quelqu'un est mort ici ?

Bernice serra les dents et jura en son for intérieur. Si elle disait non, la femme rentrerait peut-être pour vérifier. Elle fixa le sol pour tenter de gagner du temps, puis renifla et s'essuya les yeux.

— Ma sœur adorée. Nous l'avons perdue il y a plusieurs jours, mais je… je ne savais pas quoi faire de sa dépouille. J'ai vu les hommes collecter des corps dans des chariots, mais je ne pouvais pas la sortir seule. Et je ne pouvais pas laisser les bébés sans surveillance.

— Je suis vraiment désolée. Je vais envoyer quelqu'un au plus vite.

Bernice allait refuser, avant de comprendre que cela n'avait pas d'importance. Elle serait déjà partie quand quelqu'un viendrait débarrasser le cadavre de Mrs Lange.

— Merci. C'est très gentil à vous.

— Nous sommes là pour vous aider dans la mesure du possible. Quel âge ont vos fils ?

— Quatre mois.

— Des jumeaux, donc.

— Oui, madame.

— Et votre mari ? Est-il dans l'armée ?

Bernice acquiesça.

— Assurez-vous de ne pas sortir avec vos garçons tant que le pire n'est pas passé. Et si vous commencez à avoir des symptômes, avertissez quelqu'un. Les gens meurent à une vitesse inimaginable et j'ai déjà trouvé un grand nombre d'enfants livrés à eux-mêmes. Ce matin encore, je suis tombée sur un petit de 3 ans qui était seul dans son appartement depuis plusieurs jours. Ses parents étaient décédés et personne n'était au courant. Il n'est pas malade, mais il était à demi mort de faim.

Bernice poussa une exclamation de surprise. Le choc et l'horreur lui donnèrent la nausée.

— Mon Dieu… Et que faites-vous des enfants que vous trouvez ?

Sitôt les mots sortis de sa bouche, elle se maudit d'alimenter la conversation. Il fallait que l'infirmière débarrasse le plancher.

— Nous faisons ce que nous pouvons. D'abord, nous demandons aux voisins si la famille avait des parents ou des amis dans les parages, quelqu'un susceptible de vouloir les recueillir. Si personne ne se propose, alors nous les emmenons à l'orphelinat. Malheureusement, les orphelinats de la ville sont surpeuplés à cause de l'épidémie.

Bernice frémit et repensa aux histoires que lui racontait son frère à propos des religieuses diaboliques et du gruau froid.

— Seigneur. Pauvres enfants, se lamenta-t-elle. En tout cas, merci d'être passée.

— Je vous en prie. Prenez bien soin de vous et de vos petits. Et restez chez vous jusqu'à ce que tout cela soit fini, d'accord ?

Bernice hocha la tête et l'infirmière lui adressa un signe amical de la main avant de tourner les talons. Bernice ferma la porte et s'y adossa dans un soupir de soulagement. Elle se repassa la scène en se demandant si elle avait dit ou fait quoi que ce fût susceptible de trahir sa nervosité. Elle n'en avait pas l'impression. Dans tous les cas, l'infirmière n'avait aucune raison de la soupçonner. Elle était surprise de constater avec quelle facilité elle avait menti quant au fait d'être la mère des jumeaux. Cela dit, elle l'était à présent, et une mère était prête à tout pour protéger ses enfants, y compris mentir ou voler. Quand les battements frénétiques de son cœur ralentirent, elle alla regarder par la fenêtre, à l'affût du moment où l'infirmière quitterait l'immeuble. Après ce qui lui parut une éternité, cette dernière descendit les marches et se dirigea à pas rapides vers le bâtiment voisin. Bernice guetta quelques instants encore pour s'assurer que la femme ne ressortait pas ou que Pia n'arrivait pas, puis elle étala au sol une couverture au centre de laquelle elle disposa les affaires des jumeaux. Quand elle fut certaine de n'avoir rien oublié, elle en noua les coins pour constituer un baluchon, puis elle rejoignit les garçons.

— Bon. Lequel de vous est Ollie, et lequel de vous est Max ? demanda-t-elle à voix basse.

Elle décida que le premier qui bougerait serait Ollie, puis elle attendit. Mais ils dormaient profondément, dans une immobilité parfaite.

— Peu importe, décréta-t-elle. Je vais changer vos noms, de toute façon.

Elle envisagea d'aller voir Mrs Lange une dernière fois, pour lui dire qu'elle s'occuperait bien de ses bébés et peut-être réciter une prière pour elle. Sachant combien elle serait dévastée à sa place, cela lui semblait être la bonne chose à faire. Mais ensuite, elle se rappela que Mrs Lange était allemande. Allez savoir quelle était sa religion. Sans parler du fait que Mr Lange avait volé le travail du père de Bernice et que les jumeaux seraient morts si elle ne les avait pas trouvés. Désormais, ils vivraient dans un foyer aimant, avec une mère dévouée qui les éduquerait selon les valeurs américaines. Mrs Lange devrait lui être reconnaissante de recueillir ses enfants. N'importe qui d'autre les aurait laissés dépérir.

Avec un bébé dans chaque bras et le baluchon attaché dans le dos, Bernice monta précipitamment la dernière volée de marches qui menait à son appartement, le visage et le dos trempés de sueur. Elle mourait d'envie de s'arrêter pour ôter son manteau, mais elle devait absolument rentrer chez elle avant que quiconque la voie. Les garçons lui semblaient plus lourds à chaque pas, son chargement prêt à la faire basculer en arrière dans l'escalier. Lorsqu'elle arriva en haut, elle marqua une pause un instant pour se reposer, puis marcha d'un pas pesant vers sa porte, ses muscles endoloris. Muets et les yeux humides, les jumeaux regardaient autour d'eux d'un air confus, trop épuisés et effrayés pour protester.

— Ne vous inquiétez pas, leur murmura-t-elle. Tout va bien se passer. Mieux que bien, même, maintenant que vous êtes avec moi.

Puis elle se souvint que sa clé était dans la poche de son manteau. Il lui fallait poser les garçons pour la prendre. Elle s'admonesta de ne pas l'avoir gardée dans sa main. Elle se pencha et étendit délicatement l'un des jumeaux à terre, sur le dos. Il la regarda, battit des paupières et se mit à pleurer.

— Je sais, je sais. Je me dépêche.

Elle trouva la clé, ouvrit la porte, la poussa et mit l'autre petit à l'intérieur, sur le tapis. Comme son frère, il commença aussitôt à geindre.

— Chut, chuchota-t-elle. Nous y sommes presque.

Elle fit glisser le baluchon de ses épaules puis retourna dans le couloir pour le premier. Dès qu'elle le prit dans ses bras, il cessa de pleurer. Tout à coup, elle se figea. Il y avait quelqu'un en haut des marches.

C'était l'infirmière qui était passée chez les Lange.

— Qu'est-ce qui se passe, ici ? demanda-t-elle en approchant.

Bernice s'empressa d'entrer et voulut refermer la porte derrière elle, mais l'infirmière la bloqua avec son pied.

— Que fabriquez-vous ici ? Je vous ai pourtant expliqué qu'il était trop dangereux de sortir avec vos fils.

Bernice rouvrit et feignit la surprise.

— Oh, c'est vous ! s'exclama-t-elle en espérant que l'infirmière ne voie pas la panique dans ses yeux. Vous m'avez fait une peur terrible ! Je rends visite à une amie. Je sais que ce n'est pas prudent, mais je lui ai donné ma parole.

En entendant son frère pleurer sur le tapis, celui que Bernice tenait contre elle l'imita. L'infirmière posa son sac.

— Laissez-moi vous aider, offrit-elle en tendant les bras.

Bernice se tourna sur le côté pour le mettre hors de portée.

— Non, répondit-elle plus sèchement qu'elle l'aurait voulu. Je peux me débrouiller.

La visiteuse fronça les sourcils.

— Êtes-vous sûre que tout va bien ? Vous êtes toute rouge.

— Oui, j'ai simplement trop chaud d'avoir porté les garçons dans l'escalier. À présent, si cela ne vous fait rien, il faut que je…

L'infirmière regarda par-dessus son épaule, les yeux plissés.

— Y a-t-il un cadavre ici ?

Bernice recula d'un pas, mais son talon se coinça dans le baluchon. Elle crut qu'elle avait marché sur l'autre petit et, paniquée à l'idée de lui avoir fait mal, perdit l'équilibre. L'infirmière se lança en avant pour attraper le bébé, mais Bernice saisit la poignée de la porte de sa main libre, se retint et empêcha de nouveau l'infirmière de s'en emparer. Elle voulut alors lui bloquer le passage, mais c'était trop tard. La femme était dans l'entrée.

Avant que Bernice ait le temps de réagir, l'infirmière souleva le jumeau sur le tapis et se mit à le faire bondir doucement sur sa hanche en lui tapotant le dos, tout en balayant la pièce du regard. Lorsqu'elle aperçut le berceau de Wallis dans le coin, elle avança dans sa direction.

— À qui est cet enfant ? s'enquit-elle.

Bernice déglutit, un goût amer de peur dans la bouche.

— C'est le bébé de mon amie. J'ai tenté de la convaincre de l'emmener à la maison funéraire, mais elle a refusé. C'était son seul enfant et elle est absolument dévastée. Ce qui est compréhensible, naturellement. C'est pour cette raison que je lui ai promis de venir la voir, afin de m'assurer qu'elle va bien.

L'infirmière regarda dans le berceau avant de se tourner vers Bernice.

— La pauvre, quelle tragédie. Peut-être puis-je l'aider. Où est-elle ?

Bernice lança un coup d'œil vers la porte de la chambre.

— Elle doit dormir. Je ne veux pas la réveiller.

— Je croyais que vous étiez là pour vous assurer qu'elle allait bien ? Comment le savoir sans vous rendre dans la chambre ?

— J'y vais. Simplement, je…

— Pourquoi ne pas rentrer chez vous avec vos garçons et me laisser m'occuper de votre amie ? suggéra l'infirmière.

Le petit qu'elle avait dans les bras s'était endormi. Elle ôta son manteau, l'étala sur le tapis et étendit le bébé dessus. Puis elle sourit à Bernice avant d'ajouter :

— C'est mon travail, vous vous souvenez ?

Bernice secoua la tête.

— Merci, mais j'ai fait une promesse et je tiens à l'honorer.

— Très bien. Dans ce cas, je surveillerai vos enfants pendant que vous allez la voir.

Le cœur de Bernice cognait si fort dans sa poitrine qu'elle aurait pu jurer que l'infirmière l'entendait. Que dire pour faire partir cette mêle-tout ? Elle n'avait pas d'idée. Si elle la mettait dehors de force, l'autre la soupçonnerait, peut-être même reviendrait-elle avec la police. Et là, impossible de savoir ce qui se passerait. Mais… et si elle se rendait dans la chambre et constatait que le lit était vide ? Et si elle insistait pour l'aider à retourner chez les Lange ensuite ? Bernice n'avait pas d'autre choix que de jouer le jeu. Elle tendit le bébé à l'infirmière, retira son manteau et le posa sur une chaise. Des tremblements incontrôlables agitaient ses entrailles, comme si elle avait mangé quelque chose de périmé et qu'elle était sur le point d'être malade.

L'infirmière se mit à faire le tour de la pièce à pas lents, tapotant l'autre jumeau dans le dos pour l'endormir.

— Allez-y. Je m'occupe d'eux, assura-t-elle à Bernice.

Puis elle s'arrêta devant les photographies posées sur une étagère. C'étaient les deux seules que Bernice possédait. L'une la représentait le jour de son mariage avec son mari, lui assis sur une chaise et elle debout près de lui, une main sur son épaule. Sur l'autre, elle avait Wallis en robe de baptême dans les bras.

La sueur perla sur le front de Bernice.

— Une fois qu'il sera endormi, vous pouvez y aller, déclara-t-elle dans une tentative de la distraire. Je suis persuadée qu'il y a d'autres personnes qui ont davantage besoin de votre aide que nous.

— Ça ne me dérange pas, répondit la femme en étudiant les clichés de plus près.

Après ce qui parut une éternité, elle se tourna vers Bernice, les sourcils froncés.

— La ressemblance entre vous et la femme des photos est absolument incroyable.

Bernice s'enfonça les ongles dans les paumes.

— Je sais. Tout le monde dit que ma sœur et moi avons l'air de jumelles.

— C'est l'appartement de votre sœur ? demanda l'infirmière avec surprise.

Bernice hocha la tête en se maudissant en son for intérieur.

— Je croyais que vous rendiez visite à une amie ?

Bernice écarquilla les yeux.

— Est-ce ce que j'ai dit ?

Elle porta une main à sa poitrine et feignit l'embarras.

— Juste ciel. Je dois avoir des vapeurs. Avec tout ce qui se passe, je n'ai pas les idées claires.

La confusion plissait le front de l'infirmière.

— Mais vous avez dit que votre sœur était morte. J'allais envoyer quelqu'un chez vous pour débarrasser le corps, vous vous souvenez ?

Elle posa les yeux sur le baluchon, d'où dépassaient des couches et des vêtements de bébé.

— Pourquoi avoir apporté des couches et des habits alors que vous veniez simplement voir si elle allait bien ?

Bernice serra les dents. La peur logée au fond d'elle se transformait peu à peu en colère. Il fallait que cette curieuse déguerpisse. Où était-elle quand Wallis était malade ? Où était-elle quand il n'arrivait pas à respirer ? Personne n'était venu à ce moment-là. Personne n'avait frappé à la porte pour lui offrir des médicaments, des conseils ou du réconfort. Personne n'avait demandé s'ils s'en sortaient.

— J'ai plusieurs sœurs, dit Bernice en dissimulant avec peine sa frustration. Et j'ai apporté des couches au cas où elle voudrait que je reste plus longtemps que prévu.

L'infirmière ne sembla pas convaincue.

— Pourquoi n'allez-vous pas voir si votre sœur est réveillée ? J'aimerais lui parler, si cela ne vous dérange pas.

Dans ses bras, le bébé était endormi. Elle l'allongea sur son manteau à côté de son frère puis examina Bernice d'un air suspicieux.

— J'attends.

Frémissante de peur et de rage, Bernice se dirigea vers la chambre. Elle frappa doucement, comme s'il y avait quelqu'un à l'intérieur, puis entra dans la pièce. Elle ferma la porte derrière elle et s'assit sur le lit, dont les ressorts rouillés grincèrent bruyamment. Il fallait qu'elle se débarrasse de cette femme, mais comment ? Soudain, elle eut une idée.

— Comment te sens-tu ? demanda-t-elle.

Puis elle adopta une voix plus grave et marmonna :
— Fatiguée.
— Une infirmière est là. Elle aimerait te parler.
Elle grogna et répondit à voix basse :
— Dis-lui de partir. Je ne veux voir personne.
— En es-tu sûre ? Peut-être que cela t'aiderait.
— Je n'ai pas besoin d'aide, rétorqua-t-elle en feignant un sanglot. J'ai besoin de mon enfant.
— Je sais. Je suis désolée.
Elle se décala sur le matelas pour faire grincer le sommier de nouveau, comme si quelqu'un se tournait ou s'asseyait, puis, d'une voix effrayée :
— Ne la laisse pas l'emmener. Je veux le garder avec moi. Rien qu'encore un peu.
— D'accord. Repose-toi, je vais te préparer quelque chose à manger.
— Je n'ai pas faim.
— Il faut que tu manges pour prendre des forces. Je te réveille quand c'est prêt.
Elle attendit quelques instants puis se leva. Elle essuya ses mains moites sur sa jupe, passa ses doigts dans ses cheveux et pria pour que l'infirmière ait gobé son petit numéro. Toutefois, si elle insistait pour rentrer dans la chambre, il faudrait que Bernice invente une autre excuse. Elle ignorait laquelle, mais ce qu'elle savait, c'était qu'elle refusait de perdre les jumeaux à cause d'une fouine incapable de se mêler de ses affaires.
Elle inspira profondément, expira lentement, puis sortit de la pièce à reculons. Elle ferma la porte sans bruit et se tourna vers l'infirmière. À sa surprise, cette dernière agrippait à deux mains le rebord de la table

de la cuisine, le visage marbré, les lèvres bleues. Elle fixa Bernice d'un regard apeuré.

— J'ai du mal à respirer. Je crois que je suis en train de tomber malade.

Elle écarta une chaise et s'y laissa choir lourdement tandis qu'elle s'étouffait.

Un étrange mélange de soulagement et de panique s'empara de Bernice. L'infirmière n'en avait plus rien à faire de qui était dans la chambre. Elle n'en avait plus rien à faire de rien, à part survivre. Et il était hors de question qu'elle meure ici.

— Il faut que vous partiez, assena Bernice.

L'infirmière s'attrapa la tête dans les mains.

— Je sais. Je vais m'en aller. Mais je… s'il vous plaît… j'ai juste besoin d'une minute.

Elle fut prise d'une quinte de toux.

— Il me faut quelque chose à boire. N'importe quoi. Je vous en prie.

Jurant entre ses dents, Bernice s'empara d'un verre sur l'étagère.

— Dépêchez-vous, s'il vous plaît, implora la femme derrière elle.

Si lui donner à boire signifiait être débarrassée d'elle, alors Bernice était ravie de la désaltérer. Elle était désolée de ce qui lui arrivait, bien sûr. Elle risquait de mourir, peut-être avait-elle un mari et des enfants… Mais Bernice avait déjà ses propres problèmes à gérer, sans devoir en plus s'occuper de quelqu'un qui se mêlait de ses affaires ou décédait dans son appartement. Un signal d'alarme retentit dans son esprit. Et si l'infirmière partait et chargeait une collègue de revenir leur rendre visite ? Et si elle envoyait quelqu'un chez les Lange et que Pia était là, bouleversée par la disparition de ses frères jumeaux ? Alors, peut-être que cette personne ferait le rapprochement et découvrirait ce que Bernice avait fait. Paniquée, elle se mit à remplir le verre d'eau quand elle remarqua la boîte de mort-aux-rats dans le placard sous l'évier, ainsi que sa tasse à moitié vide posée sur le rebord.

— Je n'ai plus d'eau, dit Bernice. Est-ce qu'un peu de thé froid vous conviendrait ?

— N'importe quoi. S'il vous plaît, ma gorge… Ça brûle, parvint-elle à articuler entre deux quintes de toux sonores.

Bernice regarda par-dessus son épaule. La femme était toujours assise, la tête basse, l'air terriblement malade. Parfois, les personnes qui contractaient la grippe mouraient en quelques heures à peine. Il n'y avait rien de mal à accélérer quelque peu le processus. Bernice versa un peu de la substance empoisonnée dans la tasse, mélangea bien et apporta le breuvage à l'infirmière.

Cette dernière s'empara de la tasse d'une main tremblante et but d'un trait.

— Merci, fit-elle, la respiration entrecoupée.

Elle voulut se lever, mais retomba sur la chaise.

— Mon Dieu, souffla-t-elle.

La terreur se lisait dans ses yeux fixes cernés de rouge. Son visage bleuissait. Elle tenta de nouveau de se mettre debout, mais ses jambes se dérobèrent sous elle et elle s'écroula au sol, se cognant violemment la tête sur le plancher. Bernice ignorait si c'était le poison ou la maladie qui la terrassait, mais elle choisit de se dire qu'il s'agissait de la grippe. Dans tous les cas, l'infirmière allait mourir, et Bernice serait à l'abri de tout soupçon. Elle devait faire ce qui était le mieux pour les garçons. C'était tout ce qui importait désormais.

L'infirmière la regarda en se tenant la gorge, la bouche ouverte. Bernice la contourna, attrapa la tasse qu'elle plaça dans l'évier, puis rejoignit les jumeaux. Elle s'agenouilla et les souleva délicatement. Ils gigotèrent et ouvrirent les yeux, mais ils ne pleurèrent pas. Elle les emmena dans la chambre, les allongea sur le lit et ferma la porte derrière elle. Elle posa une couverture sur eux puis s'assit au bord du matelas et se mit à entonner une berceuse en leur caressant la tête. L'un des deux la regarda, ses petits sourcils froncés. Dans l'autre pièce, l'infirmière continuait à tousser et à s'étrangler.

— Tout va bien, dit Bernice tout bas. Je suis là. Maintenant, sois sage et rendors-toi. Ce sera bientôt l'heure du dîner.

Elle leur chanta la comptine préférée de Wallis encore et encore, jusqu'à ce que celui qui était éveillé ferme les yeux. L'autre dormait profondément, la bouche entrouverte, de petites bulles de salive au coin des lèvres. Bernice les embrassa et se leva, l'esprit en ébullition. Tout le monde dans l'immeuble avait vu Wallis et savait qu'elle avait non pas deux, mais un seul fils. En outre, il était fort probable que certains voisins connaissent également Mrs Lange. Si l'épidémie prenait fin, alors ils reconnaîtraient les jumeaux. Il n'existait donc qu'un seul moyen pour Bernice de garder les garçons et de protéger sa nouvelle famille : partir. Et vite.

Mais avant cela, elle devait s'organiser. Et manger. Pour la première fois depuis la mort de Wallis, elle constata qu'elle avait faim. Elle sortit de la chambre sur la pointe des pieds et referma la porte sans faire de bruit.

L'infirmière était toujours allongée à terre près de la table, la respiration entrecoupée. Du sang coulait de sa bouche et de son nez. Les yeux écarquillés par la terreur, elle gémit :

— Aidez-moi.

— Je suis désolée, mais je ne peux pas. Vous n'auriez pas dû venir ici.

Bernice traversa la pièce et ouvrit la porte d'entrée. Celles des voisins étaient closes et il n'y avait personne dans le couloir ni l'escalier. Elle attrapa le sac de l'infirmière resté sur le seuil et referma la porte à clé. Puis elle trouva un morceau de bacon dans le garde-manger et s'assit à table pour le manger. Quand elle eut terminé, elle s'essuya les mains sur le tablier de Mrs Lange qu'elle avait gardé sans s'en rendre compte. L'infirmière était quasiment inconsciente. Bernice la rejoignit, s'agenouilla près d'elle et entreprit de lui retirer ses bottines.

Chapitre neuf

Pia

La première chose que Pia perçut, ce fut un fin rai de lumière pâle qui se glissait sous ses paupières et un sifflement aigu dans ses oreilles. Elle avait le sentiment d'avoir été rouée de coups et d'être percluse de courbatures. Ses bras et jambes étaient immobiles, et son crâne lui donnait l'impression d'être fendu en deux. Elle tenta d'ouvrir entièrement les yeux, mais ses paupières semblaient collées, comme si quelqu'un les avait enduites de glu. Puis elle comprit qu'elle était allongée sur une surface dure. Ce n'était pas son lit. À la maison, son matelas était moelleux et bosselé par endroits. Sa tête douloureuse reposait sur un oreiller, mais la surface sous son dos et ses hanches était étroite et raide, comme une planche. Son épaule était appuyée contre une planche, de même que la plante de ses pieds nus.

Elle était dans un cercueil.

La terreur l'étreignit et elle tenta de crier, mais seul un gémissement sortit de sa gorge desséchée. Elle tendit les bras pour pousser le couvercle du cercueil, mais ses mains tremblantes ne rencontrèrent que du vide. Elle se frotta les yeux et se força à les ouvrir. Un flot de lumière éblouissant lui brouilla la vue. Elle crut d'abord être devenue aveugle, même si elle avait toujours imaginé que la cécité plongeait les personnes dans l'obscurité, et non pas dans la clarté. Puis un plafond incurvé se dessina lentement, flottant au-dessus d'elle tel un ciel d'albâtre. Était-elle éveillée à son propre enterrement ? Était-elle sur le point de voir quelqu'un se pencher sur elle pour lui faire ses adieux alors qu'elle était étendue dans son cercueil ?

Elle leva les mains pour les observer. Elles étaient d'une pâleur spectrale, à l'exception du sang coagulé sous ses ongles et autour de ses jointures. Puis Pia remarqua que son cœur cognait furieusement dans sa poitrine. Elle ouvrit la bouche et inspira profondément. C'était comme si ses poumons étaient en feu. Si elle avait été morte, elle n'aurait pas eu de rythme cardiaque et elle n'aurait eu mal nulle part. Alors elle se mit à tousser, chaque quinte aussi violente qu'un coup de poignard entre les côtes. Ses poumons aspirèrent désespérément de l'air, qu'ils expulsèrent jusqu'à ce qu'elle manque s'étouffer. Lorsqu'elle parvint à respirer sans tousser, elle plaqua une main sur sa bouche, balayée par une vague de soulagement. Elle était en vie.

Pia voulut s'appuyer sur ses coudes, mais ses bras se dérobèrent sous elle et elle retomba sur son oreiller. Elle redressa la tête pour regarder autour d'elle. Un morceau de bois peint lui bloquait la vue d'un côté. Un drap blanc y était suspendu, comme un rideau. Elle tourna la tête de l'autre côté. Un autre drap descendait jusqu'au sol. Une carafe d'eau, un verre et une bassine en émail étaient posés sur un tabouret entre le drap et elle. Elle baissa les yeux. Une fine couverture maculée de salissures brunes lui couvrait les jambes jusqu'à la ceinture, et des taches sombres parsemaient le devant de sa chemise de nuit blanche. Ses pieds étaient calés sur un pied de lit étroit. Droit devant elle, davantage de draps blancs pendaient, telle une rangée de drapeaux. Au-dessus d'eux, des vitraux arqués s'élevaient jusqu'au plafond. Tout semblait familier et inconnu dans le même temps, comme si elle avait déjà visité les lieux au cours d'un rêve ou dans une autre vie. Puis elle comprit.

Elle était dans une église. Allongée dans un banc fermé.

Mais comment s'était-elle retrouvée ici ? Et pourquoi ?

Enfin, les battements frénétiques de son cœur ralentirent et le sifflement dans ses oreilles cessa. Des grommellements et des grognements sourds résonnaient, comme les cris et les plaintes lointaines de mineurs blessés après un effondrement. Quelque part, une femme pleurait. Non loin, une personne s'étouffait, chaque respiration émettant un gargouillis de canalisation bouchée. Le bruit semblait venir de l'autre côté du rideau. Puis l'odeur écœurante de la chair en décomposition envahit ses narines et elle se souvint.

Les gens mouraient de la grippe.

Mutti était morte.

Et Ollie et Max étaient enfermés dans le casier de la chambre.

Elle se redressa brusquement et écarta la couverture, submergée par la panique qui lui redonnait soudain des forces. Il fallait qu'elle sorte de là et rentre à la maison. Il fallait qu'elle retourne auprès de ses frères. Mais elle fut prise d'un vertige si puissant qu'elle dut fermer les yeux. Elle agrippa les rebords du banc à deux mains et inspira profondément en serrant les dents pour lutter contre les douleurs qui l'engourdissaient des pieds à la tête. Quand elle se sentit suffisamment stable, elle rouvrit les yeux. Elle avait le sentiment d'avoir un bloc de béton dans le thorax et les jambes comme de la gelée. Elle essuya d'un revers de main la fine pellicule de sueur au-dessus de sa lèvre supérieure et s'extirpa du banc.

Des patients étaient alignés sur des lits de camp dans l'allée centrale, les visages bleus et sanguinolents. Une infirmière avec un masque de gaze et un tablier taché de sang accrochait une étiquette marron à l'orteil d'un homme alors qu'il respirait encore tandis qu'une autre l'enroulait dans un drap. La patiente voisine appela à l'aide, du sang gargouillant hors de sa bouche ouverte. Elle aussi avait une étiquette à l'orteil. Pia observa les malades en rang par dizaines, vivants ou morts, tous enveloppés dans des draps, certains se tortillant encore de douleur, tous étiquetés tels des cadeaux de Noël. La sensation d'être entourée de morts et de mourants était insoutenable. Elle lui faisait l'effet d'un rocher qui lui écrasait la poitrine, lui broyait les poumons, comme lors du défilé, mais en mille fois pire. Elle regarda ses pieds. Une étiquette brune était accrochée à son gros orteil. Elle se pencha pour l'arracher, mais perdit l'équilibre et tomba. Elle heurta le sol dans un claquement sourd, et le choc lui coupa le souffle avec une telle violence qu'elle crut que jamais elle ne parviendrait à se relever. Lentement, elle réussit à s'asseoir, en tentant d'ignorer la douleur dans son coude et sa hanche. Un nouvel étourdissement s'empara d'elle, et elle se prit la tête entre les mains en priant pour qu'il se dissipe. Chaque seconde de plus qu'elle mettait à sortir d'ici était une seconde supplémentaire que les jumeaux passaient dans le casier. Elle devait absolument aller les retrouver. Tout de suite. Après ce qui lui parut une éternité, le monde cessa de tournoyer autour d'elle. Elle agrippa l'accoudoir du banc et se releva, déterminée à ne rien laisser se mettre en travers de son chemin, pas même la grippe.

— Qu'est-ce que tu fabriques, grand Dieu ? dit une voix de femme. Retourne tout de suite te coucher.

Une infirmière au tablier taché de sang et au masque blanc se précipita vers elle et l'entraîna vers son lit de fortune. Pia tenta de résister, mais c'était inutile. Elle était trop faible. Ses muscles tremblaient et ses poumons la faisaient souffrir à chaque respiration entrecoupée. Peut-être que si elle se rallongeait, ne serait-ce qu'un petit moment, elle reprendrait des forces. Peut-être l'infirmière lui donnerait-elle quelque chose à manger, un biscuit, de la soupe, n'importe quoi susceptible de lui apporter un semblant d'énergie. Puis elle rentrerait près d'Ollie et Max. Ils devaient avoir si peur, si faim… Le seul fait de penser à eux dans le casier lui coupait les jambes.

Alors que l'infirmière lui calait la tête sur l'oreiller, Pia songea que sa peur du contact d'autrui avait disparu. Ou alors elle était assourdie par sa propre souffrance.

Elle tenta de parler.

— Il faut que je rentre chez moi, dit-elle d'une voix rauque. Mes frères sont…

— Tu ne vas nulle part, coupa l'infirmière. Tu n'es pas en état.

Elle borda Pia sous une couverture.

— Où suis-je ?

— À l'église Saint-Pierre. Les hôpitaux sont pleins. Et maintenant, dis-moi, comment t'appelles-tu ?

— Pia Lange.

— Et quel âge as-tu ?

— Treize ans.

— Pia, les croque-morts t'ont trouvée sur Lombard Street. Ils ont cru que tu étais morte, mais ensuite, tu as commencé à gémir et à te débattre. Tu as de la chance qu'ils t'aient amenée ici au lieu de t'empiler sur la charrette avec les autres cadavres. Ils t'ont sauvé la vie. Mais tu dois rester couchée.

Pia tenta de s'asseoir de nouveau, sans y parvenir.

— Vous ne comprenez pas, protesta-t-elle. Il faut que j'aille retrouver mes frères. Ils sont tout seuls !

— Chut… Je suis sûre que tes frères vont très bien. Pour l'instant, il faut que tu te calmes et que tu écoutes ce que je te dis.

Elle s'empara d'une carafe d'eau, en remplit un verre et souleva la tête de Pia pour l'aider à boire. Pia prit plusieurs grandes gorgées. Elle n'avait pas conscience de la soif qui la tiraillait jusqu'à ce que le liquide froid apaise sa gorge desséchée. Puis elle se rallongea, les membres agités de tremblements.

— Mais Ollie et Max n'ont que 4 mois, insista-t-elle en claquant des dents. Mon père est dans l'armée et ma mère est morte et…

Les mots se bousculèrent et restèrent coincés. Elle fut incapable de continuer. Son for intérieur lui hurlait de se lever et de partir, de pousser l'infirmière et de se sauver en courant. Mais elle ne trouvait même pas la force de se rasseoir, alors se lever et courir… Son corps était comme un organisme étranger lourd et dense qui semblait appartenir à quelqu'un d'autre.

L'infirmière remonta la couverture sous son menton.

— Voilà, du calme. Je sais que tu es contrariée et effrayée, mais tout va s'arranger. Tu as passé le pire. Tout le monde n'a pas ta chance.

Elle attrapa un linge mouillé dans le bassin en émail, l'essora et tamponna la sueur sur le front de Pia.

— Comment ça, j'ai passé le pire ? Depuis combien de temps suis-je ici ?

— Six jours.

Pia retint son souffle. La panique laissa place à l'horreur.

— Non ! s'écria-t-elle. Ce n'est pas possible.

Une fois de plus, Pia tenta de se redresser, déclenchant une autre quinte qui secoua violemment son corps, comme si on lui tapait dans le dos à coups de planche. Quand sa toux cessa, elle s'affala sur le banc, épuisée et tremblante.

L'infirmière posa sur elle un regard plein de pitié.

— J'ai bien peur que si, ma chérie. Je le sais, car c'est moi qui me suis occupée de toi depuis ton arrivée. Et maintenant, s'il te plaît, fais ce que je te dis, autrement ton état va de nouveau empirer.

— Non ! Je dois rentrer à la maison. Je dois aider mes frères !

— Je suis désolée, mais tu ne peux pas encore partir. Tu es trop malade.

La pensée d'Ollie et Max coincés dans le casier, probablement à l'article de la mort, sans personne pour les serrer et les réconforter, sans personne pour les emmitoufler dans une couverture chaude ou les embrasser en leur assurant que tout allait bien se passer, était insoutenable. Pia roula sur le côté, l'estomac retourné. Plusieurs haut-le-cœur l'agitèrent, mais rien ne sortit à part du mucus sanglant et de la bile. Elle regretta que les croque-morts ne l'aient pas laissée mourir.

L'infirmière lui frotta le dos et l'épaule.

— Essaie de te calmer et de respirer normalement. Ce n'est pas bon pour toi de te mettre dans un tel état. Je suis persuadée que tes voisins s'occupent de tes frères. Ou peut-être que l'une des infirmières visiteuses les a emmenés. Dans tous les cas, je suis sûre qu'ils vont bien.

Pia déglutit encore et encore, tentant d'arrêter de s'étrangler et de tousser. Quand elle fut enfin en mesure de parler, elle bafouilla :

— Quoi… ? Quelles infirmières ?

— L'Association des infirmières visiteuses a envoyé des gens dans toute la ville pour venir en aide aux citoyens chez eux. Des infirmières en poste de longue date, d'autres encore étudiantes, n'importe qui ayant déjà prodigué des soins, toutes ont été appelées. Ne t'inquiète pas, ma chérie. Tout cela sera bientôt fini. Alors tu pourras rentrer chez toi et…

— Mais… mais vous ne comprenez pas. Je… je…

Une fois de plus, Pia fut prise d'un vertige. Elle avait du mal à parler sans avoir la nausée.

— Quoi ? l'encouragea l'infirmière d'une voix douce.

— Ils sont… ils sont dans la chambre de mes parents. Nous avons épuisé nos réserves de nourriture alors je… je suis partie nous chercher quelque chose à manger et je les ai mis… je les ai mis…

Un sanglot franchit ses lèvres et l'empêcha d'achever sa phrase.

L'infirmière écarquilla légèrement les yeux, mais conserva une expression composée et professionnelle.

— Essaie de ne pas te tracasser. Je suis persuadée que quelqu'un les a trouvés.

Pia enfouit son visage dans ses mains, les épaules secouées par les pleurs. Pourquoi n'avait-elle pas emmené Ollie et Max avec elle, dans leur landau ou en écharpe contre sa poitrine ou son dos ? Alors, les croque-morts les auraient trouvés et, au moins, ils seraient en vie. Pas morts de faim enfermés à l'intérieur d'un casier sombre, dans le froid et la peur.

Mon Dieu, qu'ai-je fait ?

Elle laissa retomber ses mains et fixa l'infirmière, plus désespérée qu'elle ne l'avait jamais été de toute sa vie. Si quelque chose arrivait à ses petits frères, elle ne se le pardonnerait jamais.

— Pensez-vous qu'il existe une chance qu'ils soient encore vivants ? Après six jours ? Croyez-vous qu'ils aient pu survivre ? Dites oui, je vous en supplie. S'il vous plaît.

L'expression de la femme s'assombrit, mais elle conserva son sang-froid.

— Comme je te l'ai dit, je suis sûre qu'ils vont très bien. Quelqu'un est probablement en train de s'occuper d'eux en ce moment même.

— Pouvez-vous envoyer quelqu'un au numéro 408 de Shunk Alley, appartement 4C ?

Pia glissa la main sous la couverture pour fouiller dans la poche de sa robe.

— Je vais vous donner la clé. S'il vous plaît, vous devez les aider.

Elle se rappela soudain qu'elle était en chemise de nuit.

— Où est ma robe ? Qu'en avez-vous fait ?

— Nous avons dû la jeter. Je suis désolée, mais elle était très sale et…

— Mais… la clé… elle était dans ma poche. Comment va-t-on pouvoir ouvrir la porte sans la…

Puis elle se rappela qu'elle était partie en courant parce que ses frères pleuraient. Et qu'elle n'avait pas verrouillé la porte derrière elle. De nouveau en proie à un vertige, elle gémit et se laissa retomber sur l'oreiller.

— La porte n'est pas fermée à clé. S'il vous plaît, envoyez quelqu'un, n'importe qui… J'ai besoin de savoir si… si…

— Tout va bien se passer, répéta l'infirmière. C'est une bonne chose que tu n'aies pas fermé, tu vois ? De cette façon, tes voisins ont pu entrer et récupérer tes frères.

— Non, ils n'auront pas su où les chercher ! Je vous en prie, vous devez envoyer quelqu'un. Vous devez dire à la personne de…

— D'accord, d'accord. Je vais voir ce que je peux faire. Et si je ne trouve personne pour y aller, je m'en chargerai moi-même à la fin de ma rotation. Mais d'ici là, tu dois te reposer.

— Vous… vous feriez ça pour moi ?

— Bien sûr, répondit l'infirmière avec un petit sourire. J'ai un petit frère, moi aussi. Il s'appelle Johnny.

Pia tenta de lui rendre son sourire pour lui montrer sa gratitude, mais elle n'en eut pas la force, trop épuisée par ses émotions.

— Merci, parvint-elle à articuler d'une voix faible.

— Je t'en prie. Et maintenant, dors. C'est la meilleure chose que tu puisses faire.

Pia ferma les yeux, convaincue qu'elle ne trouverait pas le sommeil. Une partie d'elle souhaitait perdre connaissance, basculer dans l'inconscience la plus totale pour échapper à l'horreur de ce qu'elle avait fait. L'autre partie suppliait Dieu de lui donner la force de se lever et de courir jusqu'à la maison pour porter secours à ses frères avant qu'il soit trop tard. Et si l'infirmière lui avait simplement dit ce qu'elle avait envie d'entendre pour la faire taire ?

— Si l'on t'envoie en rétablissement et que je ne suis pas là quand tu te réveilles, demande Carla. Je m'appelle Carla Miller, indiqua la femme tout bas avant de presser délicatement le bras de Pia.

Cette fois, la poitrine de Pia se serra au contact de l'infirmière, sans qu'elle sache si la douleur émanait de cette dernière ou de ses propres poumons en difficulté. Puis Carla retira sa main et la sensation disparut.

Si elle voulait aider Ollie et Max, elle n'avait pas une seconde à perdre.

Par la fenêtre, des feuilles rouges et jaunes tournoyaient sur fond de ciel bleu, tombant des branches au ralenti. Le soulagement enveloppa Pia comme une douce couverture et elle referma les yeux. Elle était à la maison, blottie dans son lit sous la fenêtre, dans le confort de l'appartement familial. Tout cela n'avait été qu'un mauvais rêve : courir derrière Mutti sur les trottoirs bondés pendant le défilé, la perdre, abandonner les jumeaux. Puis des images se succédèrent dans son esprit comme dans un film. De vagues souvenirs de bains à l'éponge, de personnes penchées sur elle, d'infirmières lui tamponnant le front et lui donnant des cuillères de bouillon, de fièvre et d'orteils étiquetés, de sang. Elle rouvrit les yeux, le cœur battant. Elle portait toujours une chemise de nuit d'hôpital, et une couverture blanche lui enveloppait toujours les jambes. Un mélange pestilentiel de transpiration, d'urine et de vomissure lui emplissait les narines. Elle se redressa d'un coup et regarda autour d'elle.

Elle était sur une civière basse dans une pièce faiblement éclairée, aux murs de pierre ornés d'étagères et de photographies encadrées de prêtres, d'églises et de groupes de religieuses souriantes. Une croix en bois était accrochée entre une seconde fenêtre et une porte en arche avec un loquet en fer forgé. Des hommes, des femmes et des enfants étaient éparpillés, étendus sur des civières recouvertes de draps blancs, endormis ou inconscients, elle n'aurait pas su le dire. Un homme âgé à la barbe grisonnante ronflait à côté d'elle, ses fines lèvres grandes ouvertes. En face d'elle, un garçon d'environ 15 ans était allongé sur le côté, ses mains glissées sous son oreiller. Derrière lui, une femme aux cheveux emmêlés avec des cernes noirs sous les yeux pleurait, recroquevillée en position fœtale, son drap serré dans ses poings.

Un tourbillon de peur glacé naquit dans la poitrine de Pia. Combien de temps s'était écoulé depuis qu'elle avait repris conscience dans le banc fermé et demandé à l'infirmière Carla d'aider Ollie et Max ? Dix minutes, ou dix jours ? Elle s'enveloppa les épaules de son drap et se leva. Elle avait les côtes endolories à force de tousser, mais elle pouvait respirer sans avoir mal. Elle fit un pas prudent pour tester l'état de ses jambes. Ses muscles étaient affaiblis, mais elle tenait debout.

Elle avança encore d'un pas, mais le loquet de la porte cliqueta et une nonne au visage protégé par un masque entra. Pia regagna sa place et s'assit. La religieuse referma la porte, puis fit le tour des patients, un grand trousseau de clés au bout du bras. Quand elle vit Pia, elle se dirigea vers elle, slalomant entre les civières. Le cœur de Pia se mit à battre plus vite. Peut-être lui apportait-on des nouvelles concernant ses frères.

La femme aux cheveux pleins de nœuds agrippa la robe de la nonne sur son passage.

— S'il vous plaît, aidez-moi ! s'écria-t-elle.

La religieuse s'arrêta et se tourna vers elle, tout en se dégageant délicatement.

— Qu'y a-t-il, ma chère ?

— Je ne trouve pas ma fille. Je l'ai amenée ici parce qu'elle avait de la fièvre. Ensuite, je suis tombée malade et maintenant, j'ignore où elle est.

La religieuse regarda autour d'elle.

— Elle n'est pas dans cette salle ?

La femme secoua la tête avec véhémence.

— Non. J'ai déjà perdu ma mère, ma sœur et deux nièces. Ma fille est tout ce qui me reste. Vous devez m'aider à la trouver !

La nonne se signa et plaça une main sur la tête de la femme.

— Je suis désolée, très chère, mais la paroisse n'accueille que les personnes en phase de rétablissement.

La femme poussa un cri et s'écroula sur son lit, le visage caché dans ses mains.

La religieuse se signa de nouveau.

— Puisse le Seigneur vous donner la force, ma chère. Puisse-t-Il vous bénir et vous garder. Je suis certaine qu'une couronne spéciale attend votre famille au paradis. Je vais prier pour vous, ainsi que pour votre fille.

Puis elle quitta le chevet de la femme et rejoignit Pia.

— Je suis heureuse de te voir réveillée, mon enfant. Comment te sens-tu ?

La fatigue se lisait dans ses yeux marron. Pia se racla la gorge pour trouver sa voix.

— Beaucoup mieux. Je suis sûre que je suis assez forte pour rentrer chez moi.

— C'est une excellente nouvelle, car nous avions déjà décidé que tu étais probablement suffisamment en forme pour partir. En vérité, nous devons libérer de la place pour de nouveaux patients.

Quelqu'un s'étira et gémit dans un lit voisin. Le garçon en face de Pia ouvrit les yeux, battit des paupières et les fixa, la religieuse et elle, le visage pâle et l'air fermé. Il lui fit penser à Finn. Puis à Ollie et Max. Son cœur se serra dans sa poitrine.

— Depuis combien de temps suis-je ici ? demanda-t-elle.

— Deux jours.

Pia agrippa le rebord de son lit de camp, la gorge nouée. *Huit jours.* Ollie et Max n'auront jamais survécu huit jours entiers sans eau ni nourriture. Elle serra les dents pour tenter de contrôler la nausée qui la menaçait.

— Il y avait une infirmière, commença-t-elle en faisant de son mieux pour parler d'une voix posée. Elle s'appelle Carla. Elle m'avait promis de me rendre un service.

La religieuse fronça les sourcils.

— Je suis désolée, mon enfant, mais l'infirmière Carla, bénie soit son âme, a rejoint le Seigneur il y a deux jours.

Pia battit des paupières pour retenir un torrent de larmes.

— Savez-vous si elle a trouvé mes frères ?

La nonne secoua la tête.

— J'ai bien peur qu'elle n'ait rien dit à ce sujet. Son décès a été soudain, comme c'est le cas avec certains malades. À présent, allonge-toi et repose-toi. Il faut que tu gardes tes forces pour les jours à venir.

La vue de Pia commença à s'obstruer, comme un rideau qui se fermait. Une fois de plus, elle regretta que la grippe ne l'ait pas emportée. Peut-être que survivre était sa punition. Elle avait envie de hurler, de vomir, de mourir, mais elle ne pouvait pas se laisser aller de la sorte devant la religieuse. Elle devait retourner chez elle, retrouver Ollie et Max et découvrir s'ils étaient… s'ils étaient… Elle fut incapable d'aller jusqu'au bout de sa pensée. C'était trop horrible, trop affreux à envisager. Si ses pires craintes s'avéraient être une réalité, alors elle devait s'assurer que leurs corps et celui de Mutti étaient correctement pris en charge. Elle leur devait au moins cela. Après, il pouvait bien lui arriver n'importe quoi, cela lui était égal.

— Mère Joe a trouvé quelqu'un pour venir te chercher, continua la religieuse. Ce n'est pas facile de trouver une personne disposée à traverser la ville de nos jours. Et comme bon nombre de sœurs sont parties au foyer pour enfants attardés de Philadelphie ouest pour s'occuper des plus jeunes après le départ en catastrophe du personnel, nous manquons sérieusement de main-d'œuvre. Mais comme toujours, avec l'aide de Dieu, mère Joe a réussi l'impossible.

Pia s'essuya le front d'une main tremblante.

— Je n'ai besoin de personne pour me raccompagner. Je connais le chemin pour rentrer chez moi.

La religieuse fronça les sourcils de nouveau. Son regard s'emplit de pitié.

— Je suis désolée, mon enfant, mais tu ne retournes pas chez toi. Nous t'envoyons à l'orphelinat de Saint-Vincent. Les orphelinats de la ville ont été pris d'assaut depuis le début de l'épidémie, alors tu devrais remercier Dieu qu'ils soient disposés à t'accueillir.

Pia sentit le sang quitter son visage.

— Non. Je ne vais pas là-bas. Je rentre chez moi. Il faut que je rentre à la maison.

— Je crains que ce soit impossible. Tu as toute notre compassion, mais tu ne peux pas rentrer chez toi. Avant sa disparition, l'infirmière Carla a précisé que ta mère était morte de la grippe et que ton père était parti au front.

— Mais mon père est peut-être revenu pendant que j'étais ici, protesta Pia. Il est probablement en train de me chercher en ce moment même. Et…

Elle baissa les yeux, le menton tremblotant. Et si Vater avait trouvé Ollie et Max ? S'ils étaient en vie et en bonne santé et qu'ils se demandaient ce qui lui était arrivé ? Ou alors… et s'il avait ouvert le casier et que les jumeaux étaient… Elle ne pouvait pas dire le mot. Dans tous les cas, comment pourrait-elle jamais lui faire face ? Jamais il ne lui pardonnerait. Et elle ne pourrait pas l'en blâmer.

— S'il vous plaît, je vous en supplie. Laissez-moi rentrer. Mes petits frères ont besoin de moi.

— Je suis désolée, mais la décision est prise. Je suis certaine que quelqu'un s'occupe de tes frères, peut-être un voisin. Rien ne nous garantit que ton père soit revenu, ni même qu'il revienne. Nous ne pouvons pas courir le risque que tu finisses à la rue. Ce serait irresponsable.

— Mais j'ai un oncle et une tante à New York, insista Pia. Si vous leur envoyez un télégramme, je suis sûre qu'ils me prendront chez eux.

Elle n'était sûre de rien du tout, mais cela valait la peine d'essayer.

— Connais-tu leur adresse ?

Pia tenta de se représenter l'adresse sur les enveloppes que leur avaient adressées son oncle et sa tante. Cela faisait un moment qu'ils n'avaient pas eu de leurs nouvelles.

— Mr et Mrs Hugi Lange, Orchard Street, New York.

— Je doute que cela suffise pour les contacter, mais je vais voir ce que je peux faire. En attendant, je vais t'apporter quelque chose à manger. Puis tu partiras pour Saint-Vincent.

— N'avez-vous pas besoin de l'écrire ?

— Écrire quoi, mon enfant ?

— L'adresse.

— Non. Je m'en souviendrai.

Pia ne la crut pas. Pourquoi la religieuse semblait-elle si peu disposée à lui venir en aide ? Soudain, elle lui parut très grande, telle une statue noire dans la salle mal éclairée.

— Je suis leur nièce, persista-t-elle. Je suis certaine qu'ils m'accueilleraient.

— Cela ne va pas être facile d'être à l'orphelinat, poursuivit la nonne en l'ignorant. Mais c'est pour ton bien. Tu mettras peut-être du temps à t'en rendre compte, mais un jour, tu nous remercieras. On s'occupera bien de toi là-bas. Je prierai pour toi, mon enfant. Puisse le Seigneur te donner la force, te bénir et te garder.

Sans laisser à Pia la possibilité de répondre, elle tourna les talons et quitta la pièce, refermant à clé la lourde porte.

Pia avait l'impression de suffoquer. La panique vidait ses poumons de l'air qu'ils contenaient. L'odeur de vomissure et d'urine agressait ses narines, et les sanglots de la femme à la fille disparue lui perforaient les tympans. Elle inspecta la fenêtre, sa seule chance de s'échapper. Un épais grillage en bois la protégeait. Pia se rallongea, se tourna vers le mur froid et remonta le drap sur elle. Il fallait qu'elle trouve un moyen de partir d'ici, et vite. Après quelques minutes à fomenter des plans impossibles qui ne fonctionneraient jamais, elle se tourna vers le garçon. Peut-être pouvait-il l'aider. Peut-être que, si elle lui racontait son histoire, il accepterait de distraire la religieuse afin que Pia prenne la fuite. À coup sûr, il comprendrait qu'elle n'avait pas envie d'atterrir dans un orphelinat.

Elle se redressait lorsque la clé tourna dans la serrure et la lourde porte s'ouvrit de nouveau. C'était la religieuse, accompagnée d'une femme aux cheveux bouclés qui portait un chapeau noir et un manteau rapiécé. La visiteuse examina Pia et le reste des patients avec de grands yeux écarquillés, une main plaquée sur son masque de gaze et l'autre tenant un sac de jute.

La nonne ferma la porte à clé derrière elle, avant de passer le grand trousseau à son avant-bras.

— Vous n'avez rien à craindre, assura-t-elle à son accompagnatrice. Tout le monde ici est en phase de guérison.

Sur le qui-vive, la femme lui emboîta le pas en balayant frénétiquement la pièce du regard, comme si quelqu'un était susceptible de l'attaquer à tout moment. Quand elles arrivèrent à la hauteur du lit de Pia, la femme resta quelques pas en arrière. Ses bottines étaient couvertes de suie et de boue, et le rebord de son chapeau était élimé.

— Miss O'Malley est arrivée plus tôt que prévu, expliqua la nonne. Je crains que nous n'ayons pas le temps de te donner à manger avant ton départ.

Pia se moquait bien de manger. Elle aurait été incapable d'avaler quoi que ce soit, de toute façon.

— Qu'en est-il du télégramme que vous alliez envoyer à ma tante et mon oncle ?

— Je le ferai dès que j'en aurai la possibilité, mon enfant. Si je reçois une réponse de leur part, j'en informerai mère Joe à Saint-Vincent. À présent, il faut partir.

Pia se leva avec des gestes lents et mal assurés. Miss O'Malley l'observait, les sourcils froncés, comme si elle était face à un animal sauvage susceptible de se jeter sur elle ou de prendre la fuite d'une seconde à l'autre.

— Je suis persuadée qu'elle ne vous causera pas le moindre problème, intervint la nonne avant de se tourner vers Pia. N'est-ce pas, mon enfant ?

Pia secoua la tête.

— Je ne suis pas inquiète, répondit Miss O'Malley.

— Alors en route, décréta la religieuse. Viens, mon enfant. Nous ne pouvons pas te laisser sortir en chemise de nuit.

Elle fit volte-face et se dirigea vers la porte. Miss O'Malley et Pia lui emboîtèrent le pas.

La nonne les entraîna à travers un couloir qui sentait le renfermé et le bois pourri. Au bout, elle ouvrit une petite porte.

— Tu peux te changer ici, indiqua-t-elle à Pia.

Pas plus grande qu'un placard à balais, la pièce abritait un lavabo et un banc capitonné. Une croix blanche toute simple était accrochée au mur.

Miss O'Malley laissa tomber le sac de jute aux pieds de Pia.

— Il ne faudra pas m'en vouloir si ça ne te va pas.

Pia attrapa le sac et l'ouvrit. Il contenait une robe en coton bleu, des sous-vêtements et des bottines éraflées aux lacets effilochés. Elle emporta le tout dans la petite pièce et attendit que la religieuse referme la porte.

— As-tu oublié tes bonnes manières, mon enfant ? la réprimanda alors celle-ci. La politesse exigerait que tu remercies Miss O'Malley pour tes nouveaux vêtements.

Pia se força à sourire.

— Merci, madame, dit-elle à Miss O'Malley.

Cette dernière hocha la tête d'un air pincé.

À l'intérieur, Pia ôta sa chemise de nuit, mit les sous-vêtements et passa la robe par-dessus sa tête. Elle était rêche mais, après n'avoir senti que des odeurs pestilentielles de peur, de sang séché et d'urine, le tissu lui sembla fleurer un délicieux mélange de lilas et d'amidon. Elle glissa ses pieds dans les chaussures et noua les lacets, en dépit du cuir rigide qui lui compressait les orteils. Après avoir boutonné le haut de la robe, elle prit une grande inspiration, rassembla son courage et ressortit dans le couloir.

— Allons-y, ordonna Miss O'Malley.

De toute évidence, elle avait presque autant envie que Pia de déguerpir de cet endroit.

La sœur les escorta jusqu'à une pièce octogonale au plafond en arche et aux murs blancs. Des candélabres en fer forgé et une immense peinture de la Cène la décoraient. Un épais tapis rouge couvrait le sol telle une mare de sang, et une odeur de pierre humide, de moisi et de fleurs mortes flottait dans l'air. De là, elles franchirent une autre porte en bois, descendirent un escalier et empruntèrent un couloir flanqué de portes étroites. Pia songea que, quand bien même elle aurait réussi à prendre la fuite, elle aurait eu toutes les peines du monde à trouver la sortie. Au fond du couloir, les faibles rayons du soleil éclairaient un vitrail miniature qui ornait une énième imposante porte en bois. Pia dut résister à l'envie de courir vers la porte pour échapper à ses accompagnatrices.

La sœur tira un énorme trousseau de clés de sous sa robe, déverrouilla la porte et l'ouvrit. Miss O'Malley sortit et descendit des marches jusqu'à une allée étroite qui reliait la paroisse à un autre bâtiment. Arrivée en bas, elle se tourna et attendit.

— Bonne journée, Miss O'Malley, dit la religieuse. Dieu vous bénisse de nous venir en aide. Puisse-t-Il vous protéger et vous garder.

Miss O'Malley hocha la tête.

— Je vous en prie, ma sœur.

Pia s'entoura de ses bras et descendit la rejoindre. Une fine pellicule de givre recouvrait les pavés et les plantes grimpantes qui habillaient la façade de l'autre bâtiment. En dépit du froid, le contact de l'air frais sur sa peau lui parut un délice. Elle regarda autour d'elle pour tenter de se repérer.

De l'autre côté de la rue, un rayon de soleil illuminait la façade en pierre d'un clocher. La respiration de Pia s'entrecoupa en reconnaissant l'église Saint-Pierre. Elle n'était qu'à quelques pâtés de maisons de chez elle.

— Je prierai pour toi, mon enfant, répéta la religieuse. Fais ce que l'on te dit et tout ira bien. Dieu te bénisse.

Ignorant ses chaussures trop petites et le fait que Miss O'Malley ne lui avait pas dit dans quelle direction partir, Pia acquiesça et se mit en route vers l'église.

— Reviens ici, ordonna sèchement cette dernière. Le chauffeur et le chariot nous attendent de l'autre côté. Dépêche-toi.

Pia se figea et regarda par-dessus son épaule pour voir si la religieuse était toujours en haut de l'escalier. Au même moment, la porte de la paroisse se referma et la clé tourna dans la serrure. Pia se dirigea à pas lents vers Miss O'Malley, la tête basse pour cacher la peur dans ses yeux. Elle avait envie de courir, mais la femme l'attendait au bout de l'allée et c'était la seule issue pour sortir de l'enceinte.

Venait-elle de rater sa chance de s'enfuir ? Non. Simplement, il lui fallait échafauder un plan. Elle rejoignit Miss O'Malley en se creusant la tête. Si elle montait dans le chariot, peut-être l'emmèneraient-ils très loin de chez elle. Elle serra les poings et suivit la femme dans la rue. Éblouie par le soleil, elle avait l'impression de ne pas être allée dehors depuis une éternité. Un chauffeur au manteau en guenilles était affalé sur la banquette d'une carriole, un cigare aux lèvres, les rênes posées à ses pieds. Quand il aperçut Miss O'Malley, il se redressa, cracha son cigare pour remettre son masque sur son visage et attrapa les rênes. Chacun de ses mouvements faisait grincer les essieux.

Miss O'Malley grimpa et prit place à côté de lui, puis hocha la tête en direction de l'arrière du véhicule.

— Qu'est-ce que tu attends ? lança-t-elle à Pia. Monte.

Un nœud de peur vrillait l'estomac de Pia. Ses jambes refusaient de bouger et ses pieds semblaient enracinés dans le trottoir. Elle fixa Miss O'Malley, le souffle de plus en plus court.

Quand Miss O'Malley comprit ce que Pia s'apprêtait à faire, elle écarquilla les yeux. Avant qu'elle ait le temps d'esquisser le moindre mouvement, Pia tourna les talons et prit la fuite. Miss O'Malley poussa un cri de chien étranglé, puis hurla au conducteur :

— Ne restez pas assis là ! Rattrapez-la !

— Oui, madame ! Hue !

Un fouet claqua, les essieux grincèrent et des sabots résonnèrent sur les pavés.

Pia continua à courir sans regarder derrière elle, filant aussi vite que ses jambes encore faibles le lui permettaient. Les poumons brûlants en guise de protestation, elle se mit à tousser. Mais elle ne s'arrêta pas. Elle traversa la rue pavée, puis la pelouse gelée de la cour de l'église. Elle contourna les piles de cercueils près du cimetière et s'engagea dans la rue suivante. Sur le trottoir étroit, une femme de couleur avec une écharpe bleue marchait dans sa direction, un sac de farine bosselé serré contre sa poitrine. En voyant Pia, elle changea de trottoir. Le vacarme des roues de la carriole et des sabots des chevaux résonnait parmi le labyrinthe des rues, se rapprochant de plus en plus.

À mi-chemin du pâté de maisons suivant, Pia s'enfonça dans une ruelle sombre. Elle trébucha et tomba à deux reprises, à bout de forces, mais chaque fois elle se redressa et repartit, ignorant l'éclair de douleur qui lui transperçait la cheville. Après ce qui lui parut une éternité, elle atteignit le bout de l'allée, qui débouchait sur plusieurs jardins derrière un agglomérat de maisons mitoyennes. Elle s'arrêta pour reprendre son souffle, son cœur palpitant dans ses tempes. La panique s'empara d'elle. Elle était coincée. Elle regarda par-dessus son épaule. Peut-être pouvait-elle rebrousser chemin ? Non. Miss O'Malley et le chauffeur l'attendraient. Il fallait qu'elle trouve une autre issue.

Elle inspecta les maisons en quête d'une porte ou d'une fenêtre ouverte. Il n'y en avait aucune.

Plus loin, dans une cour boueuse, une femme avec une longue tresse et un manteau miteux pompait de l'eau dans un seau. De la buée lui sortait de la bouche quand elle expirait. Pia courut vers elle, grimpa par-dessus les clôtures et piétina les jardins, semant la pagaille dans les arrière-cours et les poulaillers. Quand la femme la vit se précipiter vers elle, elle sursauta, attrapa son seau et rentra dans l'une des maisons.

Arrivée à la hauteur de la pompe, Pia tomba à genoux, à bout de souffle. Elle appuya sur la poignée et plaça sa bouche sous le robinet. L'eau glacée apaisa aussitôt sa gorge en feu. Elle essuya son menton mouillé d'un revers de main, puis se redressa sur ses jambes tremblantes et maculées de boue pour regarder par-dessus son épaule. La ruelle était vide. Personne ne l'avait suivie à travers les jardins. Elle regarda la porte par laquelle la femme avait disparu en priant pour qu'elle ne l'ait pas fermée à clé. Si son estimation était juste, le bâtiment donnait sur Delancey Street, et son bâtiment à elle était au niveau du pâté de maisons suivant. Elle n'aurait qu'à traverser la 3e Rue, puis elle serait à six maisons de chez elle. À six maisons d'Ollie et Max. À six maisons de découvrir si…

Ses genoux se dérobèrent et elle dut se retenir à la pompe à eau pour ne pas tomber. Il fallait qu'elle arrête de réfléchir, qu'elle reste dans l'action. Mettre un pied devant l'autre et rentrer. Peut-être que l'infirmière Carla avait envoyé quelqu'un avant de mourir et que ses frères étaient à l'hôpital ou dans un orphelinat. Peut-être Vater était-il revenu. Elle devait se raccrocher à ces options pour trouver la force de continuer.

Elle lâcha la pompe et courut jusqu'à l'arrière de la maison. À son soulagement, le loquet se souleva et la porte s'ouvrit. Elle la tira doucement et se glissa à l'intérieur.

L'obscurité régnait dans le couloir du rez-de-chaussée, dont les recoins étaient occupés par des ombres d'un noir d'encre. Les battements du cœur de Pia résonnaient dans ses oreilles. Elle attendit que ses yeux s'accoutument à la pénombre puis avança, la tête rentrée dans les épaules, prête à s'enfuir si quelqu'un surgissait. Une faible lumière provenait de la porte qui donnait sur la rue.

Pia traversa le couloir, rassembla son courage et entrouvrit la porte pour guetter les alentours. À l'exception d'un vieil homme qui conduisait un chariot tiré par un cheval, il n'y avait personne d'autre dans les parages. Aucune trace de Miss O'Malley et du chauffeur, pas de chevaux, de carrioles, de voitures. Pas de vie. Pia poussa un soupir de soulagement. Elle avait raison, c'était bien Delancey Street.

Alors qu'elle allait sortir, Pia se figea. Un bruit de sabots retentissait sur les pavés, sans qu'elle fût en mesure de dire s'ils s'éloignaient ou se rapprochaient. Elle rentra, s'accroupit et tendit l'oreille, mais elle ne distinguait que les battements de son cœur et son souffle irrégulier. Peut-être que si elle entrouvrait la porte elle entendrait mieux ?

Au moment où elle se relevait pour attraper la poignée, un grincement résonna derrière elle. Elle se retourna et sonda les ténèbres du regard. Une faible lumière émanait d'un appartement. Un homme en maillot de corps déchiré et pantalon sale apparut dans le couloir en jurant entre ses dents. En apercevant Pia, il tituba vers elle et lui sourit. Ses dents grises et tordues semblaient trop grandes pour sa bouche.

— Qui est là ? lança-t-il d'une voix éraillée.

Pia voulut sortir, puis se ravisa. Miss O'Malley et le conducteur pouvaient être dans la rue. Elle se colla contre le mur.

— Tu t'es perdue ? demanda l'homme.

Elle secoua la tête.

— N'aie pas peur, je ne vais pas te faire de mal.

Il indiqua la porte de son appartement.

— Entre et je te préparerai quelque chose à manger. Je ne serais pas contre un peu de compagnie.

— J'attends mon père. Il sera là d'une minute à l'autre.

Il s'approcha.

— Je me trompe peut-être, mais j'ai comme l'impression que tu me mens. Pourquoi ai-je ce sentiment, à ton avis ?

— Je n'en sais rien, répondit Pia en se dirigeant vers la sortie.

Soudain, il était devant elle. Il l'attrapa par le poignet, et une odeur métallique de whiskey ainsi que de tabac froid assaillit les narines de Pia. Puis elle sentit comme un coup de poignard entre ses côtes, si violent que la douleur manqua la plier en deux. Elle ignorait ce qui n'allait pas chez cet homme, mais ce n'était certainement pas la grippe. Elle dégagea son bras, ouvrit la porte à la volée et sortit en courant. Une fois sur le trottoir d'en face, elle s'arrêta et s'appuya contre un bâtiment en briques pour guetter le bruit du chariot qu'elle avait entendu juste avant. Elle avança en catimini jusqu'au coin de la rue et inspecta la 3e Rue. Miss O'Malley était là, qui parlait avec un passant. Elle tournait le dos à Pia. Le passant secoua la tête, Miss O'Malley se redressa et la carriole se remit en route.

Pia se mit à courir à toutes jambes sans s'arrêter jusqu'à atteindre l'intersection de Shunk Alley. Ce ne fut que lorsqu'elle s'engagea dans sa rue qu'elle ralentit.

Du linge était accroché ici et là, mais aucun enfant ne jouait sur les pavés. Aucune mère ne poussait de landau avec un bébé à l'intérieur. Aucun homme ne fumait sur son perron. Pia pressa le pas. Son cœur menaçait d'exploser. Elle y était presque. Une image de Vater se matérialisa dans son esprit, avec Ollie et Max dans les bras. Il souriait, mais il avait les yeux vitreux et l'air triste.

Peut-être ferait-elle mieux de faire demi-tour et de se livrer à Miss O'Malley. Peut-être qu'elle méritait de finir à l'orphelinat. Mais non. Elle devait faire face à ses actes. Tout à coup, elle se retrouva devant son immeuble. Elle leva la tête dans l'espoir d'apercevoir quelqu'un à la fenêtre. Il n'y avait personne. Elle jeta un coup d'œil vers l'appartement de Finn. Son mot était toujours là, suspendu à la corde à linge, réduit à l'état de loque illisible déchirée par la pluie et le vent.

Pia monta les marches du perron et entra dans le hall d'un pas mal assuré. Elle grimpa l'escalier jusqu'au troisième au ralenti. Une odeur de chou bouilli et d'oignons frits flottait dans les couloirs, signe qu'*a priori* certains de ses voisins étaient encore en vie. Cette note d'espoir la revigora. Peut-être que l'un d'eux avait entendu ses frères pleurer et les avait secourus. Peut-être que l'infirmière Carla avait raison. Peut-être était-ce une bonne chose qu'elle n'ait pas fermé la porte à clé.

Elle traversa le couloir familier et s'arrêta devant sa porte, devant l'appartement qu'elle avait cru ne jamais revoir. Elle inspira profondément, attrapa la poignée et la tourna.

La porte était verrouillée.

Non. C'était impossible.

À moins que…

Elle frappa.

— Vater ? C'est moi, Pia ! Laisse-moi entrer !

Aucun son ne se faisait entendre de l'autre côté. Pas de bruissement, pas de bruit de pas. Pas de bébé qui pleurait ou riait. Elle frappa plus fort et secoua la poignée furieusement, les yeux pleins de larmes.

— Vater, s'il te plaît ! Ouvre !

Elle colla son front contre la porte et y apposa ses paumes, le souffle court. Refusant d'attendre une minute de plus, elle recula et se prépara à défoncer la porte avec son épaule. Alors, la poignée tourna, les gonds grincèrent et la porte s'entrouvrit, laissant apparaître un enfant.

— Qui es-tu ? demanda Pia. Et que fais-tu dans notre appartement ?

La porte s'ouvrit plus grand. Le petit garçon aux cheveux noirs la fixait de ses yeux noisette en battant des paupières. Il devait avoir 6 ans et arborait un sourire innocent. Pendant une seconde, elle crut avoir frappé au mauvais endroit. Elle vérifia le numéro. C'était bien ça. 4C. L'appartement familial.

— Que fais-tu ici ? insista-t-elle.

Pas de réponse.

Elle le contourna pour entrer et se figea, sous le choc. Une femme aux cheveux sombres, en robe jaune et tablier, la dévisageait bouche bée depuis la cuisinière, une cuillère en bois à la main et l'air abasourdi.

Un homme barbu décharné était installé sur son lit, en maillot de corps et en caleçon, les pieds ballant dans le vide. Sur le matelas près de lui, un bébé tenait une poupée de chiffon.

Pia courut jusqu'au lit et s'arrêta net. Ce bébé était plus âgé que les jumeaux et c'était une petite fille. Pia balaya l'appartement d'un regard frénétique. Une couverture miteuse était accrochée à la fenêtre, qui projetait des ombres dans la pièce. Un matelas de paille était posé à terre près de la table, que l'on avait poussée dans un coin. La lumière vacillante de la lampe éclairait le vase bleu de Mutti, posé au centre de la nappe brodée d'Oma.

Elle regarda la femme en fronçant les sourcils.

— Qui êtes-vous ? Où sont mes frères ?

La femme arbora la même expression qu'elle.

— *Ki vagy te és mit csinálsz itt ?*

Pia ne saisissait pas un mot de ce qu'elle racontait. Cela ressemblait à du hongrois, la langue que Mrs Nagy utilisait quand elle l'acculait dans le jardin, mais Pia n'en était pas sûre. Elle dépassa la femme en trombe pour se diriger vers la chambre à coucher.

L'homme bondit sur ses pieds et l'attrapa par le bras en secouant la tête.

— *Mit gondolsz, hová mész ?*

Pia se débattit pour lui échapper, en vain. Il était trop fort.

— Mes frères sont là ! s'écria-t-elle.

L'homme secoua de nouveau la tête, plus fort cette fois.

— *Mit akarsz ?*

Un mélange de peur et de colère déformait ses traits. Dans le même temps, une étincelle de compassion brillait dans ses yeux rougis.

Pia cessa de se débattre et tenta de reprendre son souffle. C'était impossible d'échapper à sa poigne, et se comporter de manière agressive ne la mènerait nulle part.

— Parlez-vous anglais ?

Il secoua encore la tête.

Elle désigna la porte de la chambre en résistant à l'envie de lui hurler dessus.

— Mes frères.

Puis elle se montra elle-même du doigt.

— Mes petits frères. J'ai besoin de voir s'ils sont là.

Elle pointa de nouveau la porte.

L'homme et la femme la dévisagèrent, confus.

Elle mima le geste de bercer un bébé dans ses bras, puis indiqua la porte une troisième fois d'un air interrogateur. Enfin, l'homme la lâcha. Puis il montra la chambre et secoua de nouveau la tête.

Les yeux de Pia se remplirent de larmes. Que tentait-il de lui dire ? Qu'Ollie et Max n'étaient plus là ? Qu'il n'avait pas la moindre idée de ce dont elle parlait ? Dans tous les cas, elle ne pouvait pas attendre une seconde de plus. Sans lui laisser le temps de réagir, elle entra dans la chambre. Sur le lit, deux enfants, un petit garçon et une petite fille au visage très pâle, levèrent la tête, les yeux écarquillés par la surprise. Le corps en décomposition de Mutti avait disparu. Pia tomba à genoux devant le casier. Les mains tremblantes, elle souleva le loquet et ouvrit la porte.

Il n'y avait pas de bébés à l'intérieur. Pas de hochets ni de biberons. Pas de corps squelettiques allongés côte à côte. Ollie et Max avaient disparu.

Une douleur insoutenable s'empara de Pia, comme si une immense main avait arraché son cœur de l'intérieur de sa cage thoracique. Elle gémit et s'effondra au sol, submergée par la terreur, le chagrin et l'horreur. Ses membres frémissaient de manière incontrôlable et des sanglots violents jaillirent de sa gorge. Chaque cri vidait ses poumons d'air et l'épuisait. Elle avait envie de mourir.

Elle resta étendue pendant ce qui lui parut une éternité avant de parvenir enfin à respirer sans s'étrangler. Elle se redressa pour s'asseoir et s'adossa contre le mur, exténuée et glacée. Il fallait qu'elle se reprenne pour décider quoi faire ensuite. Elle devait découvrir ce qui était arrivé à ses frères. Avec un peu de chance, quelqu'un les avait trouvés avant qu'il soit trop tard. Peut-être un voisin. Ou peut-être que ces étrangers qui vivaient sous son toit avaient emporté les jumeaux à la morgue. Dans tous les cas, une chose était certaine : tout était sa faute.

Les membres de la famille étaient au pied du lit de Mutti et l'observaient, bouche bée. Au bord des larmes, la femme tenait sa petite fille calée sur sa hanche, une main sur sa poitrine. Collé à la jambe de son père, le petit garçon regardait Pia en coin, la peur visible sur son visage. L'homme, lui, semblait désespéré et perdu.

Pia mima de nouveau le geste de bercer puis tendit l'index vers le casier. Elle refit le mouvement de balancier, pointa la famille du doigt et leva les paumes vers le ciel. L'homme secoua la tête, mais le visage de la femme s'illumina. Elle tendit le bébé à l'homme et disparut dans l'autre pièce. Pia se leva et la suivit d'un pas mal assuré. À la table de la cuisine, la femme parcourut les fines pages de ce qui ressemblait à une bible. Quand elle eut trouvé ce qu'elle cherchait, elle fit volte-face et sursauta en trouvant Pia juste derrière elle. Avec un sourire prudent, elle lui tendit un morceau de papier plié. Pia s'en empara et le déplia. Le mot disait :

Puisse Dieu vous pardonner pour ce que vous avez fait.

Pia laissa tomber la feuille. La pièce se mit à tourner autour d'elle et elle vacilla, sur le point de tomber. La femme l'attrapa par le coude et la fit s'asseoir sur une chaise. Pia se pencha en avant et se prit la tête entre les mains. Quelqu'un avait trouvé Ollie et Max. Mais qui ? Et quand ? Avant qu'il soit trop tard ? Ou après ? Ce qui était sûr, c'était que ce n'étaient pas les étrangers qui avaient investi l'appartement familial. C'était quelqu'un qui parlait anglais.

La femme s'éclaircit la gorge et Pia laissa retomber ses mains. La femme ramassa le mot, montra la chambre, puis le papier, encore et encore.

Pia hocha la tête.

— Vous l'avez trouvé dans le casier. Oui, je sais.

La femme sourit et tenta de lui dire quelque chose à grand renfort de mots courts et de gestes, mais Pia ne comprenait rien.

— Qui l'a écrit ?

La femme fronça les sourcils et secoua la tête. Pia n'avait pas la moindre idée de si elle la comprenait ou non.

Elle se leva et se dirigea vers la porte en se tenant au mur pour ne pas s'effondrer. La femme la suivit en agitant le papier et en prononçant des paroles inintelligibles. Pia s'arrêta et couva du regard ce qui, auparavant, était son foyer. Tout cela ressemblait à un mauvais rêve. Elle n'avait plus de maison. Elle n'avait plus de famille. Et elle n'avait pas la moindre idée d'où chercher Ollie et Max, ni même s'ils étaient en vie. Une fois qu'elle aurait franchi le seuil, elle ne savait pas quoi faire ni où aller.

Tout à coup, elle eut une idée. Elle désigna le mot dans la main de la femme et mima le fait d'écrire. La femme fronça de nouveau les sourcils. Pia se montra du doigt puis réitéra son geste. La femme sourit, leva l'index puis se dirigea vers les étagères près du poêle. Elle fouilla derrière un pot à crème, puis derrière un sucrier. Quand elle eut trouvé ce qu'elle cherchait, elle rejoignit Pia et lui tendit un bout de crayon. Pia le prit et écrivit au dos de la feuille.

Cher Vater, je suis navrée de t'annoncer cela,
mais Mutti est morte de la grippe.
J'ai tenté de m'occuper d'Ollie et Max,
mais je suis tombée malade aussi.
Je pars à leur recherche. Attends-moi, s'il te plaît.
Je reviendrai, je te le promets.
Avec tout mon amour, Pia.

Après avoir rendu le papier et le crayon à la femme, Pia se tapota au niveau du cœur puis plaça sa main au-dessus de sa tête pour mimer une personne de haute taille. Elle indiqua ensuite le mot et fit semblant de le donner à quelqu'un. Elle répéta les mêmes gestes, dans l'espoir que la femme comprenne. Celle-ci finit par hocher la tête avant de tendre de nouveau le doigt, comme pour dire à Pia d'attendre.

La femme alla au pied du lit, farfouilla dans un panier en osier et sortit quelque chose qu'elle lui rapporta. Pia poussa un cri de surprise.

C'était un hochet.

Pia s'en empara et examina le manche. En bas, elle reconnut un *O* parfaitement sculpté.

Un nœud se forma dans sa gorge.

— C'était à Ollie, dit-elle d'une petite voix étranglée. Où l'avez-vous trouvé ? Dans le casier ?

Elle fit un geste en direction de la chambre. La femme acquiesça.

— Un seul ?

Pia montra le hochet et leva deux doigts.

La femme secoua la tête et en leva un seul.

Pia serra le jouet contre sa poitrine tandis que ses yeux se remplissaient de larmes. Avait-il été oublié, ou abandonné parce qu'il n'avait plus d'utilité ?

La tête penchée sur le côté, la femme lui adressa un sourire triste. Puis elle mima le fait de manger et indiqua le poêle.

Pia secoua la tête.

— Merci, mais je dois partir.

Elle se dirigea vers la porte, mais la femme se précipita jusqu'au poêle, attrapa quelque chose dans une casserole en fonte et le lui donna. Cela ressemblait à une miche de pain miniature pliée en deux et aux bords pincés ensemble. Pia n'était pas sûre d'être en mesure d'avaler quoi que ce soit, mais elle se sentait plus faible à chaque seconde et elle ne pouvait pas se permettre de flancher de nouveau. Peut-être qu'un peu de nourriture l'aiderait à se sentir mieux. Le pain était chaud et croustillant, saupoudré de poivre et de graines sombres. Elle en prit une bouchée et eut aussitôt l'eau à la bouche. Il était fourré à la viande hachée, aux épices et au fromage. Elle ne se rappelait pas la dernière fois qu'elle avait avalé quelque chose d'aussi bon.

— C'est délicieux, dit Pia. Merci.

La femme joignit les mains et redressa fièrement le menton.

— *Pogaca*, répondit-elle.

Pendant que Pia mangeait, la femme lui apporta une tasse de thé chaud. Pia prit plusieurs gorgées, avant de finir sa boisson d'un trait. Elle n'avait pas réalisé à quel point elle avait soif. Sa bouche et sa gorge étaient desséchées.

— Merci pour tout. Mais je dois vraiment partir. S'il vous plaît, donnez le mot à mon père s'il vient.

La femme sourit et hocha la tête, et Pia s'en alla en refermant la porte derrière elle.

Une fois dans le couloir, elle prit une profonde inspiration, s'adossa contre le mur et tenta de réfléchir posément. D'abord, elle interrogerait les voisins pour savoir si quelqu'un avait vu Ollie et Max ou savait ce qui s'était passé. Elle rendrait visite à tous les appartements de tous les immeubles de Shunk Alley s'il le fallait jusqu'à mettre au jour la vérité.

Avec le hochet serré dans son poing, elle alla chez la voisine, frappa et attendit en se mordillant la lèvre. Comme personne ne répondait, elle toqua de nouveau, plus fort cette fois.

— Mrs Anderson ? cria-t-elle. C'est moi, Pia Lange. Répondez, s'il vous plaît. J'ai besoin d'aide.

Elle colla l'oreille à la porte pour guetter un mouvement ou un bruit. Aucun son ne lui parvint.

Peut-être que Mrs Anderson, ses filles et ses cousins étaient morts aussi. Peut-être qu'une autre famille avait repris leur appartement. Elle leva la main pour frapper encore lorsqu'elle entendit des pas monter les marches. Priant pour qu'il s'agisse de quelqu'un qu'elle connaissait ou de Vater qui rentrait enfin à la maison, elle courut jusqu'à la cage d'escalier et regarda par-dessus la rambarde. Puis elle poussa une exclamation de surprise et recula, la poitrine étreinte par une panique glacée.

C'étaient Miss O'Malley et le chauffeur.

Chapitre dix

Pia

Assise en tailleur à l'arrière de la carriole, Pia bataillait pour se libérer de la corde qui attachait ses poignets à l'une des planches. Les roues en bois cahotaient sur les pavés, le plateau bardé d'échardes bondissait et tremblait, la secouant en tous sens. Le soleil couchant projetait de longues ombres de bâtiments et de lampadaires dans les rues vides et transformait les allées en tunnels obscurs. Ici et là, des rideaux s'écartaient pour laisser apparaître des visages hagards avant de retomber. Pia tenta d'appeler à l'aide en criant à pleins poumons, mais Miss O'Malley lui donna un coup de cravache en lui ordonnant de se taire.

Pia se maudissait d'avoir été si imprudente. Si elle avait pris le temps de voir qui arrivait, au lieu de supposer qu'il s'agissait d'un voisin, si seulement elle avait été plus vigilante, peut-être aurait-elle pu s'échapper. Quand Miss O'Malley et le chauffeur avaient grimpé les marches quatre à quatre et l'avaient coincée dans le couloir, elle avait crié, donné des coups de pied, s'était débattue comme un animal sauvage, mais c'était inutile. Le chauffeur était trop fort. L'homme barbu qui occupait maintenant l'appartement de sa famille était sorti pour voir ce qui se passait, mais, quand l'autre l'avait menacé en agitant le poing, il avait battu en retraite. Pia avait essayé de frapper le conducteur au visage avec le hochet, mais Miss O'Malley le lui avait arraché avant de le jeter à terre et de l'écraser sous son talon. Les clochettes s'étaient détachées et avaient roulé telles des billes en tintinnabulant. Pia avait crié de nouveau et voulu ramasser le jouet cassé, mais le chauffeur l'avait attrapée et lui avait plaqué une main moite sur la bouche. Puis il l'avait traînée au bas des marches et jetée à l'arrière de la carriole avant de lui attacher les poignets.

Désormais, elle ne pouvait rien faire à part tenter de s'échapper de nouveau. Et demander pardon aux jumeaux en boucle dans sa tête.

Quand deux policiers masqués apparurent à un coin de rue, elle parvint à se mettre à genoux et appela à l'aide. Miss O'Malley lui donna un autre coup de cravache en lui disant de ne pas bouger. L'un des agents approcha et leva une main gantée. Le chauffeur tira sur les rênes et arrêta le véhicule tandis que Miss O'Malley jurait entre ses dents. Les policiers contournèrent le cheval pour venir leur parler. L'un scruta Pia d'un air préoccupé.

— Que se passe-t-il ? demanda-t-il à Miss O'Malley. Qui est cette enfant ?

— S'il vous plaît, cria Pia. Vous devez m'aider !

— Boucle-la, bon sang ! gronda Miss O'Malley. Monsieur l'agent, les sœurs de Saint-Pierre nous ont chargés de l'emmener à l'orphelinat de Saint-Vincent.

Comme ses beuglements l'indiquent, l'idée est loin de l'enchanter.

— Je ne suis pas orpheline ! s'époumona Pia. Mon père nous cherche, mes frères et moi.

L'un des hommes leva la main pour la faire taire.

— Savez-vous qui est son père ? demanda-t-il à Miss O'Malley.

— C'est un soldat ! cria Pia.

— Si les sœurs le savaient, monsieur l'agent, j'imagine qu'elles auraient renvoyé la gamine auprès de lui au lieu de la confier à un orphelinat.

— Ne devrait-elle pas porter un masque ? s'étonna l'autre policier.

— Elle a déjà eu la grippe, expliqua Miss O'Malley. C'est pour ça qu'elle était à Saint-Pierre.

— Mon père est revenu de la guerre pendant que j'étais malade ! intervint Pia. Mais les sœurs n'ont même pas essayé de le retrouver, elles se sont débarrassées de moi.

— Est-ce la vérité ? s'enquit le policier.

— Enfin, monsieur l'agent, qui faut-il croire, selon vous ? Les braves nonnes de Saint-Pierre ou cette pauvre gamine abandonnée ? Je suis persuadée que les sœurs ont fait de leur mieux. Elles n'ont pas de place à la paroisse et savent que vous n'avez pas besoin d'une orpheline sans domicile en plus sur les bras.

Les policiers se regardèrent et l'un d'entre eux haussa les épaules. Celui qui avait arrêté la carriole se tourna vers Pia.

— J'ai bien l'impression que tu ferais mieux d'obéir, petite. Tu as de la chance qu'il y ait des personnes disposées à s'occuper de toi.

Pia secoua furieusement la tête.

— Non ! Vous ne pouvez pas les laisser m'emmener. S'il vous plaît ! Je dois retourner auprès de mes frères ! Ce ne sont que des bébés. Ils ont besoin de moi.

— Je suis sûr que quelqu'un prend bien soin d'eux, assura le policier.

Puis il donna une tape sur la paroi et fit signe au chauffeur.

— Allez-y.

— Non ! S'il vous plaît ! Vous devez m'aider !

Pia tira de toutes ses forces sur la corde pour tenter de se libérer. En vain.

Les policiers tournèrent les talons. Le conducteur fit claquer les rênes sur le dos du cheval et la carriole bondit en avant, faisant perdre l'équilibre à Pia. La corde lui tordit violemment les poignets et elle bascula en arrière. Des larmes de frustration et de douleur lui montèrent aux yeux, mais elle rassembla son courage et se redressa de nouveau. Elle devait regarder où elle allait, se souvenir des noms des rues, se remémorer les bâtiments et d'autres repères pour retrouver son chemin lorsqu'elle s'enfuirait de l'orphelinat.

Après ce qui parut une éternité, ils arrivèrent dans une zone moins peuplée de la ville et s'engagèrent sur ce qui ressemblait à une route de campagne déserte. La carriole finit par ralentir tandis qu'ils longeaient une haute clôture en fer surmontée de fleurons pointus rehaussés de boules en cuivre. Un bâtiment en briques sur quatre niveaux agrémenté d'un clocher et d'ailes imposantes s'élevait au centre d'un vaste parc bordé de pins et de saules. Ils franchirent la grille et remontèrent une longue allée. L'édifice avait des allures de grande demeure au premier abord, mais, quand on se rapprochait, sa décrépitude se révélait. De la lumière brillait aux fenêtres écaillées et sans rideaux qui laissaient apercevoir de petites silhouettes en mouvement. Lorsque la carriole arriva à la hauteur du porche aux balustres cassés, le chauffeur arrêta le cheval et attacha les rênes, avant de descendre puis d'aider Miss O'Malley à en faire autant.

Le désespoir et la colère vrillaient le ventre de Pia, qui se mit à trembler.

— S'il vous plaît, implora-t-elle. Vous ne pouvez pas me laisser ici.

Miss O'Malley l'ignora et monta les marches du perron. Le chauffeur détacha Pia, attendit qu'elle descende, puis l'attrapa par le bras pour la traîner sur le trottoir. La peur vrillée au corps, Pia frotta ses poignets endoloris et leva les yeux vers l'orphelinat. De pâles visages d'enfants s'agglutinaient aux fenêtres pour regarder dehors, avant d'être chassés par de hautes silhouettes noires. La porte s'ouvrit et une nonne apparut sur le seuil, ses mains osseuses jointes sur le devant de sa robe, une croix imposante pendant à un épais chapelet autour de sa taille. Elle examina Pia par-dessus ses lunettes rondes avant de s'adresser à Miss O'Malley.

— Arrivez-vous de Saint-Pierre ? s'enquit-elle.

— Oui.

— Êtes-vous bien certaine que cette fille n'est plus malade ?

Miss O'Malley haussa les épaules.

— C'est ce qu'on m'a dit là-bas.

— Dieu sait que nous avons eu notre lot de cas de grippe ici. Nous ne pouvons plus nous permettre d'accepter des arrivants contaminés. Comment vous sentez-vous, mon enfant ? demanda-t-elle à Pia.

Un faible sourire étirait les lèvres de la religieuse, mais la froideur et la fatigue se lisaient dans ses yeux bleu délavé.

— Je vais bien, madame. Mais je ne devrais pas être ici. Je…

— Mon nom est mère Joséphine. Vous pouvez m'appeler mère Joe. Et vous *êtes* ici, ce qui signifie que Dieu avait une raison de vous faire venir jusqu'à nous. Notre travail à Saint-Vincent est d'accueillir les personnes dans le besoin, pas de comprendre la raison de ce besoin. Les sœurs de Saint-Pierre vous ont envoyée ici, point final. À présent, soyez sage et ne vous plaignez pas.

Elle reporta son attention sur Miss O'Malley.

— Merci de l'avoir amenée. Vous pouvez y aller.

Puis elle fit volte-face, ouvrit la porte et la tint pour laisser passer Pia.

Miss O'Malley poussa Pia vers l'avant d'un air irrité. Pia resta plantée sur le palier. Peut-être pouvait-elle partir en courant ? Mais, même si elle réussissait à semer mère Joe et peut-être Miss O'Malley, le chauffeur la rattraperait de nouveau. De plus, même si elle parvenait à s'enfuir, où irait-elle ? Elle n'avait plus de maison. Plus de famille. Pas d'argent.

Miss O'Malley la poussa à nouveau sans ménagement.

— C'est mieux que ce que j'avais à ton âge, grondat-elle. Et maintenant, remue-toi.

Pia lui adressa un regard amer avant de serrer les dents et de franchir le seuil de l'orphelinat. Alors que mère Joe s'apprêtait à refermer la porte, Miss O'Malley la bloqua de sa main.

— Mère Joe, j'aimerais vous parler, si c'est possible. Je n'en ai pas pour longtemps.

— De quoi s'agit-il ?

Miss O'Malley lança une œillade à Pia.

— J'ai un message de la part de l'une des sœurs de Saint-Pierre.

— Excusez-nous un moment, dit mère Joe à Pia en tournant la tête pour lui indiquer de s'éloigner.

Pia s'exécuta et fit quelques pas en direction du centre du vestibule au haut plafond. Elle tendit l'oreille, sans pouvoir distinguer ce que les femmes se disaient. Elle regarda autour d'elle en quête d'une issue, mais il n'y avait que deux portes qui semblaient donner sur l'intérieur du bâtiment. Une odeur de pommes de terre bouillies flottait dans l'air, mâtinée d'un parfum d'encens. Sur un mur tendu de velours, un tableau représentait Jésus entouré d'enfants, le cadre doré accroché entre des candélabres, au milieu de croix et d'autres peintures religieuses.

Une fois que mère Joe eut fini de s'entretenir avec Miss O'Malley, elle entraîna Pia à travers le vestibule, ses semelles claquant sur le plancher. Elle sortit un trousseau de clés de sa poche, déverrouilla l'une des portes et alluma l'une des lampes à huile posées sur une table d'appoint.

— Excusez-moi, mère Joe ?

La religieuse haussa les sourcils, comme si elle était surprise que Pia ait pris la parole.

— Que se passe-t-il ?

— Puis-je vous demander ce que Miss O'Malley vous a dit ? Était-ce en rapport avec moi ?

— Vous pouvez demander, mais cela ne signifie pas que je vais vous répondre, rétorqua-t-elle sèchement.

Pia hocha la tête et baissa les yeux. Ce n'était pas une bonne idée d'agacer mère Joe.

La lanterne à la main, la religieuse ouvrit une porte qui donnait sur un couloir sombre où régnait une odeur d'urine et d'eau de Javel. La lueur de la lampe ne révélait que des ombres. Au bout, elles tournèrent dans un autre couloir étroit et passèrent devant des chambres remplies de rangées de lits en fer tous identiques. Les lieux semblaient déserts, l'atmosphère était lourde, le silence épais. Quand elles atteignirent l'extrémité d'un troisième couloir, mère Joe poussa une double porte qui débouchait sur une volée de marches en pierre et une cour clôturée.

Des balançoires, un toboggan et un tourniquet occupaient le centre de la pelouse sous le ciel rose du crépuscule. Mais personne ne jouait. Personne ne riait, ne criait, ne courait. Des enfants étaient assis en tailleur dans l'herbe brune ou longeaient la clôture en petits groupes silencieux. Un groupe de petits âgés d'environ 4 ou 5 ans étaient assis sur des marches menant à une autre aile du bâtiment et ciraient des dizaines de chaussures. D'autres se tenaient debout autour d'eux et attendaient, en chaussettes ou pieds nus. Tous portaient des haillons qui semblaient trop petits ou trop grands. Personne n'avait de manteau ou d'écharpe.

— Le souper est dans une demi-heure, indiqua mère Joe à Pia. Les sœurs viendront vous chercher.

Puis elle la laissa là.

Depuis les marches, Pia balaya la cour du regard, dans l'espoir fou d'apercevoir Ollie et Max. Peut-être que la personne qui les avait trouvés les avait amenés ici. Peut-être que c'était une bonne chose que Miss O'Malley l'ait rattrapée. Mais, à son désarroi, tous les enfants étaient plus grands que les jumeaux. Les plus jeunes devaient avoir 2 ou 3 ans. Parmi les plus âgés, plusieurs l'observèrent, l'air curieux, avant de se détourner d'elle. Elle s'assit sur une marche en tentant de retenir ses larmes. Quelle idiote de croire que ce serait si facile de les retrouver.

Une petite fille âgée d'environ 4 ans avec une poupée de chiffon à la main s'approcha et lui sourit. Ses cheveux sombres tombaient en boucles folles autour de son visage.

— *Halo*, dit-elle d'une petite voix.

Pia ne reconnut pas son accent. Elle se força à lui rendre son sourire, en espérant que la fillette s'en aille. Triste, terrifiée, nauséeuse, Pia n'avait aucune envie de se faire des amis. Tout ce qui l'intéressait, c'était trouver un moyen de sortir d'ici. Elle se plongea dans la contemplation de la cour, faisant semblant d'être occupée à examiner les autres enfants. Mais avant qu'elle ait le temps de comprendre ce qui se passait, la petite fille vint s'installer sur ses genoux. Pia leva les mains, en partie surprise, et surtout parce qu'elle ne voulait pas la toucher. Le problème, c'était que d'autres observaient la scène, alors Pia ne voulut pas repousser la petite fille. La dernière chose dont elle avait besoin, c'était de se faire des ennemis quelques minutes à peine après son arrivée. Elle retint son souffle et posa les mains à plat sur les marches. L'une des jambes nues de l'enfant était appuyée sur la sienne, mais au soulagement de Pia elle ne ressentit rien.

La petite brandit fièrement sa poupée de chiffon sous le nez de Pia en souriant de nouveau. Pia s'obligea à l'imiter et hocha la tête. La fillette tapota la tête usée de la poupée de sa petite main sale, la serra contre sa poitrine et se laissa aller contre Pia avant de fermer les yeux. Pia retint son souffle, abasourdie. Qu'était-elle censée faire, à présent ? La tenir pendant qu'elle dormait ? La câliner ? Cette enfant manquait clairement d'affection et, pour une raison quelconque, elle semblait croire que Pia pouvait lui en donner. Bouleversée, Pia sentit les larmes monter. Elle enveloppa la fillette de ses bras et se mit à la bercer en tentant de ne pas pleurer. Après tout, ce geste ne lui coûtait rien. La petite ne tarda pas à s'endormir, les lèvres légèrement entrouvertes. En examinant son visage pâle et crasseux, Pia se demanda comment elle avait atterri ici. Ses parents étaient-ils morts ? L'avaient-ils abandonnée ? Son cœur se serra à cette pensée.

Une autre pensionnaire plus grande, avec de courtes tresses châtain clair, traversa la cour pour la rejoindre. Pia s'essuya les yeux. Elle ne voulait pas paraître faible et être prise pour cible. La fille monta les marches, s'assit à côté d'elle et ramena sa robe élimée par-dessus ses genoux osseux. De discrètes taches de rousseur parsemaient son nez et ses joues.

— Bonjour. Je m'appelle Jenny. Et toi ?

— Pia.

— Elle, c'est Gigi, indiqua Jenny en montrant la fillette endormie. On ne connaît pas son vrai nom, alors on lui en a inventé un.

Pia adressa un faible sourire à Jenny, en espérant avoir l'air amicale.

Jenny pointa du doigt une autre fille avec de longs cheveux bouclés et des jambes maigres.

— Elle, elle s'appelle Colette. Elle ne parle pas anglais non plus, mais elle a quand même réussi à nous dire son nom.

Elle désigna plusieurs autres enfants, garçons et filles, tous étrangers.

— Tu vois la fille plus âgée là-bas ? Celle aux cheveux noirs qui se tient dans un coin avec une pomme de pin dans les mains ?

Pia hocha la tête.

— C'est Iris. Elle est aveugle. Tout le monde dit qu'elle est arrivée d'un autre orphelinat il y a longtemps, et qu'elle n'était pas aveugle avant.

— Qu'est-ce qui lui est arrivé ?

Jenny haussa les épaules.

— Apparemment, ils ont procédé à des expériences sur elle, quelque chose en rapport avec la tuberculose.

— Qui a procédé à des expériences ?

— Un des médecins dans l'autre orphelinat.

Le ventre de Pia se noua. Les enfants n'étaient-ils pas supposés être en sécurité ici ?

— Et tu crois que c'est vrai ? osa demander Pia.

— Oui. On est des rebuts. Ils peuvent nous faire tout ce qu'ils veulent. Tu verras.

— Je croyais que le rôle des sœurs était d'aimer et de protéger leur prochain ?

— Essaie de ne pas t'attirer des ennuis. C'est tout ce que je peux te dire.

Les larmes menacèrent de nouveau. Pia avait le sentiment d'être coincée dans un cauchemar dont elle était condamnée à ne jamais se réveiller. Si les personnes qui dirigeaient Saint-Vincent se fichaient comme d'une guigne de leurs pensionnaires, cela leur serait bien égal d'aider Pia à retrouver ses frères.

La voix de Jenny la tira de ses pensées.

— Qu'est-ce qui est arrivé à tes parents ? Est-ce qu'ils ont attrapé la mort violette ?

— La mort violette ?

— C'est comme ça que les nonnes appellent la grippe. Parce qu'elle rend la peau violette. Plusieurs d'entre nous l'ont attrapée et trois filles sont mortes. Deux des sœurs qui s'occupaient de nous aussi. J'ai entendu dire qu'il y avait encore des enfants dans la salle des malades.

La bouche de Pia s'assécha. Elle avait cru que des endroits isolés comme les orphelinats, les asiles ou les prisons seraient épargnés. Prendre conscience du contraire la mettait encore plus mal à l'aise. Qu'une maladie mortelle puisse se faufiler dans un lieu dont il était impossible de s'enfuir lui donnait la chair de poule.

— Ma mère l'a attrapée, confia Pia. Mais mon père est dans l'armée. Il est à la guerre.

— Tu penses qu'il va revenir ?

La gorge nouée, Pia haussa les épaules. Quand bien même il reviendrait, jamais il n'aurait l'idée de la chercher ici.

— Pourquoi t'a-t-on envoyée ici, toi ?

Jenny fixa les nuages d'automne comme si elle les sondait en quête de quelque chose qui ne s'y trouvait pas.

— Tout ce dont je me souviens, c'est que ma mère nous a mis nos habits du dimanche, à mon petit frère et moi, avant de nous amener ici. Elle venait nous voir parfois et nous disait qu'elle reviendrait nous chercher. Mais après, elle a arrêté de venir. C'était il y a deux ans.

Pia n'en croyait pas ses oreilles. Comment une mère pouvait-elle abandonner ses enfants de son plein gré ? Puis l'image de ses frères dans le casier se matérialisa dans son esprit, et la honte et la douleur la submergèrent. Qui était-elle pour juger ? Quelque chose de dur et froid se tordit en elle et elle crut qu'elle allait être malade. Elle serra les dents et prit de grandes inspirations pour tenter de se calmer.

— Pia ?

Pia battit des paupières et reporta son attention sur Jenny.

— Je suis désolée que ta mère ne soit jamais revenue. C'est terrible.

— J'aimerais simplement savoir pourquoi. J'ignore s'il lui est arrivé quelque chose ou si elle a décidé qu'elle ne voulait plus de nous.

Pia inspecta les différents groupes d'enfants dans la cour.

— Lequel est ton frère ?

— Il n'est pas ici. Quand les visites de notre mère ont cessé, il a disparu. Pendant des mois, chaque jour, j'ai demandé aux nonnes où il était. Jusqu'à ce que mère Joe m'ordonne d'arrêter de casser les pieds aux religieuses. Je n'ai jamais su ce qui lui était arrivé.

Le cœur de Pia se serra dans sa poitrine. Elle faillit dire à Jenny qu'elle comprenait ce que cela faisait, avant de se raviser. Jenny n'y était pour rien dans la disparition de son frère, alors que ce qui était advenu d'Ollie et de Max était entièrement la faute de Pia. Et elle ne pouvait pas avouer à Jenny ou à quiconque ce qu'elle avait fait. Les gens la prendraient pour un monstre, et ils auraient raison.

— Je suis désolée, répéta-t-elle parce qu'elle ne savait pas quoi dire d'autre.

Puis elle eut une idée. Si Jenny était là depuis deux ans, elle devait connaître Saint-Vincent comme sa poche.

— Y a-t-il des bébés ici ?

— Oui, bien sûr.

Pia retint son souffle.

— Où ça ?

— Je n'en sais rien. Je ne les ai jamais vus.

— Dans ce cas, comment sais-tu qu'il y en a ?

— Parce que parfois, le soir, je les entends pleurer.

Les bras de Pia se couvrirent de chair de poule. Avant qu'elle puisse poser davantage de questions, une nonne ouvrit la porte derrière elles et la fit sursauter en tapant dans ses mains.

— Mesdemoiselles, rentrez ! C'est l'heure du dîner ! cria la religieuse.

Les filles présentes dans la cour abandonnèrent leurs activités et se dirigèrent vers les marches comme au ralenti. Elles examinaient Pia avec un mélange de curiosité et de sympathie. Pia se leva, avec Gigi toujours endormie dans les bras, et se joignit aux autres. Quand elle voulut entrer, la nonne lui bloqua le passage.

— Posez-la, ordonna-t-elle.

Jamais Pia n'avait vu une femme aussi grande. La colère se lisait dans ses yeux et sur ses traits endurcis. Son double menton pendouillait par-dessus le col de sa coiffe.

— Je peux la porter, répondit Pia. Elle dort.

— Tout cela dans l'espoir de lui voler son dîner, j'imagine ?

Abasourdie, Pia secoua la tête.

— Non, je…

Sans prévenir, la nonne lui prit Gigi des bras, la secoua pour la réveiller et la posa à terre. Elle la poussa à l'intérieur du bâtiment, à demi endormie et désorientée.

— Comment vous appelez-vous ? demanda ensuite la religieuse à Pia.

— Pia.

— Pia comment ?

— Pia Lange.

— Eh bien, Miss Lange, à partir de maintenant, vous êtes priée de faire ce que l'on vous dit. Faites-moi confiance quand je vous dis que ça rendra votre séjour ici beaucoup plus agréable.

Pia lança un regard à Jenny, qui secoua imperceptiblement la tête en guise d'avertissement.

— Oui, madame, dit Pia.

— Oui, sœur Ernestine, corrigea la femme.

— Oui, sœur Ernestine, répéta Pia.

Après un dernier froncement de sourcils, la religieuse fit volte-face et rentra. Les filles se mirent en rang contre le mur dans le calme et le silence, toutes tournées dans le même sens, le regard bien droit. Sœur Ernestine et deux autres religieuses les divisèrent en trois groupes, puis sœur Ernestine s'empara d'une lanterne et donna l'ordre au premier groupe, auquel appartenaient Pia et

Jenny, de la suivre. Ensemble, elles parcoururent un couloir faiblement éclairé, l'ombre de sœur Ernestine avançant le long du plafond telle une chauve-souris géante. Elles descendirent ensuite un escalier en bois raide en se tenant aux murs pour ne pas tomber.

— Où allons-nous ? murmura Pia à Jenny.

Deux filles les séparaient.

— À la cantine, chuchota Jenny.

— La cantine est au sous-sol ?

— Chuuut, ordonna Jenny dans un souffle par-dessus son épaule.

En bas des marches, elles passèrent devant un seau à charbon grand comme un chariot avant d'entrer dans une pièce étroite tout en longueur. Des conduits et des tuyaux apparents rouillés longeaient le plafond. Ce qui ressemblait à de la suie coulait sur les murs en briques, et le plancher éraflé était en piteux état. Une odeur de lait tourné et de chou flottait dans l'air. Des bols en métal et des cuillères étaient alignés sur une grande table entourée de tabourets en bois. Les filles s'assirent de manière disciplinée, Pia à côté de Jenny, puis attendirent en silence pendant qu'une nonne au visage luisant de sueur emplissait les bols de ce qui paraissait être un ragoût liquide. Des grumeaux marron tombaient de la louche et atterrissaient sur le sol, sur la table et même sur les épaules et les têtes des enfants. Personne ne semblait rien remarquer.

— Béni sois-Tu, Seigneur, pour ces cadeaux que nous sommes sur le point de recevoir grâce à Ta bonté par le biais de Jésus-Christ notre Seigneur, amen, répétait en boucle la femme qui les servait.

Chaque fille disait « amen » une fois son bol rempli.

Une autre nonne suivait la première, avec des tranches de pain. Dès que Pia reçut la sienne, la fille en face d'elle la lui chipa. Pia regarda Jenny sans savoir quoi faire, mais cette dernière était déjà penchée par-dessus son repas, en train de manger. Pia lança un regard aux autres pour voir si l'une d'elles avait assisté à la scène. Toutes étaient occupées à dévorer leur maigre souper comme une meute de loups affamés. Pia n'avait pas faim, mais elle savait qu'il lui fallait manger et boire. Elle porta une cuillerée de ragoût à ses lèvres. Il était dilué et tiède et avait un goût d'eau croupie. Quelques morceaux de carottes et de pommes de terre rassises y flottaient, ainsi qu'un peu de viande. Peut-être du porc ou du poulet, c'était difficile à dire. Dans tous les cas, la saveur lui donnait envie de vomir.

Pendant que les filles mangeaient, sœur Ernestine faisait les cent pas en leur disant de se dépêcher afin de laisser la place au groupe suivant. Une fille aux cheveux bouclés fixait son bol en faisant la moue, les bras croisés. Sœur Ernestine se plaça derrière elle et lui pinça le nez. Quand la fillette ouvrit la bouche pour respirer, la religieuse y enfourna une cuillerée de ragoût. La fille eut un haut-le-cœur et recracha sa nourriture. En dépit de la nourriture qui coulait sur son menton, sœur Ernestine répéta la manœuvre, pendant que l'enfant pleurait, s'étouffait et vomissait.

Les yeux de Pia se remplirent de larmes. Elle se sentait incapable d'avaler une bouchée de plus, mais elle n'osait pas arrêter de manger. La tête basse, les autres continuaient également.

En quelques minutes, tout le monde eut terminé, quelques-unes des filles raclant même leurs bols pour avaler jusqu'à la dernière goutte. Quand une nonne escorta le second groupe dans la salle, sœur Ernestine ordonna aux membres du premier de poser leurs cuillères et de se lever. Puis elle leur fit grimper deux volées étroites de marches, jusqu'à une immense salle de bains où paraissaient être alignés des centaines de lavabos. La pièce était froide et humide, le plancher mouillé et glissant. Près de chaque lavabo, une serviette était suspendue à un crochet. Sœur Ernestine attrapa une chemise de nuit élimée sur une étagère et la tendit à Pia.

— Débarbouillez-vous, Miss Lange. Et dépêchez-vous.

Les autres filles avaient déjà ôté leurs chaussures et leurs vêtements et se lavaient le visage et les mains à la hâte. Pia alla jusqu'à un des lavabos et les imita. Elle inspecta sa rangée de haut en bas en quête de Jenny, mais ne la vit pas. Après s'être débarbouillée du mieux qu'elle pouvait sans gant de toilette, elle s'essuya avec la serviette fine, passa la chemise de nuit par-dessus sa tête et raccrocha le rectangle d'éponge à son crochet. Quand tout le monde eut terminé, chacune ramassa ses chaussures et ses vêtements avant de suivre sœur Ernestine dans un couloir humide. Au bout, elles grimpèrent encore un escalier et débouchèrent sur ce qui ressemblait à un tunnel au plafond voûté sans fin flanqué de portes de chaque côté. À l'exception du sol, tout était peint en blanc, ce qui ne contribuait en rien à rendre les lieux moins exigus. Chaque fois que sœur Ernestine passait sous une arche, la lueur de sa lanterne disparaissait avec elle, projetant des ombres sur les murs tandis que les filles en bout de cortège étaient quasiment plongées dans l'obscurité. Vers le milieu du couloir, la religieuse brandit la lanterne bien haut, et les filles entrèrent en file indienne dans une pièce étroite peuplée de lits en fer couverts de draps gris et d'oreillers bosselés. Une fenêtre à meneaux crasseuse ornait le mur du fond, fermée par des volets extérieurs qui ne bloquaient en rien les courants d'air. Pia resta près de la porte en attendant qu'on lui dise quoi faire. Du froid montait des lattes irrégulières du plancher et lui glaçait les pieds.

— À vos places, dit sœur Ernestine.

Les filles se dirigèrent vers les lits, certaines à deux sur un matelas. Pia s'aventura dans le couloir central en quête d'une couche vide. Cela allait être suffisamment difficile d'être entassée avec autant d'autres filles dans une pièce, alors partager un lit… Ce serait insupportable. Elle ne voulait pas savoir si une telle était enrhumée, avait mal au ventre ou, pire encore, avait la grippe. Même sans les toucher, elle sentait déjà presque leur douleur, leur manque d'amour, leur détresse de ne pas avoir un foyer. Elle n'avait pas envie d'être allongée près de l'une d'elles quand elle pleurerait la nuit, n'avait pas envie d'éprouver le lourd chagrin qui appesantissait leurs cœurs. Mais là encore, peut-être que ce qu'elle prenait pour les émotions bouleversantes des autres filles n'était que la somme de sa propre tristesse et de sa propre peur.

Pia sentit tous les regards sur elle tandis qu'elle avançait. Personne ne parlait ni ne bougeait. Tous les lits étaient pris. Jenny en partageait un avec Colette et se triturait les ongles, la tête baissée. Personne n'avait envie de faire une place à la nouvelle. Sur le dernier lit près de la fenêtre, Gigi souriait, sa poupée de chiffon serrée sur sa poitrine. Pia se tourna vers sœur Ernestine.

— Puis-je dormir à même le sol, sœur Ernestine ?

L'une des filles ricana.

— Qu'est-ce qui ne va pas ? Tu as peur de dormir avec une pipi-au-lit ?

Les autres rirent.

— Silence ! ordonna sœur Ernestine.

Aussitôt, tout le monde se tut.

— Vous allez partager le lit de Gigi, Miss Lange, et vous en serez reconnaissante.

Gigi se poussa sur le côté pour laisser de la place à Pia, qui s'installa à côté d'elle. Au moins, Pia n'avait rien éprouvé d'étrange à son contact un peu plus tôt, ce qui était déjà un soulagement en soi. Peut-être qu'une fois que les autres seraient endormies elle pourrait s'allonger à terre entre le lit et la fenêtre, là où personne ne la verrait.

— Mains au-dessus de vos couvertures, somma sœur Ernestine. Et pas de bavardages.

Les filles s'exécutèrent, puis sœur Ernestine passa dans les rangs. Son double menton frémissait à chaque pas. Une fois qu'elle eut constaté que tout le monde avait obéi, elle alla jusqu'à la porte et s'arrêta sur le seuil.

— Qui veut dire à Pia ce qui se passe si elle émet ne serait-ce qu'un murmure après mon départ ?

Une fillette d'environ 6 ans leva la main. Sœur Ernestine hocha la tête.

La fillette se tourna vers Pia, les yeux emplis d'effroi.

— Le diable viendra te chercher.

— Répétez plus fort, que tout le monde entende, ordonna sœur Ernestine.

— Le diable viendra te chercher ! s'écria la petite.

Quelques-unes des plus grandes se regardèrent et levèrent les yeux au ciel, mais sœur Ernestine ne sembla pas le remarquer.

— C'est exact. Vous venez toutes de familles déchues, ce qui fait de vous des proies faciles pour Satan. Souvenez-vous-en. Et maintenant, récitez vos prières et dormez.

— Oui, sœur Ernestine, répondirent les pensionnaires à l'unisson.

Là-dessus, la nonne quitta la pièce et ferma la porte derrière elle, les plongeant toutes dans le noir. La clé tourna dans la serrure, puis le seul bruit fut celui de ses pas lourds dans les couloirs et du vent qui s'infiltrait dans les failles autour des fenêtres. Après une longue minute, les pensionnaires se mirent à chuchoter et à glousser. Quelqu'un commença à fredonner. Une fille pleurait doucement dans son oreiller. Gigi se blottit contre Pia et passa un bras autour d'elle en marmonnant quelque chose que Pia ne comprit pas.

— Bienvenue au dortoir numéro six, Pia, dit une voix qui, dans les ténèbres, semblait provenir du lit voisin.

— Pia, qu'est-ce que c'est que ce nom ? lança une autre voix d'un ton moqueur.

Une fille ricana, imitée par une autre.

— On m'a appelée comme ça en l'honneur de mon arrière-grand-mère, expliqua Pia.

Alors qu'elle s'apprêtait à préciser que c'était un prénom allemand, elle se ravisa. Elle n'avait aucune idée de la façon dont les autres pouvaient réagir à cela.

— Inutile de remercier ta mère pour ça, ironisa la moqueuse.

Certaines filles rirent.

— Ne les écoute pas, affirma une autre voix qui ressemblait à celle de Jenny.

Pia se redressa sur un coude et regarda autour d'elle pour essayer de la voir. Mais il faisait trop sombre.

— Est-ce qu'on peut t'appeler Pia Pipi ? demanda quelqu'un.

— Et pourquoi pas Pipia ?

— Peut-être que sa mère trouvait que c'était une vraie pisseuse.

Davantage de rires fusèrent.

— Arrêtez, admonesta Jenny. Sa mère est morte de la grippe.

Plusieurs exclamations de surprise retentirent à travers le dortoir et les ricanements cessèrent.

— Est-ce que tu l'as vue mourir ? demanda la première voix.

— Raconte-nous, enchérit la voix railleuse. Est-ce que ses yeux ont saigné ?

— Ne dis pas des choses comme ça, intervint Jenny. Tu vas faire peur aux plus petites.

— C'est bon, protesta l'autre. On a toutes vu ce qui était arrivé à sœur Anne.

— Ça ne signifie pas qu'on doive en parler pour autant. J'ai fait des cauchemars pendant au moins une semaine après qu'elle s'est effondrée en salle de récréation. Gigi aussi.

— Comme nous toutes, je pense, intervint une autre.

— Je n'ai pas vu ma mère mourir, lâcha soudain Pia. Je l'ai trouvée morte dans son lit.

— Je suis désolée, dit une voix fluette.

— Moi aussi, souffla quelqu'un d'autre.

— La mienne va revenir me chercher bientôt, continua la petite voix.

— Ça m'étonnerait, répliqua la voix railleuse. Sœur Ernestine ment, je te l'ai dit cent fois. Elle t'a fait croire ça pour que tu arrêtes de pleurer. Elle raconte ça à tous les enfants.

— Ce n'est pas vrai ! cria la petite voix. Ma mère va revenir ! Elle me l'a promis !

— Chut ! intima Jenny. Moins fort. Vous voulez de nouveau être punies ?

Tout le monde prit peur et le silence s'installa dans le dortoir, à l'exception des grincements métalliques des lits dès que quelqu'un bougeait sur son matelas.

— Pia ? murmura Jenny.

— Oui ?

— Si sœur Ernestine surprend quelqu'un en train de parler ou de pleurer après l'extinction des feux, elle lui donne trois coups de fouet avec une sangle en cuir. Et n'aie pas peur si elle débarque en pleine nuit pour nous obliger à aller aux toilettes. Ça lui arrive parfois, surtout quand elle est de mauvaise humeur.

— Oui, confirma la moqueuse. Elle nous fait asseoir par deux et nous force à rester là jusqu'à ce qu'on fasse. Même en hiver.

La fille paraissait triste et solennelle, à présent.

— Merci de me prévenir, dit Pia.

— De rien, répondit Jenny.

Puis le silence régna de nouveau.

Pia se tourna vers la fenêtre, les yeux pleins de larmes. Il fallait qu'elle trouve un moyen de sortir d'ici.

Tôt le lendemain matin, sœur Ernestine fit irruption dans le dortoir quelques minutes après le lever du soleil, armée de balais et d'un panier en osier. Elle laissa le tout près de la porte et parcourut les rangs au pas de charge, tirant sur les draps et giflant quiconque ne se levait pas aussitôt. Avant qu'elle arrive à leur hauteur, Pia secoua Gigi pour la réveiller. Elle se rendit alors compte que la chemise de nuit de la petite était mouillée. Elle souleva la couverture et inspecta le matelas. Le drap était trempé, ainsi qu'un côté de sa propre chemise de nuit. Les autres filles étaient déjà debout, en train de faire leurs lits. Pia bondit sur ses pieds, souleva Gigi et la posa à terre, encore à demi endormie. Son pyjama taché de jaune collait à ses jambes fines. Pour dissimuler l'incident, Pia remonta la couverture jusqu'à l'oreiller. Sœur Ernestine s'arrêta au pied du lit et la fusilla du regard.

— Défaites le lit, Miss Lange ! cria-t-elle.

Pia obéit. L'odeur pestilentielle de l'urine envahit ses narines. Sœur Ernestine attrapa Gigi par le bras et la traîna jusque dans l'allée centrale.

— Tu sais ce qui arrive quand on fait pipi au lit, Gigi, gronda sœur Ernestine.

Gigi se mit à pleurer et à se débattre pour lui échapper. Sœur Ernestine sortit une sangle en cuir de sous son habit et la brandit au-dessus de sa tête. Pia se précipita sur elle, une main levée pour l'empêcher de frapper et l'autre tendue vers Gigi.

— Arrêtez ! s'écria-t-elle. Elle n'a rien fait.

Sœur Ernestine se figea et la dévisagea.

— Qu'avez-vous dit, Miss Lange ?

— J'ai dit qu'elle n'avait rien fait.

— Ça, j'ai entendu, mais apparemment, vous avez déjà oublié comment vous adresser à moi correctement.

— Je suis désolée, sœur Ernestine. Elle n'a rien fait, sœur Ernestine.

Une lueur de joie sauvage passa dans les yeux de la religieuse.

— Alors qui est-ce ?

— C'est moi, sœur Ernestine.

La nonne lâcha Gigi, qui courut se réfugier dans les bras de Jenny.

— Dans ce cas, venez recevoir votre punition, Miss Lange.

— Mais c'était ma première nuit ici, sœur Ernestine, protesta Pia. J'étais épuisée, j'avais peur et je ne savais pas si j'avais le droit de me lever pour me soulager. Et je ne savais pas où étaient les toilettes. J'ai essayé de me retenir, mais…

— Ce n'est pas une excuse, interrompit la religieuse.

Elle lui fit signe d'approcher, la sangle en cuir à la main. Les autres filles gardaient le silence et bougeaient à peine. Quelques-unes parmi les plus jeunes commencèrent à pleurer. Pia obéit et ferma les yeux. La sangle siffla dans l'air et claqua contre sa chemise de nuit mouillée, sciant l'arrière de ses cuisses comme la lame d'un couteau qui les tranchait en deux. Ses genoux se dérobèrent et elle s'écroula au sol, la peau en feu. Elle se retourna et leva les bras pour se protéger, les joues baignées de larmes. La nonne releva le bras, prête à la frapper de nouveau.

— Je vous en prie, sœur Ernestine, supplia Pia. Je suis désolée. Ça ne se reproduira pas.

La nonne laissa retomber sa main.

— Il n'y a pas intérêt, Miss Lange. Et je ne parle pas du désordre. Si je vous ai punie, c'est parce que vous avez menti. Je sais que Gigi fait pipi au lit toutes les nuits. À présent, dites-moi : avez-vous compris la leçon ?

Pia serra les dents et se remit debout avec peine.

— Oui, sœur Ernestine, parvint-elle à articuler.

— Bien. Veillez à ne pas l'oublier.

Elle rangea la sangle sous sa robe.

— Je sais que vous ne me croyez pas pour l'instant, mais un jour, vous me remercierez d'être dure avec vous. Plus tôt vous apprenez à discerner le bien du mal, plus votre vie sera facile. Pas vrai, les filles ? demanda-t-elle en regardant à la ronde.

— Oui, sœur Ernestine, répondirent-elles en chœur.

Elle hocha la tête, l'air satisfait.

— Maintenant, mettez-vous au travail.

Certaines se précipitèrent vers les balais et le panier, tandis que les autres poussaient les lits vers le centre de la pièce dans un vacarme tonitruant de grincements qui faisaient trembler les lattes du plancher et les carreaux. Pia boitilla jusqu'à son lit et souleva sa chemise de nuit, dont le frottement contre ses jambes lui faisait affreusement mal. Elle palpa l'arrière de ses cuisses et inspecta le bout de ses doigts en s'attendant à trouver du sang. À sa surprise, il n'y en avait pas. Gigi la regardait avec les yeux pleins de larmes, sa poupée de chiffon serrée contre elle. Les filles les plus âgées balayaient et dépoussiéraient les rebords de fenêtres, pendant que les autres défaisaient les draps et les plaçaient dans le panier en osier. Jenny retira son pyjama à Gigi, le mit dans le panier et dit à Pia d'en faire autant.

— Est-ce que ça va ? murmura-t-elle.

Pia hocha la tête tout en déposant sa chemise de nuit et le drap souillé par-dessus la pile.

— Désolée de t'avoir laissée dormir avec Gigi. Sœur Ernestine se met en colère quand on change de lit.

— Ce n'est pas ta faute, assura Pia.

— Elle va vous envoyer à la buanderie pour des sous-vêtements propres. Mais pas avant que vous ayez passé la journée avec votre culotte mouillée.

Elle offrit un faible sourire à Pia et retourna aider les autres.

Sous le regard vigilant de sœur Ernestine, deux filles emportèrent le panier dans le couloir. Une fois tous les lits remis en place, toutes s'habillèrent et se mirent en rang pour aller prendre le petit déjeuner.

Dans le réfectoire, Pia grimaça en s'asseyant. La douleur à l'arrière de ses cuisses était presque insoutenable. Elle se décala jusqu'au bord du tabouret pour que son poids ne repose pas dessus, mais cela ne changea pas grand-chose. Après avoir mangé du porridge froid et grumeleux, les filles s'alignèrent contre le mur. Plusieurs nonnes vinrent les chercher pour leur attribuer diverses corvées : certaines devaient s'occuper de la lessive ou de la couture, d'autres de la cuisine, d'autres encore du ménage dans les dortoirs et les couloirs. Pia n'osa pas demander à sœur Ernestine si elle allait briquait des sols, peler des pommes de terre, cirer des chaussures ou laver des assiettes.

Une nonne qui avait une lanterne à la main s'approcha d'elle. De petite taille et bien en chair, elle avait un air gentil et une tache de vin sur une joue.

— Bonjour, ma chère. Je suis sœur Agnes. Comme vous vous en doutez sûrement, ici à Saint-Vincent, tout le monde doit effectuer sa part du travail, et vous êtes sur un pied d'égalité avec les autres, vous comprenez ?

— Oui, madame. Je veux dire sœur Agnes.

— Il n'y a aucune inquiétude à avoir, ma chère. Mère Joe pense qu'elle a trouvé l'endroit parfait pour vous. Suivez-moi, ordonna-t-elle en recroquevillant son index vers elle.

Pia lui emboîta le pas dans l'escalier puis le couloir, en tentant d'ignorer l'éclair de douleur derrière ses cuisses. Sœur Agnes marchait à une vitesse déroutante pour une femme d'une si petite taille, et le bas de son habit frôlait le plancher telle une cape. Elle paraissait flotter, laissant dans son sillage un nuage à l'odeur agréable de savon à la lavande et de quelque chose qui ressemblait à de la cannelle. Pia se surprit à avoir envie de se rapprocher d'elle, pour échapper même brièvement à l'odeur d'urine et de chagrin qui semblait exsuder de chaque recoin du bâtiment. L'orphelinat lui évoquait de plus en plus un labyrinthe sans fin de couloirs, de salles et d'escaliers. Comment en trouverait-elle jamais la sortie ?

En haut des marches, elles empruntèrent un couloir sombre qui semblait s'éloigner du bâtiment principal. Lorsqu'elles arrivèrent au bout, sœur Agnes ouvrit une porte et attendit que Pia la franchisse. Elle pénétra alors dans ce qui ressemblait à une salle d'hôpital à haut plafond. Quand elle comprit ce qu'elle avait sous les yeux, elle retint son souffle.

Des rangées entières de berceaux remplissaient l'espace. Tous étaient occupés par un, deux, voire trois bébés de tous les âges et de toutes les couleurs. Certains étaient debout, agrippés aux barreaux, et hurlaient, cramoisis. D'autres, allongés sur le dos, serraient leurs couvertures, quand ils n'étaient pas assis, occupés à boire leur biberon ou à sucer leur pouce.

Aussitôt, Pia examina les petits lits en quête d'Ollie et Max. La plupart des bébés semblaient pâlots et chétifs. Certains avaient carrément l'air malades. Un tout-petit aux cheveux bruns clairsemés était en équilibre sur une jambe, l'autre amaigrie et estropiée. Une autre petite fille était aveugle : on pouvait discerner ses yeux laiteux derrière ses paupières mi-closes. Sœur Agnes avança dans l'allée centrale, ignorant les minuscules mains qui se tendaient vers elle à travers les barreaux en fer. Puis elle s'arrêta et regarda par-dessus son épaule en direction de Pia, qui se tenait toujours sur le seuil, paralysée.

— Vous venez, ma chère ?

Pia hocha la tête et avança. Son cœur cognait furieusement dans sa poitrine tandis qu'elle inspectait chaque visage de bébé du même âge que ses frères, la vue brouillée par les larmes. L'un était trop maigre, l'autre pas assez chevelu. Celui-ci avait des fossettes ; celui-là était roux. Le nez d'Un tel était trop épaté, Un tel était trop joufflu. Puis elle aperçut une tête blonde et des yeux bleus à travers des barreaux blancs. Un bébé la fixait, assis dans son berceau. Elle se précipita sur lui, certaine qu'il s'agissait de l'un de ses frères. Son cœur se serra douloureusement dans sa poitrine en constatant que ce n'était pas lui. Sœur Agnes la rejoignit à pas rapides, lui prit l'enfant des bras et le remit dans son lit.

— Que faites-vous ? Vous êtes là pour aider, ma chère, mais il y a des règles à respecter.

Pia baissa les yeux.

— Oui, ma sœur.

— Venez avec moi. Il n'y a pas de temps à perdre.

La gorge douloureusement nouée, Pia la suivit en continuant à scruter chaque petit visage en quête de traits familiers. Lorsqu'elles passèrent devant le dernier berceau, des larmes menacèrent de jaillir des yeux de Pia. Ses frères n'étaient pas là.

Au fond de la salle, une fille au teint pâle et à l'épaisse chevelure brune bouclée était en train de changer une enfant sur une table à langer. Elle avait l'air un peu plus âgée que Pia, était plus petite, mais aussi plus costaude. Ses manches remontées dévoilaient des avant-bras musclés, et elle se tenait avec les jambes écartées, comme pour bien s'ancrer dans le sol. Elle glissa une couche sous les fesses du nourrisson, la plia et l'épingla d'un geste sûr et rapide, comme une employée d'usine qui effectuait la même tâche encore et encore. Puis elle baissa la chemise de nuit de la petite, la prit dans ses bras et la cala contre sa hanche. Ce fut seulement à ce moment qu'elle remarqua la présence de sœur Agnes et de Pia.

— Edith, ma chère, je vous présente Pia Lange. Elle est ici pour vous aider à vous occuper des plus petits.

— Vous avez enfin trouvé quelqu'un ? Pas trop tôt, bon sang.

Elle les contourna pour aller remettre la petite fille dans son berceau.

— Edith ! s'exclama sœur Agnes d'une voix aiguë. Combien de fois vais-je devoir vous réprimander d'utiliser un tel langage ?

Edith se tourna vers la nonne, l'air exténuée.

— Désolée, ma sœur. Ça m'a échappé. Je réciterai cinq « Je vous salue, Marie » et cinq « Notre Père », promit-elle d'une voix où toute bravade avait disparu.

— Dix de chaque. Et une fois que vous aurez fini, surveillez votre langage. J'ai mieux à faire que continuer à vous admonester. Malheur à vous si mère Joe vous entend parler de la sorte !

— Oui, ma sœur.

Elle sortit une autre couche de sous la table et se dirigea à la hâte vers un bébé qui pleurait. Sœur Agnes reprit la parole tout en la regardant travailler.

— Comme je disais, Miss Lange est ici pour vous aider. Elle a l'âge requis et de l'expérience avec les enfants en bas âge.

Elle se tourna vers Pia.

— Vous aviez deux petits frères, n'est-ce pas, ma chère ? Des jumeaux ?

Pia se crispa de la tête aux pieds et son cœur se mit à battre plus vite.

— Comment… comment le savez-vous ?

— C'est mère Joe qui m'a prévenue, naturellement. Elle nous a tout raconté. Ma pauvre, perdre toute votre famille d'un coup…

Pia sentit le sang quitter son visage.

— Qu'a dit mère Joe exactement ?

Elle commença à trembler. Son estomac était de plus en plus noué. Les nonnes savaient-elles quelque chose qu'elle ignorait ?

Sœur Agnes fronça les sourcils.

— Elle m'a expliqué que vos frères et vos parents étaient morts de la grippe.

Pia s'enfonça les ongles dans les paumes.

— Non. Ce n'est pas ce qui s'est passé. Je…

— Je suis désolée, ma chère, je ne voulais pas vous contrarier. Je vous prie de me pardonner.

— Comment mère Joe peut-elle savoir quoi que ce soit à propos de ma famille ?

Sœur Agnes haussa les épaules.

— C'est ce que lui a raconté la personne qui vous a amenée ici. Oh, ma chère… Peut-être étais-je supposée me taire. Dieu sait que j'ai du mal à contenir mes mots et mes émotions. Peut-être que la femme a mal compris ?

Elle voulut poser la main sur l'avant-bras de Pia, mais celle-ci recula en secouant la tête.

— Non. Enfin, si. Elle a dû mal comprendre, car j'ai perdu ma mère, mais mon père est à la guerre et il existe une chance que mes frères soient encore en vie. Simplement, je ne sais pas où ils sont.

Sœur Agnes se signa.

— Ma chère, je suis vraiment désolée. Je n'avais pas compris que… Je vais prier pour eux.

— J'ai cru qu'Ollie et Max étaient peut-être ici, avoua Pia. Mais je ne les vois pas. Savez-vous si quelqu'un a déposé des jumeaux de 4 mois la semaine dernière ? Ils ont les cheveux blonds, les yeux bleus et…

— Non, ma chère, interrompit sœur Agnes, une lueur triste dans le regard. Je crains que nous n'ayons pas recueilli de jumeaux, garçons ou filles.

Pia ouvrit la bouche pour dire autre chose, mais Edith arriva et lui tendit un bébé.

— Il est mouillé, annonça-t-elle avant de tourner les talons pour aller en chercher un autre.

Pia resta paralysée, tenant à bout de bras le bébé qui remuait en tous sens, nu à l'exception de sa couche souillée. Encore sous le choc de ce qu'elle venait d'apprendre, l'esprit emporté dans un tourbillon de questions, elle alla jusqu'à oublier d'éviter le peau à peau. Puis le bébé se mit à pleurer et elle sut qu'elle devait passer à l'action. Résistant à la tentation de le donner à sœur Agnes, elle l'emmena jusqu'à la table à langer et commença à le changer, les mains tremblantes. Que cela lui plaise ou non, elle allait devoir s'habituer à toucher des bébés, car travailler ici était la seule manière de découvrir si quelqu'un amenait Ollie et Max à l'orphelinat. Quand elle eut terminé, elle mit un pyjama propre au bébé, le souleva et se mit à le bercer instinctivement.

Sœur Agnes lui sourit.

— Je vois d'ores et déjà que mère Joe avait raison à votre sujet. Vous semblez effectivement savoir ce que vous faites, la complimenta-t-elle avec bienveillance.

— Que savez-vous sur Miss O'Malley ? demanda Pia à brûle-pourpoint.

Sœur Agnes haussa les sourcils, surprise.

— Miss O'Malley ?

— La femme qui m'a amenée ici. La connaissez-vous ?

Le bébé geignit et appuya sa tête contre son épaule. Elle lui frotta délicatement le dos, étonnée qu'il lui accorde sa confiance si rapidement. Soudain, des larmes lui montèrent aux yeux en sentant ses petites omoplates, ses côtes minuscules et quelque chose d'autre, quelque chose qui frémissait dans sa poitrine.

— Non, répondit sœur Agnes. C'était la première fois que je la voyais. Mère Joe ne l'avait jamais rencontrée jusqu'à ce que cette affreuse maladie prenne la ville en otage et qu'elle commence à venir déposer des enfants.

— Savez-vous si elle en dépose ailleurs ?

— Je n'en ai pas la moindre idée.

— Pouvez-vous le découvrir ? Je me demande si elle sait quoi que ce soit concernant mes frères. Peut-être les a-t-elle emmenés dans un autre orphelinat.

Edith passa près d'elle en trombe avec une petite fille dans les bras. Plusieurs bébés pleuraient.

— Je suppose que je peux essayer de me renseigner. Mais j'ai bien peur que nous ayons des problèmes plus urgents à régler à cet instant.

Pia observa les visages effrayés et les mains menues qui se tendaient entre les barreaux. La douleur dans sa poitrine s'intensifia.

— Tu es là pour aider ou pour les regarder d'un air triste ? s'enquit Edith en repassant à côté d'elle.

Pia avait envie de garder plus longtemps le garçonnet dans ses bras, de lui apporter un peu de réconfort, mais les autres avaient aussi besoin d'attention. Elle le confia à sœur Agnes.

— Quelque chose ne va pas. Il faut qu'il voie un docteur.

Sœur Agnes alla le remettre dans son berceau.

— Je n'en doute pas. Ils ont tous besoin de voir un médecin. Mais les gens continuent à mourir de la grippe et aucun médecin n'est disponible actuellement pour venir ici. Tout ce que nous pouvons faire, c'est demander aux sœurs qui s'occupent des malades de l'examiner. Et prier Dieu de veiller sur son âme.

De faibles rayons de soleil entraient par les fenêtres étroites. S'ils parvenaient à diluer quelque peu la pénombre, ils étaient totalement inefficaces contre le froid qui régnait dans la salle. Installée dans un fauteuil à bascule, Pia donnait le biberon à une petite fille frêle. Elle aurait aimé avoir une couverture dans laquelle les envelopper toutes les deux, et un coussin pour que l'assise soit plus confortable. Depuis son coup de fouet lors de son premier réveil à Saint-Vincent dix jours plus tôt, elle dormait à terre entre le lit de Gigi et la fenêtre et se levait avant que sœur Ernestine vienne les réveiller. Gigi lui laissait son oreiller, mais elle était percluse de courbatures du fait de la dureté du sol et frissonnait de froid chaque nuit. Au petit matin, lorsqu'elle ne trouvait plus le sommeil, elle guettait les bruits qui résonnaient ailleurs dans l'orphelinat. Des sanglots, des fredonnements, des cris effrayés… Parfois, elle se demandait si elle rêvait ou si elle était éveillée.

Elle posa le biberon, cala le bébé contre son épaule pour lui faire faire son rot et regarda Edith qui parcourait les rangées de berceaux. Elle vidait chaque berceau un par un, retournait les matelas et remettait les bébés à l'intérieur. Elle travaillait comme une machine, sans jamais s'arrêter pour réconforter les enfants qui pleuraient ou sourire à ceux qui réclamaient désespérément un semblant d'attention d'un regard suppliant. Pia ne comprenait pas comment elle parvenait à les ignorer de la sorte. Peut-être qu'elle s'était endurcie avec le temps. Ou peut-être que son indifférence était un moyen de survivre. Pia espérait ne pas rester assez longtemps ici pour le découvrir.

Sœur Agnes entra dans la salle et se dirigea vers Pia d'un bon pas, le menton relevé, le bas de son habit tournoyant autour de ses jambes.

— Bonjour, ma chère. J'ai des nouvelles, annonça-t-elle avec un sourire.

Pia se redressa et retint son souffle.

— Mère Joe s'est entretenue avec la nonne qui s'est occupée de vous à la paroisse Saint-Pierre.

Pia hocha la tête et cala solidement ses bras sur les accoudoirs du fauteuil pour ne pas lâcher la petite en fonction de ce qu'elle s'apprêtait à entendre.

— Cette personne a dit à Miss O'Malley que pendant votre sommeil, lors de votre convalescence, vous appeliez votre mère et votre père ainsi qu'Ollie et Max comme si tous étaient morts. La religieuse en a déduit que vous aviez perdu toute votre famille et Miss O'Malley n'a fait que répéter ses dires à mère Joe.

Pia s'avachit dans le fauteuil. Le bébé dans ses bras était soudain aussi lourd qu'une enclume. Elle continua à lui tapoter le dos distraitement.

— Merci, sœur Agnes, parvint-elle à articuler.

— Je vous en prie, ma chère.

Alors que la religieuse tournait les talons, Pia se redressa de nouveau.

— Attendez. Croyez-vous que mère Joe accepterait de m'aider à découvrir ce qui est arrivé à mes frères ?

Sœur Agnes secoua la tête d'un air compatissant.

— J'ai bien peur que non. Nous parvenons déjà à peine à nous occuper des enfants que nous accueillons ici, alors pour ce qui est d'en chercher d'autres… De plus, nous ne saurions pas par où commencer.

— Et si vous me laissiez partir à leur recherche ?

— Juste ciel, non, dit sœur Agnes en secouant si fort la tête que ses joues frémirent. Que cela vous plaise ou non, ma chère, vous êtes sous notre responsabilité désormais, et mère Joe prend très au sérieux son travail ainsi que la réputation de l'orphelinat. Jamais elle ne vous laisserait errer dans les rues de Philadelphie. Vous pourriez vous attirer mille sortes d'ennuis, sans parler du fait que la grippe continue à faire des ravages.

— Dans ce cas, peut-être pourrait-elle au moins découvrir si mon père est revenu du front ?

Sœur Agnes posa ses mains sur ses hanches imposantes.

— Regardez autour de vous, ma chère. Pensez-vous vraiment que nous disposons du temps ou des moyens nécessaires pour chercher les parents de ces pauvres enfants ?

Pia se sentit rougir.

— J'imagine que non, sœur Agnes.

CHAPITRE ONZE

PIA

Deux semaines avant Thanksgiving, Pia se tenait devant l'étroite fenêtre à meneaux du dortoir numéro six, les yeux rivés sur la rivière Delaware à l'extérieur de l'orphelinat de Saint-Vincent. Quelques minutes la séparaient de l'heure du dîner en ce dimanche, et des nuages gris obstruaient le ciel, bas et menaçants. Il avait plu toute la journée et la rivière semblait bouillonner dans son lit. Les arbres dénudés sur la rive opposée ressemblaient à des doigts noirs qui s'étiraient au-dessus des berges rocailleuses. En amont, un pont de pierre enjambait le cours d'eau. Au loin se dressait un amas de bâtiments en briques aux imposantes cheminées. La cour de l'orphelinat s'étendait en direction de la rivière, la pelouse détrempée parsemée de flaques grises. Les balançoires vides et le toboggan évoquaient le squelette d'une bête à demi enterrée. En dépit du temps inhospitalier, Pia aurait tout donné pour ouvrir la fenêtre afin de débarrasser la pièce de l'odeur pestilentielle de peur, de solitude et d'urine qui l'habitait, dense et épaisse. Elle se demanda si les autres éprouvaient la même chose. Elle eut envie de poser la question, mais il était peu probable qu'on lui réponde.

Si elle avait su quelle serait leur réaction, jamais elle n'aurait avoué ne pas aimer toucher les gens quand l'une des filles lui avait demandé de lui tresser les cheveux quelques jours plus tôt. Elle aurait menti, prétendu qu'elle ne savait pas comment faire. À la place, elle avait dit la vérité et, désormais, toutes lui lançaient des regards en coin et empêchaient les plus jeunes, Gigi incluse, de l'approcher, comme s'il fallait la craindre. Même Jenny l'évitait. Elle avait l'impression d'être de retour à l'école. Elle se répétait que cela lui était égal, qu'elle avait l'habitude d'être mise à l'écart et que tout ce qui lui importait c'était de quitter cet endroit, mais cela la blessait davantage qu'elle ne l'aurait imaginé. Peut-être parce qu'elles avaient toutes quelque chose en commun du fait d'être retenues prisonnières ici contre leur gré. Elle avait cru que cela ferait une différence. Elle avait tort.

Chaque jour, elle se demandait combien de personnes mouraient encore en ville, si Ollie, Max et Vater étaient quelque part. Elle avait entendu les nonnes évoquer la fin de la guerre quelques jours plus tôt ; en dépit de la menace persistante de la grippe, des milliers de Philadelphiens s'étaient réunis autour de la réplique de la statue de la Liberté sur Broad Street pour fêter la nouvelle. La peur et le deuil avaient incité beaucoup d'habitants à rester chez eux, mais ceux qui s'étaient déplacés se tenaient épaule contre épaule, nombre d'entre eux avec un masque sur le visage, et ils applaudissaient sans discontinuer tandis que des drapeaux flottaient aux façades des bâtiments et que des fanfares jouaient de la musique. Depuis, chaque fois que la porte s'ouvrait, elle priait pour que ce soit Vater qui vienne la chercher, même si elle savait que cela relèverait du miracle qu'il la retrouve. Et de fait, ce n'était jamais lui.

Comme pour le reste des pensionnaires, ses journées se résumaient à faire des lits, balayer, prier, manger et travailler. Elle passait son temps libre dans la cour ou, en cas d'intempéries, dans la grande salle de récréation de l'aile nord. Les dimanches, tout le monde se rendait à la messe dans la chapelle au fond du bâtiment et profitait d'un temps de repos avant le dîner.

Pia travaillait avec les bébés sept jours par semaine. Edith lui parlait à peine, sauf quand c'était en rapport avec les nourrissons dont elles s'occupaient. Pia devait admettre qu'Edith lui faisait un peu peur. Elle lui faisait penser à un couvercle sur une bouilloire bouillante, prêt à exploser d'une seconde à l'autre. Parfois, alors qu'Edith ruminait en silence, elle se mettait tout à coup à insulter les filles de la buanderie, car elles n'avaient pas placé le panier de couches propres au bon endroit. Pia n'avait pas envie de se la mettre à dos, alors elle restait discrète et travaillait dur.

De nouveaux bébés affluaient presque chaque semaine. Certains venaient de la ville, tandis que d'autres provenaient du foyer pour mères célibataires de Saint-Vincent, situé non loin de l'orphelinat. Un jour, sœur Agnes en avait reçu un dans un panier en osier, avec un mot qui disait : *Ce bébé a été trouvé sur le trottoir entre la 50e et la 51e Rue.*

Un nouveau-né arriva accompagné d'une lettre : *Chère madame, consciente que mon enfant recevra dans votre institution de meilleurs soins que ceux que je suis en mesure de lui donner, je vous la confie. Elle est née lundi à 7 heures du matin. Elle n'est pas baptisée. Je l'ai prénommée Mary. Bien à vous. Une pauvre mère désœuvrée.*

Chaque fois qu'un bébé arrivait, Pia priait pour que ce soit l'un de ses frères. Ce n'était jamais le cas.

La vue brouillée par les larmes tandis qu'elle regardait par la fenêtre, elle ne pouvait s'empêcher de repenser au dernier Thanksgiving, lorsque Mutti était enceinte et que son père n'était pas encore engagé. Tous étaient certains que la guerre serait bientôt finie, et la vie semblait pleine d'espoir et de possibilités. Ils ne pouvaient pas s'offrir une dinde, mais, dans un effort pour s'adapter à la culture de leur pays d'accueil, Mutti avait autorisé Pia à se déguiser pour faire du porte-à-porte et demander des friandises ou des pièces de monnaie. Tous savaient que les habitants de la rue étaient très démunis et faisaient surtout ça pour s'amuser, davantage que pour obtenir quoi que ce soit. Finn et elle avaient lancé des confettis en papier journal et accompagné les autres enfants, certains avec des masques en papier mâché ou des têtes géantes, d'autres avec des serpillières sur la tête ou vêtus des vêtements de leurs parents. Pia et Finn n'avaient pas de masques, alors ils s'étaient peint le visage avec du charbon et du jus de betterave. Pendant quelques heures, tout le monde s'était moqué qu'elle soit allemande. Jamais elle ne s'était autant amusée et elle avait fait promettre à Finn qu'ils recommenceraient chaque année, aussi longtemps qu'ils le pourraient.

À présent, tous avaient disparu.

Et elle était dans un orphelinat.

Comment la vie avait-elle pu se transformer si vite en cauchemar ?

Un dimanche, elle tenta de s'échapper de Saint-Vincent. Elle avait remarqué une fenêtre légèrement entrouverte derrière l'autel pendant la communion. Une fois la messe terminée, elle laissa tout le monde sortir de la chapelle, puis regarda autour d'elle pour s'assurer que personne ne la voyait avant de se dissimuler sous un banc. Une fois la salle vide et silencieuse, elle sortit de sa cachette et essaya d'ouvrir la fenêtre en grand. Elle ne savait pas trop comment elle franchirait ensuite la clôture qui délimitait l'enceinte de l'orphelinat, mais il fallait qu'elle essaie. Au début, la fenêtre ne bougea pas d'un millimètre. Elle inspira profondément et réessaya, grognant sous le coup de l'effort. Enfin, elle parvint à l'écarter dans un grincement qui lui sembla assourdissant.

Persuadée que quelqu'un avait dû l'entendre, elle se figea, mais personne ne vint. Elle voulut alors l'ouvrir plus grand, en vain. Elle décréta que cela suffirait et se mit à escalader, prête à sauter dans les buissons en contrebas. Elle passa la tête, puis le torse. Soudain, quelqu'un l'attrapa par les chevilles et la tira brusquement en arrière. Elle se cogna le menton contre le rebord, s'égratigna les bras contre le bois et tomba lourdement à terre. La chute lui coupa le souffle. Le cœur cognant comme un fou dans sa poitrine, elle se retourna pour voir de qui il s'agissait.

C'était mère Joe.

— Qu'est-ce que vous fabriquez au juste, Miss Lange ? demanda cette dernière d'une voix perçante.

— Je… euh… je… bafouilla Pia.

— Relevez-vous immédiatement !

Pia s'exécuta et épousseta sa robe. Son menton et ses épaules lui faisaient mal.

— Il y avait… un oiseau. Un oisillon. Il était coincé et je…

Mère Joe leva un index osseux.

— Ça suffit ! Je ne veux pas entendre un mot de plus, Miss Lange.

Elle ferma la fenêtre, croisa les bras puis fusilla Pia de ses yeux brûlants.

— Je vais vous poser des questions. Et je veux que vous vous souveniez d'une chose : Dieu vous écoute.

— Oui, mère Joe.

— Avez-vous oui ou non communié il y a moins de quinze minutes ?

— Oui, mère Joe.

— Cela ne veut-il pas dire qu'à cet instant précis vous avez en vous le corps et le sang du Christ ?

— Si, mère Joe.

— Savez-vous que le mensonge est un péché punissable de la damnation éternelle et de toute punition que je jugerais appropriée afin de garantir que vous ne réitériez pas cette offense ?

— Oui, mère Joe, je le sais.

— Très bien, Miss Lange. À présent, réfléchissez l'espace d'une minute, puis dites-moi de nouveau ce que vous fabriquiez, à moitié suspendue hors de cette fenêtre.

Pia baissa les yeux et se mordit l'intérieur de la joue. Mère Joe laissa une minute s'écouler, puis :

— Miss Lange ?

— Je tentais de me sauver, avoua Pia.

Mère Joe fronça les sourcils.

— Pourquoi tenteriez-vous de faire une chose pareille ? Êtes-vous malheureuse ici ? Ne nous occupons-nous pas bien de vous en vous donnant un endroit où dormir et de quoi manger ?

— Si, mère Joe.

— Dans ce cas, pourquoi n'êtes-vous pas allée dans la salle des bébés après la messe, comme vous étiez censée le faire ? Pourquoi avoir essayé de sortir par cette fenêtre ?

— Parce que je pense que mes frères sont encore en vie. Sœur Agnes vous a parlé d'eux, n'est-ce pas ?

— En effet.

Elle marqua une pause et couva Pia d'un regard cynique.

— Et donc, vous voulez partir à la recherche de vos frères, c'est bien cela ?

Pia hocha la tête.

— Oui, mère Joe.

— Je vois.

Elle tourna la tête, pensive. Après ce qui parut une éternité, elle reprit la parole.

— Je suppose que nous pourrions autoriser votre départ. Mais pas tant que nous n'aurons pas la certitude que la menace de la grippe n'est plus et que la ville s'est remise du chaos dans lequel l'épidémie l'a plongée.

Pia battit des paupières. Elle n'en croyait pas ses oreilles.

— Vraiment ? Vous parlez sérieusement, mère Joe ?

— Je parle toujours sérieusement, Miss Lange.

Les yeux de Pia se remplirent de larmes et elle faillit se mettre à pleurer. Enfin, après tout ce temps, elle allait retrouver sa liberté et pouvoir se mettre en quête d'Ollie et Max. Elle avait presque envie de serrer la vieille nonne dans ses bras.

— En attendant, votre tentative de fuite et votre mensonge ne peuvent rester impunis, Miss Lange. Reprenez-vous et suivez-moi.

Pia accompagna mère Joe dans l'escalier qui menait au sous-sol, en proie à un étrange mélange d'appréhension et de soulagement. Serait-elle de corvée d'épluchage de pommes de terre ou de vaisselle ? Devrait-elle briquer le sol du réfectoire ou nettoyer des draps trempés d'urine ? Recevrait-elle des coups de fouet ? Quel que fût le prix à payer, cela avait valu la peine de se faire prendre, étant donné que mère Joe acceptait désormais de la laisser partir. Un problème subsistait, néanmoins : à part retourner à l'appartement pour voir si les nouveaux occupants avaient transmis son mot à Vater et si Finn était revenu dans leur quartier, elle n'avait aucune idée d'où aller ou de quoi faire ensuite, d'autant plus qu'elle n'avait pas d'argent. Mais au moins, quitter l'orphelinat était un début.

Au sous-sol, mère Joe traversa le réfectoire et entra dans la cuisine, une pièce aux murs de briques qui faisait penser à un four et sentait la terre froide, le lait tourné et l'oignon cru. Deux nonnes aux visages cramoisis touillaient d'énormes marmites sur un poêle à charbon tandis qu'une troisième découpait sur une table en bois des tranches de pain avec le plus grand couteau que Pia avait jamais vu. Assis dans un coin, trois garçons d'environ 5 ou 6 ans épluchaient une montagne de pommes de terre. Leurs pieds disparaissaient sous les pelures. Un autre garçon versait du lait dans des tasses alignées sur un banc. Il leva les yeux à l'approche de Pia et renversa un peu de lait sur le banc. La nonne qui coupait le pain lui assena une tape à l'arrière de la tête en lui ordonnant de faire plus attention. Pia suivit mère Joe dans un couloir étroit, dépassant une salle où s'amoncelaient des draps sales et des seaux à linge vides. Pia n'avait aucune idée de l'endroit où mère Joe l'emmenait. Qu'allait être sa punition, si ce n'était ni la lessive ni la vaisselle ?

— Excusez-moi, mère Joe, osa Pia. Puis-je vous demander où nous allons ?

— Vous le découvrirez bien assez tôt. Rappelez-vous, la patience est une vertu, Miss Lange.

Au bout du couloir, mère Joe déverrouilla une porte aux charnières et au loquet rouillés et entraîna Pia dans un passage au sol en pierre et au plafond voûté, flanqué de portes dont chacune comportait un trou carré. Une odeur de moisi et de pierre humide flottait dans l'air. Des toiles d'araignées pendaient au plafond. Le lieu semblait hors d'usage depuis une éternité.

— Qu'est-ce que c'est que cet endroit ? demanda Pia d'une voix tremblante.

— Nous l'utilisons pour les quarantaines et les isolements. Au fil des ans, nous avons connu des épidémies de typhoïde, de tuberculose, de fièvre jaune, de poliomyélite, et aussi de nombreux cas de démence. Et plus récemment, la grippe espagnole, bien sûr.

Pia se sentit prise de nausée.

— Vous enfermez des enfants ici ?

— Si la situation l'exige.

Pia enroula ses bras autour d'elle, la peau couverte de chair de poule. C'était déjà effrayant d'être malade, alors devoir rester dans ce souterrain par-dessus le marché… c'était de la torture. Combien de pauvres âmes avaient souffert et péri en ce lieu horrible ? Et pourquoi l'amenait-on ici ? Pour s'occuper d'un enfant malade retenu dans l'une de ces chambres ?

Au bout du passage, mère Joe s'arrêta devant une porte en fer forgé noir. On aurait dit l'entrée de l'enfer. Elle sortit son trousseau de clés de sous son scapulaire.

— Vous allez rester ici jusqu'à ce que vous ayez retenu la leçon.

La peur et la panique étreignirent Pia. Elle voulut tourner les talons et partir en courant, mais pour aller où ? Retourner à l'étage du dessus ? Dans son dortoir ? Dans la cour ? Il n'y avait pas d'issue, pas d'échappatoire. Elle se ferait rattraper et écoperait d'une punition pire encore.

— Pendant combien de temps ?

— Le temps qu'il faudra.

— Mais je…

— Inutile d'argumenter avec moi, Miss Lange, ou votre séjour n'en sera que plus long. Nous avons un accord, vous vous souvenez ? Une fois que les conditions seront réunies pour que vous partiez d'ici en toute sécurité, je prendrai les dispositions nécessaires. Mais d'abord, vous devez payer le prix de vos péchés.

Pia frémit.

— Oui, mère Joe, articula-t-elle malgré sa respiration entrecoupée.

Mère Joe hocha la tête, puis chercha la bonne clé sur son trousseau. Les gonds de la porte grincèrent dans un hurlement de chat blessé.

Mère Joe fit signe à Pia d'entrer. Les jambes en coton, Pia avança d'un pas. La pièce était à peu près aussi grande que la chambre de ses parents, sauf qu'elle sentait le renfermé et que les murs en pierre s'effritaient. Un lit en fer surmonté d'une paillasse était collé au mur du fond, les pieds scellés dans le sol. Pia distingua une petite fenêtre encastrée près du plafond bas. Elle n'avait jamais vu de donjon, mais cela devait très certainement y ressembler. Chargée de souffrance humaine, l'atmosphère était irrespirable, les murs tachés de moisissure et de ce qui ressemblait à des caillots de sang. Combien d'enfants avaient été séquestrés ici ? Combien y étaient morts ? Elle se tourna vers mère Joe, priant en son for intérieur pour que cela ne soit qu'une menace.

— Je vous en prie, mère Joe. Vous n'avez pas besoin de me laisser ici. J'ai retenu la leçon.

— Je vous ferai descendre vos repas et vous pouvez utiliser le seau pour vous soulager. Je vous suggère fortement de mettre à profit ce temps pour prier, Miss Lange. Demandez à Dieu de vous pardonner vos péchés et de vous aider à devenir une meilleure chrétienne.

La bouche de Pia s'assécha. Elle tenta de trouver quelque chose à dire pour plaider sa cause, mais aucun mot ne vint. Sa langue était lourde comme de la pierre.

Mère Joe la scruta d'un regard critique pendant un long moment, puis quitta la pièce et ferma la porte derrière elle. Le claquement sourd du métal résonna dans le tunnel vide. Paralysée, Pia fixa la porte, sous le choc. La clé cliqueta et tourna dans la serrure, puis les pas de mère Joe s'éloignèrent jusqu'à disparaître. Soudain, Pia songea que, si quelqu'un découvrait ce qu'elle avait fait, elle passerait le restant de ses jours dans un endroit comme celui-ci, qu'il s'agisse d'une prison ou d'un asile de fous. Mais peut-être méritait-elle d'être ici. Elle imagina comment Ollie et Max avaient dû se sentir dans le casier sombre, effrayés, sans savoir où étaient partis les gens qui les aimaient ni pourquoi personne ne venait les chercher. Elle s'allongea sur le lit et se roula en boule sur le matelas moisi. Un déluge de larmes la submergea, d'abord de peur, puis de culpabilité et de chagrin. Elle ferma les yeux et tenta de se concentrer sur le fait que mère Joe avait accepté de la laisser partir.

Avec un peu de chance, la religieuse n'oublierait pas qu'elle l'avait enfermée ici.

Chapitre douze

Bernice

Décembre 1918

Depuis sa fenêtre, au deuxième étage de sa nouvelle résidence dans le West Side de Philadelphie, Bernice regardait la ville revenir lentement à la vie. Elle plissa les yeux, aveuglée par le soleil d'hiver qui pointait au-dessus des maisons de l'autre côté de la rue, ses rayons s'étirant par-dessus les toitures enneigées et les châteaux d'eau. D'après les journaux, plus de quarante-sept mille habitants avaient contracté la grippe et plus de douze mille en étaient morts au cours du premier mois qui avait suivi le défilé. Lors de la deuxième semaine de novembre, les décès liés à des cas de grippe et de pneumonie avaient diminué de trois quarts par rapport à la semaine précédente et, contrairement aux préconisations du département de la Santé, les églises, les écoles, les théâtres et les saloons avaient commencé à rouvrir. Néanmoins, la fin de la guerre avait donné lieu à une résurgence du fait des célébrations en lien avec l'armistice et la libération des soldats. Par conséquent, le comité de l'Association américaine de santé publique encourageait les commerces et les usines à échelonner leurs heures d'ouverture et conseillait aux gens de circuler à pied dans la mesure du possible au lieu d'utiliser les transports en commun, afin d'éviter la foule. D'après les avertissements des médecins, les tramways étaient de véritables incubateurs pour la grippe.

De nombreux Philadelphiens semblaient prendre ces recommandations très à cœur. Sur le bout de trottoir couvert de neige fondue en contrebas de la chambre de Bernice, des hommes en longs manteaux et à chapeaux noirs se rendaient au travail d'un pas vif, leur journal et leur déjeuner sous le bras. Certains avaient le visage encore protégé par un masque. Une mendiante en robe élimée se tenait au coin de la rue, sa main sale tendue vers les passants. Les hommes l'ignoraient et la contournaient à bonne distance.

Bernice était abasourdie que le monde retourne à la normale après tout ce qui s'était passé. Elle savait que, pour elle, la vie ne serait plus jamais la même. Son mari et son fils chéris avaient disparu et ne reviendraient jamais, tout comme la partie d'elle, naïve, qui avait cru en l'espoir et au bonheur éternel. Pour des raisons qu'elle ne comprendrait jamais, Dieu lui avait pris ce qu'elle possédait de plus précieux. Certains jours, la désolation continuait de la paralyser, et le poids de l'absence de son fils menaçait de lui écraser la poitrine jusqu'à la broyer. Elle ne reconnaissait plus son reflet dans le miroir et se demandait si le fardeau du chagrin n'allait pas la faire voler en éclats. Il ne se passait pas une minute sans que Wallis lui manque. Mais les jumeaux lui donnaient une raison de se lever chaque matin. Elle se rappela qu'à partir de maintenant, si elle voulait que sa vie aille dans une certaine direction, c'était à elle d'en prendre les commandes. Toutes les prières et les supplications du monde ne nous apportaient jamais ce que l'on voulait ou méritait, qu'importait à quel point on tentait d'être un bon chrétien.

Elle regarda les garçons, endormis près d'elle dans le lit. Avec des tétées régulières et davantage de nourriture solide, leurs visages étaient devenus joufflus et avaient retrouvé un teint rose. Ils s'endormaient plus facilement le soir et semblaient plus heureux chaque jour. Elle les avait appelés Owen et Mason. Owen comme feu son père et Mason car la sonorité lui plaisait. C'étaient de bons prénoms, forts, solides et sincères, comme devraient l'être tous les vrais Américains. Et même si elle avait encore du mal à les distinguer parfois, elle s'attachait de plus en plus à eux.

Leur nouvelle maison ne comportait qu'une seule pièce, avec juste assez de place pour une commode, un lit et un fauteuil. Mais c'était assez loin du 5e arrondissement pour que personne ne les reconnaisse, elle ou les enfants, et c'était tout ce qui comptait. Quand elle aurait économisé suffisamment, ils déménageraient dans un logement plus grand, mais pour le moment c'était parfait. Elle n'en avait pas cru sa chance lorsqu'elle avait trouvé l'appartement. Le couple âgé avait mis une pancarte « Chambre à louer » sur la porte de leur bâtiment alors qu'elle passait devant. Les jumeaux les avaient immédiatement charmés, ce qui avait beaucoup aidé également. Lorsqu'elle avait expliqué à Mr et Mrs Patterson qu'elle était veuve de guerre et tentait de recommencer à zéro comme infirmière, ils avaient sans hésiter accepté de lui louer la chambre sans caution. Par-dessus le marché, ils lui avaient offert de garder les garçons afin qu'elle puisse reprendre le travail. Cela semblait trop beau pour être vrai. Pour l'instant, tout tournait à son avantage, preuve supplémentaire qu'elle avait bien fait de recueillir les jumeaux. Sans compter que, depuis, la Croix-Rouge avait demandé aux « vraies Américaines » d'ouvrir leurs foyers aux nombreux malheureux orphelins que l'épidémie avait semés dans son sillage.

Si seulement elle pouvait arrêter de se dire qu'elle avait abandonné Wallis. La culpabilité de l'avoir laissé derrière elle l'empêchait de dormir, de respirer, de manger. À ce stade, quelqu'un avait forcément vu les deux rubans à la poignée de porte de son ancien appartement, un blanc pour Wallis et un noir pour elle. À ce stade, quelqu'un avait dû trouver son fils et l'infirmière décédée et les emmener à la morgue. Elle avait aussi mis des rubans sur la porte des Lange : un noir pour Mrs Lange et trois blancs pour Pia et les jumeaux. Personne ne soupçonnerait les enfants Lange d'être en vie, à moins que Pia revienne et découvre que les garçons avaient disparu. Mais quand bien même, elle ne pourrait rien y faire, ni percer à jour qui les avait pris. Bernice ne lui avait jamais adressé la parole. Sans compter que pendant et après le chaos et l'agitation générés par la grippe, avec toutes ces personnes mortes si vite et tous ces nouveaux cas encore reportés, personne n'aurait le temps de se lancer à la recherche de deux petits garçons.

Néanmoins, elle continuait à faire des cauchemars à la suite de ce qu'elle avait fait. Traîner le cadavre de l'infirmière dans sa chambre et la disposer sur le lit qu'elle avait auparavant partagé avec son mari. Glisser sa propre chemise de nuit au-dessus de la tête de la morte. Elle voyait encore les caillots de sang autour de son nez, sa bouche déformée, son visage bleui, ses yeux fixes. Elle voyait encore Wallis, froid et immobile, allongé près d'une femme qui n'était pas sa mère. Serait-il enterré avec cette étrangère ? Cette pensée lui était insupportable.

Elle repoussa cette image et s'essuya les yeux. Elle s'était acquittée du nécessaire pour sauver les jumeaux et se sauver elle-même. L'infirmière serait morte de la grippe de toute façon. Un peu de mort-aux-rats n'avait pas fait grande différence. Et Wallis et sa vraie mère seraient réunis un jour, au paradis. C'était tout ce qui importait. Là, tout de suite, elle devait déposer Owen et Mason chez Mr et Mrs Patterson. Le moment était venu d'enfiler son uniforme d'infirmière et d'aller au travail.

Dans les quartiers du nord de Philadelphie où résidaient la classe moyenne et la petite bourgeoisie, le projet de Bernice de collecter des fonds pour les orphelinats de la ville s'était avéré plus profitable qu'elle ne l'avait espéré. Peut-être que survivre à l'épidémie donnait davantage envie aux gens de venir en aide aux nécessiteux, ou peut-être que son histoire à propos des orphelinats et des asiles qui débordaient d'enfants ayant perdu leurs parents tirait sur une corde sensible. Dans tous les cas, la générosité des rescapés, y compris de ceux qui ne pouvaient donner que quelques pièces, lui confirmait qu'elle avait eu raison de prendre les jumeaux. Entre ça et son uniforme d'infirmière, elle se sentait quasiment invincible.

Naturellement, il arrivait que la vue de sa tenue effraie les gens et qu'ils lui somment de s'en aller. Mais en général, ils étaient heureux et reconnaissants de sa visite. Parfois, ils l'invitaient à entrer pour une tasse de thé et quelques biscuits, ou pour examiner un proche souffrant, le plus souvent des personnes atteintes de la grippe ou d'une pneumonie. Au début, elle était récalcitrante quant au fait d'apporter une quelconque assistance médicale mais, quand elle se rendit compte que ces visites avaient pour conséquence des dons plus importants, elle accepta volontiers de prendre les températures, de tamponner les fronts fiévreux et de conseiller du thé au sureau ou à la menthe pour les maux de ventre et d'estomac. Dans certains cas, elle distribuait quelques gouttes du laudanum qu'elle avait trouvé dans le sac de l'infirmière morte, pour les otites, les vapeurs, la gangrène, la rougeole, la syphilis, l'épilepsie et les insomnies. Les jours où le chagrin la terrassait, elle priait Dieu de contracter une maladie mortelle afin de retourner auprès de son fils. Elle aimait Owen et Mason, mais sans comparaison possible avec l'amour qu'elle portait à Wallis. Il manquait quelque chose. Elle ne sentait pas cette connexion naturelle incroyablement profonde qui unit les mères à leurs enfants, cet instinct maternel sauvage qui aurait dû la pétrifier à l'idée de périr et de les laisser seuls. Elle n'était pas prête à mourir pour eux comme elle l'avait été pour Wallis. Elle avait tenté de ressentir la même chose pour les garçons, elle le souhaitait plus que tout, mais il était impossible de forcer ces choses-là. S'il lui arrivait quelque chose, les petits seraient très bien avec Mr et Mrs Patterson.

Et après tout ce qu'elle avait traversé et tout ce qu'elle avait perdu, elle n'avait aucun remords quant au fait d'utiliser les dons pour payer le loyer ou mettre de la nourriture sur la table pour Owen et Mason, en particulier quand l'argent provenait d'étrangers. Voir le nombre d'immigrants qui résidaient dans de grandes maisons et de beaux quartiers l'avait à la fois surprise et excédée. Ils avaient volé le travail de citoyens de souche et ne méritaient pas de vivre le rêve américain. À en croire les journaux, c'étaient les zones les plus pauvres de la ville qui avaient été les plus cruellement touchées par l'épidémie, alors cela paraissait logique que les riches aident les miséreux. Par conséquent, elle continuait de frapper aux portes.

Aujourd'hui, elle explorait un nouveau quartier, à dix pâtés de maisons au sud de celui qu'elle avait quadrillé la veille. Elle quitta l'artère principale et passa devant un barbier et une salle de billard. Puis elle pressa le pas en direction de la partie résidentielle à deux intersections de là. Pleine d'assurance et enchantée par la chaleur des rayons de soleil hivernal, elle réfléchissait à tout ce qu'elle avait envie d'acheter aux jumeaux pour Noël : des vêtements et des chaussures, des cubes en bois et des ours en peluche. Si les choses continuaient d'avancer dans le bon sens, ils pourraient déménager dans un logement plus grand dès qu'un appartement se libérerait dans leur immeuble. La possibilité de partir dans une autre ville afin que personne ne les retrouve lui avait effleuré l'esprit, mais alors elle n'aurait plus personne pour garder gratuitement Owen et Mason.

Elle avait besoin de l'aide de Mr et Mrs Patterson, au moins jusqu'à ce que les jumeaux soient en âge d'aller à l'école. De plus, Philadelphie était sa ville. Elle était bien plus à sa place ici que beaucoup de gens.

Alors qu'elle contournait un escalier encastré devant un atelier, un mouvement attira son attention. Elle s'arrêta et regarda par-dessus la rampe en fer forgé. Un garçon portant une veste élimée et un pantalon déchiré était assis en bas des marches en pierre, les coudes appuyés sur les genoux. Les cheveux gras et les mains sales, il devait avoir dans les 7 ans. *Encore un immigrant sans abri*, songea-t-elle en reprenant son chemin. La ville en était remplie. Tout à coup, une idée l'incita à faire demi-tour.

— Qu'est-ce que tu fais là ? demanda-t-elle, plantée en haut de l'escalier. Est-ce que tu es perdu ?

Le garçonnet se leva et fit volte-face pour la regarder. L'angoisse se lisait dans ses yeux. Elle descendit la première marche.

— Parles-tu anglais ?

Il recula tout en hochant la tête.

— Un peu.

— Comment t'appelles-tu ?

Il fronça les sourcils.

Elle s'arrêta à mi-hauteur et le montra du doigt.

— Ton nom ?

— Nelek.

— Est-ce que tu as faim, Nelek ?

Elle mima le geste de manger. Il acquiesça de nouveau, plus franchement, avec une lueur de désespoir dans le regard.

Elle lui fit signe de monter.

— Suis-moi. Je vais t'emmener en lieu sûr. Là, on te donnera un repas chaud et des vêtements propres.

Cette fois, il secoua la tête. Il ne comprenait pas.

Bernice lui sourit pour lui montrer qu'elle ne lui voulait pas de mal.

— Tout va bien. Il ne va rien t'arriver. Je vais t'aider. Je peux te trouver à manger, insista-t-elle en lui faisant signe de la rejoindre.

Après une longue hésitation, il finit par lui emboîter le pas.

Ils marchèrent pendant plus de trente minutes, jusqu'à arriver devant un bâtiment en briques à la façade ornée de rangées de fenêtres sans rideaux. Elle avait remarqué l'endroit quelque temps auparavant, lors de l'une de ses précédentes excursions en quête de fonds. Par chance, elle s'était souvenue de comment s'y rendre. À sa surprise, Nelek l'avait suivie pendant tout le trajet sans s'arrêter ni se plaindre. Une pancarte au-dessus de la porte à double battant annonçait : « Orphelinat de Saint-Vincent ».

La première fois que Bernice avait lu l'inscription, les horribles histoires que son frère lui avait racontées sur les orphelinats lui étaient revenues à l'esprit, si traumatisantes qu'elle avait changé de trottoir. Et voilà qu'elle était sur le point d'entrer. Soudain, elle se figea, certaine d'être incapable de mener à bien son plan. Mais ensuite, elle se rappela que les problèmes de la ville étaient la conséquence directe d'une immigration trop importante. Les logements surpeuplés remplis d'étrangers avaient contribué à la gravité de l'épidémie de grippe et à la mort de son fils, en définitive. Il fallait qu'elle empêche la situation de s'aggraver. Néanmoins, elle n'avait pas la moindre idée de la procédure pour confier un enfant à un orphelinat. Acceptaient-ils seulement les immigrants ? Repoussant ses doutes, elle monta les marches qui menaient au perron en souriant au petit garçon.

Nelek s'arrêta en bas de l'escalier et examina la pancarte, les sourcils froncés et l'air méfiant.

— Viens, l'encouragea-t-elle en agitant la main. Ils vont te donner à manger ici.

Elle ouvrit la porte et attendit, tremblante de peur. Et si les nonnes se rendaient compte qu'elle n'était pas infirmière ? Si elles appelaient la police ou tentaient de la retenir prisonnière ici ? Si elles refusaient d'accueillir Nelek ? Peut-être aurait-elle mieux fait de l'emmener dans un hospice de pauvres ou un asile.

— Tout va bien. Personne ne va te faire de mal, assura-t-elle sans savoir si c'était Nelek ou elle-même qu'elle essayait de convaincre.

Il fourra ses mains dans ses poches et enfonça le talon de sa chaussure trouée dans la poussière du trottoir, avant de se résoudre à la rejoindre. Ils franchirent le seuil et empruntèrent un petit couloir bordé de chaises à dossiers droits et de portes closes. Une odeur de renfermé et de vieux bois flottait dans l'air, accompagnée d'un parfum poudré de lavande ou de talc mâtiné de quelque chose d'aigre, comme de la sueur ou un fruit pourri. Au fond du couloir, une nonne était assise derrière un bureau. Elle leva la tête lorsqu'ils se présentèrent.

— En quoi puis-je vous être utile ? demanda-t-elle.

Bernice s'éclaircit la gorge et s'approcha du guichet d'un pas mal assuré. Elle ne pouvait s'empêcher d'imaginer des enfants affamés enfermés dans des chambres exiguës, leurs corps maigres et leur teint livide, leurs yeux désespérés enfoncés dans leurs visages émaciés. Résistant à l'envie de tourner les talons et de partir en courant, elle serra les dents, regarda son propre uniforme et se rappela pourquoi elle était là.

— J'ai trouvé cet enfant dans la rue, annonça Bernice d'un ton sec. Avez-vous de la place pour lui ?

— Est-il en bonne santé ?

Bernice n'en savait strictement rien et cela lui était égal. Elle hocha la tête.

— Je crois que nous avons quasiment atteint nos limites en termes de capacité d'accueil, mais je vais vérifier.

La nonne se leva, contourna le bureau et frappa à une porte qu'elle ouvrit sans attendre de réponse.

— C'est pour un dépôt, annonça-t-elle en glissant la tête par l'entrebâillement.

Une voix de l'autre côté marmonna quelque chose que Bernice ne comprit pas. La religieuse hocha la tête, ferma la porte et montra les chaises alignées contre le mur.

— Asseyez-vous. Quelqu'un ne va pas tarder à venir vous voir.

Bernice emmena Nelek s'asseoir, étonnée qu'il puisse être aussi simple de débarrasser les rues de ses immigrants. Les mains toujours dans les poches, il s'installa pendant que la nonne retournait à son bureau. Bernice était sur des charbons ardents. Allait-on lui demander son nom ou l'interroger sur le petit garçon ? Elle voulait sortir de là le plus vite possible et laisser cet horrible endroit derrière elle, mais prendre la poudre d'escampette maintenant pourrait s'apparenter à un manque de professionnalisme. Or, les infirmières ne partaient pas. Les infirmières restaient et faisaient face.

La nonne fouilla dans son tiroir, puis contourna de nouveau son bureau pour venir offrir à Nelek un rouleau de bonbons. Il s'en empara en souriant.

— Merci, mademoiselle.

Il déchira l'emballage et se fourra aussitôt une friandise dans la bouche.

La religieuse se tourna vers Bernice.

— Ne vous tracassez pas, ma chère, nous nous occuperons bien de lui. Merci de l'avoir amené jusqu'ici, mais il est inutile que vous restiez. Je sais que bien d'autres ont besoin de vous. Vous êtes tout à fait libre de partir. Soyez assurée que le Seigneur vous bénit d'avoir aidé ce pauvre enfant.

Bernice poussa un soupir silencieux de soulagement et acquiesça. Nelek lui offrit un sourire fatigué, les yeux emplis de gratitude. Elle se détourna de lui et se dirigea vers la porte, le cœur serré par la culpabilité. Il n'avait pas la moindre idée de ce qui l'attendait. Le frère de Bernice lui avait raconté comment les sœurs utilisaient les sucreries pour faire croire aux enfants qu'elles étaient gentilles et, à présent, elle venait de le voir de ses yeux. Néanmoins, pourquoi s'en vouloir ? Ce n'était pas sa faute si Nelek était à la rue. Où étaient ses parents ? Elle avait entendu des anecdotes d'immigrants qui mouraient pendant leur voyage vers l'Amérique. Peut-être qu'il leur était arrivé quelque chose en chemin. Auquel cas, il aurait terminé dans un refuge pour sans-abri ou un orphelinat de toute façon. Peut-être que ses parents auraient dû penser à ça avant d'essayer de venir ici.

Chapitre treize

Pia

Un lundi après-midi, quelques jours avant Noël, Pia était en train de remettre un bébé endormi dans son berceau lorsqu'elle aperçut sœur Ernestine qui se dirigeait vers elle. Elle borda le bébé dans sa couverture et attendit que la nonne la rejoigne, soudain nerveuse. Jamais elle n'avait vu sœur Ernestine ici. Avait-elle fait quelque chose de mal ? Avec sœur Ernestine, c'était toujours difficile à dire. Et elle n'avait aucune envie de poser la question et de se retrouver de nouveau enfermée à la cave pour insubordination.

Par chance, mère Joe avait laissé Pia sortir de son antre après quatre jours, mais elle avait eu le sentiment d'y être restée pendant une éternité. Jamais elle n'oublierait les ombres menaçantes qui engloutissaient la chambre exiguë tandis que la faible lumière entrant par la petite fenêtre diminuait, laissant place à une noirceur si totale que Pia ne parvenait même pas à distinguer sa main devant son visage. Elle entendait encore les rats qui couraient sur le sol en pierre, sentait encore le froid qui la glaçait jusqu'aux os. Et qu'importait combien de fois elle s'était lavé les cheveux, elle continuait à se sentir imprégnée de l'odeur répugnante d'urine et de moisi qui émanait de sa paillasse et de son oreiller.

Sœur Ernestine s'arrêta à quelques pas d'elle.

— Venez avec moi, Miss Lange.

Puis elle fit volte-face et repartit dans la direction opposée.

Pia lança un regard par-dessus son épaule en direction d'Edith. Installée dans un fauteuil à bascule et occupée à donner le biberon à un bébé, Edith se contenta de hocher la tête. Impossible de savoir si la visite impromptue de la religieuse la surprenait. Son expression était aussi impénétrable que d'habitude.

Pia prit une grande inspiration et suivit sœur Ernestine dans le couloir. Lorsqu'elles tournèrent à gauche en direction du hall d'entrée, le cœur de Pia s'emballa. Elle n'avait pas remis les pieds dans le hall depuis son arrivée. Mère Joe s'apprêtait-elle à lui rendre sa liberté ? Vater était-il là, qui l'attendait ? Quelqu'un avait-il trouvé Ollie et Max ?

Sœur Ernestine ouvrit la porte, impassible. Pia la franchit et balaya la pièce du regard. Vater n'était pas là. Mère Joe non plus. Une infirmière se tenait à l'accueil, ses cheveux blond cendré ramenés en un chignon bas impeccable sous son chapeau militaire. En constatant qu'elle avait un bébé dans les bras, Pia retint son souffle et courut vers elle. Quelqu'un avait retrouvé l'un de ses frères !

En la voyant se précipiter dans sa direction, l'infirmière écarquilla les yeux, recula d'un pas et serra le nourrisson contre elle. Pia tendit les bras pour le prendre, mais la femme s'écarta de nouveau.

— N'ayez pas peur, lui dit sœur Ernestine. Pia nous aide à nous occuper des bébés. Vous pouvez lui confier l'enfant sans crainte.

— Mais… ce n'est encore qu'une enfant, protesta l'infirmière.

Sœur Ernestine parut retenir un soupir agacé.

— Faites-moi confiance, infirmière… Je suis navrée, mais vous n'avez pas mentionné votre nom.

Une drôle d'expression passa sur les traits de la femme, comme si elle avait soudain perdu la parole. Puis cette expression laissa bientôt place à ce qui ressemblait à de l'appréhension.

— Je vous prie de m'excuser, ma sœur. Je suis l'infirmière Wallis.

— Bien, infirmière Wallis. Je vous disais donc que vous pouvez confier l'enfant à Pia sans crainte, affirma sœur Ernestine d'un ton sec. Je ne l'aurais pas fait venir ici dans le cas contraire.

L'infirmière Wallis examina Pia avec méfiance, avant de lui tendre l'enfant non sans réticence. Pia le prit dans ses bras, la vue brouillée par les larmes, submergée de joie. Elle prit un moment pour se délecter de la chaleur et du poids du petit corps contre le sien, puis battit des paupières pour distinguer ses traits. Elle s'apprêtait à l'embrasser sur le front quand elle se figea.

Un mot accroché à la couverture du bébé disait : *La mère de cet enfant est morte de la grippe la nuit dernière. C'était une mendiante originaire de Roumanie.*

Pia poussa une exclamation de surprise et examina le bébé, horrifiée. Il n'avait pas les yeux bleus, mais noisette. Son nez était trop épaté, son menton trop pointu. Le cœur de Pia manqua s'arrêter et ses jambes se dérober sous elle.

Ce n'était ni Max ni Ollie.

Elle se tourna vers l'infirmière, éperdue.

— Ce n'est pas mon frère ! s'écria-t-elle d'une voix tremblante de colère. Qui êtes-vous ? Et pourquoi me jouer un tour aussi cruel ?

L'infirmière Wallis recula en dévisageant Pia comme si elle avait perdu l'esprit.

— Miss Lange ! aboya sœur Ernestine. Présentez immédiatement vos excuses !

La religieuse s'empara du bébé, qui se réveilla et se mit à geindre.

— Je suis navrée, infirmière Wallis. Ce n'est pas de cette façon que nous procédons d'habitude. Normalement, c'est sœur Agnes qui s'occupe des admissions, mais elle est souffrante aujourd'hui. J'ai cru que Pia pourrait s'en charger, mais j'ai fait erreur, de toute évidence, admit-elle en fusillant Pia du regard.

Les yeux de cette dernière se remplirent de nouveau de larmes.

— Je suis désolée. J'ai cru… J'ai pensé que le bébé était…

Les mots restèrent coincés dans sa gorge.

L'infirmière Wallis lissa le devant de son uniforme et tira sur son col d'une main tremblante. Puis elle se redressa et releva le menton pour tenter de retrouver une contenance.

— Je suis navrée pour ce malentendu. Tout ce que je sais, c'est que la mère du petit était en Amérique depuis moins d'un an, qu'il s'appelle Nicolai et qu'on m'a demandé de l'amener ici. Jamais je ne me serais attendue à être traitée de la sorte par l'une de vos pensionnaires, dit-elle en lançant un regard dégoûté à Pia.

— J'ignore quelle mouche a piqué Miss Lange, mais je peux vous assurer que cela ne se reproduira pas, déclara sœur Ernestine.

Son visage était cramoisi, de gêne ou de colère, impossible à dire. De toute façon, Pia s'en moquait bien à cet instant. Elle n'avait qu'une envie : tomber à genoux et pleurer.

— J'y compte bien, assena l'infirmière. Bonne journée.

Elle tourna les talons pour prendre congé, avant de se raviser.

— Ma sœur, avant de partir, je me sens dans l'obligation de vous poser une question. Avez-vous songé à évaluer la santé mentale de Miss Lange ? Elle m'a l'air instable, voire peut-être capable de violence. Peut-être aurait-elle davantage sa place dans une institution en mesure d'aider des personnes comme elle.

— Non ! protesta Pia plus fort qu'elle ne l'aurait voulu. Je ne suis pas folle. Simplement…

Elle s'interrompit pour choisir ses mots avec soin et reprit la parole d'une voix plus contenue.

— Je suis navrée d'avoir crié, infirmière Wallis. Il se trouve que j'ai perdu la trace de mes frères, voyez-vous, et j'ai cru… Bref, peu importe ce que j'ai cru, je me suis trompée. Et j'espère que vous voudrez bien me pardonner de vous avoir offensée de la sorte.

L'infirmière la regarda de la tête aux pieds.

— J'accepte vos excuses. Après tout, vous n'êtes qu'une enfant. Mais sachez qu'il est fort probable que je sois amenée à revenir ici, et si j'assiste à un autre emportement de ce type, je n'aurai pas d'autre choix que de parler à mère Joe afin de procéder à une évaluation.

Pia baissa les yeux.

— Oui, madame. Merci d'accepter mes excuses, madame.

— Je vous en prie. Ma sœur, je vais vous laisser. À une prochaine fois, dans d'autres circonstances j'espère.

— Merci de nous avoir amené ce pauvre enfant. Nous prendrons bien soin de lui, promit sœur Ernestine.

L'infirmière hocha la tête, traversa le hall et sortit du bâtiment.

Sœur Ernestine posa sur Pia un regard assassin.

— Qu'est-ce qui ne va pas chez vous, Miss Lange ? Vous avez fichu une trouille bleue à cette pauvre femme ! Ne vous a-t-on pas appris les bonnes manières ?

Le bébé se mit à pleurer.

— Je… je suis désolée, sœur Ernestine, bafouilla Pia. Cela ne se reproduira plus. Je vais l'emmener.

Elle tendit les bras vers le petit. Sœur Ernestine grimaça et le lui passa avec la même indifférence que si elle lui avait confié un sac de pommes de terre.

— Remettez-vous au travail. Et si je vous vois faire le moindre pas de travers, je m'assurerai personnellement que mère Joe vous envoie à l'asile.

— Oui, sœur Ernestine.

Elle serra le bébé en larmes contre sa poitrine et fit un effort surhumain pour ne pas s'effondrer. Lorsqu'elle se retrouva seule avec le petit garçon dans le couloir, elle enfouit son visage dans son cou et pleura avec lui, leurs sanglots tristes résonnant de concert en ce lieu d'abandon.

CHAPITRE QUATORZE

BERNICE

À vingt pâtés de maisons de son ancien quartier du 5e arrondissement, Bernice entra dans le vestibule d'une maison mitoyenne, traversa le hall et frappa à la première porte. Les mains le long du corps et les épaules bien droites, elle se repassa ce qu'elle s'apprêtait à dire. Depuis qu'elle avait trouvé Nelek, elle avait placé six autres enfants immigrants : un bébé, deux garçons et une fille âgés de 4 à 10 ans, ainsi qu'un garçon de 15 ans et son petit frère de 3 ans. Séparer l'adolescent de son petit frère avant d'emmener l'aîné dans un foyer pour jeunes travailleurs lui avait coûté davantage qu'elle ne l'aurait cru : les deux avaient pleuré et elle leur avait menti éhontément en leur promettant qu'ils seraient bientôt de nouveau réunis. Mais c'était la meilleure chose à faire. À partir de 14 ans, les garçons étaient plus difficiles à placer.

Elle palpa sa poitrine gorgée de lait et pensa à Owen et Mason, restés à la maison avec Mr et Mrs Patterson. Que faisaient-ils à cet instant ? Étaient-ils occupés à dormir ? À manger ? Pleuraient-ils ? Avec un peu de chance, ils étaient en train de jouer. Les Patterson les surveillaient de près maintenant qu'ils commençaient à attraper des choses. Ils babillaient de plus en plus et réagissaient à leurs nouveaux noms. Elle attendait avec impatience le moment où ils l'appelleraient « maman ». Dans le même temps, savoir qu'elle n'entendrait jamais ce mot dans la bouche de Wallis lui brisait le cœur. Si elle était tout à fait honnête, cela ne l'enchantait pas que Mr et Mrs Patterson tentent de leur apprendre à les appeler Grand-père et Grand-mère, ni qu'ils passent tant de temps avec eux, mais elle n'avait pas le choix. Il fallait qu'elle travaille et elle ne pouvait pas se permettre de contrarier les Patterson.

Elle était encore sous le choc d'avoir vu Pia Lange à Saint-Vincent lorsqu'elle était allée y déposer le bébé roumain. Après cet épisode, elle avait été en proie à une atroce migraine pendant des jours. Lorsque Pia avait couru vers elle, Bernice avait cru qu'elle l'avait reconnue. Avec un peu de chance, la menace d'une évaluation psychiatrique l'avait suffisamment effrayée pour qu'elle garde ses distances si jamais elles se recroisaient.

Elle devait avouer qu'elle avait éprouvé une pointe de remords face à la réaction de Pia quand celle-ci avait compris que le petit garçon n'était pas l'un de ses frères. Mais le sentiment avait disparu aussi vite qu'il était apparu, surtout après que Pia l'avait agressée. C'était pour cette raison que Bernice avait pris les jumeaux au départ (au-delà du désir de les sauver de leur héritage allemand indésirable) : pour les protéger de leur sœur immature et imprévisible. Ce n'était pas parce qu'ils étaient ses petits frères qu'elle méritait de s'en occuper.

Autre chose avait frappé Bernice : la facilité avec laquelle les idées germaient dans son esprit, comme cette menace de faire interner Pia ou le fait d'utiliser le prénom de son fils comme nom de famille quand la nonne lui avait demandé comment elle s'appelait. Parfois, elle avait le sentiment que des forces mystérieuses étaient à l'œuvre pour l'aider dans son action. Jamais elle ne s'était considérée comme intelligente ou futée, mais, de toute évidence, quelque chose avait changé. Elle était d'ailleurs sur le point de découvrir si son dernier stratagème en date pour soustraire des enfants immigrants à la mauvaise influence de leurs parents était viable. Elle avait fait exprès de choisir ce quartier. Sauf que, pour l'instant, personne ne répondait. Agacée, elle frappa de nouveau. Enfin, la poignée tourna et la porte s'entrouvrit de quelques centimètres. Une jeune femme aux cheveux sombres et à la peau brune apparut dans l'entrebâillement.

— Oui ?

Bernice lui offrit un sourire chaleureux.

— Bonjour. Je travaille pour la Croix-Rouge. Nous collectons des fonds pour venir en aide aux orphelinats de la ville qui, comme vous le savez sûrement, sont débordés par l'afflux d'enfants ayant perdu leurs parents pendant l'épidémie.

Les sourcils froncés, la femme observa Bernice de la tête aux pieds avant d'ouvrir la porte en grand. Une odeur pestilentielle de viande de mouton bouillie envahit le couloir.

— Je suis désolée, dit la femme avec un accent fort prononcé. Je ne peux pas vous aider. J'ai déjà du mal à nourrir mes propres enfants.

— Je comprends, assura Bernice. Si je puis me permettre, combien en avez-vous ?

— Trois. Une fille et deux garçons.

— Quelle bonheur ! Puis-je vous demander leur âge ?

— Ma fille a 3 ans. Mes fils 4 et 7 ans.

Bernice haussa les sourcils.

— Doux Jésus ! Vous devez être débordée.

La femme parut un tantinet déconcertée, mais elle hocha tout de même la tête.

— Je suis l'infirmière Wallis. Comment vous appelez-vous ?

— Yasemin.

Bernice porta une main à son cœur pour feindre l'émerveillement.

— Quel beau nom ! Depuis combien de temps êtes-vous aux États-Unis, Yasemin ?

— Un an.

— Et votre mari ? A-t-il un travail ?

Yasemin baissa les yeux.

— N'ayez crainte, la rassura Bernice. En plus des collectes de fonds, la Croix-Rouge est également là pour venir en aide aux personnes dans le besoin. De nombreuses familles sont en difficulté par les temps qui courent et nous souhaitons les soutenir du mieux que nous pouvons.

— Mon mari a un travail, mais qui paie très mal.

— Je vois. Est-ce que cela vous soulagerait si je pouvais vous obtenir de la nourriture ? Je suis ravie d'être en mesure de vous aider.

Embarrassée, Yasemin hocha la tête, les yeux brillants.

— Très bien. Laissez-moi emmener vos garçons jusqu'au centre de la Croix-Rouge pour leur donner un repas chaud et de nouveaux vêtements. Je les renverrai ensuite à la maison avec de quoi manger pour votre famille. C'est la mairie qui fournit des aliments aux plus démunis.

Yasemin regarda par-dessus son épaule en se mordillant la lèvre. Sentant qu'elle hésitait, Bernice lui offrit un sourire réconfortant.

— Si vous ne voulez pas, je comprendrai. Je vous demande de me confier vos enfants alors que vous ne me connaissez pas. Simplement, j'ignore pendant combien de temps encore la ville va maintenir cette initiative qui fait suite à l'épidémie. Je serais enchantée de vous ramener des victuailles moi-même, mais j'ai encore énormément de familles à visiter avant la fin de la journée.

Yasemin soupira et ses épaules s'avachirent.

— Le plus grand va vous accompagner. Il s'appelle Hasan.

— Très bien. Mais si vous envoyez vos deux garçons, ils pourront rapporter deux fois plus de nourriture.

Yasemin secoua la tête.

— Non. L'autre est trop petit.

— Je comprends.

Yasemin appela Hasan avant de reporter son attention sur Bernice.

— En aurez-vous pour longtemps ?

— Il sera de retour pour le dîner. Je vous en donne ma parole, promit Bernice.

Quelques jours plus tard, dans le vestibule luxueux de la Société des orphelins de Philadelphie de Market Street, Bernice s'impatientait. Elle attendait depuis une éternité que quelqu'un s'occupe du garçon ukrainien qu'elle avait amené. Il n'y avait pas de nonnes ici, ce qui l'incitait à vouloir venir plus souvent, mais pas si elle devait patienter pendant des heures. Jamais la procédure n'avait autant traîné dans aucun des autres orphelinats et elle commençait à redouter la survenue d'un problème.

Les pleurs étouffés d'un enfant et la voix ferme d'une femme lui parvinrent depuis l'étage du dessus. Bernice s'approcha de l'escalier et tendit l'oreille, mais elle ne parvenait pas à distinguer ce que la femme disait. Elle repartit auprès du petit Ukrainien qui était assis par terre, occupé à jouer aux osselets, sans soupçonner que cet endroit deviendrait peut-être sa nouvelle maison. Il s'appelait Sava et avait 7 ans. Sa mère se trouvait dans leur appartement exigu de Tasker Street, convaincue qu'il allait revenir avec de la nourriture et des vêtements. Il leva la tête vers elle et lui sourit.

— Est-ce que tu veux jouer avec moi ? demanda-t-il.

Elle secoua la tête.

— C'est un nouveau jeu, je l'aime beaucoup. Peut-être que tu aimerais aussi, insista-t-il.

Elle réitéra son refus et se tourna vers la fenêtre. En dépit de ses cheveux sombres, les yeux du petit garçon, son nez et même sa fossette au menton lui rappelaient son fils. Wallis aurait sûrement ressemblé à Sava au même âge. C'était aussi extraordinaire que troublant. Plus vite elle serait débarrassée de lui, mieux cela vaudrait. Autrement, elle risquait de changer d'avis et de le ramener à la maison. Et comment expliquerait-elle sa présence ?

Dehors, un chariot à cheval rempli d'enfants de tous âges s'arrêta devant le bâtiment. L'un des garçons, coiffé d'un béret de vendeur de journaux, se leva et regarda en direction de l'orphelinat. Une jeune fille avait un bambin sur les genoux. Un autre garçon tenait par les épaules une petite fille qui avait l'air d'être sa sœur. Un homme descendit du siège passager, fit signe à celui qui s'était mis debout de se rasseoir et ôta son chapeau avant d'entrer précipitamment dans le hall, apportant dans son sillage une odeur de bois brûlé et de tabac froid. À l'étage, une porte claqua et des pas résonnèrent sur le plancher puis dans l'escalier. Bernice, Sava et l'homme tournèrent la tête de concert. Une femme mince en robe grise apparut, accompagnée d'un garçon d'environ 10 ans qui portait une chemise amidonnée, une veste marron et un pantalon de ville. Ses yeux rouges étaient emplis de larmes, ses joues humides, et il tenait à deux mains une petite valise en piteux état, qu'il brandissait devant lui comme s'il s'agissait d'un bouclier. Lorsqu'ils arrivèrent en bas de l'escalier, la femme posa une main sur sa petite épaule.

— Bonjour, Mr Kent, dit-elle à l'homme.

— Bonjour, Mrs Cromwell. Est-ce qu'il est prêt ?

— Oui. J'ai expliqué à Barry qu'une nouvelle famille l'attend et qu'il doit être très sage. N'est-ce pas, Barry ?

Barry se mordit la lèvre et acquiesça.

— Bien. Alors, allons-y. Le train part dans trente minutes, indiqua Mr Kent.

Il remit son chapeau et se dirigea vers la porte. Mrs Cromwell poussa doucement Barry, qui emboîta le pas à Mr Kent.

— Et n'oublie pas tes bonnes manières ! lança Mrs Cromwell dans le dos du petit garçon.

Après leur départ, elle s'approcha de Bernice, un chaleureux sourire aux lèvres.

— Puis-je vous être utile ?

— Je crois, oui. (Elle jeta un regard à Sava par-dessus son épaule.) Pourrions-nous nous entretenir en privé ?

— Bien sûr.

Mrs Cromwell l'entraîna dans un coin de la pièce. Bernice baissa la voix.

— Sa mère m'a demandé de l'amener ici, car elle ne peut plus s'occuper de lui. Il n'est pas au courant. Avez-vous une place pour lui ?

— Vous n'auriez pas pu mieux tomber. L'un de nos lits vient tout juste de se libérer.

— Puis-je me permettre de vous demander où se rendaient les enfants dans le chariot ?

Mrs Cromwell rayonna de fierté.

— Permettez-vous. Il y a quelques années, la Société des orphelins de Philadelphie a lancé un merveilleux programme pour porter assistance aux enfants sans domicile, abandonnés et orphelins en les plaçant dans des familles de fermiers. Ceux que vous avez vus partent dans le Michigan. Leurs familles d'accueil les traiteront comme leurs enfants biologiques en ce qui concerne l'éducation et les soins, et ils recevront 100 dollars quand ils atteindront l'âge de 21 ans.

Bernice haussa les sourcils. Elle n'en croyait pas ses oreilles. Placer les enfants dans un orphelinat pour les éloigner des mauvaises influences de leurs immigrants de parents était une chose. Mais les mettre dans un train qui les emmènerait dans des familles à la campagne ? Voilà qui était encore mieux.

— Placez-vous également des bébés ? s'enquit Bernice.

— Parfois, oui.

— Et lui ? demanda Bernice en montrant Sava. Serait-il possible de l'envoyer dans le Michigan avec les autres ?

— Pas cette fois. Mais peut-être lors d'un prochain convoi. Parle-t-il anglais ?

— Oui.

— C'est un avantage. Nous n'adressons que des enfants blancs et anglophones à ces familles, expliqua Mrs Cromwell. Les autres sont beaucoup plus difficiles à faire adopter.

— Je vois, répondit Bernice en tentant de cacher sa déception.

C'était tout à fait logique que les enfants étrangers soient plus difficiles à placer, particulièrement ceux qui n'avaient pas l'air américains. Elle rejoignit Sava, qui jouait toujours aux osselets.

— Sava, dis bonjour à Mrs Cromwell.

Sava interrompit sa partie et leva la tête.

— Bonjour.

La femme s'accroupit à côté de lui.

— C'est l'un des jeux préférés de mon fils.

Sava lui sourit, ses yeux noisette pétillants.

— Il a quel âge ?

— Dix ans.

— Peut-être qu'on pourrait jouer ?

— Peut-être. Mais pour l'instant, j'ai une question à te poser. Est-ce que tu as faim ?

Sava acquiesça avec enthousiasme. Mrs Cromwell se redressa.

— Viens avec moi. Allons voir ce qui est en train de mijoter dans la cuisine aujourd'hui. Je crois qu'il y a du gâteau aux haricots.

Sava ramassa ses osselets et les glissa dans sa poche.

Mrs Cromwell adressa un rapide clin d'œil à Bernice puis se dirigea vers une porte au fond du vestibule. Sava lui emboîta le pas, avant de s'arrêter et de se tourner vers Bernice.

— Tu viens aussi ?

— Non. Je vais attendre ici.

Il haussa de nouveau les épaules et allait se remettre en route quand, tout à coup, il courut jusqu'à Bernice. Il mit la main dans sa poche puis lui tendit son poing fermé.

— Tu veux jouer en attendant que je revienne ?

Un nœud se forma dans la gorge de Bernice. Elle tenta de répondre « non, merci », mais fut incapable de prononcer un mot. À la place, elle sourit et prit les osselets. Sava lui adressa un grand sourire et s'empressa de rejoindre Mrs Cromwell, qui lui tenait la porte. Il fit signe à Bernice et disparut. Après leur départ, Bernice posa les osselets sur une chaise et partit en courant.

Chapitre quinze

Bernice

Tandis que Bernice grimpait les marches du porche d'une maison en briques dans le quartier huppé de Philadelphie nord (sa troisième visite de la matinée), elle ne cessait de repenser au problème qu'elle avait rencontré la veille avec un garçon juif hongrois. Grâce à son uniforme, mettre des enfants immigrants dans les trains s'était avéré plus facile qu'elle ne l'avait cru. Les conducteurs ne posaient jamais de questions, et la plupart des enfants semblaient excités à l'idée de partir à l'aventure. S'ils étaient à la rue, elle leur racontait qu'ils allaient être adoptés. S'ils croyaient aller chercher de la nourriture pour leur famille, elle leur faisait croire que leurs parents les attendaient à la gare. Son souci majeur avait été de récolter davantage de dons afin de payer les billets de train. Jusqu'à la veille, quand elle avait recueilli deux frères hongrois âgés de 10 et 6 ans.

Après une longue marche sous une pluie froide et battante, elle les avait entraînés à l'intérieur de la gare. Elle avait hâte de rentrer chez elle ensuite pour enfiler des vêtements secs, retrouver les jumeaux et boire une tasse de thé bien chaud. Peut-être même ferait-elle une folie en s'offrant le luxe d'un cab pour effectuer le trajet au sec. Ayant appris par cœur les heures de départ de tous les trains à destination des villes qui acceptaient les convois d'orphelins, elle acheta deux tickets pour celui qui partait pour l'Ohio vingt minutes plus tard. Il était déjà à quai, des volutes de vapeur sifflante s'élevant des pistons de la locomotive. Une colonne de fumée lourde montait vers le ciel peuplé de nuages bas et enveloppait le quai bondé d'un brouillard de suie humide.

— Que faisons-nous ici ? avait soudain demandé le plus âgé des frères.

— Les provisions que vous devez rapporter à vos parents proviennent d'une ferme à l'extérieur de la ville, avait expliqué Bernice en lui montrant les billets. Ils ont du lait frais, des œufs et des pommes de terre, mais il vous faut aller les chercher.

Le cadet avait pris les billets et voulu se diriger vers le train, mais son aîné l'avait attrapé par l'épaule, lui avait arraché les titres de transport et les avait tendus à Bernice.

— Nous n'irons nulle part. Vous avez promis à ma *anya* que nous rentrerions tout de suite à la maison.

Bernice avait serré les dents. C'était la première fois que l'un des enfants mettait sa parole en doute, et elle n'était guère d'humeur à argumenter.

— Oui, tout de suite après être allés à la ferme.

— Non, avait-il insisté en secouant la tête. Vous n'avez pas parlé de ça à ma *anya*.

Il avait saisi son petit frère par la main et s'était mis en route, se frayant un passage à travers la foule.

Prise entre la colère et la panique, Bernice était restée interdite. Si le garçon racontait qu'elle avait tenté de les faire monter à bord d'un train, la famille avertirait peut-être la police. Sans compter qu'elle avait déjà acheté les billets.

— Attendez ! avait-elle appelé. Laissez-moi vous expliquer.

Le plus grand s'était arrêté et lui avait lancé un regard mauvais, ses traits assombris par la colère.

Elle les avait rattrapés et avait affiché un air penaud.

— Je suis désolée. Je ne suis pas censée vous le dire, mais vous devez grimper dans ce train si vous voulez revoir votre famille. Vos parents sont en train d'empaqueter vos affaires en ce moment même pour partir à Pittsburgh. Ils viendront vous chercher à la gare.

L'aîné s'était décomposé, la colère remplacée par la peur et la confusion. Son petit frère l'avait scruté d'un air inquiet.

— Quelqu'un emmène vos parents en voiture, avait continué Bernice. Ils savaient à quel point vous auriez adoré faire le trajet en automobile, mais il n'y avait pas assez de place pour vous et les affaires. Et comme ils ne voulaient pas vous décevoir, ils…

— Mais nous n'avons pas d'argent pour acheter des billets, avait interrompu l'aîné.

— C'est une donation de la Croix-Rouge.

Il l'avait fixée, incertain.

Elle avait tenté d'adopter un ton amical.

— Personnellement, je préférerais de loin prendre le train de toute façon. Comme dans la chanson, vous la connaissez ? Celle qui dit que c'est le train qui vous ramènera à la maison ?

Le garçon avait secoué la tête, les lèvres obstinément pincées.

Bernice sentait que sa patience s'effilochait.

— Si vous ne grimpez pas dans ce train, je n'aurai pas d'autre choix que de vous emmener dans un orphelinat jusqu'à ce que vos parents puissent revenir vous chercher. Et vu leur manque de moyens, ils risquent de ne pas être en mesure de le faire avant longtemps. C'est ça que vous voulez ? Vous n'avez pas envie de courir le risque de ne jamais revoir votre père et votre mère, si ?

Les yeux du plus grand s'étaient emplis de larmes et il avait secoué la tête.

— Alors vous feriez mieux de faire ce que je vous dis.

Il avait regardé son petit frère puis pris les billets à contrecœur. Un masque de tristesse recouvrait son visage. Il avait lancé une dernière œillade à Bernice puis, sans un mot de plus, il avait entraîné son frère à l'intérieur de l'un des wagons.

Bernice se demanda ce que le garçon avait dû penser lorsque le train avait continué sa route, dépassant la gare de Pittsburgh, quittant l'État de Pennsylvanie… Elle l'imagina regardant par la fenêtre, paniqué, tout en essayant de feindre que tout allait bien pour ne pas perturber le plus jeune. Elle se souvint de son propre frère quand il l'enfermait, de la peur qu'elle éprouvait à l'idée qu'on l'emmène, d'à quel point l'idée que ses parents veuillent se débarrasser d'elle la dévastait. Une pointe de culpabilité la transperça en songeant qu'elle avait infligé la même douleur à un enfant. Puis elle se rappela que ces garçons seraient bien plus heureux loin de leurs sales immigrants de parents.

Perdue dans ses réflexions, Bernice se rendit subitement compte qu'elle était toujours sur le perron de la maison. Depuis combien de temps était-elle plantée là ? Avait-elle déjà frappé à la porte ? Une balancelle suspendue à des chevrons ondulait doucement dans la brise froide. Des jardinières en pierre bordaient le perron de part et d'autre, remplies de poussière et de restes de tiges de fleurs. La boîte aux lettres affichait le nom de WINSTON. Bernice prit une grande inspiration, se rappela les raisons de sa présence et frappa. Une partie d'elle espérait qu'il n'y avait personne. Elle avait mal aux pieds et envisageait déjà de prendre le reste de la journée. Elle l'avait bien mérité.

La poignée tourna et la porte s'ouvrit sur un jeune couple dont les yeux rouges et les teints cireux suggéraient qu'ils avaient peut-être la grippe. Elle pria en son for intérieur pour qu'ils ne lui demandent pas d'entrer et de s'occuper d'eux.

— Mr et Mrs Winston ?

— Vous arrivez trop tard, se désola l'homme. Il est parti.

— Je suis navrée, mais je ne sais pas de quoi vous…

— Qu'est-ce qui vous a pris si longtemps ? s'écria la femme.

Le visage déformé par le chagrin, elle s'appuya contre son mari, une main tremblante plaquée sur la bouche. Il passa un bras autour de ses épaules pour la soutenir.

— Ce n'est pas sa faute, ma chérie, tempéra-t-il d'une voix douce. Il était trop malade. Personne n'aurait rien pu faire.

— Je suis profondément désolée, Mr et Mrs Winston, mais puis-je vous demander de qui vous parlez ?

— De mon bébé, geignit Mrs Winston. Notre fils. Il est mort.

Elle dissimula son visage dans ses mains avant de s'effondrer.

Bernice sentit tous ses muscles se crisper tandis que le souvenir de Wallis la percutait avec la violence d'un train lancé à pleine vitesse. Tout devint flou autour d'elle et elle se retint au chambranle de la porte pour ne pas perdre l'équilibre. Elle était venue dans ce quartier en quête d'argent et, à la place, c'était la mort qu'elle trouvait. Elle avait envie de partir en courant. Mais ce n'était pas ce qu'une infirmière aurait fait.

Mr Winston traîna tant bien que mal sa femme jusqu'à un petit banc capitonné dans l'entrée, la fit asseoir et s'agenouilla près d'elle.

— Je suis désolé que vous ayez parcouru tout ce chemin pour rien, dit-il à Bernice. Personne ne peut plus nous aider.

Bernice déglutit avec difficulté.

— Je vous présente mes plus sincères condoléances et vous offre toute ma sympathie. Je sais combien il est douloureux de perdre un enfant. J'ai perdu mon fils, moi aussi.

Mrs Winston releva la tête vers Bernice.

— Nous avons tout essayé, expliqua-t-elle d'un filet de voix. Nous lui avons donné du sirop pour la toux, du sirop d'oignon, du chlorure, du kérosène, du whiskey. Rien n'y a fait.

Bernice prit une profonde inspiration. Les jambes flageolantes, elle avança jusqu'au banc et s'agenouilla à son tour devant la mère en détresse.

— Puis-je faire quoi que ce soit pour vous ? Aller prévenir ou chercher quelqu'un ? Un membre de votre famille, peut-être, ou un prêtre ?

Mrs Winston secoua frénétiquement la tête, le menton tremblotant.

— Pas encore, intervint Mr Winston. Il est trop tôt. Il nous a quittés il y a dix minutes à peine.

— Il était si beau, dit Mrs Winston en souriant à travers ses larmes. Si parfait.

Bernice hocha la tête et se força à afficher un sourire compatissant.

— Quel âge avait-il ?

— Seulement 3 mois, indiqua le père.

— Mon Dieu. Je suis vraiment désolée.

Il fallait que Bernice parte d'ici. Qu'elle se lève et qu'elle s'en aille. Mais elle n'y arrivait pas. Soudain, ses jambes ne répondaient plus, ses muscles étaient comme de la gelée. Mrs Winston lui saisit les mains.

— Je veux que vous le voyiez. Que vous voyiez combien il était beau avant qu'ils l'emmènent et le…

— Non, coupa Bernice d'une voix plus forte qu'elle ne l'aurait voulu. Non, je ne peux pas. Je suis désolée, mais je dois…

— Je vous en prie, implora Mrs Winston.

Elle se leva et entraîna Bernice à travers le vestibule.

— Je veux vous montrer notre garçon. Il faut que les gens le voient, pour qu'ils se souviennent de lui.

Mr Winston attrapa sa femme par les épaules et tenta de la retenir.

— Doucement, ma chérie. Cette dame n'est pas obligée de le voir si elle n'en a pas envie. Elle aussi a perdu son fils, tu te rappelles ?

À ces mots, Mrs Winston se figea et lâcha la main de Bernice. Elle se décomposa comme si elle venait d'avoir une terrible révélation.

— Je ne peux pas vivre sans lui ! cria-t-elle. Je ne peux pas. Je veux mourir ! Je veux partir avec lui !

Puis ses genoux se dérobèrent sous elle, et elle s'écroula à terre en hurlant de chagrin.

Des larmes envahirent les yeux de Bernice. Elle savait exactement ce que Mrs Winston ressentait : une angoisse d'une telle violence et d'une telle puissance qu'une main géante semblait lui avoir arraché les entrailles. Chaque cri de la jeune mère lui transperçait le cœur. Elle voulait rentrer chez elle, s'éloigner autant que possible de cette femme brisée. Si elle restait plus longtemps, les morceaux fragiles de son propre cœur rafistolé voleraient de nouveau en éclats. Puis son regard se posa sur le jeune père qui se tenait là, impuissant, observant sa femme effondrée, secouée par des sanglots. Qu'importait combien c'était difficile pour Bernice d'être témoin de ce spectacle, elle ne pouvait pas les abandonner ainsi.

— Vous reste-t-il du whiskey ? demanda-t-elle.

L'homme hocha la tête et partit chercher la bouteille.

Bernice s'agenouilla près de Mrs Winston et lui frotta le dos, même si elle savait pertinemment que cela ne la réconfortait en rien.

— Tout va bien se passer. Je sais que cela semble impossible pour l'instant, mais vous allez surmonter cette épreuve. Il va vous falloir du temps, mais vous remonterez la pente et vous irez de l'avant, parce que votre mari a besoin de vous et parce que c'est ce que votre fils aurait voulu.

Dire ces mots lui permit de se rappeler que Wallis aurait également souhaité qu'elle soit forte. Une fois de plus, elle se demanda si c'était lui qui avait mis les jumeaux sur son chemin, l'infirmière, Mr et Mrs Patterson… Tout cela ne pouvait pas être que la chance.

Mr Winston revint avec l'alcool. Bernice redressa Mrs Winston et il porta le goulot aux lèvres de sa femme. Au début, elle se détourna et secoua la tête, les yeux clos. Puis elle se saisit de la bouteille à deux mains et avala plusieurs généreuses lampées en respirant à peine entre chaque gorgée. Bernice la laissa faire, puis lui prit la bouteille pour la rendre à Mr Winston, qui but à son tour. Mrs Winston s'affala, la tête sur les genoux de Bernice, et se remit à sangloter. Ses larmes chaudes tombaient sur son uniforme pendant que Bernice lui frottait les épaules en tentant de maîtriser ses propres émotions.

Mr Winston s'adossa contre le mur et posa sur celle-ci un regard reconnaissant.

— Merci pour votre aide.

— J'aimerais pouvoir faire plus.

Puis elle eut une idée.

Tandis qu'elle suivait la nonne rondelette à la tache de naissance sur la joue dans le couloir sombre de l'orphelinat de Saint-Vincent, Bernice ne put s'empêcher de songer avec quelle facilité elle était parvenue à convaincre mère Joe de lui confier un bébé. Elle n'avait eu besoin que d'un bout de papier avec le nom et l'adresse des parents adoptifs, et sa parole qu'il s'agissait d'une bonne famille aux valeurs morales irréprochables. Le fait qu'elle ait déjà déposé des bébés à Saint-Vincent dans le passé jouait sans doute en sa faveur, mais jamais elle n'aurait été en mesure de faire tout cela sans son uniforme d'infirmière. Ce jour-là, elle amenait une petite fille irlandaise de 10 mois dont la mère vivait dans la rue. Ensuite, elle choisirait un bébé caucasien pour Mr et Mrs Winston.

C'était la première fois qu'on l'emmenait dans cette partie de l'orphelinat. Lorsqu'elle entra dans la salle, elle ralentit, choquée par les rangées interminables de berceaux blancs. Tous étaient occupés par des bébés de tous âges qui dormaient, pleuraient, buvaient leur biberon, suçaient leur pouce, câlinaient leur couverture. Elle stoppa à la hauteur du premier landau et porta une main à sa poitrine. Son cœur battait la chamade. Un nouveau-né emmailloté était allongé sur le dos et la regardait, sa petite bouche rose formant un minuscule O.

La petite que Bernice tenait calée contre sa hanche regarda dans le berceau, elle aussi.

— Baba, gazouilla-t-elle.

Bernice avait envie de prendre le poupon dans ses bras et de le ramener chez elle, mais c'était impossible. Elle était déjà débordée avec les garçons. Et puis elle était ici pour trouver un bébé pour les Winston. Peut-être pourrait-il être leur nouveau fils ? En remarquant qu'elle s'était arrêtée, la nonne revint sur ses pas.

— Dieu a béni ce petit. Sa nouvelle famille vient le chercher demain.

— C'est merveilleux, répondit Bernice. Va-t-il rester à Philadelphie ?

— Oui. Dans une belle demeure avec deux grandes sœurs.

Bernice sourit. Au moins, cet enfant aurait un foyer. Et à Philadelphie, qui plus est. Il fallait que les bébés comme lui restent ici.

— Je n'avais pas la moindre idée du nombre de bébés dont vous aviez la charge. Pourquoi sont-ils si nombreux ?

— À cause des péchés de ce monde, infirmière Wallis. Et plus récemment, du fait de la grippe, bien sûr. Nous ne savons pas encore combien d'enfants se sont retrouvés orphelins pendant l'épidémie, mais ils se comptent sans doute par centaines, voire par milliers.

Elle reprit sa progression et Bernice lui emboîta le pas.

À l'autre bout de la salle, une fille au teint pâle était en train de plier des couches tandis qu'une autre, installée dans un fauteuil à bascule, nourrissait un enfant. Bernice jura entre ses dents en reconnaissant celle qui donnait le biberon.

N'existait-il donc aucun moyen d'échapper à Pia Lange ?

Chapitre seize

Pia

Noël arriva à l'orphelinat, accompagné d'un petit sapin chétif que les nonnes avaient placé dans la salle de récréation, de messes supplémentaires et d'un cadeau pour chaque enfant, un livre ou un jouet, offert par les paroissiens de Saint-Vincent. Pia reçut un lapin en peluche aux oreilles roses, qu'elle donna à Gigi.

Une semaine plus tard, alors qu'elle nourrissait Nicolai, Pia vit sœur Agnes entrer et traverser l'allée centrale, la croix accrochée autour de sa taille se balançant d'avant en arrière au rythme de ses pas. Pia se redressa dans l'espoir que la nonne venait lui annoncer que mère Joe avait enfin validé sa sortie. Puis elle remarqua derrière elle la présence d'une infirmière avec un bébé et son ventre se noua. C'était la femme qui avait menacé de réclamer une évaluation de sa santé mentale. L'infirmière Wallis. Que fabriquait-elle ici ? Elle s'arrêta devant l'un des berceaux et examina le bébé à l'intérieur, une main sur le cœur. Le poupon qu'elle-même avait dans les bras devait avoir 10 mois.

Ses cheveux roux rappelèrent à Pia ceux de la mère de Finn. La petite était pieds et jambes nus, dans une robe deux fois trop grande pour elle. Pourquoi l'infirmière Wallis ne l'avait-elle pas laissée à l'accueil comme la fois dernière ? Si seulement Pia avait pu disparaître pour ne pas avoir à l'affronter de nouveau, mais elle n'avait nulle part où se cacher. Tout ce qu'elle pouvait faire, c'était garder la tête basse et se concentrer sur Nicolai.

Sœur Agnes interpella Pia et Edith, qui pliait des couches sur la table à langer.

— Mesdemoiselles, je vous présente l'infirmière Wallis. Elle est venue déposer cette pauvre enfant retrouvée sur les marches devant un hôpital. En plus de ses responsabilités habituelles, elle a récemment trouvé un foyer pour trois de nos pensionnaires les plus âgés, qui sont les plus difficiles à placer. N'est-ce pas formidable ?

— Si, sœur Agnes, répondirent les deux de concert.

La religieuse se tourna vers l'infirmière.

— Je suis certaine que les gens comme vous bénéficient d'une place à part au paradis.

Les joues de la femme s'empourprèrent, et elle offrit à sœur Agnes un sourire gêné.

— C'est tout naturel, ma sœur. J'ai toujours adoré venir en aide aux enfants.

Pia osa regarder l'infirmière sans détour. Si elle aimait tant cela, peut-être pourrait-elle l'aider, elle aussi ? Pia mourait d'envie de lui demander si elle avait croisé des bébés jumeaux lors de ses visites aux orphelinats et dans les hôpitaux, mais elle redoutait qu'elle lui tienne encore rigueur de leur dernière rencontre et mette sa menace à exécution.

Sœur Agnes prit la petite des bras de l'infirmière.

— Edith, conduisez notre bienfaitrice jusqu'à notre plus jeune pensionnaire. Apparemment, elle connaît un charmant couple chrétien désireux de recueillir l'un de nos bébés. Une véritable bénédiction.

— Oui, sœur Agnes.

Edith termina de plier la couche qu'elle avait entre les mains, puis guida l'infirmière à travers l'océan de berceaux.

Nicolai avait fini de manger et s'était endormi. Pia se leva et s'approcha de sœur Agnes et du bébé aux cheveux roux.

— Comme elle est belle !

La petite fille semblait perdue. Ses yeux noisette balayaient frénétiquement la salle.

— Elle s'appelle Alannah, indiqua sœur Agnes en écartant délicatement une mèche du front du poupon. C'est un joli nom, n'est-ce pas ?

— Très joli, enchérit Pia.

Elle sourit à Alannah et se hasarda à lui caresser la joue. Par chance, elle n'éprouva aucune douleur à son contact, pas de mal de tête, pas de nausée. La petite fille semblait en bonne santé. Pia la chatouilla sous le menton.

— Bonjour, Alannah chérie. Je sais que tu as peur, mais nous allons bien nous occuper de toi, je te le promets.

Sœur Agnes lui offrit un sourire radieux.

— Dieu vous bénisse, mon enfant. Vous avez trouvé votre vocation en venant en aide à ces pauvres enfants. Vous aurez votre place au paradis, vous aussi, juste à côté de l'infirmière Wallis.

Pia se força à lui sourire en retour. Si sœur Agnes connaissait la vérité concernant ses frères, elle tiendrait un tout autre discours. On ne la laisserait sans doute même pas approcher les bébés. Une sensation de chaleur lui envahit la nuque, qui se mit à la démanger.

— Sœur Agnes ? dit Pia tout bas. Puis-je vous demander quelque chose ?

— Bien sûr, mon enfant.

— Pensez-vous que l'infirmière Wallis soit susceptible de savoir quelque chose à propos de mes frères ? Ou qu'elle accepterait de les chercher ?

— Je n'en ai pas la moindre idée, mais j'imagine qu'il n'y a pas de mal à lui poser la question.

— Pourriez-vous vous en charger pour moi ?

Sœur Agnes la dévisagea, surprise.

— Pourquoi donc ? Elle semble sympathique et désireuse d'aider son prochain. Vous n'avez aucune raison d'avoir peur d'elle. Et puis vous savez ce qu'on dit, mon enfant : « Aide-toi et le ciel t'aidera. »

Pia faillit rétorquer qu'elle avait toutes les raisons d'avoir peur d'elle, au contraire, mais, de toute évidence, sœur Agnes n'avait pas entendu parler de l'incident. Pia était sur le point de le lui raconter lorsque Edith et l'infirmière Wallis revinrent. Cette dernière avait dans les bras Joseph, un bébé de 3 mois arrivé quelques jours plus tôt. Sœur Agnes mit Alannah dans un berceau avec un autre enfant et se précipita à leur rencontre. Pia allongea Nicolai dans le sien et la suivit en tentant de rassembler son courage. Qu'importait sa peur, elle ne devait pas laisser passer cette opportunité. Mais elle devait faire preuve de prudence.

— Infirmière Wallis ? bafouilla Pia une fois à sa hauteur. Si cela ne vous dérange pas, j'aimerais vous poser une question.

L'infirmière tourna la tête vers elle. Son expression était indéchiffrable.

— Certainement.

— Merci. Je me demandais si… euh… Sœur Agnes a dit que vous connaissiez beaucoup de monde, et vous avez affirmé vous-même que vous adoriez aider les enfants, alors je me demandais si vous accepteriez de m'aider à retrouver mes frères. Ce sont des jumeaux âgés de seulement 4 mois… Enfin, 7, maintenant… Ils sont blonds aux yeux bleus et ils ont disparu depuis le mois d'octobre.

La femme pinça les lèvres et reporta son attention sur Joseph. Elle le cala de nouveau dans le creux de son bras et ajusta le bonnet sur sa tête.

— Je suppose que je peux essayer, répondit-elle sans regarder Pia. De quelle partie de la ville venez-vous ?

Pia ne put s'empêcher de remarquer la tension dans la mâchoire de l'infirmière et la façon dont ses veines pulsaient dans ses tempes. Néanmoins, elle décida de ne pas se laisser décourager.

— Du 5e arrondissement. Nous habitions Shunk Alley. Peut-être que vous ne connaissez pas, étant donné que…

— Je connais, l'interrompit l'infirmière.

Pia enfonça ses ongles dans la chair de ses paumes pour garder une contenance.

— Êtes-vous allée là-bas depuis le début de l'épidémie de grippe ?

— Non. Je n'ai aucune raison d'aller dans ce quartier.

— Et dans les orphelinats et les hôpitaux où vous travaillez ? Avez-vous vu des jumeaux blonds aux yeux bleus quelque part ?

L'infirmière releva enfin les yeux et secoua la tête.

— Non, je suis désolée. À présent, si vous voulez bien m'excuser, il faut que je m'en aille.

Elle tourna les talons, avant de se raviser et de reporter son attention sur Pia.

— Ils ont disparu, dites-vous ? Que leur est-il arrivé ? Est-ce que quelqu'un les a enlevés ?

Pia baissa la tête et déglutit péniblement.

— Ma mère et moi sommes tombées malades et…

— Et quoi ?

Elle fixait Pia d'un regard dur, comme si elle pouvait lire dans ses pensées.

Pia retint son souffle.

— Justement, je… je ne sais pas. C'est pour ça que j'ai besoin de votre aide.

— Bien. Si j'entends parler de quoi que ce soit, je ne manquerai pas d'en informer mère Joe. Sœur Agnes, merci encore pour votre concours. J'espère que cela vous apporte un peu de réconfort de savoir que cet enfant va faire le bonheur d'une merveilleuse famille.

— C'est nous qui vous remercions, répondit sœur Agnes. Dieu sait que nous aurions bien besoin de davantage de personnes comme vous dans cette ville.

— Je fais ce que je peux. La prochaine fois que je trouverai de bons parents désireux d'accueillir un bébé, peut-être pourriez-vous en réunir plusieurs dans une salle afin que je puisse choisir celui susceptible de mieux leur convenir. Qu'en dites-vous, ma sœur ?

— Bien sûr.

— Merci beaucoup. Cela me serait d'un grand secours.

Elle adressa un bref hochement de tête à Edith et à Pia avant de se diriger vers la porte.

— Attendez ! héla Pia derrière elle. Pourriez-vous demander aux autres infirmières avec lesquelles vous travaillez si elles ont vu quelque part des jumeaux qui correspondraient à la description de mes frères ?

— Oui, répondit l'infirmière par-dessus son épaule.

Pia voulut la rejoindre et ajouter quelque chose, mais sœur Agnes l'attrapa par le bras. Pia se dégagea aussitôt pour se protéger de tout ressenti émanant de la religieuse.

— Cela suffit, mon enfant, lui souffla celle-ci. Il n'y a rien de mal à demander de l'aide, mais inutile de harceler cette pauvre femme pour autant. Elle a dit qu'elle ouvrirait l'œil et je suis certaine qu'elle tiendra parole. Elle ne peut rien faire de plus.

— Ils s'appellent Ollie et Max ! cria néanmoins Pia à l'intention de l'infirmière.

Sœur Agnes lui lança un regard sévère et secoua la tête avant d'escorter l'infirmière Wallis vers la sortie.

Après leur départ, Pia fixa la porte, le désespoir l'enveloppant tel un linceul. Entre la mauvaise impression lors de leur première rencontre et le fait qu'elle était débordée avec tous les enfants dont elle s'occupait, l'infirmière n'avait sûrement ni le temps ni l'envie de trouver une solution aux problèmes de Pia. Celle-ci revint d'un pas traînant à l'endroit où Edith changeait Alannah et lui mettait des vêtements propres.

— Je crois que l'infirmière Wallis ne m'aime pas, dit-elle à Edith.

— Quelle importance ? Elle ne m'aime pas non plus.

— Qu'est-ce qui te fait dire ça ?

— Tu l'as entendue demander à voir des bébés dans une autre pièce. C'est parce qu'elle ne veut pas revenir ici. Et c'est à cause de moi.

— Comment le sais-tu ?

— D'abord, elle refusait de regarder les bébés filles que je lui montrais. Et ensuite, elle n'a pas voulu de Yakov, alors que c'est le plus jeune de tous les petits garçons.

— Pourquoi ? s'étonna Pia, les sourcils froncés. Il est parfait, pourtant.

— Il est turc. Elle a dit que le couple avait spécifiquement réclamé un bébé blanc.

— Mon Dieu. Qu'est-ce que tu as répondu ?

— Je lui ai demandé pourquoi elle voudrait confier un enfant à un couple de bigots pareils.

Pia ouvrit grand la bouche, puis gloussa.

— Bien envoyé. J'aimerais avoir ton courage.

Pour la première fois depuis qu'elles travaillaient ensemble, Edith sourit.

Une semaine après l'arrivée d'Alannah, Pia et Edith franchirent à la hâte la porte qui donnait sur la cour de récréation pour prendre un peu l'air avant le souper. Le soleil se montrait pour la première fois depuis des semaines, et elles étaient impatientes de sentir sa chaleur. Pia descendit l'escalier dans le sillage d'Edith et traversa la pelouse en direction de la rivière, en slalomant entre les tas de neige. Les autres enfants se promenaient, sautaient par-dessus les flaques, faisaient courir des bâtons le long de la clôture. Sœur Ernestine surveillait depuis la porte, prête à réprimander quiconque se salissait ou se mouillait.

Sans se consulter, Pia et Edith se dirigèrent droit vers le fond de la cour, pour s'éloigner autant que possible de l'orphelinat et de l'œil de lynx de sœur Ernestine. Lorsqu'elles atteignirent la clôture, Pia l'agrippa en regrettant de ne pas pouvoir l'escalader pour longer la berge du fleuve et regagner la ville. Le cours d'eau semblait profond, ses flots marron et froids. Une odeur de boue mâtinée de fer et de pierre humide flottait dans l'air. Pia inspira profondément, ferma les yeux et leva le visage vers le ciel. Depuis Thanksgiving, il avait fait un temps horrible. Il avait neigé, plu ou gelé presque chaque jour. Parfois, c'était comme si le soleil ne brillerait plus jamais. Puis, ce matin, il avait enfin transpercé la couche de nuages. Avec Edith, elles avaient passé la journée à attendre de sortir, et Pia avait bien l'intention de profiter des rayons le plus longtemps possible. Des geais bleus chantaient dans les pins qui ceignaient le périmètre, un train sifflait dans le lointain. À l'exception de la brise froide, on se serait presque cru au printemps.

Pia se tourna vers Edith.

— Si je suis encore…

Aussitôt, elle s'interrompit. Elle avait failli dire « Si je suis encore là cet été », avant de se rappeler qu'elle n'avait pas averti Edith de son départ prochain.

Elle avait perdu le compte du nombre de fois où elle avait demandé à sœur Agnes si mère Joe avait mentionné sa sortie. Elle n'en avait parlé à personne d'autre pour ne pas se porter la poisse. De plus, Edith semblait enfin l'apprécier et Pia n'avait pas envie que les choses changent entre elles.

Elle s'éclaircit la gorge et recommença.

— Quand il fera plus chaud, peut-être que nous pourrions amener les bébés dehors pour leur faire respirer un peu d'air frais. Cela leur ferait du bien de sortir un peu de cette salle étouffante.

— Ils n'ont le droit de sortir que pendant les jours les plus chauds, car la pièce se transforme en four ces jours-là. Et tu sais bien qu'on ne peut pas ouvrir les fenêtres, répondit Edith.

Pia soupira.

— Je sais, oui.

On ne peut rien faire tout court, songea-t-elle.

— Regarde, lança soudain Edith. Qui est assis sur les balançoires ? Je ne l'ai jamais vu avant.

Pia suivit le regard d'Edith. Le garçon devait avoir 14 ou 15 ans. La tête basse, il enfonçait son talon dans le sol pour former un tas de neige fondue.

Pia poussa une exclamation de surprise.

C'était impossible.

Elle se dirigea vers les balançoires, s'arrêta pour fermer les yeux, les rouvrit. Elle n'arrivait pas à y croire. Elle les plissa pour mieux voir. Non. Ce n'était pas lui. Il avait les cheveux trop longs et filasse, le visage trop fin. Peut-être que l'angoisse d'avoir perdu sa famille et d'être enfermée dans un orphelinat lui jouait des tours et faisait apparaître des choses qui n'existaient pas. Mais quand le garçon releva la tête, elle comprit que ce n'était pas un mirage. Elle courut alors jusqu'à lui, le cœur cognant dans sa poitrine.

— Finn ?

Il écarquilla les yeux et bondit sur ses pieds.

— Pia ?

Les jambes de Pia faillirent se dérober sous elle. Elle aurait reconnu sa voix entre mille. Son accent, sa manière de dire son nom.

— Qu'est-ce que tu fiches ici, ma grande ?

— Tu es vivant, s'émerveilla-t-elle.

— Oui. Et je suis rudement content de voir que toi aussi.

Il la fixait de ses yeux noisette, avec aux lèvres son éternel sourire en coin espiègle. Néanmoins, le chagrin se lisait sur ses traits et le faisait paraître plus vieux qu'il ne l'était en réalité.

— J'ai cru que tu étais mort pendant tout ce temps !

— Eh non. Pas encore.

— Je n'y crois pas, dit-elle en portant une main tremblante à sa bouche.

— Je dois dire que moi non plus. Et pourtant, c'est bien moi, ma grande. Et je suis sacrément heureux de te voir.

Elle rit et se jeta à son cou sans se préoccuper de ressentir quelque chose en le touchant. Tout ce qui comptait, c'était qu'il soit sain et sauf. Il la serra dans ses bras, sa joue contre la sienne, son souffle chaud sur sa peau. Par chance, elle n'éprouva rien d'autre que la joie de le savoir en vie, et la sincère affection chaleureuse qu'il lui portait. Pas de poids sur sa poitrine, pas de douleur dans ses os. Pas de nœud dans sa gorge ni de mal de tête. Les vêtements et les cheveux de Finn avaient l'odeur des rues de la ville, un mélange d'essence, de pavés, de tramway… Contrairement à tout le monde à Saint-Vincent (elle y comprise), il n'avait pas encore séjourné suffisamment longtemps à l'orphelinat pour absorber l'odeur écœurante de vieux bois et de porridge froid, ou la puanteur omniprésente du chagrin et de la peur. Pia ne voulait pas le lâcher, par crainte de se rendre compte qu'elle était en train de rêver. Des larmes lui montèrent aux yeux quand elle prit conscience que Mutti était la dernière personne qu'elle avait serrée dans ses bras. Même si elle refusait qu'on la touche en temps normal, étreindre Finn lui faisait l'effet d'une couverture chaude après des mois passés à avoir froid. Comme si elle avait erré, perdue et seule, pendant une éternité et que quelqu'un la prenait enfin par la main pour la guider.

Puis un cri en provenance du bâtiment attira leur attention.

C'était sœur Ernestine, qui se dirigeait vers eux au pas de charge en effectuant de grands moulinets avec les bras, les sourcils froncés.

— Reculez ! hurla-t-elle à Finn. Écartez-vous l'un de l'autre immédiatement.

Finn fit un pas en arrière et mit ses mains dans ses poches. Pia le lâcha.

Quand sœur Ernestine arriva à leur hauteur, elle était essoufflée. Son double menton frémissait comme de la gelée.

— Au nom du ciel, que se passe-t-il ici, Miss Lange ?

— C'est un vieil ami, sœur Ernestine. Nous étions surpris de nous retrouver, c'est tout, expliqua Pia.

La religieuse les poussa plus loin l'un de l'autre et les détailla de la tête aux pieds.

— Vous savez que la proximité avec des pensionnaires de sexe opposé est interdite ! Dois-je vous rappeler qu'à votre âge les jeunes filles sont tout à fait susceptibles de se retrouver dans des situations délicates avec des garçons ? Vous avez la permission de vous parler, mais rien de plus. Quant à vous, dit-elle à Finn en le fusillant du regard, gardez vos mains dans vos poches. C'est compris, jeune homme ?

Finn hocha la tête.

Sœur Ernestine resta là quelques instants encore, ses yeux plissés passant de l'un à l'autre comme si elle hésitait à prendre des mesures. Finalement, elle leur tourna le dos et regagna son poste près de la porte.

Après son départ, Pia laissa échapper un soupir de soulagement.

— Bon sang de bonsoir, en voilà une qui n'est pas agréable, déclara Finn.

— Tu ne crois pas si bien dire. Elle a une sangle en cuir sous sa robe et elle ne rechigne pas à s'en servir.

— Ça ne m'étonne pas. Elle a l'air d'aimer régenter ses troupes avec une poigne de fer. Sans compter qu'elle ressemble à un pouce de cordonnier aveugle.

Comme toujours, il essayait de la faire rire. C'était si bon de le retrouver… Tout à coup, il la fixa, l'air sérieux.

— Comment as-tu atterri dans cet horrible endroit ?

Pia releva le menton et se redressa pour tenter d'avoir l'air stoïque.

— Toi d'abord. Où étais-tu et comment es-tu arrivé ici ?

Il poussa un long soupir.

— Tu te souviens du dernier jour où on s'est vus, quand ma mère m'a dit de rentrer à la maison ?

Pia hocha la tête.

— Mon frère avait commencé à tousser ce matin-là. Nous l'avons tout de suite emmené à l'hôpital, mais impossible de lui trouver un lit. On a attendu et attendu… Et il est mort pendant la nuit.

— Oh non…

Pia avait envie de l'étreindre de nouveau, mais sœur Ernestine ne les quittait pas des yeux.

— Je suis vraiment désolée, dut-elle se contenter de répondre.

— Alors que son corps n'était même pas encore froid, ma mère et mon grand-père ont insisté pour qu'on quitte la ville, continua Finn. Je voulais te prévenir, repasser par Shunk Alley pour m'assurer que tu allais bien, mais ma mère a refusé. Mon grand-père a réussi à nous dégotter une carriole et un cheval et on est tout de suite partis chez mon oncle, sur la côte du New Jersey. Mon grand-père est mort dans la carriole alors qu'on changeait d'État. On a laissé son corps devant une église, pour me sauver, a dit ma mère. Le problème, c'est qu'on a emporté la foutue grippe avec nous. En quelques jours, tout le monde à la maison était malade, sauf moi. Certains voisins l'ont attrapée aussi.

— Et ta mère ?

Finn baissa la tête et enfonça le bout de sa chaussure dans la boue. Lorsqu'il releva les yeux, ils étaient brillants de larmes.

— Elle n'a pas survécu. Mon oncle et sa femme non plus.

Ce fut au tour de Pia d'être au bord des larmes.

— C'est affreux. Je suis vraiment désolée, Finn.

— Et toi ? Ta maman ? demanda-t-il d'une voix douce.

Son froncement de sourcils semblait dire qu'il connaissait déjà la réponse.

Pia se mordit la lèvre et hocha la tête.

— Elle est partie.

C'était la première fois qu'elle annonçait la nouvelle à quelqu'un d'autre qu'un inconnu. Soudain, le chagrin et la solitude des derniers mois la bouleversèrent et lui donnèrent le vertige. Elle prit une grande inspiration et expira lentement.

— Je t'ai envoyé un mot. Sur la corde à linge, comme on faisait toujours. Mais tu étais déjà parti, j'imagine.

En y repensant, son geste lui parut ridicule. Elle aurait dû faire plus. Beaucoup, beaucoup plus.

Finn secoua la tête et s'approcha d'elle. Il faillit poser une main sur son bras, puis se ravisa.

— Je suis désolé de ne pas avoir été là pour t'aider.

— Ce n'est pas ta faute.

— Et Ollie et Max ?

La culpabilité la balaya et une pointe de douleur insoutenable la transperça. L'espace d'un instant, elle crut s'effondrer. Comment lui raconter ce qu'elle avait fait ? Comment lui dire que ses frères étaient peut-être morts à cause de son imprudence ? Elle détourna la tête pour qu'il ne voie pas son visage.

— Mon Dieu… Je suis vraiment désolé, ma grande. Si seulement je pouvais faire quelque chose pour tout arranger…

Pia retint ses sanglots et affronta son regard, en priant pour qu'il ne lise pas la vérité dans ses yeux. Elle n'était pas prête à tout lui avouer. Pas encore.

— Comment as-tu fait pour revenir à Philadelphie ?

Finn soupira de nouveau.

— Je suis resté chez mon oncle aussi longtemps que j'ai pu, mais quand le propriétaire a compris que tout le monde était mort, il m'a expulsé. Je n'avais nulle part où aller, alors j'ai sauté dans un train et je suis rentré à la maison. La première chose que j'ai faite, ç'a été de te chercher, mais… Je suis désolé de devoir t'annoncer ça, mais une autre famille habite dans ton appartement.

— Je sais. Et ensuite ? Où est-ce que tu as vécu ?

— Dans la rue. Et je me débrouillais très bien jusqu'à hier, quand des flics m'ont surpris en train de voler. La taule devait être pleine, car ils m'ont envoyé ici.

Il posa sur elle un regard doux.

— Je pensais que tu étais morte, toi aussi. Tu n'imagines pas à quel point je suis heureux que tu aies survécu.

Pia baissa piteusement la tête.

— Parfois, je le regrette.

Il l'attrapa délicatement par le menton pour plonger son regard dans le sien.

— Ne dis pas ça. Je sais que tu as beaucoup souffert et que parfois, tu as l'impression que tu ne supporteras pas de vivre un jour de plus. Crois-moi, je ressens la même chose.

Il lui adressa un demi-sourire et hocha la tête en direction de sœur Ernestine.

— Mais tu ne vas quand même pas me laisser tout seul ici avec sœur Amabilité, si ?

Pia voulut sourire, mais le chagrin prit le dessus et des larmes roulèrent sur ses joues.

— Pia, ne pleure pas. Qu'est-ce qui s'est passé ? Raconte-moi.

La gorge nouée, elle déglutit avec peine et tenta de trouver sa voix en priant intérieurement pour qu'il ne la rejette pas.

— J'ai attrapé la grippe aussi, commença-t-elle.

Hésitante, ne sachant pas si elle était capable de continuer, elle regarda autour d'elle pour s'assurer que personne n'écoutait. Puis, avec des phrases entrecoupées qui lui brûlaient la gorge et lui brisaient le cœur, elle lui confia ce qui lui était arrivé. Quand elle lui narra le moment où elle avait trouvé le casier de la chambre vide, elle fut obligée de s'asseoir à même le sol.

Finn jura entre ses dents et s'agenouilla à côté d'elle, à une distance respectueuse pour sœur Ernestine.

— C'est ma faute, se lamenta Pia entre deux sanglots.

— N'importe quoi, réfuta Finn. Tu as fait ce que tu as cru être le mieux. J'en aurais fait autant à ta place. Tu ne pouvais pas laisser tes frères mourir de faim. Tu ne pouvais pas savoir que tu étais en train de tomber malade. Et tu pouvais encore moins savoir qu'une sale ordure allait venir et les emmener.

— Mais c'est moi qui ai oublié de fermer la porte à clé.

Il secoua la tête avec véhémence.

— Ça n'a pas d'importance. Si la personne qui les a pris avait dans l'idée d'aider, elle aurait dû laisser un mot.

— Elle en a laissé un. Le mot disait *Puisse Dieu vous pardonner pour ce que vous avez fait.*

— Bon sang… Je suis désolé. C'est carrément horrible.

— Et si… s'ils sont morts dans le casier ?

— Ne te flagelle pas comme ça. Est-ce qu'ils étaient malades quand tu es partie ?

— Je ne crois pas… Mais quand bien même… Je suis partie tellement longtemps…

— D'accord, mais tu ne sais pas quand ils ont été retrouvés, pas vrai ? Peut-être que c'était juste après ton départ.

— Je ne sais pas. Mais je dois découvrir ce qui leur est arrivé.

— Je vais t'aider.

Pia s'essuya les yeux d'un geste mal assuré.

— Comment ? Mère Joe a promis qu'elle me laisserait partir quand elle estimerait que le danger de la grippe serait écarté, mais je commence à croire qu'elle a dit ça seulement pour me forcer à bien me tenir. Que pouvons-nous faire en étant enfermés ici ?

Finn sourit et essuya une larme sur la joue de Pia.

— Je pensais que tu me connaissais mieux que ça, ma grande. Tu devrais savoir qu'on ne peut pas garder Finn Duffy cloîtré bien longtemps.

Chapitre dix-sept

Bernice

Bernice se tenait sur le seuil d'une demeure coloniale en pierre dans un quartier huppé du nord de la ville, interdite. Constater que le garçon aux cheveux sombres, qui accompagnait la femme blanche au cou orné d'une croix, portait une kippa l'avait prise par surprise, et elle ne savait pas comment réagir. Âgé d'environ 6 ans, il avait une toupie à la main. Vêtue d'une élégante robe à taille haute dans les tons pêche, la femme la fixait, dans l'expectative. Le garçonnet la dévisageait également.

— C'est la Croix-Rouge qui m'envoie, annonça enfin Bernice. Je suis là pour collecter…

Elle se rappela tout à coup que la Croix-Rouge avait demandé aux Américains de recueillir les orphelins dont les parents étaient morts de la grippe. Voilà qui expliquerait la présence d'un enfant juif dans cette maison. Bernice se reprit et adressa à la femme un sourire chaleureux.

— Je suis désolée. Je suis si habituée à répéter toujours la même chose que j'en ai presque oublié la raison de ma venue.

— J'ai déjà fait un don, indiqua la femme. En outre, personne n'est malade chez nous, alors moi non plus, je ne comprends pas bien la raison de votre venue ici.

Bernice regarda la boîte aux lettres. Le nom de GRAHAM y figurait en caractères de cuivre.

— Vous êtes Mrs Graham, je suppose ?

— En effet.

— Je suis enchantée de vous rencontrer, Mrs Graham. Veuillez pardonner ma confusion. J'ai rendu visite à de si nombreuses familles et récité le même discours à de si nombreuses reprises que c'est devenu un automatisme. Si je suis ici aujourd'hui, c'est pour vous remercier de vous être si bien occupée de ce malheureux enfant qui s'est retrouvé sans domicile pendant la grippe.

Mrs Graham baissa les yeux sur le petit garçon.

— Oh. C'est avec plaisir. Il est absolument adorable.

— Je suis ravie de l'entendre, répondit Bernice. Votre aide nous a été d'un très grand secours et j'ai une excellente nouvelle à vous annoncer. Nous avons retrouvé un membre de sa famille et la personne est d'accord pour l'accueillir chez elle.

Mrs Graham porta sa main à son ventre, comme si elle se sentait subitement indisposée.

— Ciel. C'est une bonne nouvelle, en effet, mais c'est également une surprise, je dois dire. Je ne pensais pas que cela se produirait si vite. Ni même que cela se produirait tout court.

Elle se tourna vers l'enfant et lui offrit un sourire affectueux.

— Est-ce que tu as entendu, Tobia ? Tu vas bientôt avoir une nouvelle maison.

Tobia fronça les sourcils et se rapprocha d'elle. Quand la femme reporta son attention sur Bernice, elle avait les yeux pleins de larmes.

— Si je puis me permettre, qui est la personne qui affirme avoir un lien de parenté avec lui ?

— Sa grand-tante. Une femme absolument charmante, qui a hâte de retrouver son petit-neveu.

— Dans ce cas, pourquoi ne vous a-t-elle pas accompagnée ?

Bernice sentit la chaleur lui monter aux joues. Elle ne s'était pas attendue à trouver le garçon ici, mais elle ne pouvait pas laisser filer cette occasion.

— Elle vit dans le New Jersey, improvisa-t-elle. C'est moi qui vais y emmener Tobia en train.

— Quand ?

— Immédiatement.

Des larmes perlèrent au coin des paupières de Mrs Graham.

— Mais il n'est pas prêt. Je dois emballer ses affaires et…

— Ce n'est pas un problème, la coupa Bernice. Je peux attendre.

Mrs Graham se mordit la lèvre pour ne pas pleurer. Le petit garçon l'observait de ses yeux inquiets. Elle s'agenouilla devant lui.

— Ne t'en fais pas. Nous avions parlé du fait que tu devrais peut-être partir un jour, tu te souviens ? Tu vas être très courageux, n'est-ce pas ?

Tobia hocha la tête, mais son menton commença à trembloter.

Mrs Graham le serra fort avant de se relever.

— J'ai essayé de le préparer à cette éventualité. Malheureusement, je crois que j'ai oublié de m'y préparer moi-même.

— Je comprends. Ce n'est jamais facile. Mais tentez de trouver du réconfort dans le fait qu'il sera mieux avec sa famille.

Mrs Graham acquiesça et sortit un mouchoir en coton de sa manche pour s'essuyer le nez.

— Bien sûr. Vous avez raison.

Elle regarda par-dessus son épaule, l'air subitement désorientée.

— Il n'avait rien d'autre que les vêtements qu'il avait sur le dos lors de son arrivée. Je lui ai acheté quelques tenues, des livres et des jouets. Cela ne prendra que quelques minutes de tout rassembler. Tobia, mets tes chaussures, tu veux bien, mon chéri ?

Tobia hocha la tête de nouveau, puis tendit la toupie à Mrs Graham et se chaussa.

Quand il eut terminé de nouer ses lacets, Mrs Graham le prit par la main.

— Je vais l'emmener dire au revoir à tout le monde, puis je vous l'amène avec ses affaires.

Elle renifla et s'éloigna, Tobia sur ses talons.

— Parfait, lança Bernice dans son dos. J'attends ici.

Une fois seule, elle consulta sa montre. Si Mrs Graham ne tardait pas trop à tout empaqueter et si Bernice se dépêchait, elle arriverait peut-être à temps à la gare pour mettre Tobia dans le train à destination de la Virginie.

Chapitre dix-huit

Pia

Janvier 1919

Les jours suivant l'arrivée de Finn à Saint-Vincent furent mornes et glacés, rythmés par des chutes de neige quotidiennes. Les nonnes affirmaient qu'il s'agissait de la plus longue tempête qu'elles avaient jamais vue. Personne n'avait le droit de sortir, et les fenêtres étaient couvertes d'une fine couche de glace qui faisait frissonner les orphelins encore plus fort dans leurs lits froids. Pia ne croisait Finn que pendant les temps libres. Assise en tailleur sur le plancher dans un coin de la salle de récréation, elle faisait semblant de lire ou de faire du point de croix tandis qu'il était installé non loin, feignant de dessiner ou de jouer au solitaire tandis qu'ils concoctaient ensemble un plan pour s'enfuir, échangeant leurs idées à voix basse. Depuis l'autre extrémité de la pièce, Edith leur lançait parfois un coup d'œil, un air indéchiffrable sur le visage. Depuis que Finn était là, elle était distante de nouveau et Pia ne pouvait pas lui en vouloir. Auparavant, elles jouaient aux cartes ou lisaient côte à côte pendant que les autres filles murmuraient derrière leurs dos et se moquaient d'elles, tandis que désormais Pia passait ses récréations à discuter avec Finn. Elle souhaitait toujours être l'amie d'Edith, mais elle ne pouvait pas lui avouer la vérité quant à leurs projets d'évasion. Le risque était trop grand. Non pas qu'Edith les aurait dénoncés (Pia était certaine que jamais elle n'aurait fait une chose pareille), mais elle leur aurait peut-être demandé de se joindre à eux, et cela n'aurait fait que compliquer leurs plans. Pia ne voulait pas s'échapper dans le simple but d'être libre. Elle voulait s'échapper pour retrouver ses frères. Alors elle gardait son secret, même si cela lui coûtait son amitié avec Edith et ne facilitait pas les choses au travail. Peut-être aurait-elle la possibilité de s'expliquer et l'opportunité de lui dire au revoir avant son départ.

Assigné à l'alimentation des chaudières et des chauffe-eau, Finn avait d'abord profité de ses allées et venues dans le labyrinthe de couloirs sous Saint-Vincent pour observer les habitudes des nonnes et chercher un accès par lequel fuir. Mais après l'avoir surpris en train de s'éloigner à plusieurs reprises, le gardien l'avait désormais à l'œil et lui donnait davantage de travail. À présent, quand Finn ne transportait pas du charbon, il briquait les sols ou lavait la vaisselle.

Les journées de Pia se déroulaient à un rythme immuable. Travaillant sous l'étroite surveillance de sœur Agnes et des autres nonnes chargées de s'occuper des bébés, elle ne disposait d'aucune liberté pour se promener ou identifier des portes que quelqu'un aurait oublié de verrouiller. Finn pensait qu'ils pouvaient escalader la clôture de la cour et descendre le talus pierreux qui menait à la rivière, mais pour cela il fallait que la tempête cesse afin qu'ils aient de nouveau le droit de sortir. Pia redoutait que la clôture soit trop haute (sans compter qu'elle était surmontée de herses), mais Finn était persuadé qu'ils pourraient la franchir à condition de trouver quelqu'un pour les aider. En effet, il pouvait porter Pia sur ses épaules, mais il aurait du mal à se hisser ensuite, et les nonnes l'attraperaient sans doute avant qu'il en ait le temps. Il aurait aimé amener le toboggan ou le tourniquet près de la clôture pour monter dessus, mais le toboggan était arrimé au sol et le tourniquet était trop lourd.

Par un sombre après-midi, alors que Finn parlait à Pia d'une porte dans la cuisine qui menait aux potagers, sœur Ernestine entra dans la salle de récréation et ordonna aux garçons de se mettre en rang le long du mur. Persuadée que quelqu'un avait surpris leurs conversations, Pia baissa les yeux et se concentra sur son point de croix, le cœur battant. Des pieds de chaises crissèrent sur le sol, et des bruits de pas résonnèrent tandis que les garçons posaient à la hâte jouets et livres, les plus âgés supervisant les plus jeunes.

— Redressez vos cols et tenez-vous bien droits ! Toi, attache ton lacet ! ordonna sœur Ernestine.

Quelques secondes plus tard, mère Joe entra dans la pièce. L'infirmière Wallis l'accompagnait, le menton relevé et l'air pincé.

— Les voilà, infirmière Wallis, dit mère Joe en glissant ses mains noueuses dans ses manches. Si j'avais été informée de votre venue, je leur aurais dit de se débarbouiller un peu.

— Ne vous inquiétez pas, mère Joe. Merci de me recevoir au pied levé.

Elle entreprit de passer chacun en revue, les examinant des pieds à la tête. Certains lui souriaient, pleins d'espoir, tandis que d'autres la fixaient avec effroi. À mi-parcours, elle s'arrêta devant un garçon dégingandé aux cheveux sombres et aux yeux verts.

— Comment t'appelles-tu ?

— Kafka.

— Mais nous l'appelons Thomas, précisa mère Joe.

L'infirmière Wallis hocha la tête.

— Et quel est ton nom de famille ? demanda-t-elle ensuite au pensionnaire.

— Bobek, indiqua Kafka.

L'infirmière Wallis lui fit signe de sortir du rang et reprit son inspection. Elle marqua une nouvelle pause devant un garçon blond aux cheveux bouclés qui avait l'air d'avoir environ 5 ans.

— Et toi ? Comment t'appelles-tu ?

— Gerhard, bafouilla le garçonnet en regardant ses pieds.

— Gerald, corrigea mère Joe.

L'infirmière lui indiqua d'avancer d'un pas.

— Merci pour ton honnêteté, Gerhard. Connais-tu ton nom de famille ?

— Nussbaum, marmonna le garçon.

— Bien. Kafka et Gerhard, j'ai d'excellentes nouvelles. Je vous ai trouvé de nouvelles maisons.

Kafka rayonna, mais Gerhard se mit à pleurer. L'infirmière Wallis s'agenouilla devant lui.

— Qu'est-ce qui ne va pas, mon petit ?

Gerhard tendit la main vers un pensionnaire plus âgé tandis que de grosses larmes roulaient sur ses joues rouges.

— *Mein Bruder*, geignit-il.

Les yeux du plus grand se remplirent de larmes. Il ouvrit la bouche pour prendre la parole, mais l'infirmière Wallis le devança.

— Vous êtes frères ?

Le grand hocha la tête avec frénésie.

L'infirmière Wallis se redressa et lui fit signe de les rejoindre en lui souriant.

— Tout va bien, assura-t-elle à Gerhard. Ne pleure pas. Ton frère peut venir aussi.

Le grand plaça une main rassurante sur l'épaule du petit. Gerhard enlaça la taille de son aîné de ses petits bras et le serra, souriant à travers ses larmes.

Pia déglutit péniblement et lança un regard en direction de Finn, qui était en fin de rangée. Est-ce que voir ces frères si heureux jouait sur sa corde sensible ? Cela devait forcément lui rappeler ses aînés, tout comme cela lui rappelait les jumeaux. À sa surprise, elle constata qu'il fronçait les sourcils en fixant l'infirmière Wallis. Pourquoi la scrutait-il de cette manière ? Soudain, une pensée paralysa Pia. Et si elle l'emmenait, lui aussi ?

Lorsque l'infirmière entreprit d'escorter les trois pensionnaires vers la porte avec mère Joe sur ses talons, Pia poussa un soupir de soulagement.

— Nous vous sommes infiniment reconnaissants, infirmière Wallis, dit mère Joe. Rien ne nous rend plus heureux que de voir nos enfants retrouver une famille. Dieu vous bénisse, ma chère.

— Merci pour votre confiance, mère Joe. Je reviendrai en chercher d'autres dès que je le pourrai.

Elle inspecta une dernière fois les orphelins toujours en rang. Lorsque ses yeux se posèrent sur Finn, elle parut vaciller et une expression étonnée apparut sur ses traits. Elle détourna rapidement le regard et se précipita dans le couloir en poussant Kafka, Gerhard et son frère devant elle.

Pia se tourna de nouveau vers Finn. Il suivait l'infirmière des yeux, avec toujours le même air étrange. Pourquoi tous deux s'étaient-ils scrutés de la sorte ? Elle décida de lui poser la question lorsqu'il reviendrait s'asseoir à côté d'elle, mais sœur Ernestine tapa dans ses mains et annonça que la récréation était finie. Pia bondit sur ses pieds pour rejoindre Finn, la poitrine écrasée par un poids inexplicable. Elle dépassa plusieurs garçons et tapota sur l'épaule de Finn, mais sœur Ernestine l'attrapa par le bras et la tira vers elle.

— Bas les pattes, Miss Lange, feula-t-elle. Et ne doublez pas vos camarades.

Pia se dégagea de son étreinte, non sans avoir éprouvé une sensation insolite, comme un ralentissement de son cœur. Quelque chose n'allait pas chez sœur Ernestine, mais cela ne semblait pas revêtir le caractère urgent d'une maladie imminente. C'était probablement en lien avec son âge. De toute façon, cela était bien égal à Pia, qui avait des préoccupations autrement plus importantes. Elle reprit son chemin en direction de la porte, mais sœur Ernestine lui ordonna de patienter jusqu'à ce que tous les autres aient quitté la pièce. Lorsqu'elle arriva dans le vestibule, Finn avait disparu.

Le lendemain, le soleil réapparut enfin, et tout le monde eut le droit de passer quelques minutes dehors après le petit déjeuner. Sœur Ernestine était postée sur les marches, tremblante, avec les bras croisés et un sale air. Pia traversa la cour en direction du fleuve et attendit que Finn sorte avec le reste des garçons. Elle n'avait presque pas dormi de la nuit après la singulière interaction de la veille et avait hâte de l'interroger.

Des tas de neige s'amoncelaient au niveau des jeux et de la clôture. Une sorte d'énorme dune s'était formée contre le pan du fond, si haute qu'elle atteignait presque les herses. Pia testa sa résistance. Sous son poids, une fine croûte de givre céda, mais la neige en dessous était dure. Elle escalada de quelques pas, les bras tendus pour garder l'équilibre. Son cœur se mit à battre plus vite. Peut-être qu'ils tenaient leur chance. Elle sauta à bas du mont et balaya la cour du regard à la recherche de Finn. Les autres garçons étaient dehors, mais elle ne le voyait toujours pas. Elle se mit à faire les cent pas pour faire mine de se réchauffer, même si elle avait en réalité le sentiment d'être dans une fournaise sous son manteau. Son esprit tournait à mille à l'heure tandis qu'elle réfléchissait à tout ce qu'ils devraient faire une fois qu'ils seraient libres. D'abord, se rendre à son ancien appartement pour demander aux nouveaux occupants si Vater était revenu. Dans le cas contraire, aller frapper chez les voisins pour demander s'ils savaient quoi que ce soit concernant les jumeaux. Et après… elle n'était pas sûre. Pourvu qu'ils retrouvent tout de suite son père. Elle enfouit ses mains dans ses poches et regarda vers la porte. Finn n'était nulle part.

La neige fondue gouttait des branches des arbres et des balançoires tandis que de la glace glissait sur le toboggan. Pia sursauta quand une fille cria et s'éloigna en courant d'un garçon qui jouait à colin-maillard. Pourquoi Finn mettait-il autant de temps à sortir ?

Les dents serrées, elle se dirigea vers deux garçons d'une dizaine d'années qui jouaient à la balle avec une boîte de conserve vide. L'un était grand et mince avec un gros nez, alors que l'autre était petit et musclé. En la voyant approcher, ils s'immobilisèrent.

— Est-ce que vous connaissez Finn Duffy ? s'enquit Pia.

— Oui, dit le plus grand. Il est dans notre dortoir.

— Est-ce que tu sais où il est ?

Ils échangèrent un regard puis se tournèrent vers elle, l'air étonnés.

— Tu n'es pas au courant ? demanda le plus costaud.

Pia sentit son ventre se nouer.

— Au courant de quoi ?

— Il est parti, annonça le grand.

Pia retint son souffle.

— Comment ça, il est parti ? Où ça ?

Sous le coup de la panique, son cœur cognait contre ses côtes comme un oiseau piégé.

— Quand on s'est réveillés ce matin, son lit était vide.

— Et il n'était pas là non plus au petit déjeuner.

Pia crut défaillir. Finn était parti sans elle. Il s'était enfui et il l'avait abandonnée. Un jour, il avait mentionné la possibilité de s'échapper et de revenir la chercher, car c'était peut-être plus facile, mais elle n'avait pas pensé qu'il parlait sérieusement. Comment aurait-il pu lui faire une chose pareille, et sans l'en avertir au préalable ? Une douleur sourde la transperça et elle eut un haut-le-cœur.

— Où est-il allé, à votre avis ? parvint-elle à articuler.

— Qu'est-ce que tu veux qu'on en sache ? assena le grand.

— Il n'a rien dit à personne ? Il n'a pas laissé un message pour moi ou quelque chose de ce genre ?

Les deux secouèrent la tête.

— Pensez-vous qu'il soit parti par ses propres moyens ? osa-t-elle demander.

— Tu veux dire qu'il se serait échappé ?

— Non, intervint le costaud. S'il s'était sauvé, on serait tous enfermés dans nos dortoirs et les nonnes courraient dans tous les sens.

— Je dirais plutôt qu'il a été adopté, suggéra l'autre. Ou alors on l'a envoyé au foyer pour jeunes travailleurs. C'est ce qui arrive à ceux de cet âge-là.

— Où est ce foyer ?

— Aucune idée. On a seulement entendu parler de cet endroit, on n'y a jamais mis les pieds.

Vacillante, Pia voulut aller s'asseoir sur le toboggan. Mais elle glissa sur une plaque de glace, perdit l'équilibre et tomba de tout son poids sur son coude. Un bruit assourdissant d'os brisé retentit dans ses oreilles.

Le plus costaud la rejoignit et se pencha sur elle.

— Bon sang ! Est-ce que tu vas bien ?

La respiration entrecoupée, Pia ferma les yeux en tenant son bras atrocement douloureux. Non, elle n'allait pas bien. Plus jamais elle n'irait bien.

Chapitre dix-neuf

Bernice

Assise à la table des Patterson, Bernice buvait son café à petites gorgées tout en lisant tranquillement le journal. Dehors, des flocons de neige tourbillonnaient dans le ciel blanc et venaient s'accrocher à la fenêtre. On était dimanche, les garçons faisaient la sieste, les Patterson étaient partis jouer au bridge chez des amis, et elle se délectait de ces rares moments de calme et de tranquillité. Les deux derniers mois avaient été éreintants, entre les collectes de fonds et la recherche d'enfants immigrants, sans parler du fait de devoir aller de plus en plus loin en dépit du froid pour ne pas passer deux fois dans les mêmes quartiers. Comme toujours, elle lisait les nécrologies pour voir combien de morts étaient dues à la grippe espagnole. La liste de noms raccourcissait chaque semaine, mais apparemment la terrifiante maladie n'était toujours pas totalement éradiquée. Chaque fois qu'elle tombait sur un faire-part de décès d'enfant, elle repensait au moment où elle avait amené le petit Joseph chez Mr et Mrs Winston. Leur expression abasourdie lorsqu'ils avaient ouvert la porte avait illuminé la semaine de Bernice.

Mrs Winston avait poussé une petite exclamation de surprise en voyant le bébé.

— Qui est-ce ? avait-elle demandé, les yeux gonflés d'avoir pleuré.

Mr Winston avait froncé les sourcils, visiblement perplexe de la trouver devant chez lui avec un nourrisson.

— Je vous présente Joseph. Il a été abandonné à la gare, nu comme un ver à l'exception de sa couche et…

Elle n'avait pas eu le temps de finir sa phrase que Mrs Winston avançait d'un pas, les mains tendues.

— Je peux ?

— Bien sûr.

— Je ne crois pas que ce soit une bonne idée, ma chérie, avait tenté d'interjeter Mr Winston.

Mais sa femme l'avait ignoré et avait pris le poupon dans ses bras.

— Mon Dieu. Regarde-moi ce petit ange. Il est parfait.

Elle avait délicatement tiré sur la couverture qui enveloppait Joseph pour mieux le voir. Il avait battu des paupières et l'avait fixée de ses yeux bleus curieux, tandis que sa petite bouche rose formait un O minuscule.

— Qui a bien pu faire une chose pareille à un enfant innocent ?

— Malheureusement, dans une ville aussi grande que la nôtre, les abandons de bébés ne sont pas rares, avait expliqué Bernice.

— Quelle horreur, s'était désolée Mrs Winston. Que deviennent-ils alors ?

— Normalement, ils sont envoyés dans des orphelinats, des refuges, voire des asiles. Mais depuis le début de l'épidémie de grippe, ces établissements sont terriblement surpeuplés, de telle sorte que des structures temporaires ont été créées pour accueillir le surplus d'enfants. Toutefois, il arrive qu'on me demande si je connais quelqu'un désireux de recueillir un enfant orphelin ou abandonné. Et quand j'ai vu le petit Joseph, j'ai immédiatement pensé à vous.

Mr Winston avait ouvert la bouche, mais Bernice ne lui avait pas laissé le temps de prendre la parole.

— Je sais que vous avez récemment souffert d'un terrible chagrin. Mais je sais aussi que vous êtes de braves gens, un couple honnête qui aimait son enfant de tout son cœur. Vous êtes de ces personnes qui sont d'excellents parents. Et des bébés aussi jeunes que Joseph sont bien mieux dans un foyer aimant que dans une institution. Il a à peine 3 mois et je doute qu'il atteigne son premier anniversaire s'il atterrit dans un orphelinat.

Les yeux pleins de larmes, Mrs Winston s'était tournée vers son mari.

— Nous ne pouvons pas lui fermer notre porte. Je ne me le pardonnerais jamais.

Une succession d'émotions avait défilé sur le visage de Mr Winston : le chagrin, la peur, l'incertitude.

— Je ne sais pas, ma chérie. Nous ignorons tout de cet enfant. Et s'il est malade ou qu'il est atteint d'un quelconque handicap ou retard mental ? Ce serait insupportable de te voir souffrir de nouveau.

— Je vais souffrir de toute façon, avait rétorqué Mrs Winston. Rien dans ce monde ni dans le suivant ne parviendra jamais à réparer mon cœur brisé. Mais ce pauvre petit a le cœur brisé lui aussi.

— Je vous promets sur la tombe de mon frère que vous n'avez aucune inquiétude à avoir quant à la santé de Joseph. Un médecin l'a examiné et il se porte à merveille, compte tenu de ce qu'il a traversé.

Elle avait sorti de sa poche un papier qu'elle avait tendu à Mr Winston. Elle avait écrit de la main gauche pour tenter d'imiter la calligraphie d'une femme sans éducation.

— C'était épinglé à sa couverture, avait-elle indiqué.

Mr Winston avait lu à voix haute :

— *S'il vous plaît, trouvez une bonne maison pour mon Joseph. Je n'ai rien et je ne peux plus m'occuper de lui. Il est sage et a bon appétit. Dites-lui que je l'aime et qu'il est dans mes prières.*

— Doux Jésus, avait soufflé Mrs Winston d'une voix tremblante. Pauvre femme.

Elle avait dévisagé Joseph, qu'elle berçait déjà comme si elle l'avait toujours eu dans les bras.

— Et toi, mon pauvre petit chéri. Tu as dû avoir si peur…

Une larme avait roulé sur sa joue pour atterrir sur celle du bébé. Elle l'avait essuyée doucement puis avait regardé son mari, un sourire mélancolique aux lèvres.

— Il a besoin de nous. Et nous avons besoin de lui.

Il avait poussé un profond soupir et ses épaules s'étaient affaissées.

— Es-tu sûre que c'est ce que tu souhaites, ma chérie ?

— J'en suis certaine. Ce bébé mérite que l'on prenne soin de lui, et cela m'occupera l'esprit. S'il nous était arrivé quelque chose, tu aurais voulu que quelqu'un prenne soin de notre fils au lieu qu'il soit envoyé dans l'un de ces horribles orphelinats, n'est-ce pas ? Et puis regarde-le… On dirait qu'il me connaît déjà, avait-elle ajouté en caressant la joue du poupon.

Mr Winston s'était approché pour observer le bébé, les sourcils froncés.

— Il y a juste un détail… était intervenue Bernice.

— Oui ? avait demandé Mr Winston.

— L'orphelinat sollicite une donation pour couvrir les frais engendrés par les soins dont l'enfant a eu besoin jusqu'à son adoption, ainsi que pour venir en aide aux autres enfants qu'ils ont à leur charge.

L'expression de Mr Winston s'était assombrie.

— Vous auriez pu mentionner ce point plus tôt.

— C'était mon intention, avait protesté Bernice. Mais votre femme m'a si promptement pris Joseph des bras et j'ai été si distraite par le lien rapide et naturel qui se tissait entre eux que je n'y ai plus pensé. Je suis désolée.

— Quel que soit le montant, nous paierons, avait déclaré Mrs Winston.

— Voyons, chérie, l'avait réprimandée son époux.

— Je ne supporterais pas de le renvoyer d'où il vient, encore moins pour une question d'argent, avait-elle insisté.

Mr Winston avait posé sur Bernice un regard sévère.

— Combien ?

Bernice avait serré les dents. Elle n'avait imaginé ce stratagème que quelques jours plus tôt et c'était la première fois qu'elle tentait l'opération.

— En général, la donation est de 100 dollars.

Mr Winston était resté bouche bée. Bernice avait continué :

— J'ai bien conscience que cela représente une somme importante, en particulier compte tenu de la période difficile que nous traversons. Mais vous n'êtes pas obligés de régler le montant en une seule fois. Nous pouvons procéder en plusieurs versements. Néanmoins, si vous n'êtes pas en mesure d'effectuer une donation, j'ai bien peur de devoir trouver une autre famille pour Joseph. J'ai des consignes à respecter et ce n'est pas moi qui les édicte. Autrement, je peux vous assurer que je vous confierais cet enfant sans hésiter.

En proie à une panique évidente, Mrs Winston avait resserré son étreinte autour de Joseph. La peur sur son visage avait manqué briser le cœur de Bernice. Mais elle devait faire le nécessaire pour prendre soin d'Owen et Mason. En outre, elle rendait service à la ville, et même au pays, en confiant à un couple américain dévot un petit orphelin américain également afin d'en faire un membre respectable de la société au lieu d'un futur sans-abri. N'importe quel patriote serait de cet avis. Elle se demandait pourquoi les responsables politiques n'y avaient pas songé. Cela aurait bien mieux valu qu'expédier les enfants américains à la campagne par convois entiers tandis que les étrangers restaient ici. Cela n'avait pas de sens.

— Nous venons d'enterrer notre fils et vous n'êtes pas sans savoir que les funérailles sont onéreuses, avait dit Mr Winston.

Une pointe de culpabilité avait transpercé Bernice alors qu'elle pensait à Wallis, qu'elle avait laissé sur le lit à côté de l'infirmière. Il n'avait pas eu de cercueil avec un petit oreiller, pas de cérémonie à l'église, pas de fleurs sur sa tombe ni de prières. Elle l'avait abandonné auprès du cadavre d'une étrangère avec laquelle il avait sans doute été inhumé. Peut-être même qu'ils avaient fini dans l'une des fosses communes de la ville. Cette perspective lui donna le vertige. Elle inspira et expira, lentement et profondément, pour tenter de garder une contenance. Elle était trop près du but pour craquer maintenant.

— Je comprends, avait-elle tempéré. Je peux certainement persuader l'orphelinat d'accepter une donation moindre, compte tenu des circonstances. Est-ce que 50 dollars constitueraient un montant plus raisonnable ?

— Oui, répondit Mrs Winston sans laisser le temps à son mari d'intervenir. C'est une somme acceptable. Nous allons vous régler tout de suite.

Mr Winston avait hoché la tête puis était parti chercher l'argent.

À présent, cet argent se trouvait avec les autres donations qu'elle avait collectées durant la semaine, dissimulé sous le matelas sur lequel dormaient Owen et Mason. Bernice avait de quoi payer les courses et le loyer pendant deux mois, ainsi que trois billets de train. Mais ce pécule ne durerait pas éternellement. Il lui en fallait davantage.

Soudain, elle eut une idée. Elle but une gorgée de café et parcourut de nouveau les nécrologies. Il y avait forcément un couple blanc de classe moyenne qui avait perdu un enfant cette semaine.

Chapitre vingt

Pia

Les dents serrées, Pia tentait de ne pas crier tandis que sœur Maria examinait son bras. Les mains de la nonne étaient calleuses et sa poigne solide. Chaque palpation donnait à Pia l'impression d'un étau qui lui broyait les os. Entre la douleur, la soudaine disparition de Finn et avec lui tout espoir de s'échapper, elle n'avait de cesse de pleurer. Sœur Ernestine se tenait au pied de son lit et la fusillait du regard.

— Son avant-bras est cassé, annonça sœur Maria.

— Faut-il qu'elle séjourne à l'infirmerie ? s'enquit sœur Ernestine.

Sœur Maria secoua la tête.

— Non, c'est une simple fracture, elle peut rester ici. Je vais lui poser une attelle. En revanche, elle ne sera pas en mesure de travailler pendant quelques semaines.

— Merci, sœur Maria.

Alors que cette dernière partait chercher le nécessaire, sœur Agnes fit son entrée, suivie de Gigi. Le visage de la petite fille était baigné de larmes tandis qu'elle serrait contre elle le lapin en peluche que Pia lui avait donné à Noël.

— Que se passe-t-il ? demanda sœur Ernestine.

— Elle a vu Miss Lange tomber et elle est inconsolable depuis, expliqua sœur Agnes. Je voulais lui montrer que Miss Lange allait bien dans l'espoir qu'elle arrête enfin de pleurer.

Gigi lâcha la main de sœur Agnes et vint au chevet de Pia. Elle allongea délicatement la peluche près d'elle et plaça ses longues oreilles roses sur l'oreiller. Elle avait les yeux gonflés, les traits fripés par la tristesse. Pia étreignit la peluche et s'efforça de sourire à travers ses larmes.

— Merci beaucoup, Gigi. Grâce à ton lapin, je me sens déjà mieux.

Gigi lui rendit son sourire.

Alors qu'elle s'apprêtait à tapoter le bras de Pia, mère Joe entra en trombe dans la pièce et chassa Gigi. Sœur Agnes prit la petite fille par la main et l'entraîna vers la sortie en lui parlant doucement à l'oreille, penchée vers elle. Avant de partir, Gigi se tourna vers Pia et lui fit signe, l'air abattue.

Mère Joe glissa ses mains noueuses dans ses manches et fixa Pia, la dominant de toute sa taille telle une tour noire.

— La confusion règne quant à ce qui vous est arrivé exactement, Miss Lange. Ces garçons vous ont-ils poussée ? Ont-ils fait exprès de vous blesser ?

Pia se redressa sur son bras valide.

— Non. C'était ma faute. Ne les punissez pas, s'il vous plaît. Je vous jure qu'ils n'ont rien fait. J'étais en train de leur demander des nouvelles de Finn Duffy quand je suis tombée. Savez-vous où il est, mère Joe ?

— Vous n'avez pas à vous tracasser pour lui, Miss Lange. Vous avez bien d'autres préoccupations à cet instant.

— A-t-il été adopté ? L'avez-vous envoyé au foyer pour jeunes travailleurs ?

— Cela ne vous concerne pas, Miss Lange.

— Mère Joe, je vous en prie. J'ai besoin de savoir où il est. S'est-il échappé ?

Mère Joe se tourna vers sœur Ernestine et leva les yeux au ciel dans un élan d'exaspération.

— Miss Lange, c'est la dernière fois que je vous le dis : tant que cela ne vous affecte pas directement, rien de ce qui se passe à Saint-Vincent ne vous concerne. À présent, tenez votre langue et remerciez Dieu d'avoir veillé sur vous. Je me suis entretenue avec sœur Maria et elle affirme que vous avez eu beaucoup de chance. Votre blessure pourrait être bien plus grave.

— Et qu'en est-il de mon départ, mère Joe ? Cela me concerne, n'est-ce pas ?

Le regard de mère Joe s'assombrit.

— Je vous suggère d'arrêter de vous disperser. Faites en sorte de ne pas vous attirer d'ennuis et de vous rétablir. Vous n'allez certainement pas partir avec un bras cassé. Alors jusqu'à ce que vous soyez guérie, je ne veux plus rien entendre concernant Finn Duffy ou votre départ de Saint-Vincent. D'ailleurs, je ne veux plus rien entendre tout court. Autrement, vous passerez votre convalescence au sous-sol. Est-ce clair ?

Pia baissa la tête, les yeux brûlants de larmes.

— Oui, mère Joe.

Mère Joe tourna les talons et s'éloigna, avec sœur Ernestine dans son sillage. Pia se laissa retomber sur son lit et plongea dans un puits de désespoir, la douleur dans son bras pulsant au rythme des battements de son cœur brisé.

Pia reprit le travail quelques jours seulement après l'accident, mais elle ne pouvait que nourrir et bercer les enfants. La douleur dans son avant-bras avait diminué, mais elle était toujours présente, comme le chagrin qui lui enserrait le cœur. Les deux menaçaient de se manifester à tout moment. À la minute où elle vit sœur Agnes, elle lui demanda où était Finn.

— Je n'ai pas la moindre idée de qui il s'agit, ma chère, répondit la religieuse.

— Mère Joe ne vous a-t-elle parlé d'un des garçons plus âgés qui aurait été envoyé quelque part ?

Sœur Agnes secoua la tête.

— Elle ne nous informe pas des allées et venues de chacun. Les sœurs sont bien trop occupées à essayer de…

— Et si un pensionnaire s'était échappé ? interrompit Pia. Vous avertirait-elle ?

La nonne écarquilla les yeux.

— J'ose l'espérer, ma foi. Néanmoins, poursuivit-elle en fronçant les sourcils, mère Joe s'enorgueillit de faire régner l'ordre. Si une telle chose se produisait, elle tiendrait sans doute à éviter que l'affaire s'ébruite.

— Pouvez-vous lui demander ?

— Lui demander quoi, mon enfant ?

— Si quelqu'un s'est sauvé.

— Grand Dieu, non ! Malheur à qui remet en cause les compétences de mère Joe.

— Dans ce cas, pourriez-vous lui demander si un certain Finn a été adopté ?

— Voyons, mon enfant, elle saura qui se trouve derrière cette question et cela ne fera que vous attirer des ennuis.

Pia soupira.

— Je vous suggère fortement d'oublier votre ami pour l'instant et de vous concentrer sur votre rétablissement et sur votre travail.

— Oui, sœur Agnes.

Mais Pia savait que c'était mission impossible.

Plusieurs semaines plus tard, par un lundi après-midi, on ôta à Pia son attelle avant de l'informer que mère Joe voulait la voir. Sœur Ernestine l'escorta dans un couloir que Pia n'avait jamais emprunté auparavant. C'était la première fois qu'elle était convoquée dans le bureau de mère Joe et elle avait toutes les peines du monde à conserver son calme. Peut-être allait-elle lui donner des nouvelles de Finn. Peut-être s'apprêtait-elle enfin à la laisser partir. Peut-être avait-elle du nouveau concernant les jumeaux ou Vater. Dans tous les cas, cela serait soit très positif, soit très négatif.

Lorsqu'elles entrèrent, mère Joe posa son stylo et fit signe à Pia de prendre place sur une chaise en face d'elle. Pia obéit et glissa ses mains sous ses cuisses pour les empêcher de trembler. Sœur Ernestine se tenait près d'une étagère, les bras croisés sur sa poitrine. Sur le mur derrière mère Joe, des photographies en noir et blanc représentaient des congrégations d'enfants aux visages sombres qui posaient dans la cour, ou des groupes de nonnes rassemblées sur le perron avec des bébés dans les bras. Certains clichés semblaient anciens, tandis que d'autres paraissaient plus récents. Pia frissonna en se demandant combien d'enfants étaient passés entre ces murs. Combien avaient été battus à coups de sangle en cuir ou enfermés dans le sous-sol ? Combien étaient morts ? Combien avaient été assis à sa place, sur le point d'apprendre une nouvelle qui allait changer à jamais le cours de leur existence ?

— Comment va votre bras, Miss Lange ? s'enquit mère Joe.

— Bien, mère Joe.

En réalité, il la faisait toujours souffrir et son poignet ne semblait pas aussi droit qu'auparavant, mais ce genre de détail n'intéressait personne.

— Très bien. Dans ce cas, j'irai droit au but. À présent que vous avez repris des forces, nous vous envoyons vivre à Byberry, chez le Dr Hudson et sa femme. Ils ont besoin d'aide avec leurs enfants et pour les tâches ménagères, en échange de quoi vous serez nourrie et logée. Vous partez cet après-midi.

Pia se figea.

— Mais je… je croyais que vous alliez me laisser partir ?

— Et c'est exactement ce que je fais, Miss Lange.

— Non, protesta Pia d'une voix plus sonore que prévu. Je ne peux pas aller là-bas. Je refuse.

Mère Joe fronça les sourcils.

— C'est une excellente opportunité, Miss Lange. Je pensais pourtant que vous souhaitiez quitter Saint-Vincent.

— Oui, mais…

— Byberry est dans le nord-est de Philadelphie. Vous devriez être reconnaissante que je vous aie trouvé une place en ville. Votre seule autre option est d'aller travailler pour une famille dans le Kansas. Jenny et plusieurs autres filles s'y rendent demain par le train. D'une façon ou d'une autre, nous avons besoin de place pour accueillir de nouveaux enfants. À vous de voir, Miss Lange.

Pia avait le souffle coupé. Elle ne pouvait pas quitter la Pennsylvanie. C'était impossible.

— Combien de temps devrai-je rester chez les Hudson ?

— Jusqu'à votre majorité, naturellement.

Un vent de panique balaya Pia. Elle avait le sentiment que sa tête et son cœur s'apprêtaient à exploser. Des larmes lui montèrent aux yeux. Pendant tout ce temps, elle avait cru qu'on lui rendrait sa liberté, qu'elle pourrait partir à la recherche d'Ollie et Max. À présent, elle comprenait qu'on l'envoyait tout bonnement dans une autre prison. Elle inspira profondément et tenta de remettre de l'ordre dans ses idées. Peut-être serait-ce plus facile de s'échapper de chez ces gens. Il lui suffisait d'échafauder un nouveau plan.

— Bien, mère Joe. J'accepte d'aller chez les Hudson.

— Formidable. Je pense que vous faites le bon choix. Miss O'Malley et son chauffeur vous emmèneront après le déjeuner.

Pia serra les dents. Pas elle. Elle se leva et se dirigea vers la porte, les jambes chancelantes.

— Une dernière chose, lança la responsable dans son dos.

— Oui, mère Joe ?

— Vous avez tout intérêt à bien vous tenir une fois chez eux. Si ces gens sont mécontents de votre travail ou que vous tentez les mêmes coups d'éclat que ceux que vous avez tentés ici, vous serez envoyée soit dans un hospice de pauvres, soit à l'asile de fous de Byberry. À compter de ce jour, nous n'avons plus de place pour vous ici.

Assise en tailleur à l'arrière du chariot de Miss O'Malley et malmenée par les cahots causés par les pavés, Pia frissonnait sous sa couverture élimée. Elle ne savait pas si elle tremblait de froid ou d'appréhension. Non seulement il serait encore plus difficile pour Vater de la retrouver désormais, mais elle n'avait pas la moindre idée du genre de personnes qu'étaient le Dr Hudson et sa femme ni de comment ils la traiteraient. Elle avait du mal à croire que quiconque disposé à utiliser un orphelin comme serviteur puisse faire preuve de compassion et de gentillesse. Pour ce qu'elle en savait, peut-être que mère Joe l'avait sortie de la fosse aux serpents pour la jeter dans la fosse aux lions.

En outre, elle avait le cœur serré à la pensée de ne jamais revoir les bébés de Saint-Vincent. Edith l'avait pourtant prévenue de ne pas s'attacher, mais l'émotion lui nouait la gorge lorsqu'elle repensait à Alannah qui s'accrochait à elle comme à sa mère, ou au petit Yakov qui ne pleurait jamais, même lorsque sa couche était sale ou qu'il avait faim. D'autres aussi lui manqueraient, leurs visages émaciés et tristes hanteraient à jamais ses rêves. Mais elle avait tissé des liens singuliers avec

Alannah et Yakov. Avec seulement quelques instants pour faire ses adieux aux petits et à Edith (qui n'avait pas dit grand-chose à part « bon courage »), elle avait eu le sentiment de les déserter, comme si elle abandonnait de nouveau Ollie et Max.

En dépit de la peur et du chagrin, elle était heureuse de sortir de l'orphelinat et soulagée de constater que la ville revenait à la vie. Des voitures, des chariots et des tramways circulaient dans les rues, les passants se dirigeaient précipitamment vers leurs destinations. Des conducteurs klaxonnaient, des chevaux hennissaient, des hommes criaient et des policiers soufflaient dans leurs sifflets. Beaucoup de personnes portaient encore des masques, notamment des femmes et des enfants, mais, pour le reste, l'épidémie semblait toucher à sa fin. Alors qu'elle inspirait de grandes bouffées d'air frais pour purifier ses poumons des odeurs de Saint-Vincent, elle ne pouvait s'empêcher d'être jalouse de ceux qui commençaient à retrouver une vie normale. La grippe avait affecté presque tout le monde d'une façon ou d'une autre, mais pour bon nombre de gens le cauchemar était terminé. Même s'ils avaient perdu des proches du fait de la maladie, au moins, ils savaient ce qui leur était arrivé. Ils pouvaient prendre un nouveau départ, tandis que, pour sa part, Pia avait le sentiment d'être coincée au purgatoire.

La perspective de s'occuper des enfants des Hudson lui pesait. Et si elle découvrait en les touchant qu'ils étaient malades ? À Saint-Vincent, du fait du peu de ressources disponibles et de l'absence de médecins, elle s'était endurcie et avait tenté d'ignorer les signaux, sauf lorsqu'ils étaient très graves. Mais même dans ce cas-là, les religieuses n'arrivaient pas à faire venir un docteur. Les bébés les plus mal en point partaient à l'infirmerie pour ne jamais en revenir. Pia et Edith s'efforçaient tant bien que mal de soigner les autres en leur administrant du thé à la cataire ou à l'oignon, ou avec des cataplasmes de kérosène. Parfois, l'orphelinat recevait des flacons de sirop pour la toux, mais c'était rare. Et cela ne semblait pas avoir grand effet sur les bébés, à part les faire dormir.

Elle n'oublierait jamais la fois où Ellis, âgé de 8 mois, avait déclaré ce que sœur Agnes avait pris pour un croup. Elle avait passé un linge humide sur son petit corps et l'avait bercé pendant des heures pendant qu'il toussait, sa propre poitrine écrasée par chaque quinte, tout cela pour découvrir le lendemain matin qu'il était mort pendant la nuit. Elle avait passé toute la journée à pleurer.

Une autre source d'inquiétude était le fait que Mr Hudson était médecin. Lui et sa femme ne la croiraient jamais si elle sentait que l'un de leurs enfants avait un problème. Ils la prendraient pour une folle et l'enverraient à l'asile. Cette seule pensée lui donnait la nausée. Et il allait sans dire que jamais ils ne devraient découvrir ce qu'elle avait fait à ses propres frères.

Alors que le chauffeur faisait naviguer le cheval parmi les autres véhicules au travers des rues, Pia scannait les visages sur les trottoirs, dans l'espoir fou d'apercevoir Vater, Finn ou les jumeaux. Chaque fois qu'elle voyait des femmes avec des bébés ou des landaus, elle s'agenouillait pour mieux les observer. En dépit des consignes de mère Joe, si elle avait reconnu ses frères, elle n'aurait pas hésité à sauter de la voiture. Même la menace de l'asile n'aurait pas suffi à l'en dissuader.

Elle crut reconnaître son père au bout de Goodwell Street. L'homme avait les mains dans les poches et les yeux rivés au sol, avec les mêmes cheveux foncés, les mêmes larges épaules et la même barbe. Même sa démarche était semblable à celle de Vater, dont les grands pas donnaient l'impression que ses jambes étaient immenses. Alors que Pia ouvrait la bouche pour l'interpeller, l'homme s'arrêta et releva la tête, révélant son visage. Ce n'était pas son père. Elle se laissa retomber sur le sol de la carriole, la vue brouillée par les larmes. Dans une ville de centaines de milliers d'habitants, comment retrouver les quatre qui lui manquaient plus que tout au monde ?

Après ce qui lui parut une éternité, le véhicule s'engagea dans une rue résidentielle bordée d'imposantes demeures aux pelouses impeccablement entretenues. Chaque maison semblait plus grande et plus élégante que la précédente, avec leurs tourelles d'angles, leurs hauts pignons, leurs porches à colonnes et leurs perrons à balustres. Chacune aurait pu héberger quatre ou cinq familles sans que celles-ci se sentent à l'étroit. Ici et là, des morceaux de rubans en crêpe usés pendaient aux poignées de porte, mais bien moins que ce que Pia avait vu devant les immeubles des bas quartiers.

Enfin, le chauffeur arrêta la carriole devant une maison en briques sur trois niveaux avec de hautes fenêtres, des volets blancs et des moulures. Des plantes aux tiges brunies et aux feuilles noircies par l'hiver peuplaient le jardin avant, et une allée en pierre menait au porche. Pia se mit à trembler plus fort. De l'extérieur, les lieux semblaient chaleureux et accueillants, mais qui savait ce qui l'attendait à l'intérieur ? Des gens qui la battraient au moindre faux pas ? Qui la congédieraient sans hésiter si elle n'était pas à la hauteur de leurs attentes ? Un lit froid dans une pièce fermée à clé au sous-sol ?

Miss O'Malley descendit et ordonna à Pia de l'imiter. Celle-ci attrapa la couverture et s'exécuta en tentant de ne pas tomber.

— Je n'en ai pas pour longtemps, lança Miss O'Malley au chauffeur. Suis-moi, toi, ajouta-t-elle à l'adresse de Pia.

Elle remonta l'allée à pas rapides et gravit à la hâte les marches qui les séparaient de la porte d'entrée.

Pia s'enveloppa dans la couverture qu'elle ramena sous son menton et lui emboîta le pas, le ventre noué. Miss O'Malley regarda par-dessus son épaule, redescendit en trombe et lui arracha la couverture.

— Ce n'est pas à toi, aboya-t-elle. C'est la propriété de l'orphelinat. Va la remettre dans le chariot, ordonna-t-elle en la lui lançant au visage.

Pia obéit puis rejoignit Miss O'Malley en claquant des dents, autant de froid que d'angoisse. Elle songea à prendre la fuite, mais si Miss O'Malley et son comparse la rattrapaient de nouveau ? Alors sa prochaine destination serait l'asile à coup sûr. Mieux valait tenter sa chance auprès du médecin et de sa femme. Peut-être lui offriraient-ils un lit chaud et de bons repas. Peut-être seraient-ils gentils et compréhensifs. Peut-être qu'un jour miraculeux, elle parviendrait à leur parler d'Ollie et Max et qu'ils pourraient l'aider à les chercher. Ou du moins lui accorder la liberté d'essayer.

— Si tu fais la moindre entourloupe ou que tu tentes de te sauver, on t'expédiera chez les fous si vite que tu en auras le vertige. Et ce sera bien pire que tout ce que tu as connu à Saint-Vincent. C'est compris ?

Pia eut envie de lui dire qu'elle n'avait pas eu l'intention de voler la couverture, mais c'eût été gaspiller sa salive. À la place, elle se contenta de hocher la tête et de répondre :

— Oui, madame.

Miss O'Malley remonta les marches, attendit que Pia la rejoigne puis l'inspecta de la tête aux pieds.

— Redresse-toi. Bras le long du corps, gronda-t-elle. Et aie l'air contente.

Pia baissa les bras et tenta de sourire, mais c'était plutôt une grimace. Miss O'Malley examina la boîte aux lettres. Au-dessus d'une plaque gravée au nom de HUDSON, un panneau annonçait : L'ENTRÉE DU CABINET DU DR HUDSON SE TROUVE À L'ARRIÈRE DE LA MAISON. Une pancarte peinte à la main accrochée à la porte disait « Interdit aux visiteurs ».

— C'est bien ici, affirma Miss O'Malley avant de frapper.

À l'intérieur, de lourds pas précipités résonnèrent sur du plancher. Un rideau en dentelle bougea à une fenêtre avant de retomber. Après une bousculade, la poignée tourna et la porte s'ouvrit. Un homme de haute taille avec une fine moustache et les cheveux divisés par une raie impeccable sortit sur le seuil et referma la porte derrière lui. Miss O'Malley et Pia reculèrent pour lui faire de la place. C'est alors que Pia remarqua qu'il avait perdu son avant-bras gauche. Le bas de sa manche de veste était plié et épinglé.

— Que puis-je faire pour vous ?

— C'est mère Joe de Saint-Vincent qui m'envoie pour déposer cette jeune fille, expliqua Miss O'Malley.

— Je vois. Je suis le Dr Hudson.

Il étudia Pia un moment avant de reporter son attention sur Miss O'Malley.

— Les nonnes avaient pour consigne d'envoyer quelqu'un en bonne santé.

— Miss Lange a survécu à la grippe. Je le sais, car c'est moi qui l'ai conduite à l'orphelinat après son rétablissement. Mère Joe pourra vous le confirmer.

Le médecin se tourna vers Pia.

— Est-ce que c'est vrai ?

Pia hocha la tête.

À sa surprise et à son soulagement, l'homme lui offrit un sourire sincère et chaleureux qui illumina ses yeux bleus.

— Dans ce cas, bienvenue, Miss Lange.

Il retourna dans la maison et lui tint la porte.

— Entre, je t'en prie.

Pia franchit le seuil et se mit sur le côté en attendant qu'on lui dise quoi faire ensuite. L'entrée était aussi grande que son ancien appartement, avec du plancher ciré et une console couverte de vases colorés et de photos de jeunes filles en robes blanches avec des rubans dans les cheveux. Pia n'avait jamais vu un intérieur si éclatant et élégant. Elle se serait crue dans un château. Miss O'Malley voulut les suivre, mais le Dr Hudson lui bloqua le passage. Elle le dévisagea d'un air aussi choqué que mécontent.

— Je suis désolé, je ne veux pas être impoli, mais nous avons de jeunes enfants ici et la grippe reste une menace. Nous venons d'apprendre une petite résurgence en ville et nous ne souhaitons courir aucun risque.

— Mais je… commença Miss O'Malley.

— Je suis navré, l'interrompit le Dr Hudson. Merci de nous avoir amené Miss Lange. Vous pouvez y aller.

En entendant l'homme évoquer une recrudescence, Pia sentit son ventre se nouer. Le cauchemar recommençait-il ? Les personnes qui affluaient dans les rues le savaient-elles ?

À cet instant, une femme rousse apparut à l'autre extrémité de l'entrée. Elle avait un nourrisson dans les bras, et la nervosité se lisait dans ses yeux verts. Elle était jolie et menue, avec un nez délicat et une bouche bien dessinée. Sa robe bleue impeccablement repassée contrastait avec sa mine fatiguée et ses cheveux en bataille.

— Qui était-ce, chéri ?

En apercevant Pia et Miss O'Malley, elle se figea et serra le bébé contre elle comme si elles étaient là pour le lui voler.

— Tout va bien, ma chérie. J'ai envoyé chercher quelqu'un pour aider avec les enfants.

— Mais je croyais que nous allions attendre jusqu'à être sûrs que…

— Je sais. Mais ne t'inquiète pas, j'ai demandé à l'orphelinat un enfant en bonne santé et cette jeune fille a survécu à la grippe. J'ai bien conscience que nous avions prévu de patienter, mais tu es exténuée et tu as grand besoin de repos.

La femme soupira et son expression s'adoucit.

— Tu es un amour.

Elle se rapprocha et dévisagea Pia.

— Et toi, ma pauvre petite, regarde-toi. Tu es gelée. Où donc est ton manteau ?

Pia haussa les épaules tout en sentant son estomac se dénouer. Jusque-là, le couple semblait charmant. Peut-être que ce ne serait pas aussi horrible qu'elle l'avait imaginé de travailler pour eux.

Mrs Hudson adressa à Miss O'Malley un regard plein de reproches.

— Pourriez-vous, je vous prie, m'expliquer pourquoi cette enfant ne porte pas de manteau ? N'auriez-vous pas pu ne serait-ce que l'envelopper dans une couverture ? N'êtes-vous pas censée prendre soin des enfants dont vous avez la charge ?

Miss O'Malley pâlit.

— Je ne travaille pas à l'orphelinat, madame. Je me contente de faire ce que les nonnes me disent.

— Dans ce cas, vous n'avez pas davantage de cœur qu'elles et vous devriez avoir honte.

— Mais je…

Le Dr Hudson commença à fermer la porte, forçant Miss O'Malley à reculer.

— Encore merci d'avoir amené Miss Lange jusqu'ici, l'interrompit-il. Si nous avons besoin de quoi que ce soit d'autre, nous enverrons un télégramme à mère Joe.

Miss O'Malley poussa un grognement frustré, avant de tourner les talons et de s'éloigner en trombe.

Le médecin ferma la porte et adressa un clin d'œil à sa femme, visiblement amusé.

Mrs Hudson lui répondit par un sourire chaleureux avant de poser sa main délicate sur le bras de Pia. Celle-ci se raidit et s'écarta d'instinct. Par chance, Mrs Hudson ne sembla pas s'en offusquer. Elle se contenta de retirer sa main puis la fixa en plissant le nez.

— Comment t'appelles-tu, ma chère ?

Pia baissa les yeux et examina sa mise. Sentait-elle mauvais ? Pour la première fois, elle prit conscience de son aspect absolument piteux. À côté de la belle robe de Mrs Hudson et du costume bleu marine de son mari, elle avait l'air de s'être roulée dans la boue. Tout, de sa robe à ses chaussures en passant par ses collants, était vieux et sale. Même le paillasson semblait éclatant en comparaison.

— Eh bien, mon enfant, as-tu donné ta langue au chat ? insista Mrs Hudson avec un petit rire.

— Je suis désolée, madame. Je m'appelle Pia Lange.

— Eh bien, Pia, sache qu'en dépit de ma première réaction, je suis ravie que tu sois ici, et d'ores et déjà reconnaissante de l'aide que tu vas m'apporter.

Elle posa un regard affectueux sur le bébé, qui semblait avoir à peine 2 mois et la fixait d'un air béat.

— C'est notre plus jeune fils, Leonard James, mais nous l'appelons Leo. Il est très facile, mais avec les trois autres dont je dois aussi m'occuper, j'avoue me sentir quelque peu débordée.

— Il est très beau, madame, déclara Pia.

Et c'était vrai. Il avait les cheveux blond vénitien de son père, ainsi que son menton. En se rappelant l'époque où Ollie et Max étaient aussi petits, les yeux de Pia se remplirent de larmes. Par chance, le couple ne parut pas le remarquer.

— Puis-je te laisser seule un moment, ma chérie ? demanda le médecin à sa femme. Je dois retourner au cabinet, mais je n'en ai pas pour très longtemps.

— Bien sûr. Merci, mon chéri.

Elle déposa un baiser sur la joue de son mari, puis se tourna vers Pia.

— Tu dois être morte de faim, mais commençons par le commencement. Nous allons te débarbouiller avant de te présenter aux filles. Puis je te préparerai quelque chose à manger et nous t'installerons. Qu'en penses-tu ?

Pia faillit se pincer pour s'assurer qu'elle ne rêvait pas. Depuis l'instant où elle avait appris qu'on l'avait placée, elle avait été en colère contre mère Joe, croyant qu'elle ne souhaitait que la punir davantage. Mais peut-être qu'elle se trompait. Peut-être que la religieuse savait que les Hudson la traiteraient correctement et préférait, de fait, la savoir chez eux que dans la rue. Cela étant dit, peut-être que mère Joe n'avait pas la moindre idée du genre de personnes qu'ils étaient et que Pia avait simplement eu de la chance.

— Je pense que c'est parfait, madame.

— Dans ce cas, suis-moi. Mais d'abord, retire tes chaussures, je te prie.

Pia se pencha pour ôter ses souliers, rouge de honte. Les pieds de ses collants étaient sales et tachés, et deux orteils dépassaient d'un trou. Mutti aurait été horrifiée. Mrs Hudson devait sans nul doute l'être aussi.

Mrs Hudson fronça les sourcils puis couva Pia d'un regard compatissant.

— Ne t'en fais pas, mon enfant, je sais que ce n'est pas ta faute. Nous allons te débarrasser de tous ces haillons et te faire faire une bonne toilette.

Là-dessus, Mrs Hudson se dirigea vers une porte à l'autre bout de la pièce. Mortifiée, Pia la suivit dans un long couloir avec, d'un côté, des fenêtres à meneaux par lesquelles on apercevait une cour latérale. De l'autre côté, des portes donnaient sur des pièces richement aménagées. Des meubles en bois sculpté soigneusement cirés, des tapis décoratifs, des nappes fleuries sur les tables et les consoles, des coussins brodés sur chaque divan et chaque fauteuil. Des livres, des vases et des figurines en porcelaine ornaient les étagères, des peintures à l'huile et des miroirs habillaient les murs. Pia essayait de ne pas rester bouche bée, mais jamais elle n'avait vu une si belle demeure de sa vie. Par chance, Mrs Hudson ne se rendit pas compte de sa stupéfaction.

— Notre précédente nourrice, Miss Bainbridge, a succombé à la grippe une semaine après le défilé, expliqua la maîtresse de maison. La pauvre. Elle était sur le point de nous quitter dans tous les cas, car elle venait de se fiancer. Personne ne mérite de mourir si jeune. Heureusement, elle n'était pas avec les enfants à ce moment-là.

Mrs Hudson parlait à toute vitesse, comme si elle voulait tout raconter avant d'oublier son histoire.

— C'est une mort affreuse, paraît-il. Mon mari m'a épargné les détails, car il tente de me protéger de ce genre de choses, mais j'ai entendu dire que les corps s'accumulaient jusque dans les rues, devant les immeubles et sur les porches des maisons. Apparemment, les gens suffoquent et s'étouffent dans leur propre sang.

Tout à coup, elle s'arrêta et regarda Pia, les yeux écarquillés.

— Mon Dieu, je ne t'ai même pas demandé ce qui était arrivé à tes parents. Et me voilà en train de jacasser…

Ses épaules s'affaissèrent et un masque de contrariété recouvrit ses traits.

— J'espère qu'ils ne sont pas morts de la grippe ?

— Ma mère, si, madame, répondit Pia. Quant à mon père, la dernière fois que nous avons reçu de ses nouvelles, il était sur le front en France.

— Et tu ne sais rien de lui depuis la fin de la guerre ?

Pia secoua la tête.

— Ma pauvre chérie. Je suis vraiment désolée. Les nonnes de l'orphelinat n'ont-elles pas tenté de découvrir ce qu'il était devenu ?

— Non, madame.

Elle eut envie de demander à Mrs Hudson si elle pouvait l'aider à chercher Vater, mais elle se retint. Elle venait à peine de la rencontrer. C'était trop tôt.

— Elles m'ont dit qu'elles n'avaient pas le temps ni les ressources nécessaires pour se mettre en quête des parents de tous les enfants qui passaient leur porte.

Mrs Hudson soupira.

— J'imagine que non. Et je suppose qu'elles ont peur de se rendre en ville. J'espère que tu voudras bien me pardonner de ne pas t'avoir interrogée plus tôt sur tes parents.

— Bien sûr, madame.

— C'est comme si je n'avais plus toute ma tête depuis que j'ai accouché de Leo, avoua-t-elle en agitant la main comme pour chasser une mouche. Je n'étais pas comme ça après la naissance des filles. J'ignore à quoi cela est dû. Enfin bref…

Mrs Hudson reprit sa route, et Pia fut soulagée qu'elle ne lui ait pas demandé si elle avait des frères et sœurs.

— Après la mort de notre nourrice, j'ai envisagé de la remplacer, mais j'avais trop peur à cause de la grippe. Et si j'engageais une personne malade sans le savoir et que nous en prenions conscience alors qu'il était déjà trop tard ? Quand j'ai découvert la vitesse à laquelle se propageait la maladie, je me suis séparée de la cuisinière et de la femme de chambre également. Paul, enfin, mon mari, le Dr Hudson, était à l'étranger à ce moment-là. C'est là qu'il a perdu son bras. Il a reçu une balle tandis qu'il était en première ligne pour s'occuper d'un blessé et la plaie s'est infectée. Il est rentré à la maison après son amputation. Leo venait de naître et j'étais heureuse qu'il soit de retour, mais il ne pouvait pas faire grand-chose. Néanmoins, d'après lui, la grippe tuait davantage de soldats que la guerre elle-même, alors nous avons décidé d'attendre, d'autant plus que nos moyens financiers étaient limités. Par chance, ma dot était importante quand nous nous sommes mariés il y a six ans, mais ces choses-là ne sont pas éternelles, surtout lorsque l'on a des enfants. Ils ont d'abord besoin de couches et de vêtements, puis de jouets et de davantage de vêtements, et de toujours plus de nourriture…

Pia tentait de se concentrer sur tout ce que Mrs Hudson racontait, mais elle parlait à toute vitesse. Elle était étonnée de constater que Leo ne faisait pas un bruit.

— C'est pour cette raison que j'ai été surprise en te voyant, poursuivit Mrs Hudson. Mon mari a été catégorique quant au fait de ne pas exposer les enfants. Il ne veut pas que je sorte, car il a peur que je rapporte la grippe à la maison. Il reçoit des patients dans son cabinet, car il ne parvient pas à conduire son chariot avec un seul bras pour les visites à domicile, mais il m'a promis que si quiconque présentait des symptômes, il dormirait dans son bureau jusqu'à ce que nous sachions s'il avait été contaminé ou non. Il est si inquiet pour moi qu'il a tout de même trouvé un moyen de m'aider en dépit de nos craintes concernant l'épidémie. Et te voilà.

Elle sourit à Pia malgré son évidente fatigue. Pia se força à lui rendre son sourire, même si la perspective d'une nouvelle vague de cas la paralysait de peur. Quelles conséquences cela aurait-il pour ses frères, Vater, Finn ? Lorsqu'elles arrivèrent au fond de la maison, Mrs Hudson lui fit traverser une cuisine carrelée immaculée dont les grandes fenêtres donnaient sur une cour avec des treillages et des vasques à oiseaux. Mrs Hudson plaça Leo dans un couffin près du poêle à charbon et l'emmaillota dans sa couverture. Il bâilla et regarda autour de lui sans se plaindre. Jamais Pia n'avait rencontré un bébé aussi angélique. Sans doute parce qu'il avait le ventre plein, un toit sur la tête et ses deux parents.

— Oh, tant que j'y pense… Ton nom est très joli, mais il est aussi très original. Connais-tu son origine ?

Pia se sentit rougir et riva ses yeux au sol. Puis elle se souvint que son père disait toujours que c'était important de regarder les gens dans les yeux lorsque l'on s'adressait à eux. Cela leur donnait l'impression que la personne en face d'eux était honnête. Sauf que Pia ne pouvait pas l'être. Qu'elle soit en bonne santé ou non et qu'ils aient besoin d'elle ou non, si le Dr Hudson et sa femme découvraient qu'elle était allemande, ils risquaient fort de changer leur fusil d'épaule.

— Je tiens mon prénom de mon arrière-grand-mère, parvint-elle à dire en affrontant le regard de Mrs Hudson.

— Comme c'est charmant. Et d'où venait-elle ?

— Des Pays-Bas. Elle a immigré aux États-Unis avec ses parents lorsqu'elle était enfant.

— Tant qu'elle n'était pas allemande… La guerre est peut-être terminée, mais jamais je ne pardonnerai à ces gens pour ce qu'ils ont fait, encore moins avec ce qui est arrivé à mon mari, le pauvre. De quel quartier viens-tu ? Je pose la question à tous nos employés potentiels, alors ne t'en fais pas, il n'y a pas de mauvaise réponse.

— Je viens du sud de Philadelphie, dans le 5e arrondissement.

Mrs Hudson porta une main à sa poitrine.

— Seigneur. Est-ce vrai que les égouts débordent là-bas et que les rues sont peuplées de rats et de détritus ?

Pia haussa les épaules.

— Ma mère disait toujours qu'un grand nettoyage dans le quartier n'aurait pas fait de mal.

— Ta mère semblait être une femme pleine de bon sens. J'imagine qu'elle t'a appris l'ordre et la propreté ?

— Oui, madame.

— Alors nous devrions bien nous entendre. Je ne supporterais pas d'avoir à mon service quelqu'un qui ne comprend pas l'importance de ces choses-là. Le comité de Philadelphie pour la tuberculose a publié une liste de précautions afin d'éviter de contracter la grippe, et nous les respectons au pied de la lettre dans cette maison.

Nous utilisons toujours un mouchoir lorsque nous toussons ou nous mouchons, nous stérilisons la vaisselle et les couverts après usage et nous ne partageons ni les verres ni les serviettes. Il est capital que tu retiennes ces règles, Pia. Penses-tu en être capable ?

— Oui, madame.

— Très bien. Elizabeth est à la sieste et Sophie et Margaret sont en train de s'amuser dans la salle de jeux. Du moins, je l'espère. Avec ces deux-là, on ne peut jamais vraiment savoir ! La dernière fois que je les croyais occupées à s'amuser gentiment, je les ai trouvées dans le jardin avec de la boue jusqu'aux genoux. C'était un bazar sans nom. J'ai dû jeter tout ce qu'elles portaient, y compris leurs chaussures.

Elle frémit de dégoût à ce souvenir.

— Je te préviens, elles ne sont pas faciles. Toujours dans les mauvais coups !

Pia hocha la tête, et ce, même si elle n'avait jamais compris pourquoi les mères étaient si réticentes à l'idée que leurs enfants se salissent. Elle adorait faire des pâtés de boue après une averse quand elle était petite. Vater s'esclaffait tandis que Mutti frottait ses vêtements sales en jurant entre ses dents. Il affirmait que c'était bon pour les enfants de se salir et qu'il n'y avait rien qu'un peu d'eau et de savon ne pouvait arranger. C'était là que Mutti lui lançait une chaussette mouillée et qu'ils se prenaient en chasse en riant autour du seau à linge.

De la cuisine, Mrs Hudson la mena à un court couloir qui débouchait sur une pièce aux murs couverts de papier peint et aux fenêtres en vitrail.

— Voici la salle d'eau, annonça Mrs Hudson avec fierté.

Elle s'approcha d'un rectangle en bois bordé de ce qui avait l'air d'être de la porcelaine. Un robinet et deux poignées en laiton dépassaient d'un côté.

— C'est la baignoire, indiqua-t-elle.

Elle montra ensuite ce qui ressemblait à un énorme saladier d'où émergeait un tuyau connecté à une autre boîte en bois d'où dépassait une autre poignée.

— Et voici le lieu d'aisances.

— Je suis désolée, madame, mais qu'est-ce qu'un lieu d'aisances ?

Mrs Hudson sourit.

— Les toilettes. Et là, tu as le bain de pieds et le lavabo.

Elle se pencha au-dessus de la baignoire et tourna l'une des poignées. À la surprise de Pia, de l'eau jaillit du robinet. Mrs Hudson plaça sa main sous le jet. Au bout d'un moment, de la vapeur s'éleva.

Pia ouvrit grand la bouche.

— Est-ce que c'est…

— Oui, c'est de l'eau chaude, confirma Mrs Hudson avec un air satisfait. Paul a dû mettre la chaudière en route en prévision de ton bain.

Elle montra une étagère près du lavabo.

— Il y a des serviettes et des gants propres et tu peux prendre un savon à la lavande neuf. Quand la baignoire sera à moitié pleine, tu n'auras qu'à tourner la poignée pour couper l'eau. Laisse tes vêtements sales dans un coin, nous les jetterons après. Pendant ce temps, je vais te trouver de quoi t'habiller.

Pia ne savait pas quoi dire. C'était à la fois tout à fait étrange et absolument merveilleux, comme ces histoires qui n'existent que dans les livres. D'un côté, elle débordait de soulagement qu'on la traite avec une telle gentillesse. D'un autre, elle ne méritait rien de tout cela.

— Merci, madame, répondit-elle simplement.

— Lave-toi bien les cheveux et vérifie que tu n'as pas de poux. S'il est bien une chose que je ne tolère pas au-delà de la négligence, c'est le manque d'hygiène personnelle.

— Oui, madame.

— Je reviens tout de suite, dit Mrs Hudson avant de quitter la pièce et de refermer la porte derrière elle.

Pia fixa la baignoire remplie d'eau chaude. Après tous les tourments qu'avaient endurés ceux qu'elle aimait, elle avait l'impression de mal agir en étant dans cette belle maison avec ce gentil couple. Vater s'était donné toutes les peines du monde pour protéger sa famille et subvenir à leurs besoins, et il avait été envoyé à la guerre. Mutti avait fait tout ce qui était en son pouvoir pour prendre soin de tout le monde, y compris des voisins malades ou des inconnus qui avaient besoin d'aide, et elle était morte dans d'atroces souffrances. Ollie et Max s'étaient retrouvés seuls dans un casier obscur, affamés et effrayés, et quelle horrible destinée avaient-ils connue ensuite ? Et tout cela était sa faute. Elle les avait abandonnés au moment où ils avaient le plus besoin d'elle. Son séjour à l'orphelinat lui avait semblé constituer le début de sa pénitence. Mais ça… ce n'était pas une punition. C'était une récompense. Une récompense qu'elle ne méritait pas. Sa seule récompense aurait été de voir sa famille réunie, et cela n'arriverait jamais. Elle baissa la tête, écrasée par un énorme chagrin.

Un bruit de pas de l'autre côté de la porte tira Pia de ses tristes pensées. Elle retint son souffle en attendant de voir s'il s'agissait de Mrs Hudson, mais les pas s'éloignèrent. Elle entreprit de se dévêtir, coupa l'eau et entra dans la baignoire. L'eau chaude était comme de la soie contre sa peau sèche et crasseuse. Elle s'empara du savon et le colla sous son nez. Le parfum fleuri lui rappela les collines de Hazleton au printemps, lorsqu'elle courait parmi les trilles et les violettes. Une vague de nostalgie la submergea avec une telle puissance qu'elle faillit pousser un cri. Des larmes brûlantes perlèrent au coin de ses yeux. Elle aurait donné n'importe quoi pour retourner dans la cabine en bois délabrée dans laquelle ils vivaient alors, quand tout semblait si simple et la vie si insouciante. Elle repoussa ses pensées et s'admonesta de s'apitoyer de la sorte.

Des coups furent frappés à la porte.

— Pia ?

Cette fois, c'était bien Mrs Hudson.

— Oui, madame ?

— Je t'ai trouvé des vêtements. Inutile de sortir de la baignoire, je te les laisse à l'entrée de la salle de bains.

— Merci, madame.

La porte s'ouvrit légèrement et une pile d'habits soigneusement pliés ainsi qu'une paire de bottines se matérialisèrent.

— Prends ton temps et retrouve-moi dans la cuisine quand tu auras fini.

— Oui, madame.

Après s'être frictionnée sous toutes les coutures pour se débarrasser de la saleté et de l'odeur de désespoir de l'orphelinat, Pia s'autorisa à se détendre quelques instants, étonnée de pouvoir s'allonger presque entièrement dans la baignoire. Elle aurait pu rester dans ce cocon pendant des heures, mais elle ne voulait pas faire attendre Mrs Hudson. Elle entreprit donc de sortir et de se sécher, avec ce qui lui parut la serviette la plus moelleuse au monde. Puis elle s'empara des vêtements et des chaussures. Une culotte longue en coton, un chemisier et des chaussettes hautes étaient soigneusement pliés au-dessus d'une robe en mousseline couleur lilas agrémentée d'une ceinture. Les bottines semblaient neuves, avec des attaches en cuir et des boutons recouverts de tissu. Non seulement la robe était magnifique, mais elle lui allait presque à la perfection et la matière ne la démangeait pas. C'était étrange d'être aussi à l'aise, d'avoir les bras et les jambes au chaud. Elle n'avait jamais porté une si belle tenue et la sensation la ravissait, tout en rajoutant à sa culpabilité.

Lorsqu'elle arriva dans la cuisine, la pièce était vide. Elle patienta debout près d'un gigantesque placard, avec le sentiment de n'être absolument pas à sa place. Des rires et des éclats de voix de petites filles lui parvenaient depuis l'étage du dessus. Elle leva la tête vers le plafond. Qu'est-ce que cela ferait d'être une de ces filles, de vivre dans cette superbe maison avec sa fratrie et ses deux parents ? Qu'est-ce que cela ferait de savoir qu'elle était en sécurité, qu'elle ne manquerait jamais de nourriture, de vêtements, d'argent ? Lorsqu'elle était plus jeune et trop petite pour comprendre la différence entre la richesse et la pauvreté, la faim et la famine, l'envie et le besoin, elle ressentait sans doute la même chose que les petites filles des Hudson en ce moment. Le ciel serait toujours bleu, leurs parents prendraient toujours soin d'elles et ils seraient toujours ensemble. Désormais, Pia avait beau essayer, elle était incapable de conjurer ce sentiment. C'était comme un rêve insaisissable datant d'une époque depuis longtemps révolue.

Qu'est-ce que les Hudson exigeraient d'elle ? Être leur employée faisait-il d'elle leur « prisonnière », ou aurait-elle le droit de sortir de la maison lorsqu'elle ne s'occuperait pas des enfants ? Devrait-elle attendre jusqu'à ce que le Dr Hudson ait décrété que la grippe n'était plus une menace ? Soudain, une pensée fit s'emballer son cœur. Elle pouvait partir. Elle pouvait s'enfuir à cet instant. Quand la famille s'en apercevrait, il serait déjà trop tard. Elle pouvait aller trouver les nouveaux occupants de son ancien appartement pour leur demander si son père était revenu. Elle pouvait écumer les orphelinats de la ville pour voir si ses frères y étaient. Contrairement à Saint-Vincent, cette maison n'avait pas de verrous aux portes et aux fenêtres. C'était sa chance de récupérer sa liberté.

La cuisine comportait quatre issues différentes, mais Pia n'avait pas la moindre idée de ce sur quoi ces portes débouchaient. Quelle était celle qui menait à l'entrée ? Elle ne s'en souvenait pas. Elle prit une grande inspiration et tenta de réfléchir posément. Si elle partait, elle serait seule et sans domicile, sans nourriture, sans argent, sans nulle part où aller. Et si la police l'appréhendait ? Elle avait vu suffisamment d'enfants des rues débarquer à Saint-Vincent pour savoir ce qui risquait de lui arriver, et la dernière chose dont elle avait besoin était d'atterrir dans un autre orphelinat, voire pire. Peut-être ferait-elle mieux d'attendre. Chez les Hudson, elle avait de quoi manger et un toit sur la tête. Peut-être qu'en dehors de ses heures de travail elle pourrait aller et venir à sa guise et chercher ses frères, même s'il lui fallait patienter un peu. Si elle s'attirait la confiance du médecin et de sa femme en prenant bien soin de leurs enfants, peut-être trouverait-elle le courage de leur dire la vérité. Et peut-être même lui offriraient-ils de l'aider.

Des pas résonnèrent, qui se rapprochaient rapidement. Il était trop tard pour s'enfuir. Elle lissa le devant de sa robe et se redressa. Mrs Hudson entra dans la pièce.

— Je suis allée mettre Leo à la sieste dans sa chambre, l'informa-t-elle. La robe te va-t-elle ?

— Très bien. Merci, madame.

— Et les bottes ?

— Les bottes aussi, madame.

En réalité, elles étaient un tantinet trop grandes, mais Pia n'allait certainement pas s'en plaindre.

— Formidable. Je la portais quand j'avais ton âge. J'espère qu'elle n'est pas trop démodée.

— Oh non, madame. Je n'en ai jamais porté une aussi jolie.

— Eh bien elle est à toi, désormais. Allons dans la salle de jeux, tu veux bien ? Je vais te présenter aux filles.

— Oui, madame.

Pia la suivit à travers un autre long couloir, puis dans un grand escalier couvert d'une épaisse moquette.

L'étage semblait encore plus vaste que le rez-de-chaussée. Mrs Hudson s'arrêta devant la première d'une série d'une dizaine de portes, porta son index à ses lèvres et ouvrit sans faire de bruit. Deux lits d'enfants avec des cache-sommiers en dentelle flanquaient une table à langer. Un fauteuil à bascule trônait devant une fenêtre ronde qui occupait le milieu du mur du fond. Emmailloté dans une couverture bleue, Leo dormait profondément dans l'un des lits, tandis que l'autre accueillait une petite fille endormie elle aussi. Ses pommettes joufflues et ses boucles dorées faisaient penser aux chérubins et autres anges de Noël que Pia avait parfois aperçus dans des vitrines.

Mrs Hudson la montra du doigt et murmura :

— C'est Elizabeth. Elle n'a pas encore 2 ans.

Pia sourit et hocha la tête.

Mrs Hudson les contempla amoureusement pendant quelques instants avant de ressortir sur la pointe des pieds. Elle entraîna ensuite Pia jusqu'au bout du couloir. Des voix de petites filles flottaient à travers une porte entrouverte, telles de délicates notes de flûte dans le vent.

La salle de jeux était deux fois plus grande que la chambre d'enfants, avec un haut plafond et des murs peints en blanc. Un cheval de bois rouge avec une crinière jaune se tenait dans un coin, ses dents découvertes par un sourire permanent. Une maison de poupées se dressait dans un autre, avec ses meubles miniatures et ses poupées assises bien droites. Une bibliothèque débordait de livres d'images et de contes. Des poupées de porcelaine, des cubes et d'autres jouets en bois parsemaient la moquette. Deux petites filles étaient installées à une table au centre de la pièce et faisaient semblant de verser du thé dans des tasses. Deux chaises étaient occupées par un énorme ours en peluche et un lapin géant. Lorsque Mrs Hudson et Pia entrèrent, les fillettes levèrent la tête, avant de reprendre leur goûter imaginaire au milieu des rires.

Pia retint son souffle. Des jumelles.

Mrs Hudson se mit en devoir de ramasser les jouets qui traînaient pour les placer dans un coffre.

— Désolée pour le désordre, dit-elle à Pia. Je n'ose pas imaginer ce que ce sera quand Leo commencera à toucher à tout, lui aussi.

— Ne soyez pas désolée, madame. Je n'ai jamais vu une aussi belle maison de toute ma vie.

Mrs Hudson lui sourit et se dirigea vers la table.

— Sophie, Margaret, je vous présente Pia. Elle va m'aider à m'occuper de vous.

Les fillettes échangèrent un regard, posèrent leurs tasses et se levèrent pour rejoindre leur mère. L'inquiétude se lisait dans leurs yeux. L'une d'elles se cacha dans la jupe de Mrs Hudson. Elles étaient très belles, avec une peau de porcelaine et de longs cheveux auburn qui leur tombaient dans le bas du dos. Leur mère caressa la tête de la plus timide des deux.

— Pia, je te présente Sophie, qui a 3 ans. Margaret fait la même taille, mais elle a 4 ans.

Pia retint un soupir de soulagement. Ce n'étaient pas des jumelles.

— Bonjour, lança-t-elle en faisant de son mieux pour paraître amicale. Je suis très contente de faire votre connaissance. Vous avez de très jolies robes.

— J'ai 4,5 ans, corrigea Margaret. À mon prochain anniversaire, j'aurai 5 ans. Est-ce que tu veux jouer avec nous ? demanda-t-elle en tirant sur la robe de Pia.

— Pas tout de suite, ma petite chérie, intervint sa mère. Pia vient à peine d'arriver et je ne lui ai même pas encore montré où elle allait dormir.

— Est-ce qu'elle peut rester dans notre chambre ? On pourrait jouer et se raconter des histoires !

Sophie émergea de derrière sa mère.

— Moi aussi, je voudrais faire ça, osa-t-elle d'une petite voix, une lueur d'espoir dans les yeux.

Margaret se mit à sautiller sur place, surexcitée.

— S'il vous plaît, maman ? S'il vous plaît, dites oui !

Mrs Hudson secoua la tête.

— Juste ciel, certainement pas. Elle arrive d'un orphelinat dégoûtant et qui sait…

Elle s'interrompit tout à coup comme si elle venait de se souvenir de la présence de Pia et lui lança un regard nerveux.

Pia tenta de masquer sa surprise. Elle avait pris un bain, enfilé des vêtements propres… Mrs Hudson était-elle aussi tolérante qu'elle voulait le faire croire ? Heureusement qu'elle n'avait pas avoué ses origines allemandes.

— Faisons d'abord sa connaissance. Nous aurons tout le temps de nous amuser et de jouer ensuite. Pia, maintenant que tu as rencontré les enfants, que dirais-tu de manger quelque chose ? suggéra Mrs Hudson.

Pia acquiesça.

— Merci, madame.

— Bien. Mes chéries, continuez à jouer gentiment, Pia viendra vous chercher dans peu de temps.

— Oui, maman, répondit Margaret.

Néanmoins, elle fit la moue tandis qu'elle retournait s'asseoir. Sophie la rejoignit et lui tapota sur la main comme pour la consoler.

Des plaintes leur parvinrent alors depuis l'autre bout du couloir. Leo. Mrs Hudson se précipita hors de la salle de jeux pour se rendre dans la chambre d'enfants. Pia la suivit et attendit sur le seuil, sans trop savoir quoi faire. Mrs Hudson prit Leo et ressortit en fermant la porte derrière elle.

— Elizabeth est-elle réveillée aussi ? chuchota Pia. Souhaitez-vous que je la prenne ?

— Ce n'est pas la peine.

Elle serra Leo contre sa poitrine et lui tapota le dos. Ses pleurs ne tardèrent pas à cesser.

— On dirait que cet enfant n'aime ni manger ni dormir. Elizabeth, en revanche… Si je la laissais faire, elle passerait la moitié de ses journées au lit. Et malheureusement, parfois, c'est ce que je fais, car je n'ai tout bonnement pas l'énergie de m'occuper des quatre à la fois, avoua-t-elle dans un soupir. Il m'arrive même d'avoir le sentiment que je n'aurai plus jamais l'énergie de sortir de cette maison. Si toutefois j'en ai la possibilité un jour…

En route vers l'escalier, elle s'arrêta et posa sur Pia un regard triste.

— Je comprends et partage les inquiétudes de mon mari et jamais je ne ferais quoi que ce soit susceptible de mettre en danger la santé de mes enfants. La grippe me terrifie. Mais pour être tout à fait honnête, j'ai parfois l'impression que je n'aurai jamais plus le temps de déjeuner avec mes amies… Est-ce que cela fait de moi une mauvaise mère ?

Étonnée par la confession de Mrs Hudson, Pia secoua la tête.

— Je ne crois pas, madame. Ma mère disait toujours que les seuls moments où elle avait l'impression d'être saine d'esprit, c'était quand elle réussissait à aller toute seule au marché.

Mrs Hudson lui adressa un sourire piteux, mais reconnaissant.

— Tu sais quoi ? Ta mère me plaît de plus en plus. Je suis certaine que nous aurions été bonnes amies.

— Je suis sûre que oui, madame, enchérit Pia tout en se demandant si Mrs Hudson aurait tenu le même discours sachant que Mutti était allemande.

De retour dans la cuisine, Mrs Hudson tira une chaise et ordonna à Pia de s'asseoir tandis qu'elle-même restait debout et berçait doucement Leo.

— As-tu de l'expérience avec les enfants en bas âge, Pia ?

— Oui, madame. Je m'occupais des bébés à Saint-Vincent et je…

Elle se mordit la lèvre juste à temps. Elle avait failli mentionner ses petits frères. Elle s'admonesta intérieurement d'être si imprudente.

— J'aimais beaucoup ça, conclut-elle à la place.

— Formidable, se réjouit Mrs Hudson. J'avais peur que tu n'aies jamais été au contact de bébés auparavant.

Elle s'approcha et lui tendit Leo.

— Dans ce cas, j'imagine que le moment est venu pour vous de faire connaissance.

Pia serra les dents et prit le poupon en se forçant à sourire. Elle resserra la couverture autour de ses petites jambes et se pencha sur son minuscule visage, le cœur battant. Leo poussa une petite exclamation et tendit un bras vers elle.

— Oh, comme il est mignon, dit Mrs Hudson en riant. Il veut te faire une caresse.

Soucieuse de ne pas montrer sa réticence à sa nouvelle patronne, Pia laissa le bébé attraper son index.

— Pendant que vous vous habituez l'un à l'autre, je vais te préparer quelque chose à manger. Aimerais-tu une tasse de thé ?

— Oui, s'il vous plaît, madame, répondit Pia tandis qu'elle attendait de voir si elle ressentait quelque chose d'anormal au contact du nourrisson.

Mrs Hudson se mit à voleter dans la pièce comme un petit oiseau, allumant le feu sous la bouilloire, attrapant tasses, soucoupes et assiettes dans le placard, plaçant les sachets de thé dans les tasses. Elle sortit une miche de pain d'un tiroir.

— Aujourd'hui, c'est un peu différent, car je ne m'attendais pas à ton arrivée, mais normalement j'aime m'en tenir à un planning strict. Nous suivions un emploi du temps très précis lorsque j'avais des employés, et maintenant que tu es là, je suis déterminée à reprendre ce rythme, car des horaires réguliers sont ce qu'il y a de mieux pour des enfants. Il faut lever et habiller les filles pendant que le Dr Hudson et moi petit-déjeunons. Ensuite, tu peux les amener à la cuisine pour qu'elles prennent le repas que j'aurai préparé. Après cela, elles peuvent jouer à l'étage ou dans la cour, en fonction du temps qu'il fait, bien sûr. Après…

Pia faisait de son mieux pour écouter, mais elle était en proie à une drôle de sensation. Elle se sentait faible et un peu chancelante, sans bien savoir pourquoi. Peut-être était-ce la fatigue, ou peut-être avait-elle plus faim que ce qu'elle croyait ?

Tout à coup, elle comprit avec consternation que cela provenait de Leo. Il n'était pas aussi fort et vif qu'aurait dû l'être un bébé de son âge. Peut-être qu'il avait simplement attrapé un rhume, ou peut-être était-il prématuré à la naissance. Elle eut envie de poser la question, mais son instinct lui soufflait que ce n'était pas une bonne idée d'aborder un sujet si personnel, ou en tout cas pas si rapidement. Elle rajusta la couverture autour du bébé et le serra un peu plus fort en espérant qu'il ne s'agissait de rien de sérieux.

Mrs Hudson plaça une tasse de thé fumant et deux tartines sur la table.

— Est-ce que cela te convient ? Le pain est frais de ce matin. Je peux aussi te faire réchauffer un reste de soupe d'épinard, si tu veux.

— Non, merci, madame. C'est amplement suffisant, assura Pia.

— Tant mieux. Je dois avouer que je n'ai pas beaucoup de patience avec les personnes difficiles.

Pia se retint pour ne pas rire. Le pain chaud sentait délicieusement bon et la confiture était d'une belle couleur appétissante. Elle n'avait même pas le souvenir d'avoir jamais mangé des tartines comme celles-ci. Lorsque sa famille achetait du pain, c'était auprès d'un marchand ambulant qui vendait des restes de boulangerie vieux de deux ou trois jours. Et il n'y avait jamais assez d'argent pour de la confiture. Sa dernière tasse de thé, faite avec un sachet qui avait déjà été utilisé à trois reprises, remontait à avant le départ de Vater.

Mrs Hudson posa de la crème et du sucre devant Pia et lui prit Leo des bras avant de s'asseoir face à elle. Pour la première fois depuis son arrivée, le bébé commença à s'agiter. Mrs Hudson l'embrassa sur le front puis recommença à le bercer.

— C'est bientôt l'heure de la tétée.

Elle glissa le bout de son auriculaire dans la bouche de son fils, qui se calma aussitôt.

— Je n'ai pas autant de lait que j'en avais pour les filles. Peut-être que c'est normal après plusieurs grossesses. Mais c'est égal, car nous sommes fous de joie d'avoir enfin un adorable petit garçon.

Mrs Hudson sourit et frotta délicatement le bout de son nez contre celui de Leo. Les mains sur les genoux, Pia observait la scène en regrettant de ne pas pouvoir être honnête et dire à sa patronne que son bébé avait peut-être un problème.

Comme si elle sentait sa gêne, Mrs Hudson releva la tête vers elle.

— Je t'en prie, mange, puis nous irons t'installer.

Leo recracha le bout de doigt de sa mère et se mit à geindre. Mrs Hudson se leva.

— Si tu veux bien m'excuser quelques minutes. Il ne tète jamais pendant très longtemps.

Pia pinça les lèvres, en proie à un malaise croissant. Ses craintes concernant Leo semblaient se confirmer. Mrs Hudson hocha la tête en direction de la cuisinière.

— Ressers-toi en thé et en pain si tu le souhaites. Quand tu auras fini, je te montrerai ta chambre.

— Merci, madame.

Une fois seule, Pia fixa son assiette, le ventre noué. Elle n'avait absolument pas faim. Mais alors, elle repensa à Mrs Hudson et à son aversion pour les personnes difficiles. Elle attrapa une tartine et mordit dedans. Le pain et la confiture n'avaient pas de goût.

Chapitre vingt et un

Pia

Chacun à un bout de la table, le Dr Hudson et sa femme devisaient entre deux bouchées de rôti et deux gorgées de vin. Pia était assise à côté de Margaret et en face de Sophie, qui tentaient d'imiter la façon dont les adultes disposaient leurs serviettes sur leurs genoux et tenaient leurs couverts. Installée dans une chaise haute près de sa mère, Elizabeth jouait avec sa nourriture. Leo, lui, était dans son berceau non loin de la cheminée. Sur le buffet derrière Mrs Hudson, des plats débordaient de viande, de galettes d'orge, de carottes, de petits pois et de gratin dauphinois. Jamais de sa vie Pia n'avait vu une telle quantité de nourriture.

Tandis qu'elle mastiquait lentement une petite bouchée de galette, elle ne pouvait s'empêcher de penser au fait que ses petits frères n'avaient connu que la faim depuis le jour de leur naissance. Elle se rappela comment elle diluait du bouillon et ôtait la moisissure d'un vieux bout de pain pour les maintenir en vie. La culpabilité lui nouait la gorge si fort qu'elle parvenait à peine à avaler. Pour ne rien arranger, après avoir servi son mari et avoir découpé sa viande sous le regard à la fois irrité et gêné de celui-ci, Mrs Hudson avait insisté pour remplir de nouveau l'assiette de Pia, que chaque geignement de Leo rendait un peu plus nerveuse.

Plus tôt dans la journée, Mrs Hudson l'avait emmenée à l'étage pour lui montrer sa chambre. Pia s'était attendue à séjourner dans les communs, dont Mrs Hudson lui avait expliqué qu'ils n'étaient accessibles que par le biais d'un escalier séparé derrière l'office. Elle avait donc été étonnée qu'on la conduise dans une pièce où trônait un imposant lit à baldaquin couvert d'un édredon, avec un couvre-sommier fleuri, dans le même couloir que la chambre des enfants. Deux imposants fauteuils flanquaient une commode en chêne sombre, une grande fenêtre était habillée de rideaux à pampilles et la moquette semblait aussi épaisse et moelleuse qu'un oreiller en plumes sous ses pieds.

Mrs Hudson avait contourné le lit pour lui montrer l'armoire.

— J'ai accroché d'autres vêtements pour toi dedans. J'ai même trouvé des chaussures qui devraient t'aller.

Abasourdie et mal à l'aise, Pia était restée plantée au beau milieu de la pièce.

— Je suis désolée, madame, mais je ne peux pas rester ici.

Mrs Hudson avait haussé les sourcils.

— Pourquoi cela, voyons ?

— Je ne veux pas être impolie, madame, mais je n'ai pas besoin de… Enfin… C'est bien trop élégant pour moi.

— Ne dis pas de bêtises. Cette chambre ne sert jamais à personne. De plus, je n'ose imaginer ce que tu as eu à supporter dans cet orphelinat. Tu mérites bien un peu de confort.

— J'apprécie votre générosité, madame, je vous assure. Mais je ne mérite pas tout ça.

Mrs Hudson balaya ses protestations d'un revers de main.

— Bien sûr que si. Est-ce ce qu'on t'a dit dans cet endroit ? N'écoute pas ces gens. Tu as le droit de bien manger et de dormir dans un lit chaud comme n'importe qui d'autre. En outre, sache que si je tiens à te loger ici, c'est pour que tu sois près des enfants. Sans compter que si tu es mal installée et que tu dors mal, tu ne me seras pas d'une grande utilité. Voilà. Est-ce que tu te sens mieux à l'idée d'occuper cette chambre, à présent ?

De fait, cela paraissait logique. Et de toute manière, elle n'avait pas vraiment le choix.

— Oui, madame. Très bien. Merci beaucoup.

À présent, dans la belle salle à manger des Hudson, elle songeait au peu de nourriture que recevaient les orphelins à Saint-Vincent. Finn avait raison lorsqu'il disait que l'endroit où l'on naissait était une question de chance. Mais n'empêche, cela semblait injuste et anormal que certaines personnes n'aient rien tandis que d'autres avaient bien plus que ce dont elles avaient besoin. Si ses frères et elle avaient eu accès à la moitié des mets étalés sur le buffet, ils auraient tenu pendant des semaines encore. Et elle n'aurait pas eu à les abandonner dans le casier.

— Ça te plaît, Pia ? demanda Mrs Hudson.

Elle présenta une cuillère de pommes de terre à Elizabeth, qui ouvrit la bouche comme un oisillon aurait ouvert le bec en apercevant la nourriture.

Pia s'essuya la bouche avec sa serviette en tentant de dissimuler sa contrariété.

— Oui, madame. C'est délicieux. Merci.

— Pas la peine de faire la timide, l'encouragea le Dr Hudson. Mange. Je parie qu'on ne te servait pas ce genre de repas à l'orphelinat.

— Non, monsieur.

Elle faillit lui parler du ragoût insipide et du porridge froid qu'elle avait ingurgités là-bas jour après jour, mais ce n'était sans doute pas une bonne idée. À la place, elle attrapa son couteau, coupa un morceau de viande et le mit dans sa bouche, en priant pour parvenir à l'avaler sans s'étrangler.

— Qu'est-ce que c'est, un orphelinat ? demanda Margaret.

— Ce n'est rien, Margaret. Rien que tu n'aies besoin de savoir. Maintenant, tiens-toi bien et finis ton assiette, ou tu seras privée de dessert.

Elle donna une cuillerée de carottes à Elizabeth avant de poser un regard inquiet sur son mari.

— As-tu eu des nouvelles ? Sais-tu combien de temps cela va prendre avant que les choses commencent à s'améliorer ?

Le Dr Hudson but une gorgée de vin et reposa son verre, les sourcils froncés.

— Les spécialistes ont la quasi-certitude qu'une troisième vague a débuté. Et le froid qui règne en ce mois de février incite tout le monde à s'entasser dans les tramways, ce qui n'aide pas.

Mrs Hudson sortit un mouchoir de sa manche et se tamponna les yeux.

— Je suis navré, ma chérie. Je sais que c'est difficile de rester enfermés à la maison, mais c'est mieux ainsi. Nous avons tout ce dont nous avons besoin, et nous pouvons nous faire livrer les choses qui nous manquent. Si l'un des enfants tombait malade, jamais tu ne te le pardonnerais.

Mrs Hudson renifla et se moucha.

— Bien sûr, tu as raison. Je suis surtout inquiète, voilà tout. Si seulement tu pouvais cesser de recevoir tes patients, ne serait-ce que pour un temps.

Elizabeth donna de petits coups sur la tablette de sa chaise haute et sa mère lui redonna des pommes de terre.

— Je comprends, assura le Dr Hudson. Mais il faut bien que je participe à l'effort collectif, même si je ne peux plus travailler autant qu'avant, ajouta-t-il avec un coup d'œil irrité à son avant-bras amputé. Nous devons tous faire des sacrifices et je te rappelle que nous avons besoin de cet argent.

Mrs Hudson glissa son mouchoir dans sa cachette d'une main tremblante.

— Bien sûr, mon cher. Simplement, se tracasser à ce sujet rend toute cette situation encore plus difficile à supporter.

— Je sais. Mais je t'assure que si quelqu'un se présente avec le moindre symptôme, je ne rentrerai pas dans la maison jusqu'à être certain de ne pas être contaminé.

— Mais… si tu finis par l'être…

Elle fixa longuement son mari avant de baisser les yeux sur sa serviette, qu'elle tripotait nerveusement.

— Qu'est-ce que c'est, contaminé ? interrogea Margaret.

— Rien dont tu ne doives t'inquiéter, ma puce, répondit le Dr Hudson.

— Papa a raison, enchérit Mrs Hudson. Tu n'as aucun souci à te faire.

Elle s'empara de nouveau de la cuillère et se remit à nourrir la plus jeune de ses filles d'un air pincé.

Le Dr Hudson se tourna vers Pia.

— L'interdiction de sortir de la maison vaut pour toi également, Pia. Nous n'avons pas encore compris pourquoi cette souche particulière de grippe est si virulente ni comment elle s'attrape. Et nous ne savons pas si le fait que tu y as survécu signifie que tu ne peux plus la contracter. J'aurais tendance à croire que tu es immunisée, mais nous n'avons pas les moyens d'en être certains à cent pour cent. C'est pourquoi nous ne pouvons pas t'autoriser à emmener les enfants au parc ou où que ce soit d'autre jusqu'à ce que cette dernière vague soit entièrement passée. S'il fait beau, vous pouvez jouer dans le jardin, mais c'est tout.

— Oui, monsieur.

Cette nouvelle n'était pas une surprise, mais la façon dont le médecin s'était exprimé laissait sous-entendre qu'un jour ou l'autre Pia aurait le droit de sortir. Elle décida de se raccrocher à cette lueur d'espoir.

Après un dessert de crème de tapioca à la canneberge, Mrs Hudson se leva et tapa dans ses mains.

— Venez, les filles. Toi aussi, Pia. C'est l'heure d'aller au lit.

Pia se crispa encore plus que pendant le dîner. Préparer les fillettes pour le coucher signifiait les toucher : leur laver le visage, les aider à mettre leurs pyjamas, leur brosser les cheveux. Mais elle n'avait pas le choix. S'occuper d'elles était la raison même de sa présence ici. Elle recula donc sa chaise de la table et se leva.

Mrs Hudson essuya la bouche d'Elizabeth et la sortit de sa chaise haute. L'enfant tendit le bras vers le berceau de Leo en ouvrant et en fermant ses petits doigts.

— Eo, gazouilla-t-elle. Veux Eo.

— Pas maintenant, ma chérie, dit Mrs Hudson. Papa amènera bientôt Leo à l'étage.

Sophie s'approcha de son père et se hissa sur la pointe des pieds pour l'embrasser avant de quitter la salle à manger. Margaret, elle, était affalée sur sa chaise et jouait avec ses petits pois du bout de sa fourchette en faisant la moue.

— Toi aussi, Margaret, dit le Dr Hudson.

— Mais je n'ai pas sommeil, geignit Margaret.

— Obéis à ton père, intervint Mrs Hudson. Et puis il faut que tu m'aides à apprendre à Pia notre routine du soir.

À ces mots, Margaret se dérida et posa sa fourchette.

— Est-ce que je peux choisir l'histoire ?

— Bien sûr. Je suis sûre que Pia serait ravie de te la lire.

Enchantée, Margaret sauta à bas de sa chaise, courut vers son père et l'embrassa à son tour.

Mrs Hudson se pencha sur Pia.

— Tu sais lire, n'est-ce pas ? murmura-t-elle.

Pia hocha la tête et tenta de sourire. Voilà qui ne serait pas bien difficile. Margaret contourna la table pour lui prendre la main.

— Viens, viens, dit-elle en la tirant vers la porte. Je veux te montrer mon livre préféré.

Résistant à l'envie de se dégager, Pia laissa Margaret l'entraîner. Elle fut rapidement soulagée de constater qu'elle ne sentait rien à son contact. Avec un peu de chance, il en irait de même avec les deux autres.

Dans la chambre des filles, Mrs Hudson indiqua à Pia où étaient rangés leurs vêtements, comment changer les petites, où mettre leurs habits sales. Pia faisait de son mieux pour se concentrer, mais elle avait toutes les peines du monde à ne pas laisser son anxiété la distraire. Quand elle s'agenouilla près de Sophie pour l'aider à ôter ses collants, cette dernière se prit les pieds dedans et se rattrapa au bras de Pia pour ne pas tomber. Pia se figea l'espace d'un instant, mais par chance elle ne ressentit rien. Même chose lorsqu'elle brossa les cheveux des filles et leur enfila leurs chemises de nuit. Pas de poids sur les épaules, pas de tension dans sa poitrine, pas de migraine… Elizabeth aussi semblait en parfaite santé. Malheureusement, avec Leo, c'était une autre histoire.

Chaque jour, Pia apposait délicatement les mains sur Leo. Elle touchait sa tête, sa poitrine, pour tenter de comprendre ce qui n'allait pas chez lui ou si son état s'aggravait. Étrangement, son ressenti était toujours le même : un tremblement et une petite faiblesse dans les jambes. Au-delà de cela, Leo souriait, gazouillait et semblait tout à fait normal. Au bout d'un temps, elle se convainquit qu'il était peut-être très légèrement sous-alimenté du fait que Mrs Hudson n'avait pas beaucoup de lait, tout simplement. Elle se demandait pourquoi le Dr Hudson n'avait pas suggéré d'ajouter du lait en poudre à l'alimentation de leur fils. Mais peut-être sa femme et lui pensaient-ils que le lait maternel était ce qu'il y avait de mieux, comme Mutti. Au lieu de s'inquiéter outre mesure, Pia décida de se concentrer sur son travail et de s'occuper de la fratrie Hudson du mieux qu'elle pouvait.

Ses journées se déroulaient suivant la même routine, un peu comme à Saint-Vincent : laver et habiller les enfants, les nourrir, jouer avec eux, changer les couches… Mais il n'y avait pas de messes, de dortoir froid, de matelas dur comme de la pierre et, surtout, elle n'avait pas constamment peur d'être punie. Chez les Hudson, il y avait de quoi manger à sa faim, des vêtements propres, des bains chauds, des lits confortables. Il y avait des livres, des cubes en bois, des coloriages et des rires. Et il y avait de l'amour. Le matin, lorsque le regard des enfants croisait celui de leurs parents, les visages s'illuminaient de joie et de tendresse.

S'il faisait beau dans l'après-midi, Pia emmitouflait les enfants et les emmenait s'amuser dans le jardin, qui ressemblait davantage à une forêt avec ses grands arbres et ses buissons. Les jardinières étaient remplies de fleurs mortes aux tiges desséchées et le potager peuplé de mauvaises herbes. Pendant que les sœurs jouaient à cache-cache et à la marelle, Pia restait sur la terrasse avec Leo. Elle aurait préféré prendre part aux jeux des filles, désherber ou nettoyer le potager comme elle le faisait avec Mutti lorsque la famille vivait encore à

Hazleton, mais Mrs Hudson insistait pour que Leo soit maintenu à l'abri du vent, même s'il était bien au chaud dans son landau sous plusieurs épaisseurs de vêtements et de couvertures. En général, Mrs Hudson les faisait rentrer dans la maison au bout d'une heure, par peur qu'ils s'enrhument malgré tout et compromettent leurs défenses immunitaires, ce qui les aurait rendus plus enclins à attraper la grippe.

Quand Pia repensait à sa vie à Hazleton, où elle passait autant de temps que possible à l'extérieur, et ce, par tous les temps, pour pêcher des écrevisses, ériger des bonshommes de neige, grimper aux arbres et courir dans les collines, la logique de Mrs Hudson lui échappait. Vater disait toujours que cela fortifiait les enfants de jouer dehors, de se salir, de se défouler. Mais ce n'était pas Pia qui fixait les règles. Par conséquent, elle se contentait d'obéir en tentant de profiter au maximum de ces bols occasionnels d'air frais.

Chaque soir, pendant le dîner, Pia attendait avec impatience les réponses du Dr Hudson aux questions de sa femme concernant la dernière vague de grippe, dans l'espoir d'une évolution favorable. Hélas, à son grand désarroi, les nouvelles étaient toujours les mêmes. De nouveaux cas étaient recensés chaque jour et c'était impossible de prévoir quand la situation s'améliorerait. En dépit de la détermination de Mrs Hudson à vouloir protéger ses enfants à tout prix, sa frustration se lisait dans ses sourcils froncés et ses épaules affaissées, même si son mari s'employait à lui rappeler combien ils avaient de la chance de pouvoir se faire livrer chaque semaine toutes les courses dont ils avaient besoin.

Pia se demandait souvent si le reste des habitants de la ville agissait de même ou si les Hudson étaient prudents à l'excès. Elle jetait un œil aux journaux qui traînaient sur la table chaque matin après le petit déjeuner, mais elle n'y voyait que des gros titres sur la prohibition, les impôts et le Grand Canyon en passe de devenir un parc national. Rien sur la grippe ou sur une autre quarantaine.

Par un dimanche matin du début du mois de mars, alors que Pia attrapait Leo dans son berceau, son cœur se serra. Quelque chose avait changé. Elle avait la sensation d'avoir le dos collé à un poêle à charbon et une douleur dans le ventre, comme si on lui avait donné un coup de poing. Leo lui souriait comme de coutume, mais ses yeux semblaient avoir perdu de leur éclat. Pour s'assurer que le ressenti provenait bel et bien de lui, Pia le reposa. Comme elle le craignait, la douleur disparut, puis revint lorsqu'elle le prit de nouveau dans ses bras. Elle le porta jusqu'à la table à langer, lui ôta son pyjama et examina attentivement ses jambes, ses bras, sa poitrine, son dos. Il n'avait pas d'hématomes ni de traces rouges, pas d'éruption cutanée. Sa peau était douce et rose. Elle le rhabilla puis resta immobile, sans savoir quoi faire. Si elle disait la vérité aux Hudson, ils la prendraient pour une folle. Mais dans le même temps, elle ne pouvait pas rester là les bras croisés.

Elle se pencha sur Leo et plongea ses yeux dans les siens.

— Qu'est-ce qui ne va pas, petit bout ? murmura-t-elle. As-tu juste mal au ventre, ou souffres-tu d'autre chose ?

Il sourit et voulut attraper le nez de Pia. Elle lui tendit son hochet et il le porta immédiatement à sa bouche, avant de le secouer et de rire en constatant que le jouet faisait du bruit lorsqu'il l'agitait. À première vue, il avait l'air parfaitement normal pour un bébé de son âge. Néanmoins, elle ne parvenait pas à se débarrasser du sentiment que quelque chose n'allait pas. Elle souleva Leo et le serra contre elle, joue contre joue. La chaleur et la douleur réapparurent, plus fortes encore qu'auparavant. Cela ne pouvait pas attendre.

Elle quitta la chambre d'enfants sur la pointe des pieds et emmena le bébé au rez-de-chaussée, où le Dr Hudson et sa femme prenaient leur café du matin en lisant le journal.

À son arrivée, le Dr Hudson releva la tête et haussa les sourcils.

— Que se passe-t-il, Pia ?

Mrs Hudson posa sa tasse, aussitôt sur le qui-vive.

— Où sont les filles ?

— Elles dorment encore, madame. Je suis désolée de vous interrompre, mais je pense qu'il y a un problème avec Leo.

Mrs Hudson bondit sur ses pieds si brusquement qu'elle faillit renverser sa chaise et lui prit son fils des bras.

— Que veux-tu dire ? Qu'est-ce qui ne va pas ?

Le Dr Hudson se leva à son tour et toucha le front de Leo.

— Qu'est-ce qui te fait dire cela ? Il n'a pas l'air d'avoir de fièvre.

Pia se tordit nerveusement les mains.

— Je… je…

Mr Hudson souleva le pyjama de Leo et inspecta ses jambes, ses bras et sa poitrine tandis que Mrs Hudson lui caressait la joue d'une main tremblante.

— Je ne crois pas qu'il y ait matière à s'inquiéter, ma chérie, la rassura-t-il. Pia, a-t-il vomi ?

Pia secoua la tête.

— A-t-il des quintes de toux ?

— Non, monsieur.

— A-t-il eu des convulsions ou quoi que ce soit de ce genre ?

Elle secoua la tête de nouveau, en proie à une angoisse croissante.

— Dans ce cas, de quoi s'agit-il ?

— Je ne sais pas bien l'expliquer, monsieur. Simplement, je… j'ai l'impression qu'il n'est pas comme d'habitude. Ses yeux…

— Chérie, amène-le dans mon cabinet, interrompit le médecin en se dirigeant vers la porte. Je vais l'examiner.

Mrs Hudson lui emboîta le pas, son fils serré contre elle et le visage déformé par l'inquiétude. Le Dr Hudson passa un bras protecteur autour des épaules de sa femme et se tourna vers Pia.

— Pas un mot de tout cela aux filles. Inutile de les alarmer.

— Oui, monsieur.

Elle se retrouva seule dans la cuisine, le silence uniquement interrompu par le bruit de la gazinière et les pas précipités des époux Hudson dans le couloir. Son regard se posa sur les tasses encore à demi pleines, les bols de porridge, les muffins à moitié entamés. Le Dr Hudson la croyait-il, ou faisait-il simplement preuve de prudence en examinant son fils ? S'il ne trouvait rien d'anormal chez Leo, il risquait de la prendre pour une affabulatrice. Ou pire encore.

En proie à un malaise indomptable, Pia retourna à l'étage pour réveiller les filles. Pendant qu'elle les habillait, elle palpa leurs dos, leurs fronts, leurs épaules pour voir si elle éprouvait une sensation similaire à leur contact. Mais aucune chaleur, aucune douleur, aucune gêne n'émanait d'elles. Elles semblaient en parfaite santé. Quand les sœurs furent prêtes, elle souleva Elizabeth et descendit, suivie de Margaret et Sophie. Et si leur petit frère était malade ? Et s'il ne l'était pas ?

Quand elles entrèrent toutes dans la cuisine, Leo était dans son berceau, près de la cuisinière, tandis que Mr et Mrs Hudson finissaient leur petit déjeuner comme si de rien n'était. Ils accueillirent leurs filles avec des « bonjour » et des sourires joyeux. Pia installa Elizabeth dans sa chaise haute avant de faire s'asseoir à table Margaret et Sophie.

— Eh bien, comment vont mes filles par cette belle matinée ? demanda gaiement Mr Hudson.

— Bien, papa, répondit Margaret sur le même ton.

Sophie répéta ce que venait de dire sa sœur en l'imitant avant d'éclater de rire. Le Dr Hudson semblait détendu, Mrs Hudson calme. Pia se mordilla l'intérieur de la lèvre. Son intuition était-elle incorrecte ? Elle espérait que oui, même si elle avait peur de ce qu'allaient penser ses employeurs.

Mrs Hudson se leva pour préparer le petit déjeuner des filles et Pia la rejoignit pour l'aider. Leo dormait profondément, les bras étirés par-dessus la tête, ses petits poings serrés. Il avait l'air de se porter à merveille. Mrs Hudson se pencha sur lui pour le border dans sa couverture.

— Est-ce qu'il va bien, madame ? chuchota Pia.

— Oui, murmura Mrs Hudson. Paul n'a rien remarqué d'anormal, Dieu merci. Tu nous as fait une peur terrible, ajouta-t-elle en couvant Pia d'un regard sévère.

— Je suis désolée, madame. J'ai eu une impression bizarre et…

— Les impressions ne sont pas des diagnostics et tu n'es pas médecin. Si je verbalisais toutes mes inquiétudes, on m'enverrait à l'asile.

Pia baissa les yeux, mortifiée.

— Ce n'est rien, continua Mrs Hudson tout bas. Je ne suis pas fâchée. De fait, je suis contente que tu sois si attentive aux enfants. Mais rends-moi service : la prochaine fois que tu te fais du souci pour l'un d'entre eux, avertis-nous sans en faire une montagne.

— Oui, madame.

Cette nuit-là, Pia sortit en courant dans le couloir au bruit des cris de Mrs Hudson. Les jambes lourdes comme du plomb, elle se précipita vers la chambre d'enfants. Le Dr Hudson apparut sur le palier dans son peignoir, les cheveux en bataille, les yeux écarquillés par la panique. Il traversa le couloir en trombe, perdant une pantoufle dans sa hâte sans même sembler s'en rendre compte. Pia s'approcha, le cœur battant. Dans la chambre, Elizabeth était debout dans son lit et pleurait, agrippée aux barreaux. Écroulée près du berceau vide de son fils, Mrs Hudson hurlait, son mari agenouillé à ses côtés. Leo était dans les bras de sa mère, son visage livide, son petit corps inerte.

— Mon Dieu ! cria le Dr Hudson. Que s'est-il passé ?

Le cœur de Pia s'arrêta et le sol tangua sous ses pieds. *Non. Ce n'est pas vrai. Ce n'est pas possible.* Elle se dirigea vers le lit à barreaux à pas mal assurés, suffoquée par l'horreur. Elle prit Elizabeth et la serra contre elle en lui chuchotant que tout allait bien. Elle aurait dû l'emmener hors de la chambre, loin de la scène tragique qui se déroulait sous leurs yeux, mais elle était incapable de bouger.

Mrs Hudson leva la tête vers son mari, ses yeux aussi rouges qu'elle était blême.

— Je suis venue voir si tout allait bien, gémit-elle. Et… et…

Elle ne put finir sa phrase, étranglée par ses sanglots. Son mari lui prit Leo des bras, l'ausculta en quête d'un pouls puis le serra contre sa poitrine dans un cri déchirant. Mrs Hudson vint se blottir contre lui en gémissant comme un animal à l'agonie et ils bercèrent ensemble leur enfant perdu. Pia avait envie de sortir de la chambre, de sortir de la maison et de partir en courant sans jamais se retourner. Elle se sentait incapable de supporter le chagrin mortifère qui emplissait la pièce comme un être à part entière. Mais elle ne pouvait pas partir. Pour des centaines de raisons.

Margaret et Sophie apparurent sur le seuil, en proie à une frayeur visible. Quand Sophie aperçut ses parents à terre, elle enroula ses bras autour de la taille de sa sœur et blottit son visage dans son cou. Paralysée par la peur et l'incompréhension, Margaret se mit à pleurer. Pia les rejoignit et s'agenouilla auprès des fillettes tandis qu'Elizabeth recommençait à pleurer à son tour.

— Tout va bien, parvint-elle à articuler. Tout va bien se passer. Venez, je vous ramène dans votre chambre.

Elle tourna les talons pour aller dans le couloir, mais Margaret se jeta sur sa mère en sanglotant. Mrs Hudson la prit dans ses bras et l'embrassa sur le front.

— Obéis à Pia, ma chérie, dit-elle d'une voix rauque. Je viens te voir dans pas longtemps, je te le promets.

— Qu'est-ce qui se passe, maman ? demanda Margaret. Est-ce que Leo a un bobo ?

— Oui, ma chérie. Un bobo très grave.

— Est-ce que tu veux que j'aille chercher un bandage ? Je sais où ils sont.

Mrs Hudson secoua la tête et porta sur Pia un regard suppliant. Celle-ci s'approcha et posa une main délicate sur la tête de Margaret.

— Viens, ma chérie. On peut lire un livre ou jouer à un jeu. C'est toi qui choisis.

Margaret renifla, lâcha sa mère et suivit Pia hors de la pièce. Sophie était assise dans le couloir, les joues baignées de larmes. Pia emmena les trois petites filles dans la chambre des deux aînées. Les sanglots torturés de Mr et Mrs Hudson résonnaient derrière elles, telles les désolations de dizaines de pleureuses qui faisaient écho dans la grande maison.

Des rubans blancs étaient accrochés à toutes les poignées de porte. Chaque miroir était couvert de crêpe et toutes les pendules avaient été arrêtées. Même si le Dr Hudson et sa femme avaient décidé de ne pas convier leurs proches à une veillée funèbre par peur de la grippe, Mrs Hudson avait insisté pour que la famille en organise tout de même une. Elle se tenait donc au centre du petit salon, un mouchoir noir pressé sur la bouche, perchée au-dessus du minuscule cercueil ouvert dans lequel reposait son fils. Vêtu de sa robe et de son bonnet de baptême (sacrement qu'il n'avait même pas pu recevoir), Leo était étendu sur de la soie blanche, les paupières closes, un hochet entre les mains. Sur le canapé derrière Mrs Hudson, en robes plissées bleu marine assorties, Margaret, Sophie et Elizabeth fixaient leur mère d'un regard inquiet. C'était la première fois depuis deux jours qu'elle quittait son lit, et les fillettes se demandaient sans doute si elle allait mourir, elle aussi. Pia s'était posé la question lorsqu'elle avait frappé à la porte de la chambre des Hudson le matin suivant la mort de Leo. Le Dr Hudson lui avait ouvert, les yeux rougis. Mrs Hudson était dans son lit, blafarde et immobile, avec le corps de son fils blotti contre elle.

Pia avait dégluti avec peine.

— Puis-je faire quelque chose, monsieur ? avait-elle demandé d'une voix à peine audible.

— Je ne crois pas.

— Puis-je vous apporter quelque chose ? Du thé et du miel ? Un sandwich ? Des biscuits.

Il avait secoué la tête.

— Non, merci. Si j'ai besoin de quelque chose, j'irai le chercher moi-même. Mrs Hudson se repose. Je lui ai donné du laudanum pour l'aider à dormir.

— Très bien, monsieur. Mais si je peux vous soulager de quelque façon, je vous en prie, dites-le-moi.

— Merci, Pia.

Puis, à sa surprise, il était sorti dans le couloir et avait refermé la porte derrière lui. L'air grave, il avait plongé son regard dans celui de Pia.

— J'essaie de comprendre comment tu savais que quelque chose n'allait pas chez mon fils.

Pia avait croisé les mains dans son dos. Comment lui expliquer sans passer pour une folle furieuse ?

— Je… je ne sais pas, monsieur.

— Comment ça, tu ne sais pas ? Tu as forcément vu quelque chose. Un signe qui m'a échappé, ou…

— Je le trouvais un peu pâle, monsieur, c'est tout.

— Rien de plus, vraiment ? Tu semblais si sûre de toi… alors que de mon côté je n'ai rien trouvé, pas la moindre fièvre, pas de ganglions gonflés… Je suis certain que ce n'était pas la grippe. As-tu vu ou senti quelque chose ? Une boule, un hématome, n'importe quoi ?

Pia avait secoué la tête.

— L'as-tu laissé tomber sans faire exprès ? Lui as-tu cogné la tête ?

Elle avait retenu son souffle. Jamais elle n'aurait imaginé qu'ils puissent la soupçonner d'être responsable.

— Non, monsieur, affirma-t-elle plus fort qu'elle l'aurait voulu. Je vous le jure. Et si le moindre incident s'était produit, je vous aurais prévenu. Vous pouvez demander à sœur Agnes. Quand j'étais à Saint-Vincent, je m'occupais de bébés à longueur de journée et jamais je…

— Tu peux me le dire, Pia. Ces choses-là arrivent parfois, même lorsque l'on sait ce qu'on fait.

— Je vous jure sur la vie de mon père que je ne lui ai pas fait de mal, avait-elle assuré, les yeux pleins de larmes.

Il l'avait fixée longuement et intensément, comme s'il tentait de décider de sa sincérité.

— Dans ce cas, comment as-tu su ?

La panique avait envahi Pia. Qu'adviendrait-il d'elle si le Dr Hudson la croyait fautive ? Elle ne pouvait pas le laisser supposer une chose pareille. Elle l'avait regardé dans les yeux. C'était maintenant ou jamais.

— Je l'ignore, monsieur. Je ne peux pas l'expliquer. Je l'ai senti, c'est tout.

— Mais comment ? De quelle façon ?

— Quand je l'ai pris dans mes bras, monsieur.

— Es-tu en train de me dire que c'est en le touchant que tu as senti qu'il était malade ?

— Oui, monsieur, avoua-t-elle dans un souffle. C'est exactement ce que je suis en train de dire.

Il avait pris une grande inspiration avant d'expirer lentement. Le doute et la confusion se lisaient sur ses traits.

— J'ai entendu parler de situations de ce genre, mais… Cela t'est-il déjà arrivé auparavant ?

Elle avait hoché la tête.

— Oui, monsieur. À de nombreuses reprises.

— Je vois. Et quand as-tu commencé à ressentir ces choses ?

— Aussi loin que je m'en souvienne, monsieur. Pendant longtemps, je n'étais pas sûre de ce que c'était. C'est devenu plus fort au début de l'épidémie. Quand j'ai éprouvé quelque chose en touchant ma mère et qu'elle est tombée malade ensuite, alors j'ai compris que c'était réel.

— Pourquoi ne pas nous en avoir parlé plus tôt ?

— Parce que je… je ne voulais pas que vous pensiez que j'étais… instable.

Le Dr Hudson s'était pincé les ailes du nez et avait fermé les yeux, comme s'il se trouvait soudain en proie à une affreuse migraine. Était-il en colère qu'elle n'ait rien dit ? En colère contre lui-même pour avoir engagé une folle ? Envisageait-il d'appeler la police pour la faire arrêter ou de la faire interner dans un asile ? Pia eut l'impression que les murs du couloir commençaient à se refermer sur elle. Il fallait qu'elle lui prouve qu'elle disait la vérité.

Tout à coup, elle avait eu une idée.

Elle avait tendu le bras et attrapé délicatement la main du médecin en priant pour que son plan fonctionne. Surpris, il avait rouvert les yeux, mais l'avait laissée faire. Elle avait alors serré sa main entre les siennes et attendu de voir si elle éprouvait quelque chose, ne serait-ce qu'une crampe, un élancement, un fourmillement. Rien de grave, mais un symptôme suffisamment spécifique pour prouver sa bonne foi. Elle avait fermé les yeux pour mieux se concentrer. La main du médecin était deux fois plus grande que les siennes, sa peau tiède, sa paume rêche. Soudain, elle avait discerné une lointaine pulsation dans son avant-bras. Puis une vague brûlure dans son bas-ventre.

Pia avait rouvert les yeux et fixé le praticien.

— Même si on vous a amputé, vous avez encore mal à l'endroit où vous avez reçu une balle. Et vous avez mal quand vous urinez.

Le Dr Hudson avait ouvert grand la bouche.

— Mais comment… Même ma femme ne sait pas que… Pia, comment le sais-tu ?

— Je viens de le sentir, monsieur.

Il l'avait scrutée, bouche bée.

— C'est extraordinaire. Je souffre effectivement d'une infection urinaire. Je…

Il avait marqué une pause, s'était frotté le visage et avait poussé un profond soupir.

— Je regrette que tu ne m'aies pas fait confiance plus tôt, Pia. Quand j'étais en première ligne, j'ai travaillé avec quelqu'un comme toi.

Pia avait senti les cheveux dans sa nuque se hérisser.

— C'est vrai ?

— Oui. Une infirmière qui savait que la gangrène allait frapper un malade avant que je puisse le voir. Elle possédait une sorte de sixième sens qui lui permettait de localiser les balles et les hémorragies. Au début, j'ai cru que c'était le fruit de son imagination, que tout ce qu'elle avait vécu l'affectait au point de la faire halluciner. Mais après avoir travaillé à ses côtés pendant quelque temps, j'ai constaté que neuf fois sur dix, son intuition était correcte. J'ai sauvé de nombreuses vies grâce à elle.

Pia avait eu envie de pleurer. Pendant tout ce temps, elle avait pensé être la seule personne au monde à éprouver ces sensations. Pendant tout ce temps, elle avait eu peur de finir enfermée dans un asile de fous si elle avouait la vérité.

— Ce que j'essaie de te dire, reprit le Dr Hudson, c'est que je te crois. À partir de maintenant, je te prendrai au sérieux si tu as le sentiment que quelque chose ne va pas chez l'un des membres de la famille. Peut-être n'aurais-je pas été en mesure de venir en aide à Leo dans tous les cas, mais je suis désolé d'avoir douté de toi.

Pia s'était contentée de hocher la tête. Si elle ouvrait la bouche, elle avait peur de se mettre à pleurer et de ne pas réussir à s'arrêter.

À présent, le Dr Hudson se tenait debout près du canapé où étaient assises ses trois filles, sa main agrippée au dossier comme pour ne pas tomber, les lèvres pincées. À l'autre bout de la pièce, Pia avait les yeux fixés sur le pauvre petit Leo. Personne ne prononçait un mot. Personne n'esquissait un geste.

Face au chagrin déchirant des Hudson, Pia ne pouvait s'empêcher d'imaginer sa propre famille lors d'une veillée funèbre pour les jumeaux. Sa mère près d'Ollie et Max, son père qui observait la scène, une expression torturée sur le visage. Elle imaginait ses parents découvrant ce qu'elle avait fait, leur déception et leur colère, leur tristesse et leur douleur, les reproches dont ils l'accableraient. À raison. Une pointe glacée la transperça à cette pensée et elle se mordit la lèvre pour retenir les sanglots qui menaçaient de s'échapper de sa gorge.

Comme si elle remarquait sa présence pour la première fois, Mrs Hudson posa sur elle un regard hagard.

— Comment as-tu su ? demanda-t-elle d'une voix faible.

Ne sachant quoi répondre, Pia se tourna vers le Dr Hudson dans l'espoir qu'il lui vienne en aide. Il fit un pas vers sa femme et passa un bras autour de ses épaules.

— Je te l'ai dit, ma chérie. Pia et moi en avons parlé. Je te l'ai déjà expliqué.

— Et donc, elle savait que mon bébé était malade et elle n'a rien fait ?

— Ma chérie, je…

Mrs Hudson le repoussa.

— Pourquoi ne l'as-tu pas sauvé ? s'écria-t-elle.

Dévasté par les reproches de sa femme, le Dr Hudson porta une main à sa poitrine.

— Ce n'est pas si simple, dit-il d'une voix étranglée par les larmes. Pia ignorait ce qu'il avait exactement et je n'ai rien trouvé en l'auscultant. Tu étais là, tu as bien vu. Il avait l'air d'aller très bien. Ce genre de choses arrive parfois, ma chérie. Peut-être avait-il une malformation depuis la naissance, quelque chose que nous n'avons pas vu, ou une maladie que nous ne connaissons pas encore. Tu sais bien que si j'avais pu, j'aurais fait n'importe quoi pour le sauver. J'aurais donné ma vie pour mon fils, tout comme je donnerais ma vie pour n'importe laquelle d'entre vous.

À ces mots, les épaules de Mrs Hudson s'affaissèrent.

— Je suis désolée, s'excusa-t-elle entre deux sanglots. Je sais que ce n'est pas ta faute. Il me manque tellement… Je ne sais pas comment je vais le supporter.

Elle dissimula son visage dans ses mains. Son mari la serra dans ses bras.

— Je sais, ma chérie. Je sais. Il me manque aussi.

Il fit signe à ses filles, en pleurs également. Elles vinrent se blottir contre leurs parents. Pia baissa les yeux et se dirigea vers la porte, prête à s'éclipser.

— Attends, Pia, la héla Mrs Hudson. Ne pars pas.

Pia se figea et enfonça ses ongles dans ses paumes pour garder une contenance. Plus que tout, elle voulait quitter cette pièce et aller se cacher dans sa chambre, où elle pourrait laisser libre cours à sa détresse à l'abri des regards.

— Je suis désolée d'avoir douté de toi, dit Mrs Hudson. Je suis la mère de Leo et pourtant… même moi, je n'ai rien vu. Je sais que tu tentais simplement de nous aider et je t'en suis sincèrement reconnaissante.

— Merci, madame. Je suis vraiment navrée pour Leo et je… je suis navrée de n'avoir pas pu en faire davantage.

Mrs Hudson hocha la tête puis se tourna vers sa famille en deuil. Pia sortit du salon et referma sans bruit la porte derrière elle. Elle traversa le couloir en se forçant à marcher à pas lents, puis elle grimpa l'escalier à toute vitesse, une main plaquée sur sa bouche pour étouffer ses sanglots.

Chapitre vingt-deux

Pia

En dépit des nombreuses offres du Dr Hudson d'emmener lui-même Leo pour l'enterrer dans le caveau familial en dehors de la ville, Mrs Hudson insista pour le faire inhumer dans le fond du jardin, près de ses rosiers chéris. Elle ne voulait pas l'envoyer loin de chez lui et laisser un étranger l'enterrer au milieu d'un cimetière débordant de victimes de la grippe. D'autres personnes avaient des sépultures chez elles, arguait-elle, et avec le nombre de morts enregistrées en ville au cours des six derniers mois, ce genre de situation était sans doute de plus en plus fréquent, et tant pis si leur jardin à eux était petit. Ce ne fut qu'après avoir obtenu son accord de déplacer le cercueil une fois la troisième vague passée (si toutefois tout cela prenait fin un jour) que le Dr Hudson avait cédé.

Après avoir marqué l'emplacement de la tombe d'une statue en forme d'ange en provenance du cabinet de curiosités du salon, Mrs Hudson se retira dans sa chambre. Elle y resta enfermée durant quatre jours, pendant que Pia prenait le relais de la préparation des repas et du ménage, en plus de s'occuper des filles. Elle courait après Margaret et Sophie, changeait Elizabeth, faisait en sorte que la maison ne soit pas sens dessus dessous, tentait de faire en sorte que tout le monde mange correctement et apportait des repas à Mrs Hudson (qui, en dépit des encouragements de son mari, n'avalait rien de plus que quelques bouchées de tartine ou une cuillerée de soupe). Épuisée, Pia comprenait désormais pourquoi Mrs Hudson avait eu besoin d'aide au départ.

Le cinquième jour, lorsque la maîtresse de maison émergea enfin de sa chambre, sa jupe flottait au niveau de ses hanches, et ses pommettes saillaient dans son visage hagard. Des mèches emmêlées de cheveux sales pendaient de son chignon en bataille, et sa peau paraissait aussi fine que du papier de riz. Elle se faufila dans la salle de jeux avec la discrétion d'un fantôme. Les filles coururent jusqu'à elle avec des cris de ravissement, les bras tendus. Mrs Hudson s'agenouilla et couvrit leurs visages de baisers. Elle leur offrit un sourire fatigué alors que toutes parlaient en même temps.

— Est-ce que tu vas mieux, maman ? s'enquit Margaret.

Mrs Hudson caressa la joue de son aînée.

— Oui, ma chérie. Maman est encore triste, mais je vais mieux, promis.

— Tu m'as manqué.

— Toi aussi, ma chérie.

— Est-ce que ton bobo est parti ? demanda Sophie.

— Mon bobo est presque parti, ma puce.

Elizabeth voulut se hisser dans les bras de sa mère et manqua la renverser. Pia se précipita sur la plus petite pour la soulever.

Mrs Hudson se redressa, s'assit sur une chaise et se tapota les genoux.

— Venez ici, mes chéries.

Pia déposa Elizabeth dans le giron de sa mère, puis s'écarta. Mrs Hudson serra Elizabeth contre elle, son nez enfoui dans ses cheveux duveteux. Margaret et Sophie vinrent appuyer leurs têtes sur les genoux de Mrs Hudson.

— Puis-je vous apporter quoi que ce soit, madame ? offrit Pia. Du thé ? Quelque chose à manger ?

— Un peu de thé, ce serait parfait, Pia. Merci.

— Avec plaisir, madame. Souhaitez-vous le prendre en bas, ou préférez-vous que je vous l'apporte dans la salle de jeux ?

— En bas, c'est très bien. Pourrais-tu aussi préparer un goûter pour les filles ? Peut-être des muffins aux fruits ou des abricots secs ?

— Bien sûr.

Alors que Pia tournait les talons, Mrs Hudson l'appela.

— Pia ?

— Oui, madame ?

— Je ne sais pas comment nous aurions fait sans toi. Merci.

Pia sentit la chaleur lui monter aux joues.

— Je suis contente d'avoir pu me rendre utile.

Au même moment, la sonnerie de la porte retentit en bas. Mrs Hudson se redressa dans un sursaut, les yeux écarquillés.

— Qui donc cela pourrait-il bien être ? Quelqu'un a-t-il retiré la pancarte qui disait « Interdit aux visiteurs » ?

— Non, madame. À ma connaissance, elle est toujours en place, à moins qu'elle se soit décrochée. Je vais aller voir qui est là et le congédier.

— Oui, s'il te plaît. Je ne veux personne d'autre que nous dans la maison.

Pia quitta la pièce, traversa le couloir et descendit au rez-de-chaussée, agacée. Qui donc ignorerait la pancarte, sans parler du ruban en crêpe blanc ? La personne était soit bête, soit impolie, soit les deux. La sonnerie retentit encore à plusieurs reprises, de plus en plus longtemps, jusqu'à sembler sur le point d'exploser. Quand elle arriva dans l'entrée, Pia écarta le rideau pour glisser un regard à l'extérieur, prête à éconduire l'intrus sans ménagement. Mais lorsqu'elle vit qui était là, elle retint son souffle et recula.

L'infirmière Wallis se tenait sur le porche, avec à la main ce qui ressemblait à une sacoche de médecin. Que fabriquait-elle ici ? Était-elle venue pour l'envoyer à l'asile ou la mettre dans un train ? Non, cela n'avait pas de sens. Mrs Hudson ne se serait pas débarrassée d'elle. Elle venait de la remercier pour tout ce qu'elle avait fait. Puis elle se rappela ce que sa patronne avait dit quant au fait de n'avoir rien détecté chez Leo alors qu'elle était sa mère. Peut-être que la présence de Pia la faisait se sentir coupable et qu'elle ne la supportait plus.

— Je sais qu'il y a quelqu'un ! cria l'infirmière de l'autre côté de la porte. Je vous ai vu regarder par la fenêtre !

Elle actionna de nouveau la sonnette, en laissant son doigt appuyé dessus, cette fois.

— Vous ne savez pas lire ? osa lancer Pia. La pancarte dit « Interdit aux visiteurs ».

Soudain, le cœur de Pia s'arrêta. Peut-être l'infirmière Wallis avait-elle retrouvé Ollie et Max. Peut-être mère Joe l'avait-elle envoyée ici pour lui annoncer la nouvelle ? Elle se débattit avec le verrou et ouvrit la porte à la volée.

Quand l'infirmière la vit, elle haussa les sourcils, visiblement surprise.

— Oh.

Elle allait dire autre chose, mais elle marqua une pause, comme si elle réévaluait ses mots, avant de se redresser.

— Je me demandais ce que tu étais devenue.

Les épaules de Pia s'avachirent. L'infirmière Wallis n'était pas là pour les jumeaux. Elle ne savait même pas que Pia travaillait ici.

— Mère Joe m'a envoyée ici pour aider avec les enfants, expliqua-t-elle.

— Je vois ça. Tu as eu de la chance.

— J'espérais que vous étiez là parce que vous aviez des nouvelles de mes frères.

L'infirmière Wallis regarda derrière Pia comme pour tenter d'inspecter l'intérieur de la maison.

— Non, je n'en ai aucune.

— Avez-vous parlé à quelqu'un ? Avez-vous demandé dans les autres orphelinats ? Et les hôpitaux ?

— Je te l'ai dit, je n'ai rien trouvé. Et de toute façon, je ne suis pas là pour toi, mais pour Mrs Hudson. Son mari m'a fait mander.

Pia serra les dents. Pourquoi était-elle si cruelle ? Même si elle en voulait encore à Pia de lui avoir crié dessus lors de leur première rencontre, son indifférence était étrange pour quelqu'un qui affirmait adorer les enfants. Dans tous les cas, Pia devait décider si elle la laissait entrer ou non. Sa présence contrarierait Mrs Hudson, mais la renvoyer contrarierait le Dr Hudson.

— Eh bien, tu vas me laisser entrer ou tu vas rester plantée là avec cet air de buse ? s'impatienta l'infirmière.

Hésitante, elle décida d'aller trouver le médecin dans son cabinet. Elle recula et ouvrit plus grand la porte.

— Je vais prévenir le Dr Hudson de votre arrivée.

— C'est inutile.

L'infirmière entra, posa sa sacoche et entreprit d'ôter son manteau.

— Ses instructions étaient très claires. Je dois m'entretenir avec Mrs Hudson pendant que la nourrice, toi donc, s'occupe des enfants.

— Mais je…

— Est-elle toujours couchée ?

— Non. Elle s'apprête à descendre pour prendre le thé.

L'infirmière Wallis lissa le devant de son uniforme et reprit son sac.

— Très bien. Où va-t-elle le prendre ?

— Dans la cuisine, j'imagine. Mais elle ne veut personne dans la maison. Je vais chercher le Dr Hudson, je pense qu'il aimerait lui parler d'abord afin de l'informer de ce qui se passe.

— Ce ne sera pas nécessaire. Je peux voir directement avec elle. Crois-moi, elle ne sait pas ce qui est le mieux pour elle en ce moment, alors que le Dr Hudson, lui, le sait. Il m'a parlé de leur fils et des difficultés que rencontrait sa femme depuis la disparition de celui-ci. Elle a besoin de quelqu'un à qui parler, quelqu'un qui la comprenne. Montre-moi où est la cuisine, puis va chercher Mrs Hudson.

— Je crois que ce n'est pas une bonne idée, tenta Pia. Je ne veux pas lui désobéir.

L'infirmière Wallis fronça les sourcils.

— Pourquoi ne pas me laisser faire mon travail et conserver le tien par la même occasion ? Autrement, je raconte au Dr Hudson combien tu étais difficile et turbulente à Saint-Vincent et je lui conseille de se séparer de toi.

Pia resta bouche bée. Pourquoi se montrait-elle si hostile ? Elle inspira profondément et rassembla un semblant de courage.

— Il ne vous croira pas, osa-t-elle.

— En es-tu sûre ? J'ai entendu dire que tu avais essayé de te sauver de l'orphelinat. Et sœur Ernestine n'avait pas la moindre parole positive à ton égard.

La peur et la frustration s'emparèrent de Pia. La poitrine écrasée sous le poids du ressentiment, elle escorta à contrecœur l'infirmière Wallis jusqu'à la cuisine, avant d'aller chercher Mrs Hudson à l'étage. Après lui avoir expliqué la situation et s'être excusée à maintes reprises, elle fut soulagée quand sa patronne lui assura que ce n'était pas sa faute et qu'elle ne lui en voulait pas. Mrs Hudson ordonna aux filles de rester s'amuser dans la salle de jeux puis alla mettre Elizabeth dans son lit, avant de descendre en compagnie de Pia.

Lorsqu'elles entrèrent dans la cuisine, l'infirmière Wallis était en train de verser du thé dans deux tasses. Elle posa la bouilloire sur la table et sourit à Mrs Hudson, les mains autour de la taille.

— Peut-on savoir ce que vous faites ? s'enquit Mrs Hudson d'un ton sec.

— J'espère que cela ne vous dérange pas, mais votre fille m'a dit que vous vous apprêtiez à prendre le thé et j'ai voulu me rendre utile. Puis-je me joindre à vous ?

Pia fronça les sourcils. Pourquoi cette femme faisait-elle comme si elle ne la connaissait pas ? Peut-être que c'était elle qui avait besoin d'une évaluation psychologique, en fin de compte.

— Ma fille ? s'étonna Mrs Hudson.

Puis elle comprit à qui l'infirmière faisait référence et posa une main sur l'avant-bras de Pia, ce qui la fit sursauter et se crisper en même temps.

— Oh, ce n'est pas ma fille, c'est…

Mrs Hudson hésita et dévisagea la visiteuse avec méfiance.

— Excusez-moi, mais qui êtes-vous ? Pia m'a dit que c'était mon mari qui avait requis votre présence, mais il ne m'a pas avertie de votre venue.

L'infirmière lui adressa un sourire à la fois compatissant et condescendant.

— Je vous prie de me pardonner, Mrs Hudson, mais c'était un pieux mensonge que j'ai raconté à Pia. Autrement, je savais qu'elle ne me laisserait pas entrer.

Pia la dévisagea, bouche bée. Elle sentit la colère lui monter au nez. L'expression de Mrs Hudson s'assombrit davantage encore.

— Dans ce cas, de quoi diable s'agit-il ? Que fabriquez-vous chez moi ?

— Tout d'abord, permettez-moi de vous présenter mes plus sincères condoléances concernant votre fils Leonard. L'une de mes collègues a lu le faire-part de décès dans le journal et m'en a parlé. Quelle tragédie… Elle m'a dit que votre mari était un formidable médecin et que je devrais passer vous voir, car…

— Vous travaillez à l'hôpital ? l'interrompit Mrs Hudson d'une voix où transperçait la peur.

La visiteuse secoua la tête.

— Non, je suis infirmière à domicile.

Mrs Hudson recula d'un pas.

— Oh non, la rassura aussitôt la visiteuse. Vous n'avez aucune raison de vous inquiéter, je vous le promets. Voilà des semaines que je n'ai pas été au contact du moindre cas de grippe et jamais je ne prendrais le risque d'apporter la maladie chez vous alors que vous avez déjà tant souffert. Simplement, j'espérais pouvoir m'entretenir avec vous et vous aider à traverser cette période difficile.

— Personne ne peut m'aider, répliqua Mrs Hudson. Et certainement pas une inconnue. À présent, si cela ne vous fait rien, j'aimerais que vous partiez.

L'infirmière Wallis contourna la table, une expression des plus compatissantes sur le visage.

— Vous avez raison, vous ne me connaissez pas, mais j'ai épaulé de nombreuses mères en deuil et je sais ce que vous ressentez. Je sais que vous avez subi une perte incommensurable et que vous avancez dans une sorte de brouillard insondable. Je sais que vous êtes au plus profond d'un puits obscur de désespoir dont vous ne soupçonniez même pas l'existence. Je sais que vous avez le cœur brisé. Et je sais aussi que vous n'êtes pas sûre de réussir à continuer à vivre avec une douleur aussi immense.

Les yeux de Mrs Hudson se remplirent de larmes tandis que ses traits se déformaient sous le coup de la colère.

— Vous ne connaissez rien de moi, et encore moins de mon fils.

— Et pourtant, si je sais tout cela, c'est parce que je suis passée par là, moi aussi. J'ai perdu mon petit garçon alors qu'il n'avait que 4 mois.

Pia retint son souffle. Elle n'en avait pas la moindre idée.

— Je sais donc ce que l'on ressent lorsqu'on est si seule et désespérée que l'on a l'impression de devenir folle, continua l'infirmière Wallis. On croit que personne d'autre ne peut comprendre combien nous sommes dévastées. Je sais ce que cela fait d'avoir envie de mourir, de se demander si l'on pourra jamais de nouveau manger, sourire ou rire. Mais je sais également que vous avez d'autres enfants pour lesquels vous devez continuer à vivre. Ne serait-ce que pour eux, vous devez survivre à cette épreuve, Mrs Hudson. Pensez à ce qui leur arriverait s'ils vous perdaient, vous aussi, à l'horreur que représenterait pour eux une telle tragédie. Vous devez être forte pour votre famille.

Mrs Hudson se plaqua une main tremblante sur la bouche, s'approcha en vacillant de la table et s'assit, les épaules agitées par des sanglots. L'infirmière lui tapota l'avant-bras pour la réconforter, et Mrs Hudson agrippa sa main de toutes ses forces, comme si l'infirmière Wallis était un radeau de sauvetage au beau milieu d'une tempête. Pia serra les dents pour retenir ses larmes. Elle n'était pas encore mère, mais elle connaissait ce sentiment de douleur atroce, de chagrin écrasant, de trou béant dans la poitrine qui ne se refermerait jamais.

— Je vais voir si les filles ont besoin de quelque chose, déclara-t-elle avant de se faufiler hors de la cuisine.

Peut-être que l'infirmière Wallis avait raison. Peut-être que cela pouvait aider Mrs Hudson d'échanger avec une autre mère endeuillée. Lorsque Pia arriva au bout du couloir, des éclats de voix joyeux et de petits rires lui parvinrent. Lcs filles étaient sur le palier, prêtes à descendre les marches. Pia les ramena dans la salle de jeux en leur promettant une partie de cache-cache. Elles n'avaient certainement pas besoin de voir leur mère dans cet état.

Le lendemain après-midi, l'infirmière revint discuter avec Mrs Hudson pendant que Pia s'assurait que les petites étaient occupées à l'étage. Suivant la routine habituelle, elle coucha Elizabeth à 14 heures pour sa sieste, puis descendit chercher un goûter pour Sophie et Margaret. Lorsqu'elle arriva en bas de l'escalier, des voix de femmes lui parvinrent depuis le petit salon. Mutti affirmait toujours que c'était mal d'écouter aux portes, mais elle ne put s'empêcher de tendre l'oreille, en partie parce qu'elle redoutait que l'infirmière Wallis la trahisse auprès de Mrs Hudson, et en partie parce qu'elle espérait entendre quelque chose susceptible de l'aider à gérer son propre chagrin. Personne, pas même les nonnes de Saint-Vincent ou sœur Agnes, ne lui avait jamais parlé de la perte de sa famille. Personne n'avait jamais essayé de l'aider à affronter sa peine. Parfois, l'amplitude de sa tristesse l'effrayait, au point d'avoir peur de perdre la raison.

— Je ne serai plus jamais la même, entendit-elle dire Mrs Hudson entre deux sanglots. Mon cœur restera brisé à jamais. Par moments, je me sens si désespérée que j'ai envie de mourir rien que pour revoir son visage.

— Si vous saviez comme je vous comprends, assura l'infirmière Wallis. J'étais exactement dans le même état. La seule chose qui m'a encouragée à aller de l'avant était d'aider des femmes dans votre situation et de trouver de nouvelles familles à de pauvres orphelins.

— Je vous admire. Personnellement, je ne sais pas si je serais capable de faire ce que vous faites sans les ramener tous à la maison.

L'infirmière rit doucement.

— Croyez-moi, j'en ai souvent envie. Les conditions de vie de ces enfants sont terribles. Les orphelinats sont sales et surpeuplés et certaines des personnes qui y travaillent se fichent totalement du bien-être des orphelins. Parfois, je me demande si Dieu m'a pris mon fils pour m'amener à ma véritable vocation, celle d'aider les gens dans le besoin et particulièrement les enfants. J'ai bien conscience que cela peut sembler étrange et même choquant, mais le fait de m'oublier et de voir la reconnaissance dans leurs yeux me donne le sentiment que la vie vaut la peine d'être vécue.

— Si telle est Sa volonté, alors Il n'est pas le Dieu que j'imaginais.

Pia était bien d'accord avec Mrs Hudson sur ce point. Si Dieu aimait tant les Hommes, pourquoi les rendre volontairement si malheureux ? Elle avait envie de continuer à écouter, mais Sophie l'appelait depuis le palier du premier étage. Elle alla chercher le goûter et s'empressa de remonter sans bruit.

À partir du troisième jour, les visites de l'infirmière Wallis commencèrent à porter leurs fruits. Mrs Hudson se coiffa et se remit aux fourneaux. À première vue, l'infirmière n'avait rien dit de mal au sujet de Pia. Maintenant qu'une amitié semblait naître entre les deux femmes, peut-être que Pia pourrait parler de ses frères à sa patronne, qui pourrait à son tour convaincre l'infirmière de les chercher. Peut-être que le Dr Hudson pouvait aider également. Mais trop peu de temps s'était écoulé depuis la mort de Leo, et Pia n'était pas encore prête à aborder le sujet de toute façon.

Lors de sa quatrième visite, Pia remarqua que la sacoche de l'infirmière se trouvait dans le couloir devant le petit salon. Pourquoi l'avait-elle toujours avec elle alors qu'elle ne venait que pour discuter ? En cuir noir, elle comportait une fermeture métallique. La poignée était usée, et ce qui ressemblait à un carnet dépassait d'un compartiment extérieur. Et s'il renfermait une liste des orphelinats de la ville, ou toute information susceptible d'aider Pia à retrouver ses frères ? Elle s'approcha pour mieux voir.

Dans le salon, un bruit de cuillère contre de la porcelaine retentit. Pia retint son souffle et tendit l'oreille pour s'assurer que personne n'allait sortir dans le couloir.

— Je suis désolée, mais nous n'avons plus de citron, dit la voix de Mrs Hudson.

— Cela ne fait rien. Merci, répondit celle de l'infirmière Wallis.

Pia effectua un pas de plus, se pencha et tira sur le carnet. Il était relié en cuir également, mais semblait plus récent que la sacoche. Un large élastique en caoutchouc le maintenait fermé. Quand elle le sortit entièrement de sa poche, trois billets de 10 dollars s'en échappèrent et atterrirent sur le plancher. Elle jura entre ses dents, cala le cahier sous son bras et s'agenouilla. De ses mains tremblantes, elle se dépêcha de ramasser l'argent pour le remettre en place. Mais lorsqu'elle se redressa, le carnet glissa et tomba dans un claquement sonore.

— Qu'est-ce que c'est ? demanda l'infirmière Wallis.

— Aucune idée, répondit Mrs Hudson.

Des pieds de chaise grincèrent sur le plancher.

Pia attrapa le cahier, le replaça dans le sac et traversa le couloir à toute vitesse sur la pointe des pieds. Une fois dans la cuisine, elle se plaqua contre le mur, le souffle court.

— Pia ? appela Mrs Hudson.

Elle se mordit la lèvre, hésitante. Si elle ne répondait pas, les femmes risquaient de venir dans la cuisine et de se demander pourquoi elle se cachait.

— Oui, madame ? lança-t-elle en tentant d'affecter un air détaché.

Mrs Hudson était dans le couloir, avec à côté d'elle l'infirmière qui avait les mains sur les hanches.

— Oh, ce n'est que toi, dit Mrs Hudson. Nous avons entendu un bruit et nous ne savions pas ce que c'était.

— Je suis désolée, répondit Pia. Je suis descendue chercher le goûter des filles et j'ai fait tomber quelque chose, prétexta-t-elle en priant pour que Mrs Hudson ne demande pas quoi.

— Est-ce que tout va bien ? s'enquit cette dernière.

— Oui, madame. Parfaitement bien.

Mrs Hudson se tourna vers sa nouvelle confidente.

— Ce n'est rien. Allons finir notre tasse de thé, voulez-vous ?

Avant de retourner dans le petit salon, l'infirmière Wallis lança un coup d'œil à sa sacoche et fronça les sourcils. Alors Pia remarqua que le cahier dépassait au point de quasiment tomber et qu'un billet de 10 dollars traînait encore à terre. L'infirmière se pencha pour le ramasser, enfonça le carnet dans son compartiment et s'empara de son sac avant de plonger ses yeux suspicieux dans ceux de Pia.

Pia se força à sourire et partit dans le cellier, cramoisie. Si l'infirmière pensait qu'elle avait fouillé dans ses affaires, allez savoir de quoi elle serait capable. Si elle prétendait qu'on lui avait pris quelque chose, ce serait sa parole contre la sienne. Et qu'est-ce qu'une infirmière fabriquait avec autant d'argent, de toute manière ?

Le lendemain, quand Pia descendit chercher le goûter des filles, un son la paralysa.

Des pleurs de bébé.

Elle emprunta le couloir sur la pointe des pieds et se posta à l'extérieur du petit salon. Les plaintes ressemblaient à celles d'un nouveau-né. Pourquoi l'infirmière amènerait-elle un nourrisson ici ? Souhaitait-elle torturer Mrs Hudson ?

— Non, dit cette dernière d'une voix tremblante. Je ne peux pas.

— Bien sûr que si, répliqua l'infirmière Wallis. C'est le meilleur remède pour vous deux. Et cela vous aidera à ne pas penser sans cesse à Leo.

— Mais je ne veux pas arrêter de penser à lui ! s'écria Mrs Hudson. Jamais !

Pia serra les dents pour résister à l'envie de faire irruption dans la pièce afin de prendre la défense de sa patronne. Bien sûr qu'elle ne voulait pas oublier son fils, pas plus que Pia ne voulait oublier sa mère, son père et ses frères. Dans tous les cas, c'était impossible. Comment l'infirmière pouvait-elle tenir de tels propos ?

— Naturellement. Pardonnez-moi, je vous prie. Je me suis mal exprimée. Bien sûr que vous souhaitez garder Leo dans vos pensées, et il y sera toujours présent. Mais cela n'empêche pas que vous et cet enfant ayez besoin l'un de l'autre. Comment mieux honorer la mémoire de votre fils qu'en venant en aide à un enfant défavorisé ? Si l'on y réfléchit bien, c'est tout à fait logique. Les voies de Dieu sont impénétrables, Mrs Hudson.

Pia se plaqua une main sur la bouche. Elle n'en revenait pas de ce que l'infirmière demandait à sa patronne, surtout si tôt après la perte de son dernier-né.

— Je vous en prie, implora Mrs Hudson. Prenez-le et partez.

— Très bien. Mais si vous le renvoyez, j'ignore ce qu'il adviendra de lui. Je peux me renseigner auprès des orphelinats pour voir s'ils ont de la place, mais la maladie et la négligence y règnent et ce n'est pas un endroit idéal pour un bébé aussi jeune que lui. Après les choses inconcevables dont j'ai été témoin, je doute qu'il…

— Mais il a une mère, interrompit Mrs Hudson. Peut-être que son état de santé va s'améliorer et…

— Si tel était le cas, je ne l'aurais pas amené ici. Sa mère a été envoyée à l'asile de fous hier soir. Le médecin affirme qu'il est fort probable qu'elle y demeure pour le restant de ses jours.

— Il doit bien y avoir d'autres membres de la famille. Une tante ou une grand-mère qui pourrait le recueillir.

— Si c'est le cas, je n'ai aucun moyen de les localiser. Sa mère était en pleine crise de délire lorsqu'ils l'ont trouvée et elle ne parle pas anglais.

Les pleurs du nourrisson diminuèrent, comme si la fatigue le gagnait.

— Seigneur, c'est insupportable, gémit Mrs Hudson. Le pauvre petit.

Le canapé grinça et des semelles cliquetèrent sur le plancher. Mrs Hudson se mit à faire les cent pas.

— Il doit bien y avoir une autre solution à part… à part…

En écoutant les plaintes du bébé, les yeux de Pia s'emplirent de larmes. Elle mourait d'envie d'entrer et de le prendre dans ses bras, de découvrir ce qui n'allait pas et de le réconforter du mieux qu'elle pouvait.

— Si je pouvais faire autrement, je ne vous imposerais pas cela, affirma l'infirmière Wallis. Je comprends combien c'est difficile pour vous, Mrs Hudson. Vraiment.

— J'en doute. Sinon, vous ne l'auriez pas amené ici. Et quand bien même je le voudrais, jamais le Dr Hudson ne donnerait son accord.

— Vous seriez surprise par ce qu'un homme est prêt à accepter quand il s'agit de consoler sa femme.

Les pas de Mrs Hudson s'arrêtèrent.

— Non. Je refuse. Ce ne serait pas correct. Leo est parti depuis si peu de temps… Je sens encore son poids contre moi, son petit corps dans mes bras… C'est trop tôt.

— Dans ce cas, vous reste-t-il du lait ? s'enquit l'infirmière Wallis.

— Non. Je… je donnais le sein à mon fils. Mon mari et moi pensons qu'il convient pour une mère d'allaiter ses enfants. Je sais que beaucoup de gens estiment que c'est démodé, mais…

— Alors prenez-le, coupa l'infirmière. Rien que quelques minutes.

— Non. C'est impossible.

Les semelles de Mrs Hudson recommencèrent à résonner sur le plancher.

— Ne pouvez-vous pas lui trouver une nourrice ?

— Si, mais elles sont soit immigrées, soit de couleur. Sans compter que cela coûte de l'argent, et qui donc paierait ? En outre, c'est maintenant que ce pauvre petit a faim.

Au même moment, le bébé se mit à crier à pleins poumons.

— Je vous en supplie, Mrs Hudson, insista l'infirmière. J'ignore à quand remonte son dernier repas.

Pia était sur le point de craquer. Chaque cri était plus perçant et plus désespéré que le précédent, chaque respiration de plus en plus entrecoupée. S'il ne se passait pas bientôt quelque chose, elle redoutait de se mettre à hurler, elle aussi. Peut-être pouvait-elle aller chercher un biberon d'eau, n'importe quoi pour apaiser la faim de ce pauvre petit. Allaient-elles simplement le laisser vagir de la sorte ? Si l'infirmière se faisait tant de souci à son sujet, quelle importance que la nourrice soit immigrée ou de couleur ? Cela n'avait pas de sens. Enfin, après ce qui parut être une éternité, le poupon se calma peu à peu. Il produisit plusieurs bruits étouffés, puis le silence s'installa.

Pia poussa un long soupir inaudible. L'infirmière Wallis devait avoir un biberon depuis le début. Pourquoi avait-elle mis si longtemps à le lui donner ? Avait-elle laissé pleurer le bébé pour faire pression sur Mrs Hudson, dans l'espoir de manipuler les émotions de la jeune mère endeuillée ? La colère noua le ventre de Pia. Plus elle côtoyait l'infirmière Wallis, plus sa méfiance à son égard grandissait.

Alors que Pia s'apprêtait à s'éloigner, elle entendit Mrs Hudson qui sanglotait.

— Je suis désolée, Leo, dit Mrs Hudson d'une voix tremblante et éraillée. Je dois aider ce pauvre petit garçon affamé. Pardonne-moi, je t'en prie, mon bébé adoré. Je te promets que je t'aimerai de tout mon cœur jusqu'à ma mort.

Chapitre vingt-trois

Pia

Assise sur le tapis, Pia jouait au jeu de puces avec les filles quand Mrs Hudson entra avec le bébé dans les bras, les yeux gonflés d'avoir pleuré. Sophie et Margaret levèrent la tête et se figèrent. La confusion se lisait sur leurs traits innocents. Immergée dans son petit monde, Elizabeth continuait à chantonner et à s'amuser avec ses cubes de bois. Comme si elle redoutait sa réaction, Mrs Hudson posa un regard apeuré sur Pia, qui se leva. En entendant partir l'infirmière quelques minutes plus tôt, Pia s'était demandé si elle avait emmené le bébé ou non. En toute sincérité, Pia était soulagée que Mrs Hudson ait accepté de prendre soin de lui. Si ses frères étaient en vie, elle espérait que quelqu'un avait fait preuve de la même bonté à leur égard. Elle épousseta sa robe et adressa un petit sourire à Mrs Hudson. Sophie et Margaret fixaient le nourrisson que leur mère tenait dans ses bras.

— Ne vous inquiétez pas, dit-elle à ses filles. Nous allons seulement nous occuper de lui pendant quelques jours, jusqu'à ce que l'infirmière Wallis lui trouve une famille.

Elle s'installa dans le fauteuil à bascule. Sophie et Margaret la rejoignirent, et Sophie tira délicatement sur la couverture qui enveloppait le nouveau-né pour mieux voir son visage.

— D'où vient-il ? demanda Margaret, qui semblait soudain beaucoup plus grande que ses 4 ans.

— Sa maman est très malade et nous ignorons où est son papa. Il n'a pas de maison, c'est pour ça que l'infirmière Wallis l'a amené chez nous.

— Oh, maman, s'écria Margaret d'une petite voix aiguë. Ça me donne envie de pleurer.

— Je sais, ma chérie. Ça me donne envie de pleurer, moi aussi.

Curieuse quant à la raison de tout ce tapage, Elizabeth se hissa sur ses petites jambes, approcha en titubant et regarda par-dessus l'accoudoir du fauteuil. En apercevant le bébé, elle sourit de toutes ses dents, tendit le bras et lui posa une main potelée sur la tête comme s'il s'agissait d'un ballon.

— Attention, avertit Mrs Hudson en protégeant le crâne du poupon.

Elizabeth rit et dit :

— Eo.

Les yeux de Mrs Hudson se remplirent de larmes.

— Non, ma petite chérie, ce n'est pas ton frère. C'est un autre petit garçon.

— Eo ! répéta Elizabeth, enchantée. Eo, Eo, Eo !

Elle tapait dans ses mains et sautillait sur place. Le visage de Mrs Hudson sembla se refermer sur lui-même et elle baissa la tête.

Pia s'approcha à son tour.

— Puis-je le tenir une minute, madame ?

Mrs Hudson la couva d'un regard reconnaissant et lui tendit le bébé. Pia scruta le minuscule visage pâle, les yeux noisette qui l'étudiaient paresseusement. C'était un beau petit garçon, avec des cheveux sombres et bouclés, à l'opposé de Leo et du reste de la famille Hudson. Du bout des doigts, Pia lui caressa la joue et le front pour voir si elle captait quoi que ce soit d'inquiétant. Car, en dépit de ce que venait d'affirmer Mrs Hudson, Pia savait que l'infirmière Wallis souhaitait qu'elle le garde. Et la dernière chose dont cette famille avait besoin, c'était d'un enfant malade. Le Dr Hudson allait sans doute l'examiner dans tous les cas, mais Pia tenait à le faire également. Heureusement, elle ne ressentit rien d'autre qu'une sorte de lassitude, comme si elle était fatiguée ou affamée. Cela paraissait logique que le bébé éprouve cela compte tenu de ce qu'il venait de traverser. Bercé par les caresses de Pia, il ferma les yeux et commença à s'endormir. Pia se rendit compte que Mrs Hudson observait la scène d'un air inquiet.

— Te semble-t-il en bonne santé ?

Surprise et contente qu'on lui demande son avis, Pia hocha la tête.

— Il est très fatigué, mais à part ça, je pense qu'il va bien.

Elizabeth grimpa sur les genoux de sa mère, se blottit contre elle et se mit à sucer son pouce. Mrs Hudson la prit dans ses bras et la berça en tentant de retenir ses larmes.

— Est-ce qu'on peut le garder, maman ? implora Margaret. Leo nous manque tellement.

— Oh oui, enchérit Sophie. On veut qu'il reste avec nous. S'il te plaît ?

Mrs Hudson ferma les yeux, les traits déformés par le chagrin, avant d'enfouir son visage dans les cheveux dorés d'Elizabeth.

— Venez, les filles. Allez vous amuser avec vos jouets. Votre mère a besoin de se reposer.

La patronne de Pia releva la tête et sécha ses larmes.

— C'est inutile, intervint Mrs Hudson. J'aimerais bien rester un peu ici avec elles. Est-ce qu'il dort ? s'enquit-elle en séchant ses larmes.

Pia acquiesça.

— Pourrais-tu aller le coucher ?

— Bien sûr, avec plaisir.

Pia fit un pas vers la porte, puis se figea.

— Euh… Où souhaitez-vous que je l'installe, madame ?

Mrs Hudson pinça les lèvres quelques instants, puis :

— Dans la chambre d'enfants, j'imagine.

— En êtes-vous sûre ? Je peux le mettre dans ma chambre ou…

— Non. C'est très bien comme ça. Je t'assure.

Pia guetta sa patronne un moment encore, comme pour s'assurer qu'elle n'allait pas changer d'avis. Cette dernière hocha la tête pour étayer son propos.

— Très bien, madame, dit Pia avant de quitter la pièce.

Quand elle revint quelques minutes plus tard, Mrs Hudson était assise à terre en train de jouer à la poupée avec ses filles.

— Puis-je faire quoi que ce soit pour vous, madame ?

— Oui, viens t'amuser ! s'écria Margaret.

— Rien pour le moment, Pia, répondit Mrs Hudson. Merci. Joins-toi à nous.

Pia prit place parmi elles. Mrs Hudson aidait Margaret à habiller une poupée aux boucles brunes, mais elle semblait perdue dans de lointaines pensées. Elle avait clairement la tête ailleurs.

— Toi, tu peux être celle-ci, déclara Sophie en tendant à Pia une poupée en robe à volants.

Pia s'en empara et passa les doigts dans ses cheveux détachés.

— Madame, est-ce que tout va bien ?

Mrs Hudson acquiesça.

— Quand le bébé se réveillera, je l'emmènerai au cabinet pour le présenter au Dr Hudson. Tu n'auras qu'à commencer à préparer le repas, quelque chose de simple, comme du pain grillé avec du jambon et des haricots à la sauce tomate. Je ne suis pas d'attaque pour concocter un dîner élaboré ce soir.

— Bien sûr, madame.

Pia eut envie de lui dire de ne pas s'inquiéter quant à la réaction de son mari, mais cela aurait été déplacé de sa part. D'après ce qu'elle connaissait de lui, c'était la personne la plus compatissante qui soit. Jamais il ne tournerait le dos à un enfant dans le besoin. Elle avait souvent songé que, si elle trouvait un jour le courage de parler de ses frères aux époux Hudson, c'était à lui qu'elle se confierait en premier. En outre, il vénérait le sol que Mrs Hudson foulait. L'infirmière Wallis avait raison sur une chose : il était prêt à tout pour redonner le sourire à sa femme.

Ce soir-là, à l'exception des échanges habituels quant au fait de se passer le sel ou de ne pas mettre les coudes sur la table, les époux Hudson ne parlèrent pas beaucoup. C'était la même atmosphère sombre, glauque et malaisante que depuis que Mrs Hudson avait recommencé à se joindre à eux après la mort de Leo, mais avec en prime un autre sentiment qui semblait flotter dans l'air, comme un étrange mélange d'anxiété et d'impatience qui émanait des filles chaque fois qu'elles regardaient le bébé, endormi dans un coin de la pièce. Les adultes, néanmoins, devaient être très préoccupés, car personne ne corrigeait Elizabeth lorsqu'elle souriait au bébé, tapait dans ses mains et disait « Eo ». Peut-être ne le remarquaient-ils même pas. Pia avait hâte que le repas se termine.

Plus tard, quand Pia alla vérifier comme de coutume que les enfants allaient bien avant d'éteindre sa lumière, elle trouva Mrs Hudson endormie dans le fauteuil de la chambre d'enfants, le bébé assoupi dans son giron. Dans son lit, Elizabeth était dans sa position habituelle : les jambes repliées sous elle et le derrière en l'air. Pia écarta une boucle de son front. Avait-elle la moindre idée de sa chance d'avoir des parents aussi aimants ? Quand Pia tourna les talons pour quitter la pièce, elle sursauta. Le Dr Hudson se tenait sur le seuil et couvait sa femme d'un regard tendre, les yeux brillants de larmes.

Le lendemain, l'heure de la visite de l'infirmière Wallis arriva, puis passa. Quand Pia descendit Elizabeth après sa sieste, elle trouva Mrs Hudson qui regardait par la fenêtre de l'entrée avec les sourcils froncés. Assises à terre, Margaret et Sophie se relayaient pour bercer le bébé endormi dans le couffin de Leo.

— Crois-tu qu'il lui soit arrivé quelque chose ?

— Je n'en sais rien, madame.

Pia posa Elizabeth sur le tapis et rajusta le nœud dans ses cheveux.

Mrs Hudson laissa retomber le rideau et tira dessus pour que les plis tombent correctement. Elle lissa le devant de sa robe, puis s'assit dans l'un des fauteuils et commença à tapoter sur l'accoudoir fleuri du bout des doigts.

— Peut-être va-t-elle venir reprendre le bébé. Penses-tu qu'elle a pu trouver une autre famille si vite ?

— Je n'en suis pas sûre, madame. J'imagine que c'est possible, oui.

Mrs Hudson ordonna aux filles d'arrêter de balancer le berceau, puis elle alla s'agenouiller à côté et posa délicatement la main sur la poitrine du bébé, comme pour s'assurer qu'il respirait.

— Le Dr Hudson affirme qu'il se porte bien, mais il est si chétif et si pâle que… Je ne supporterais pas qu'il…

— Je suis persuadée qu'il va prendre du poids et des forces avec de bons repas et de bonnes nuits, hasarda Pia.

— Seigneur, pourvu que tu aies raison. Le pauvre petit. Après tout ce qu'il a traversé… ça me briserait le cœur de le savoir en mauvaise santé.

L'après-midi céda la place au soir. L'infirmière Wallis n'avait toujours pas donné signe de vie, et Mrs Hudson était de plus en plus nerveuse. Après que Pia eut mis les filles au lit, elle passa la tête dans la chambre d'enfants. Mrs Hudson était dans le fauteuil, le bébé dans les bras.

— Je peux prendre la relève, si vous le souhaitez, proposa Pia. Vous avez sans doute besoin de repos.

— Crois-tu que l'infirmière Wallis ne revient pas parce qu'elle est malade ?

— Je n'en sais rien, madame.

Mrs Hudson posa les yeux sur le bébé, l'air anxieuse.

— Je n'aurais pas dû la laisser entrer dans la maison. Et si elle a la grippe ? Penses-tu qu'il va tomber malade aussi ? Et si c'est moi qui tombe malade en premier ? Je n'aurais pas dû laisser les filles l'approcher. Jamais je ne me le pardonnerais si…

— Essayez de ne pas vous inquiéter, madame. Je suis sûre qu'elle va revenir. En attendant, pourquoi ne pas me le confier et aller vous allonger un peu ?

En réalité, Pia avait des doutes quant au retour de l'infirmière, mais c'était inutile d'en faire part à Mrs Hudson. L'infirmière avait convaincu cette dernière de recueillir le petit garçon et peut-être était-ce là tout ce qu'elle souhaitait. Peut-être son travail ici était-il terminé. Pia ne pouvait s'empêcher de s'admonester de n'avoir pas parlé de ses frères à Mrs Hudson afin de solliciter l'aide de l'infirmière avant qu'elle s'évanouisse dans la nature. Cela dit, après l'incident avec le carnet et le sac, l'infirmière Wallis n'avait sans doute pas la moindre envie de lui rendre service. Pia tendit les bras et Mrs Hudson lui confia le bébé avec des gestes délicats.

— As-tu toujours l'impression qu'il se porte bien ?

Pia plaça une main sur le front du petit.

— Parfaitement bien. Je dirais même qu'il semble un peu plus fort qu'auparavant.

— C'est vrai ?

— Oui, madame.

Elle ignorait si le nourrisson était réellement en meilleure forme ou si c'était simplement parce qu'il avait le ventre plein mais, si affirmer qu'il allait mieux permettait à Mrs Hudson d'éviter la crise de nerfs, alors elle était enchantée d'enrubanner un peu la vérité.

Quand l'infirmière Wallis revint deux jours plus tard, Mrs Hudson était dans tous ses états.

— Où étiez-vous passée ? demanda-t-elle à la visiteuse dès qu'elle fit irruption dans la cuisine à l'heure du déjeuner.

Mrs Hudson tendit à Pia le pain qu'elle avait découpé et s'essuya les mains sur son tablier.

— J'avais peur que vous soyez tombée malade.

Pia gagna la table et donna du pain aux filles en évitant de croiser le regard de l'infirmière. C'était la première fois qu'elles se revoyaient depuis l'incident avec le sac et Pia ne savait pas à quoi s'attendre. Avec un peu de chance, c'était oublié. Mais Pia en doutait.

— Je suis navrée de vous avoir inquiétée, répondit l'infirmière Wallis. Je vais bien.

— Vous m'en voyez ravie. Mais j'ai été extrêmement préoccupée à l'idée que vous ayez exposé ma famille à une maladie quelconque.

— Je ne voulais pas vous faire peur. Simplement, je suis une femme très occupée et j'ai cherché une famille d'accueil pour le bébé.

Mrs Hudson porta la main à son col et se mit à en tripoter nerveusement le rebord.

— Et ? Avez-vous trouvé quelqu'un ?

— Non. Un couple était intéressé, mais lorsque j'ai mentionné par inadvertance la folie de la mère, ils ont eu peur que l'enfant en ait hérité.

— Est-ce une peur justifiée ?

— En aucun cas, assura l'infirmière Wallis. Le Dr Henry Cotton, de l'hôpital public du New Jersey, a récemment mis au jour que la folie était engendrée par un sepsis focal dentaire, autrement dit une infection au niveau des dents. Or, ce petit n'en a même pas encore.

— Je n'étais pas au fait de cette découverte.

— Les journaux en ont parlé il y a quelques mois. Vous devriez interroger votre mari à ce sujet, je suis sûre qu'il est au courant.

— Je n'y manquerai pas.

— J'ai aussi fait le tour des orphelinats, reprit l'infirmière Wallis. Actuellement, le seul qui dispose d'une place compte parmi les institutions les plus pauvres et les plus surpeuplées de la ville.

— Oh non. Vous ne pouvez pas l'envoyer là-bas.

Mrs Hudson s'approcha du berceau, souleva le bébé et le tint contre sa poitrine.

— J'ai bien peur de ne pas être en mesure de faire mieux. Je me suis entretenue avec tout ce que la ville compte de directeurs, de nonnes et d'infirmières et tous m'ont donné la même réponse.

— À savoir ?

— Que la meilleure option pour lui serait que vous le gardiez.

Margaret et Sophie applaudirent.

— Hourra ! crièrent-elles de concert.

— Il va rester ! s'exclama Margaret, rayonnante. Maman, je suis tellement contente que j'en pleurerais.

Mrs Hudson observa ses filles, bouche bée. Un mélange de perplexité, d'inquiétude et de soulagement se lisait sur ses traits.

Pia était d'accord sur le fait que garder l'enfant était ce qui valait le mieux pour lui, même si jamais elle n'en aurait touché mot à voix haute. En outre, elle aurait été triste qu'il parte et sa présence semblait contribuer à l'amélioration de l'état de Mrs Hudson.

Au même moment, la porte de derrière s'ouvrit et le Dr Hudson fit son apparition.

Lorsqu'il vit l'expression de sa femme, il s'empressa de la rejoindre.

— Qu'y a-t-il, ma chérie ? Que s'est-il passé ?

— L'infirmière Wallis n'a trouvé personne pour recueillir le bébé, répondit Mrs Hudson, les yeux pleins de larmes. Elle doit le mettre dans un orphelinat.

Le médecin plaça une main sur l'épaule de son épouse.

— Du calme, ma chérie. Tout va bien se passer.

Sophie se leva de sa chaise, se précipita sur ses parents et enroula ses petits bras autour de leurs jambes.

— Est-ce qu'il peut rester avec nous ? S'il te plaît, implora-t-elle.

Margaret l'imita.

— Ne la laisse pas le prendre, geignit-elle. On l'aime et on aidera à s'occuper de lui. Promis.

Un sourire étira les lèvres de leur père, qui leur caressa le sommet de la tête.

Elizabeth tapait sur le plateau de sa chaise haute en oscillant d'avant en arrière. Pia la souleva et la posa à terre. Elle tituba jusqu'aux autres et étreignit chaque membre de la famille en riant.

— Mama, Papa, Ophie, Garet, Eo.

Puis elle se tourna vers Pia, lui prit la main et l'attira vers le reste du groupe.

— Pia, lâcha-t-elle alors comme une évidence.

Un nœud brûlant se forma dans la gorge de Pia. Le geste la touchait profondément, même si Elizabeth était une toute petite fille qui aimait tout le monde sans distinction. Elle ne savait pas faire la différence entre Pia et le reste de sa famille. Pia secoua la tête, dans une volonté d'éviter à tout prix d'interrompre ce moment de bonheur familial. Mais Mrs Hudson lui offrit un faible sourire et un hochement de menton pour l'inviter à rentrer dans le cercle. Rougissante, Pia suivit Elizabeth et se trouva à côté de Mrs Hudson. Empruntée, elle baissa la tête, les yeux humides à l'idée qu'ils la considèrent comme l'une des leurs.

Mrs Hudson dévisagea son mari à travers ses larmes et lui sourit dans un haussement de sourcils interrogateur.

— C'est toi qui décides, ma chérie, décréta alors celui-ci. Quel que soit ton choix, je te soutiendrai.

Mrs Hudson acquiesça et enfouit son nez dans le cou du bébé, les épaules agitées par des sanglots.

— Alors oui. Je ne supporterais pas de le voir partir, de toute façon.

L'infirmière Wallis joignit les mains, l'air ravie.

— C'est formidable, dit-elle.

— Félicitations, infirmière Wallis, déclara le Dr Hudson. Il semblerait que vous ayez trouvé un nouveau foyer à ce petit garçon.

— Je pense que vous faites preuve d'une grande sagesse et d'une infinie compassion, répondit l'infirmière. Félicitations à vous tous.

Margaret et Sophie sautèrent de joie. Elles riaient et applaudissaient, imitées par Elizabeth, tout en scandant :

— Le bébé peut rester ! Le bébé peut rester !

Grâce à des repas réguliers et à de bonnes nuits de sommeil bien au chaud, le bébé ne tarda pas à passer de frêle à potelé, sa peau blême désormais d'un joli rose. Les époux Hudson décidèrent de l'appeler Cooper Lee. En deux semaines, Mrs Hudson recommença à sourire et à virevolter dans la maison. La lueur qui brillait auparavant dans ses yeux s'était ternie à jamais, mais elle riait, jouait joyeusement avec ses filles et rayonnait quand elle tenait Cooper dans ses bras. Elle dormait dans la chambre d'enfants tous les soirs.

La présence de Cooper à la maison donnait aussi de l'espoir à Pia. Si Ollie et Max étaient vivants, peut-être avaient-ils également trouvé une famille qui s'occupait d'eux. Du moins, c'était ce qu'elle se répétait dans une tentative de desserrer les chaînes noires qui entouraient son cœur. Hélas, comme elle l'avait redouté, une fois que les Hudson eurent décidé de garder le bébé, l'infirmière Wallis cessa de venir. Pia se détestait de ne pas avoir eu le courage de parler plus tôt de ses frères aux Hudson, mais elle continuait à avoir peur qu'ils ne comprennent pas.

Puis, un jour, sans prévenir, l'infirmière Wallis revint.

C'était un jeudi et Pia était dans la chambre d'enfants, où Elizabeth venait de se réveiller de sa sieste. Comme toujours, la petite roula sur le côté et lui sourit, les yeux encore ensommeillés. Elizabeth était une enfant joyeuse, qui pleurait rarement, et ce jour-là n'était pas différent des autres. Pia changea sa couche puis lui remit sa robe, ses collants, son pull blanc, son bonnet en crochet et ses chaussures. Une fois prête, Elizabeth se leva, entoura le cou de Pia de ses bras et colla sa joue à la sienne en attendant qu'elle la soulève. C'était leur routine habituelle. Pia disait toujours « debout zouzou » pour la faire rire. Cette fois, néanmoins, quand leurs visages se touchèrent, un éclair de douleur traversa l'oreille de Pia et descendit dans sa mâchoire. Elle reposa Elizabeth dans son lit. À la seconde où elle la lâcha, la douleur disparut. Pia caressa les cheveux blonds d'Elizabeth et examina délicatement son oreille. Tout avait l'air parfaitement normal. Elizabeth rit et rentra la tête dans ses épaules comme si on la chatouillait. Elle semblait se porter à merveille. Néanmoins, la peur se logea dans le ventre de Pia, lourde comme une pierre.

— Qu'est-ce qui ne va pas, ma puce ? Tu n'es pas en train de tomber malade, si ?

— Eo, dit Elizabeth. Veux Eo. Et Garet.

Elle sourit et enlaça de nouveau le cou de Pia, qui tenta d'ignorer les pulsations douloureuses dans son oreille et son cou tandis qu'elle prenait la petite fille dans ses bras et sortait de la chambre.

— Margaret est dans la salle de jeux avec Sophie. Et Leo n'est plus là, tu te souviens ? Est-ce que tu veux voir Cooper ?

— Eo, répéta Elizabeth sans se départir de son sourire.

En proie à une angoisse grandissante, Pia l'emmena vers l'escalier. Elle redoutait déjà le moment où elle annoncerait à Mrs Hudson qu'il y avait un problème.

Elle distingua alors des voix de femmes qui s'élevaient en provenance du rez-de-chaussée et s'arrêta pour regarder par-dessus la rambarde. Mrs Hudson et l'infirmière Wallis étaient en bas, près de l'escalier. Mrs Hudson avait l'air en colère. Pia ne l'avait jamais entendue parler sur ce ton. Le visage fermé, elle tendit à l'infirmière Wallis ce qui semblait être une grosse somme d'argent.

— Mon mari ne doit rien savoir de tout cela.

— Je comprends, assura l'infirmière en mettant la liasse dans son sac. Je vous donne ma parole. Vous aurez bien le reste le mois prochain ?

— Oui. Mais je ne comprends toujours pas pourquoi vous avez prétendument oublié de m'en parler plus tôt. J'ai le sentiment que vous l'avez fait exprès.

— Cela aurait-il affecté votre décision ?

— Bien sûr que non. Mais vous auriez dû être honnête avec moi dès le début. Et je n'apprécie certainement pas d'être menacée.

Pia se redressa, le cœur battant tout à coup. Avec un peu de chance, personne ne l'avait vue ni entendue. Elle n'avait pas eu l'intention d'épier leur conversation, et, même si elle avait envie de continuer à écouter, elle ne pouvait pas prendre le risque de se faire surprendre. Mais avant qu'elle ait le temps de l'arrêter, Elizabeth agrippa la rambarde de ses mains potelées et se pencha, échappant presque à l'étreinte de Pia.

— Maman ! cria-t-elle. Veux Eo.

Pia détacha Elizabeth et recula, prête à retourner dans la chambre.

— Pia ? appela Mrs Hudson.

La jeune fille se figea, l'estomac noué.

— Oui, madame ?

— Viens en haut de l'escalier, s'il te plaît.

Pia obéit tandis qu'Elizabeth se tortillait dans ses bras. Mrs Hudson et l'infirmière Wallis levèrent les yeux vers elle.

— Écoutiez-vous aux portes, Miss Lange ? demanda l'infirmière.

Mrs Hudson lui décocha un regard irrité.

— Avec tout le respect que je vous dois, infirmière Wallis, ceci est ma maison et je m'occupe de Pia comme bon me semble.

— Mais elle nous écoutait.

Mrs Hudson l'ignora et reporta son attention sur Pia.

— Est-ce que tout va bien ? As-tu besoin de quelque chose ?

— J'allais vous amener Elizabeth, madame.

— Emmène-la dans la salle de jeux avec les filles. Je ne vais pas tarder à monter.

— J'ai bien peur que ça ne puisse pas attendre, madame.

— Que se passe-t-il ?

— Je n'en suis pas sûre, madame, mais j'ai peur qu'elle soit malade.

Mrs Hudson attrapa la rambarde, le visage aussitôt recouvert d'un voile d'angoisse.

— Amène-la-moi, s'il te plaît.

Pia descendit l'escalier en évitant le regard aussi mauvais que perçant de l'infirmière. Mrs Hudson palpa le front et les joues de sa fille d'une main délicate.

— Elle n'a pas l'air fiévreuse. Qu'est-ce qui ne va pas, à ton avis ?

Pia déglutit péniblement. Elle ne savait pas exactement quel était le problème et elle ne pouvait pas s'exprimer librement devant l'infirmière, mais elle devait prévenir Mrs Hudson.

— On dirait qu'elle a mal à l'oreille. Elle tire dessus.

Mrs Hudson prit Elizabeth dans ses bras.

— Est-ce que ton oreille te fait mal, ma poupée chérie ?

Elizabeth sourit et secoua la tête, faisant ondoyer ses fines boucles blondes.

— Et ta gorge ? continua Mrs Hudson en effleurant le cou de la petite fille. Est-ce qu'elle te fait mal ?

Elizabeth rentra la tête dans ses épaules et rit, avant de chatouiller les oreilles de sa mère comme si c'était un jeu.

— Elle m'a l'air en parfaite santé, intervint l'infirmière Wallis en fronçant les sourcils. Êtes-vous sûre que vous ne vous servez pas d'elle comme d'une excuse pour dissimuler le fait que vous étiez en train de nous espionner ?

Mrs Hudson lui lança une nouvelle œillade courroucée.

— Jamais Pia n'agirait ainsi. C'est une jeune fille très bien.

— En êtes-vous sûre ?

Pia gardait les yeux rivés sur Elizabeth tandis que son esprit tournait à mille à l'heure. À quoi l'infirmière jouait-elle donc ? Pourquoi tentait-elle de lui attirer des ennuis ?

— Sûre et certaine, affirma Mrs Hudson. Elle se préoccupe toujours du bien-être de mes enfants et si elle pense qu'il y a un problème avec Elizabeth, je la crois.

L'infirmière Wallis poussa un soupir frustré.

— Peut-être que cette enfant a une dent qui s'apprête à sortir. Avez-vous du sirop Winslow ?

Mrs Hudson écarquilla les yeux et serra sa fille contre sa poitrine comme si quelqu'un tentait de la lui prendre.

— Dieu du ciel, non. Mon mari affirme que ce pseudo-médicament n'est rien d'autre que du poison qui tue les bébés ! Je vous aurais crue mieux informée, en votre qualité d'infirmière. À présent, si vous voulez bien m'excuser, je dois emmener Elizabeth au cabinet de mon époux pour qu'il l'examine.

— Vous voulez dire que vous accordez davantage de crédit aux dires de cette Allemande menteuse qu'aux miens ? Elle nous espionnait ! insista l'infirmière.

Pia se figea, les ongles enfoncés dans ses paumes. Soudain, c'était comme si sa tête pesait une tonne.

Mrs Hudson dévisagea l'infirmière, perplexe.

— Qu'est-ce qui vous fait croire que Pia est allemande ? Vous ne la connaissez même pas. Maintenant que j'y pense, comment connaissez-vous son nom de famille ? Vous croyiez que c'était ma fille la première fois que vous êtes venue ici.

La panique se lut dans les yeux de l'infirmière avant qu'elle baisse la tête. Puis elle la releva et fixa Pia, qui retint son souffle. De fait, *comment* connaissait-elle son nom de famille ? Et comment savait-elle qu'elle était allemande ?

— C'est la directrice de Saint-Vincent qui me l'a dit, déclara alors l'infirmière. Quand j'ai évoqué votre situation avec mère Joe tandis que je cherchais une maison pour Cooper, elle m'a expliqué avoir envoyé Pia ici.

— Pourquoi vous en avoir fait part ? En quoi cela vous concerne-t-il ?

L'infirmière haussa les épaules.

— Je l'ignore. Je me suis posé la même question.

Mrs Hudson porta son attention sur Pia, les sourcils froncés.

Pia parvenait à peine à soutenir son regard. Elle attendait le moment où sa patronne lui demanderait pourquoi elle avait menti quant à ses origines. Dans le même temps, la vitesse à laquelle l'infirmière Wallis inventait des mensonges l'ébahissait. Mais si elle la traitait de menteuse, ce serait l'hôpital qui se moquait de la charité. Pia n'avait cessé de mentir depuis son arrivée chez les Hudson. À cet instant, elle décida qu'elle raconterait toute la vérité à Mrs Hudson dès que possible.

Après ce qui lui parut une éternité, l'expression de Mrs Hudson s'adoucit et elle se tourna de nouveau vers la visiteuse.

— Qu'importe, je n'apprécie pas que vous traitiez Pia de menteuse. Qu'elle soit allemande m'est totalement égal et je suis désolée si j'ai dit quoi que ce soit susceptible de lui laisser croire le contraire.

Elle enveloppa Pia d'un regard tendre.

— Mes enfants l'adorent et mon mari et moi lui sommes fort redevables pour tout ce qu'elle a fait pour notre famille. Nous sommes très reconnaissants de sa présence ici, et cette maison est aussi la sienne à présent.

Le soulagement envahit Pia et ses yeux se remplirent de larmes de gratitude. L'un de ses secrets était révélé au grand jour et sa patronne n'en avait cure.

— Elle ne vous l'avait donc pas dit, si ? demanda l'infirmière avec un rictus satisfait. Vous voyez bien : on ne peut pas faire confiance aux Allemands. Ils mentent comme ils respirent. Elle va jusqu'à essayer de vous persuader que votre fille est malade pour dissimuler le fait qu'elle épiait notre discussion. Je ne comptais pas vous en parler, mais un jour, elle a voulu me voler de l'argent alors que j'étais avec vous dans le petit salon.

— Ce n'est pas vrai ! s'écria Pia.

— Arrêtez de mentir ! C'était la veille du jour où j'ai amené Cooper ici. Mrs Hudson, vous vous souvenez du bruit que nous avons entendu dans le couloir cette fois-là ? C'était elle, qui tentait de prendre de l'argent dans mon sac.

La déception et l'incompréhension se lurent sur les traits de Mrs Hudson, qui serra sa fille plus fort.

— Ce n'est pas vrai, madame, je vous le jure sur ma vie. Je n'essayais pas de dérober quoi que ce soit. J'essayais de regarder dans son carnet, parce que…

Elle se tordit les mains tandis qu'elle s'efforçait de rassembler son courage. Elle avait la bouche sèche comme un désert. Il fallait qu'elle dise la vérité à propos de Max et Ollie. Elle n'avait plus le choix.

— Mes petits frères ont disparu après que ma mère est morte de la grippe. Quand j'ai connu l'infirmière Wallis à Saint-Vincent, je lui ai demandé de les chercher, mais je pense qu'elle ne l'a pas fait. Je sais qu'elle ne m'aime pas parce que je suis allemande et parce que je l'ai contrariée lors de notre première rencontre, même si je me suis excusée. J'avais besoin de son aide, mais elle s'est comportée comme si elle s'en fichait. J'espérais que son carnet contenait une liste d'orphelinats et le nom d'autres infirmières. C'est pour ça que j'ai regardé dans son sac.

Mrs Hudson était pâle, à présent.

— Oh, Pia. Ma pauvre enfant. Pourquoi ne m'as-tu pas parlé de tes frères ?

— Parce que je…

Pia marqua une pause pour décider de ce qu'elle pouvait révéler en présence de l'infirmière.

— Parce que c'est une longue histoire et que j'avais peur que vous ne compreniez pas.

Elle retint son souffle en attendant la prochaine question, mais Mrs Hudson se tourna vers l'infirmière Wallis.

— Ne pouvez-vous pas l'aider ?

L'infirmière fixa Pia pendant ce qui lui sembla une éternité, ses yeux impitoyables rivés aux siens comme si elle tentait de lire dans ses pensées. Pia avait du mal à savoir si elle était en colère ou si elle était en train de concocter un nouveau mensonge. L'infirmière se frotta les tempes comme si elle avait mal à la tête ou qu'elle réfléchissait. Quand elle reprit la parole, elle arborait une expression indéchiffrable.

— Vos frères ont-ils été envoyés à Saint-Vincent avec vous ?

Pia secoua la tête.

— Non.

— Et pourquoi cela ?

Pia se sentit rougir. Pourquoi lui poser cette question ? Quelle importance ?

— Je suis tombée malade, bafouilla-t-elle. Et quand on m'a laissée sortir de l'hôpital, mes frères n'étaient plus là.

— Alors votre mère est morte pendant que vous étiez malade ? demanda l'infirmière.

Pia hocha la tête sans un mot, en priant pour que la vérité ne se lise pas dans ses yeux. Elle voulait tout raconter à Mrs Hudson. Mais pas ici. Pas maintenant. Pas devant cette femme.

— Es-tu allée voir la police ? s'enquit Mrs Hudson.

— Non. Les nonnes m'ont envoyée à Saint-Vincent avant que j'en aie la possibilité.

— C'est affreux. Je suis vraiment désolée, Pia.

— Je suis désolée également, mais j'ai bien peur de ne rien pouvoir faire pour vous, intervint l'infirmière Wallis. Des milliers d'enfants se sont retrouvés orphelins à cause de la grippe. Essayer de localiser vos frères équivaudrait à chercher une aiguille dans une botte de foin.

— Mais vous aidez les bébés à Saint-Vincent, protesta Pia.

— Et vous avez aidé Cooper, enchérit Mrs Hudson.

— Ce n'est pas pareil. Je ne suis pas détective et je n'ai pas le temps de jouer à en être une. Je suis navrée.

— S'il vous plaît, implora Pia. Je ferai tout ce que vous voudrez. Quelqu'un sait forcément quelque chose, même si… même s'ils sont morts, parvint-elle à articuler d'une voix étranglée.

— Je vous l'ai dit, je ne peux pas vous aider. Et quand bien même je le pourrais, je n'aurais aucune envie de porter assistance à une menteuse comme vous. Si vos frères vous ressemblent un tant soit peu, alors le monde irait mieux avec deux Allemands de moins, éructa-t-elle avec dédain.

Mrs Hudson poussa une exclamation scandalisée, avant de fusiller l'infirmière du regard.

— Comment osez-vous dire une chose aussi horrible ?

Elle se dirigea à grands pas vers la porte, qu'elle ouvrit d'un geste brusque.

— Partez avant que mes mots dépassent ma pensée.

— C'est ainsi que vous me traitez, après tout ce que j'ai fait pour vous ? s'offusqua l'infirmière.

— J'honorerai notre accord. Mais je refuse de vous laisser insulter Pia et sa famille, et encore moins ces malheureux enfants. Je suis choquée que vous soyez capable de penser une chose pareille, et plus encore de la dire. Je dois avouer que c'est une immense déception. Vous n'êtes pas du tout la personne que je croyais.

— Moi ? C'est Pia qui vous a menti sur qui elle est réellement.

— Et vous avez prétendu ne pas la connaître, rétorqua Mrs Hudson. Ce qui signifie que vous n'avez pas été honnête, vous non plus.

— Mais je…

— J'en ai assez entendu, infirmière Wallis, l'interrompit Mrs Hudson en ouvrant plus grand la porte. Au revoir.

L'infirmière lança un dernier regard chargé de dégoût à Pia avant de s'en aller, la tête basse.

Après son départ, Mrs Hudson referma la porte et s'y adossa, le souffle court, Elizabeth blottie contre elle. Pia était aussi immobile qu'une statue, ne sachant quoi faire ni quoi dire. Que devait penser Mrs Hudson après tout ce qu'elle venait d'entendre ? Elle la fixa, se préparant à affronter ses questions.

Mrs Hudson se redressa et ouvrit la bouche.

Au même instant, Elizabeth se mit à tousser.

En face de Mrs Hudson, de l'autre côté de la table d'examen, Pia posa une main sur l'arrière de la cuisse d'Elizabeth et l'autre sur son omoplate. Vêtue seulement d'une couche, la petite fille était allongée sur le ventre et pleurait tout en tentant de se relever. Le visage cramoisi, couvert de larmes et de morve, elle s'étranglait et toussait à chaque cri et à chaque sanglot, une toux violente et rauque qui faisait frémir Pia. Son état avait empiré en quelques minutes à peine entre le départ de l'infirmière et la fin de la consultation du Dr Hudson avec son patient précédent. Pia sentait la congestion dans ses poumons, la douleur dans ses oreilles, l'irritation dans sa gorge. D'après le Dr Hudson, Elizabeth avait une double otite et une angine de poitrine. Pia priait pour qu'il ait raison.

— Descendre ! sanglotait Elizabeth. Moi descendre !

— C'est presque fini, ma chérie, dit Mrs Hudson pour tenter de la calmer. Papa a bientôt terminé. Puis je te donnerai un biscuit et je te lirai une histoire.

Elle posa sur Pia un regard brouillé par les larmes, puis lança un coup d'œil à Sophie et Margaret, qui se tenaient sur le seuil dans les bras l'une de l'autre et observaient la scène d'un air effrayé. Cooper était derrière elles, endormi dans son berceau dans la salle d'attente.

— Tout va bien se passer, les filles. Ne vous inquiétez pas.

Le Dr Hudson retourna un verre par-dessus la boule de coton imbibée d'alcool qui brûlait sur la table en métal adjacente, puis le plaqua sur le dos d'Elizabeth. Sa peau se tendit et se souleva, attirée à l'intérieur du verre par une force invisible. Elizabeth hurla. C'était le dernier des six verres disposés sur son dos, alignés telles les pattes d'une chenille.

— Voilà. Maintenant, il faut juste que nous l'empêchions de bouger pendant une dizaine de minutes, expliqua le Dr Hudson.

— Sa peau commence à marquer, constata sa femme, la voix tremblante de détresse.

— C'est le signe que la maladie s'en va.

— Penses-tu que ça va l'aider ? demanda Mrs Hudson.

Il hocha la tête.

— J'en suis convaincu. Autrement, je ne lui imposerais pas un tel traitement. Ne t'en fais pas, ma chérie, ajouta-t-il en tapotant le bras de son épouse. Elle est forte.

— Papa ! cria longuement Elizabeth. Aïe ! Aïe !

Le médecin caressa les cheveux de sa fille, les sourcils froncés.

— Je suis désolée, ma petite chérie. Papa essaie de t'aider à te sentir mieux. C'est bientôt fini, je te le promets.

Mrs Hudson se pencha sur sa fille, approcha ses lèvres de son oreille et se mit à lui chanter une berceuse.

Au son de la voix douce de sa mère, Elizabeth se tranquillisa un peu. Pia battit des paupières pour chasser ses larmes au souvenir d'Ollie et Max qui en faisaient autant lorsque Mutti chantait pour les calmer. Elle avait hâte que le traitement touche à sa fin, tant pour le bien d'Elizabeth que pour le sien, mais aussi pour Margaret et Sophie, sans doute terrifiées de perdre une autre membre de la fratrie. Si seulement elle avait pu les emmener dans leur salle de jeux pour qu'elles ne voient pas leur petite sœur souffrir… Mais les époux Hudson avaient besoin d'elle.

Pour tenter de repousser toutes les pensées qui envahissaient son esprit, elle balaya la pièce du regard. Elle vit les boules de coton, les abaisse-langue en bois, les instruments dans le cabinet vitré. Elle étudia celui utilisé pour examiner l'intérieur des oreilles, les flacons bruns et les médicaments sur l'étagère. Il existait tant de manières de soigner (les cataplasmes de graisse d'oie, les inhalations, le sirop à l'oignon, le chlorure de chaux), mais la grippe avait été plus forte que tous les remèdes. Et à présent, une autre maladie invisible essayait de s'emparer de la petite Elizabeth. Pas étonnant que Mrs Hudson se refuse à quitter la maison.

Chapitre vingt-quatre

Pia

— Nous n'avons pas eu le temps d'en discuter depuis qu'Elizabeth est tombée malade, mais j'aimerais savoir pourquoi tu ne m'as pas parlé de tes frères jusqu'à l'incident avec l'infirmière Wallis l'autre jour.

Mrs Hudson et Pia étaient installées dans les fauteuils du petit salon. Cooper faisait la sieste dans son berceau pendant que les filles jouaient sur le tapis avec leurs poupées et leurs cubes. Après le traitement avec des ventouses et trois jours et trois nuits de cataplasmes, de thé aux fleurs de sureau et de gouttes de laudanum dans les oreilles, la fièvre d'Elizabeth était retombée et la congestion avait disparu. À présent, par chance, elle était en train de rire et de s'amuser avec ses sœurs comme si rien ne s'était passé. Pendant la maladie, Mrs Hudson n'avait pas été bavarde et la conversation s'était strictement limitée à Elizabeth. Jusqu'à cet instant.

Pia était soulagée que Mrs Hudson aborde le sujet. Elle avait besoin de tout lui raconter une bonne fois pour toutes, qu'importait sa réaction. Et surtout, elle tenait à passer aux aveux avant que l'infirmière Wallis revienne.

— J'avais peur que vous me renvoyiez, madame.

— Pourquoi donc aurais-je fait une chose pareille ?

— Parce qu'une fois que je vous aurai raconté ce qui est arrivé à mes frères, peut-être que vous ne voudrez plus de moi au contact de vos enfants.

— Je te fais entièrement confiance. Mais je dois dire que tu m'inquiètes. S'il te plaît, parle-moi afin que j'arrête d'imaginer le pire.

Pia prit une grande inspiration et avoua la vérité à Mrs Hudson. Elle sentit son cœur voler en éclats pour la millième fois. Au fur et à mesure qu'elle lui narrait son histoire, Mrs Hudson écarquillait les yeux de plus en plus grand.

— Personne ne voulait m'aider. Les gens avaient peur d'ouvrir leur porte et jc les comprends.

Le souvenir de ces moments de désespoir, la prise de conscience que quelque chose n'allait pas avant de s'évanouir, l'étreinte de la panique autour de son cœur lorsqu'elle avait repris connaissance six jours plus tard, l'horreur de découvrir la disparition de ses frères… tout lui revint avec la force d'un ouragan qui la balayait comme autant de vagues de terreur et de culpabilité. Les larmes lui brouillaient la vue.

— Mon Dieu. Ma pauvre enfant. Je suis tellement désolée… Je ne peux qu'imaginer ce que tu as dû traverser.

Elle rejoignit Pia pour s'accroupir près d'elle et posa un mouchoir sur ses genoux. Pia s'en empara et s'essuya les yeux, se préparant au moment où Mrs Hudson allait lui demander de partir, ou pire encore. Peut-être allait-elle appeler la police.

— Si j'avais su ce qui allait se passer, je vous jure que je n'aurais jamais laissé les jumeaux tout seuls. Ils ont dû avoir tellement peur…

— Je comprends, assura Mrs Hudson d'une voix où perçait la compassion autant que la fatigue. Mais il faut cesser de t'en vouloir. Quand l'épidémie a commencé, c'était affreux, terrifiant. Comme si c'était la fin du monde. Tu as fait de ton mieux dans des circonstances horriblement difficiles et c'est tout ce que l'on peut faire dans ces cas-là. Sans parler du fait que tu n'es qu'une jeune fille de 13 ans. Je suis une adulte qui ne manque de rien et néanmoins, je n'ai pas la moitié de ton courage.

— Mais quoi qu'il leur soit arrivé, c'est ma faute, insista Pia entre deux reniflements. Je ne mérite pas tant de gentillesse de votre part.

Pia n'avait pas cru qu'elle pleurerait et elle se détestait pour sa faiblesse. Elle ne méritait certainement pas la pitié et encore moins la compassion de quiconque.

— Si vous voulez que je parte, je comprendrai.

— Ne dis pas de bêtises, la réprimanda Mrs Hudson.

Elle coula un regard en direction des filles pour s'assurer qu'elles ne les écoutaient pas. Margaret et Sophie étaient en train de changer leurs poupées tandis qu'Elizabeth empilait des cubes en bois.

— Est-ce ma faute si Leo est tombé malade et s'il est mort ? demanda Mrs Hudson d'une voix douce.

— Non. Bien sûr que non.

— Et ta mère ? Est-ce sa faute si elle a contracté la grippe ?

Pia baissa les yeux et secoua la tête, le mouchoir serré dans son poing.

— Dans ce cas, comment cela peut-il être ta faute que tu sois tombée malade ?

Pia haussa les épaules sans répondre.

— Même si tu étais restée chez toi, tu te serais écroulée. Tu as dit toi-même que tu n'étais partie que depuis quelques heures quand tu t'es évanouie.

— Je suppose, oui, souffla Pia dans un nouveau haussement d'épaules.

— Autrement dit, ce qui est arrivé à tes frères se serait sûrement produit de toute façon. À la différence près qu'au lieu d'être assise ici en train de me parler, tu serais certainement morte.

Pia dévisagea Mrs Hudson, abasourdie par les mots qu'elle venait de prononcer. Sa patronne avait raison : que ce soit dans le casier ou dans leur berceau, Ollie et Max se seraient retrouvés livrés à eux-mêmes. Et si elle avait péri, ce qui était probable, combien de temps se serait écoulé avant que quelqu'un les trouve ? Même si cela n'effaçait en rien ses remords de les avoir laissés, elle eut l'impression de respirer pour la première fois depuis des mois. Elle s'essuya les yeux et parvint à esquisser un faible sourire.

— Merci, madame.

— De quoi ?

— D'essayer de me remonter le moral et de ne pas me demander de m'en aller.

— Merci à toi pour ton honnêteté, Pia. Je regrette simplement de ne pas avoir su tout cela plus tôt. Je déteste l'idée que tu aies porté un si lourd fardeau sur tes jeunes épaules. Cela a dû être terrible d'avoir si peur et d'être aussi inquiète pendant tout ce temps sans personne à qui te confier. À partir de maintenant, plus de secrets, d'accord ?

— Oui, madame.

Mrs Hudson retourna s'asseoir. Pia tordit le mouchoir entre ses doigts tremblotants, hésitante. Peut-être tirait-elle sur la corde, mais elle avait besoin de savoir.

— Puis-je vous poser une question, madame ? osa-t-elle d'une petite voix.

— Bien sûr, Pia. Tout ce que tu voudras.

— Je… je ne voulais pas écouter, mais j'ai surpris votre conversation avec l'infirmière Wallis et je… j'ai vu que vous lui donniez de l'argent.

Mrs Hudson se tortilla dans son fauteuil et ôta une peluche imaginaire de sa jupe.

— Oui. C'était un don. Pour les orphelins.

— Dans ce cas, pourquoi ne voulez-vous pas que le Dr Hudson soit au courant ?

Le rouge monta aux joues de Mrs Hudson.

— Je vous jure que je ne dirai rien, madame, s'empressa d'assurer Pia. Simplement, je pose la question, car j'ai le sentiment que l'infirmière Wallis cache quelque chose concernant mes frères.

Mrs Hudson fronça les sourcils.

— Je suis désolée d'insister, madame, mais pourquoi lui avez-vous donné de l'argent ?

Mrs Hudson se pencha en avant et baissa la voix.

— C'était une commission, avoua-t-elle d'un air coupable.

— Je suis désolée, mais j'ignore ce qu'est une commission, madame.

— Dans le cas présent, c'est un paiement en échange du fait d'avoir trouvé Cooper. L'infirmière Wallis a dit qu'elle trouvait des bébés pour des personnes qui avaient perdu un enfant ou ne pouvaient pas en avoir, et qu'elle leur demandait de l'argent pour participer à ses frais. Je ne lui ai pas demandé de trouver Cooper, mais elle a dit que je devais payer de toute façon afin qu'elle puisse aider d'autres enfants. Car autrement…

Mrs Hudson s'interrompit. Pia serra les dents en attendant la suite. Plus elle en apprenait sur l'infirmière Wallis, plus elle se demandait si les propos de cette femme renfermaient la moindre part de vérité.

— Autrement quoi, madame ? encouragea Pia en constatant que sa patronne gardait le silence.

— Autrement… elle trouverait une famille qui serait en mesure de payer, elle.

Pia retint son souffle. À cet instant, elle eut le sentiment de comprendre enfin à qui elle avait affaire. Les enfants lui étaient bien égal. La moindre attention, la moindre gentillesse, chaque sourire, chaque geste n'étaient rien d'autre qu'une façade. Une image revint tout à coup à l'esprit de Pia : l'expression de l'infirmière lorsqu'elle lui avait demandé de l'aider à retrouver Ollie et Max, d'abord à l'orphelinat puis chez les Hudson. Elle avait eu l'air d'avoir vu un fantôme.

— Je m'excuse de dire ça, madame, mais ça ne me semble pas correct. C'est comme si…

Pia hésita. Elle n'était pas sûre de pouvoir dire tout haut ce qu'elle soupçonnait tout bas.

— Comme si quoi, Pia ? N'aie pas peur.

— Comme si elle vendait des enfants, madame.

Mrs Hudson se figea, horrifiée.

— Quand j'ai tenté de regarder dans son carnet, j'ai vu qu'elle avait plein de billets dans son sac et je me suis demandé d'où venait tout cet argent.

Soudain, une autre pensée la traversa et son cœur s'arrêta.

— Peut-être que c'est pour cette raison qu'elle ne veut pas chercher Ollie et Max. Peut-être qu'elle sait déjà où ils sont parce qu'elle les a vendus à quelqu'un.

Mrs Hudson porta sa main à sa poitrine et avança jusqu'au bord de son fauteuil.

— Mon Dieu… Mais si c'est bien ce qu'elle fait, alors… Où trouve-t-elle les enfants ? Où a-t-elle trouvé Cooper ? Et si elle l'avait pris à sa famille ?

La panique se lisait sur les traits de Mrs Hudson. Elle déglutit, comme si elle était sur le point d'être malade. Pia secoua la tête.

— Je ne crois pas qu'elle procède de cette façon. Quand j'étais à Saint-Vincent, des bébés abandonnés arrivaient sans arrêt. Et je l'ai aussi vue emmener des enfants plus âgés. L'histoire qu'elle vous a racontée à propos de Cooper est peut-être la seule chose sur laquelle elle n'a pas menti.

— Doux Jésus. J'espère que tu as raison.

Elle poussa un soupir frémissant et se laissa retomber dans son fauteuil, blême.

— Quand pensez-vous qu'elle reviendra pour récupérer le reste du paiement ? s'enquit Pia.

— Je n'en sais rien.

— Vous a-t-elle dit où elle vivait ?

— Non. Autrement, je serais déjà en train d'avertir la police pour qu'ils aillent l'arrêter.

Pia avait peur de commettre un impair en posant la question qui lui brûlait les lèvres. Elle redoutait d'essuyer un refus, mais c'était sa seule chance. Elle décida de se lancer avant que son courage l'abandonne.

— Je sais que c'est beaucoup demander, madame, mais croyez-vous que le Dr Hudson pourrait en apprendre davantage sur elle, et peut-être chercher mes frères dans le même temps ? Peut-être pourrait-il se renseigner auprès des hôpitaux et interroger d'autres médecins et d'autres infirmières ?

Mrs Hudson hocha la tête.

— Bien sûr. Je lui en parlerai ce soir.

Pia laissa échapper un soupir de soulagement.

— Merci, madame. Et aussi… sans vouloir abuser de votre gentillesse… pensez-vous qu'il lui serait également possible de découvrir si mon père est rentré de la guerre ?

— Je vais voir ce qu'il peut faire.

— Merci. Vous n'imaginez pas ce que cela représente pour moi, madame.

— Après tout ce que tu as fait pour nous, la moindre des choses est de t'aider à retrouver ta famille.

— Dans ce cas… pardonnez-moi d'insister autant, mais que diriez-vous de m'autoriser à aller jusqu'à mon ancien appartement afin de demander aux nouveaux occupants s'ils ont des nouvelles ?

L'incertitude se lut sur les traits de Mrs Hudson.

— Laisse-moi m'entretenir avec mon mari à ce sujet. Tu connais notre position quant à la menace que représente encore la grippe. S'il pense que ce n'est pas dangereux, je suis persuadée qu'il t'emmènera là-bas lui-même.

Un nœud se forma dans la gorge de Pia. Enfin, quelqu'un était disposé à l'aider.

— Merci, madame, répéta-t-elle d'une voix étranglée par l'émotion.

Le lendemain matin, le Dr Hudson annonça à Pia qu'il l'accompagnerait jusqu'à son ancien appartement lors de son prochain jour de congé, qui tombait la semaine suivante. Entre-temps, dès qu'il en aurait terminé avec ses consultations de la journée, il téléphonerait à la directrice de Saint-Vincent pour se renseigner sur l'infirmière Wallis. Il passerait également des appels et enverrait des télégrammes concernant ses frères aux médecins de sa connaissance, aux autres orphelinats de la ville et aux directeurs des différents hôpitaux. Il avertit Pia qu'il n'obtiendrait peut-être pas de réponse, mais lui promit qu'il ferait de son mieux. C'était tout ce qui comptait à ses yeux : qu'enfin quelqu'un l'écoute et souhaite lui venir en aide. Enfin, elle reprenait espoir. Son seul regret était de ne pas avoir croisé la route des Hudson plus tôt.

Ce soir-là, lorsque le patriarche s'installa en bout de table pour le dîner, Pia ne tenait pas en place. Elle jouait avec l'argenterie et triturait la serviette sur ses genoux tandis qu'elle cherchait le courage de demander s'il avait parlé à mère Joe. Le téléphone se trouvait dans son cabinet, elle n'avait donc aucun moyen de savoir s'il l'avait appelée comme il le lui avait promis. Ne voulant pas sembler insistante, elle pria en son for intérieur pour que Mrs Hudson ait aussi hâte qu'elle d'en savoir plus.

Tandis que les épis de maïs et le pain de viande circulaient autour de la table, Pia avait le sentiment d'être sur le point d'exploser. Quand tout le monde fut servi, Mrs Hudson se rassit, étala sa serviette sur ses genoux et se mit en devoir de donner à manger à Elizabeth. Pia la dévisagea.

Enfin, Mrs Hudson prit la parole.

— As-tu eu la possibilité d'appeler Saint-Vincent, mon cher ?

Le Dr Hudson hocha la tête entre deux bouchées.

— Oui. J'ai pu m'entretenir avec mère Joe.

La gorge de Pia sembla se refermer autour du morceau de viande qu'elle était en train d'avaler. Elle posa ses couverts et s'essuya la bouche.

— Connaît-elle l'infirmière Wallis ?

— Oui, et d'après elle, c'est une sainte. Elle a chanté ses louanges sur tous les tons en affirmant qu'elle était venue en aide à davantage d'orphelins que quiconque au cours des derniers mois, bébés et enfants confondus.

Pia et Mrs Hudson échangèrent un regard lourd de sous-entendus. Elles avaient uniquement informé le Dr Hudson que l'infirmière Wallis savait peut-être quelque chose concernant Ollie et Max, sans toutefois lui faire part de leurs soupçons. Mrs Hudson comptait lui en parler, mais pas tout de suite. D'abord, elle voulait voir ce qu'il était en mesure de découvrir.

— Mère Joe est-elle au courant que l'infirmière Wallis a amené Cooper chez nous ?

— Non, je n'ai pas abordé le sujet. Pourquoi l'aurais-je fait ?

— Je me demandais juste si l'infirmière Wallis avait d'abord demandé à mère Joe s'il y avait une place pour lui à Saint-Vincent. Qu'en est-il de son adresse ? Mère Joe la connaît-elle ?

Le médecin secoua la tête.

— Ce n'est pas une employée de l'orphelinat et ils ne disposent pas de ce genre d'informations sur des personnes qui ne sont pas des membres du personnel.

— Excusez-moi, monsieur, intervint Pia. Mère Joe a-t-elle dit si l'infirmière Wallis s'était rendue à l'orphelinat récemment ?

— Elle a affirmé ne pas l'avoir vue depuis environ une semaine. Je l'ai priée de se procurer son adresse lorsqu'elle reviendrait et de me téléphoner ensuite pour me la communiquer.

— Qu'en est-il des hôpitaux ? interrogea Mrs Hudson. A-t-elle officié dans l'un d'eux ?

— Peut-être, mais peut-être pas. Pendant l'épidémie, n'importe quelle femme bien portante a été appelée à la rescousse, qualifiée ou non. Cela signifie que beaucoup de femmes dénuées de formation ont grossi les rangs des infirmières, sans que leurs noms apparaissent forcément dans les registres officiels. Depuis, certaines sont restées dans la profession et d'autres non. Certaines ont rejoint des hôpitaux ou des médecins, tandis que d'autres travaillent seules et rendent visite à des familles dans le besoin.

— Mais elle portait un uniforme, monsieur, insista Pia. Quelqu'un doit forcément savoir qui elle est.

— Je me renseignerai auprès de la Croix-Rouge.

— As-tu demandé à mère Joe si elle était au courant de quoi que ce soit concernant les frères de Pia ?

— Oui et elle n'a aucun souvenir d'avoir accueilli des jumeaux, filles ou garçons. Mais elle a également avoué qu'un certain désordre régnait dans les archives, notamment celles remontant aux premiers mois de l'épidémie.

— Alors ce n'est pas entièrement impossible que mes frères soient passés par Saint-Vincent.

— Ou par n'importe quel autre orphelinat ou refuge de Philadelphie. Quand j'ai dit à mère Joe que nous cherchions deux petits garçons jumeaux, elle m'a expliqué que la grippe avait fait des milliers d'orphelins et que les structures d'accueil étaient si surpeuplées que le Bureau pour les enfants avait demandé aux citoyens d'ouvrir leurs portes à ces enfants. D'autres ont été regroupés et hébergés dans des maisons en location. Quelques-uns y sont restés, mais la plupart ont fini par être envoyés dans des familles ou des établissements situés à l'extérieur de la ville.

— Existe-t-il des archives qui recensent ces enfants ? demanda Mrs Hudson.

— C'est possible. Mais nombre d'entre eux sont certainement passés entre les mailles de l'administration.

Le cœur de Pia se serra douloureusement dans sa poitrine. Comment retrouver ses frères si on les avait expédiés loin de Philadelphie ? Elle repoussa son assiette. Elle qui n'avait déjà pas très faim venait de perdre tout appétit. La situation semblait désespérée. Et même si elle avait raison concernant l'infirmière Wallis, et même s'ils la localisaient, et même s'ils trouvaient des documents recensant tous les enfants devenus orphelins pendant l'épidémie, Pia devait garder une chose à l'esprit, aussi douloureux que cela puisse être : il existait la possibilité qu'Ollie et Max n'aient pas survécu à leur séjour dans le casier.

Deux jours plus tard, le samedi, Pia s'apprêtait à aller réveiller Elizabeth de sa sieste quand la sonnette retentit longuement et bruyamment. Elle se rendit au rez-de-chaussée à pas rapides pour ouvrir, dans le fol espoir qu'il s'agisse de l'une des personnes avec lesquelles le Dr Hudson avait discuté au cours des derniers jours. Peut-être quelqu'un de la Croix-Rouge ou l'un de ses amis médecins venu lui annoncer que Max et Ollie avaient été localisés. La pancarte interdisant les visiteurs était toujours sur la porte. La personne qui se présentait devait donc avoir besoin de quelque chose d'important. Mais lorsque Pia arriva dans l'entrée et posa la main sur la poignée, elle eut un instant d'hésitation. Et si c'était l'infirmière Wallis ?

Elle retint son souffle et écarta le rideau pour regarder dehors. Une jeune femme emmitouflée dans un manteau marron se tenait sur le perron. Des mèches bouclées lui tombaient dans les yeux tandis que le reste de ses cheveux jaune paille était ramené en queue-de-cheval. Elle semblait avoir dans les 18 ans, le teint pâle et des cernes sombres sous ses yeux bleus.

— Que puis-je faire pour vous ? demanda Pia à travers la porte.

— C'est mère Joe qui m'envoie, répondit la jeune femme.

Le cœur de Pia se mit à battre la chamade. Peut-être la religieuse avait-elle appelé le Dr Hudson avec des nouvelles concernant l'infirmière Wallis sans parvenir à le joindre et qu'elle avait donc chargé quelqu'un de livrer le message en personne. Pia ouvrit la porte d'une main tremblante.

La jeune femme lui sourit et lui tendit un paquet couvert de papier brun retenu par une ficelle.

— J'ai trouvé ça sur le porche, annonça-t-elle gaiement.

Le colis était adressé à Dr et Mrs Hudson. Pia s'en empara.

— Vous êtes ici de la part de mère Joe, vous dites ?

— C'est exact. Elle a dit que votre mère avait besoin d'aide avec les enfants.

Pia fronça les sourcils. Était-ce le Dr Hudson qui avait dit cela à la religieuse ? Mrs Hudson avait-elle changé d'avis quant au fait de laisser Pia rester chez eux ? Peut-être qu'elle avait commis une erreur en avouant la vérité sur ses frères, en fin de compte. Elle sentit la panique s'emparer d'elle.

— Je suis navrée, mais vous devez vous tromper de maison.

— Je suis bien à l'adresse qui figure sur le colis et la boîte aux lettres ? Chez le Dr Hudson et sa femme ?

Avant que Pia ait le temps de répondre, elle entendit les pas de Mrs Hudson derrière elle.

— Qui est là ? Est-ce l'infirmière Wallis ?

Pia se décala pour que Mrs Hudson puisse voir qui se tenait sur le seuil. Serait-elle surprise, ou savait-elle que la jeune femme devait se présenter chez elle ?

En apercevant la visiteuse, Mrs Hudson s'arrêta et fronça les sourcils, inquiète.

— En quoi pouvons-nous vous être utiles, mademoiselle ?

— Bonjour, Mrs Hudson. Je suis ravie de vous rencontrer. Je m'appelle Rebecca Stillman. C'est mère Joe de Saint-Vincent qui m'envoie. Elle a dit que vous aviez sûrement besoin d'aide à la maison.

Mrs Hudson secoua la tête.

— Je suis navrée, mais il doit y avoir une erreur. Je ne cherche pas d'employée en ce moment.

Pia sentit le soulagement lui dénouer les épaules. Ils ne se débarrassaient pas d'elle, donc.

— Mais je peux tout faire, madame, insista Rebecca. Je suis très douée pour le ménage, la cuisine, le jardinage, m'occuper des enfants… tout ce que vous voudrez.

— J'ai déjà quelqu'un pour m'aider avec les enfants. Peut-être pourriez-vous revenir au printemps, quand il faudra semer dans le jardin ?

— Je vous en prie, madame, persista Rebecca, dont le menton se mit soudain à trembler comme si elle s'apprêtait à pleurer. Je vous en supplie, donnez-moi une chance. Ce n'est pas la peine de m'héberger ou de me nourrir, car j'ai un logement. Tout ce qu'il me faut, c'est un peu d'argent pour subvenir aux besoins de mon fils.

Elle essuya ses yeux pleins de larmes.

— C'est un nouveau-né, il n'a que quelques semaines, et si je ne trouve pas rapidement une place, on va me le prendre.

— Ciel, quelle horreur, se désola Mrs Hudson.

Elle se tourna vers Pia, les sourcils froncés, avant de reporter son attention sur Rebecca.

— J'aimerais sincèrement pouvoir vous aider, mais je ne peux laisser personne entrer chez nous. Pas tandis que la grippe fait encore des siennes.

— Je comprends tout à fait, madame, mais vous n'avez aucun souci à vous faire me concernant. Je suis en excellente santé, et très honnête aussi.

— Aujourd'hui peut-être, mais qui sait ce que l'avenir vous réserve ?

— Pardon d'insister, madame, mais j'ai déjà eu la grippe l'an dernier, quand j'étais à New York. Les docteurs ont dit qu'ils n'avaient jamais vu personne s'en remettre aussi vite. Je me porte comme un charme depuis.

Mrs Hudson étudia Rebecca, l'observant nerveusement des pieds à la tête tandis qu'elle triturait la dentelle de son col, clairement tiraillée entre la peur et l'envie de lui porter secours.

— S'il vous plaît, madame, implora Rebecca. Si vous m'engagez, je vous promets que vous ne le regretterez pas. C'est mère Joe qui l'a dit.

Mrs Hudson pinça les lèvres, l'air pensif. Elle lissa le devant de son tablier et tripota de nouveau son col. Rebecca lança un regard chargé d'espoir à Pia, comme si celle-ci était en mesure de l'aider.

— Savez-vous faire la lessive et repasser ? finit par s'enquérir Mrs Hudson.

Rebecca s'illumina.

— Oui, madame. Absolument.

— Très bien. Dans ce cas, pourriez-vous venir le matin pendant quelques heures ? Normalement, le jour de lessive est le lundi, mais avec quatre enfants, le linge sale s'accumule. Peut-être pourriez-vous commencer demain matin, disons à 8 heures ?

Rebecca joignit les mains sous son menton, les yeux étincelants de gratitude.

— Oui, madame. Sans problème.

— Parfait. Nous allons vous prendre à l'essai quelques jours et voir ce que ça donne.

— Merci beaucoup, madame. Je ne sais pas comment vous dire ce que ça représente pour mon petit garçon et moi.

— Je vous en prie. À demain, alors.

— Oui, madame. Je serai là à 8 heures tapantes.

Elle recula tout en agitant ses mains jointes de haut en bas.

— Encore merci, madame. Vous ne le regretterez pas, je vous le promets.

Puis elle descendit les marches à la hâte et disparut au coin de la rue.

Après son départ, Pia referma la porte et tendit le colis à Mrs Hudson.

— Elle a trouvé ça sur le perron.

Mrs Hudson s'empara du paquet en dévisageant Pia, dubitative.

— Crois-tu que j'ai pris la bonne décision ?

Pia haussa les épaules.

— Je n'en ai pas la moindre idée, madame.

En réalité, cela ne dérangeait pas le moins du monde Pia que sa patronne engage Rebecca. Ce serait agréable d'avoir quelqu'un avec qui parler. Dans le même temps, elle se demandait pourquoi mère Joe avait envoyé la jeune femme chez les Hudson au lieu d'une autre famille.

— Ce que je sais, c'est que nous avons bien besoin d'aide avec le linge sale.

Mrs Hudson rit.

— Je n'aurais pas dit mieux, Pia. De toute manière, je ne pouvais pas les laisser lui prendre son bébé, n'est-ce pas ? Ç'aurait été horrible.

Pia était entièrement d'accord sur ce point. Elle avait vu suffisamment de mères et d'enfants séparés.

— Non, madame, on ne pouvait pas laisser faire ça. Mais pourquoi croyez-vous que mère Joe l'a envoyée ici ?

— Je l'ignore. Peut-être a-t-elle cru qu'il y avait un souci à cause de l'appel de mon mari.

— Peut-être. Ou peut-être pense-t-elle que je ne m'acquitte pas correctement de mon travail.

— Ne t'inquiète pas, Pia. Son opinion n'a pas d'importance. J'étais sincère quand j'ai dit que cette maison était la tienne. Et mère Joe ne peut rien changer à cela.

Pia sourit. Les larmes lui montèrent aux yeux.

— Merci, madame. Vous n'imaginez pas ce que cela représente pour moi.

Quand Pia emmena les filles à la cuisine pour le petit déjeuner le lendemain, Rebecca était déjà là, occupée à remplir le seau à linge de draps sales. Mrs Hudson était devant la cuisinière, en train de remuer une casserole de porridge avec une cuillère en bois. Quand Rebecca aperçut les trois fillettes, elle se sécha les mains sur son tablier et se précipita vers elles, rayonnante.

— Bonjour, s'exclama-t-elle. Qui donc sont ces jolies damoiselles ?

— Voici Margaret, Sophie et Elizabeth, énuméra Pia en caressant les cheveux de chacune.

Rebecca effectua une petite révérence à l'intention de chacune en les appelant Princesse Margaret, Princesse Sophie et Princesse Elizabeth.

— Je suis enchantée de faire votre connaissance. Je m'appelle Rebecca.

Les sœurs la fixèrent en silence, visiblement surprises par la présence d'une nouvelle personne dans la maison.

— Eh bien, les filles, n'oubliez pas vos bonnes manières. Quand on s'adresse à nous, la politesse exige de répondre, vous vous souvenez ?

Elle souleva Elizabeth pour l'installer, attrapa son verre de lait sur la table et le plaça devant elle, sur le plateau de sa chaise haute.

— Bonjour, dirent Sophie et Margaret de concert tout en s'asseyant.

— C'est moi la plus grande, indiqua Margaret. À mon prochain anniversaire, j'aurai 5 ans.

— Doux Jésus, quelle grande fille, s'émerveilla Rebecca.

— Et moi, je vais avoir 4 ans, annonça Sophie.

— C'est formidable.

Elizabeth s'empara de son verre à deux mains et commença à boire. Du lait lui coula sur le menton, que Pia essuya avec une serviette avant d'aider les filles à se servir en pruneaux et en gâteaux aux fruits. Tandis que Rebecca observait la scène en souriant, Mrs Hudson approcha avec la casserole pour remplir les bols de ses aînées de porridge.

— Souhaitez-vous que j'aille voir si Cooper est réveillé ? proposa alors Pia. Ou préférez-vous que je reste ici pendant que vous allez le chercher ? Je crois l'avoir entendu remuer en passant devant sa chambre avant de descendre.

— Occupe-t'en, s'il te plaît, répondit Mrs Hudson. Je dois montrer à Rebecca comment se servir de l'essoreuse.

Pia se rendit au premier. Cooper était allongé sur le dos et contemplait des ombres de feuilles qui dansaient au plafond.

— Bonjour, mon chéri, dit Pia.

Il lui sourit et gazouilla tout en tendant ses petites mains vers elle.

En le prenant dans ses bras, Pia se figea. Un hochet traînait dans un coin du berceau, copie conforme de ceux que Vater avait fabriqués pour Ollie et Max. Pendant un instant, son cœur ralentit et tout devint flou. Elle rallongea Cooper et s'empara du jouet pour l'examiner de plus près. Il était clairement fait à la main, avec un morceau de ficelle qui retenait quatre clochettes en cuivre de chaque côté du manche en bois lisse. C'était impossible qu'il soit l'œuvre du Dr Hudson, du fait du handicap de ce dernier. Elle le secoua et ses yeux se remplirent de larmes. Il produisait exactement le même bruit que les hochets de ses frères, comme des cloches de traîneau à Noël. Elle examina la base du manche. Le bois était abîmé, comme si on l'avait frotté contre quelque chose, mais les traces estompées d'une initiale restaient visibles.

M

Pia retint son souffle et lâcha le jouet, qui manqua retomber sur la tête de Cooper. C'était le hochet de Max. Mais d'où venait-il ? Comment avait-il atterri ici ? Il fallait qu'elle interroge Mrs Hudson, qu'elle lui pose la question avant que son cœur explose dans sa poitrine. Tremblant de tout son corps, elle tendit les bras vers Cooper avant de se retenir aux barreaux du berceau pour reprendre ses esprits. Il devait exister des centaines de hochets de cette sorte, et encore plus de bébés dont l'initiale était la lettre *M*. Peut-être que le vrai prénom de Cooper commençait par un *M* et que le jouet était le sien. Peut-être que l'infirmière Wallis l'avait donné à Mrs Hudson et que cette dernière était enfin suffisamment à l'aise pour le donner au petit garçon. Elle prit une grande inspiration et tenta de s'éclaircir les idées. Ce n'était pas parce qu'un hochet comportait la lettre *M* qu'il appartenait nécessairement à Max. Il pouvait s'agir d'une coïncidence. Elle le saisit de nouveau et le fit tourner entre son pouce et son index. Le *M* devint un *W*. Néanmoins, les similarités restaient troublantes.

À cet instant, Cooper geignit, ce qui fit sortir Pia de sa transe. Elle posa le jouet, prit le bébé dans ses bras et l'emmena jusqu'à la table à langer. Ses questions devraient attendre qu'elle ait changé sa couche. Cooper lui sourit tandis qu'elle lui ôtait son pyjama. Elle lui offrit un sourire mécanique et lui chatouilla délicatement le cou, même si elle avait la tête ailleurs.

— Alors, es-tu un petit garçon heureux aujourd'hui ? On dirait que oui.

Il frotta son petit poing contre sa bouche et tenta de téter ses jointures. Pia s'efforça de se concentrer et le rhabilla rapidement avant de redescendre avec lui. Dans la cuisine, Mrs Hudson était en train de faire la vaisselle. Rebecca était penchée au-dessus d'une bassine d'eau brûlante près de la cuisinière, son visage rouge couvert de sueur. En voyant Pia et le bébé, elle laissa tomber un drap trempé à terre et se rua sur eux pour l'examiner de plus près.

— Mon Dieu, s'extasia-t-elle. Vous avez vu ça ? Qu'il est beau… Il me rappelle mon petit Simon. Et il ne pleure même pas !

Elle joignit les mains sous son menton.

— J'ai toujours adoré les bébés. Est-ce que je peux le prendre ?

Bien que mourant d'impatience de questionner Mrs Hudson sur le hochet, Pia dévisagea sa patronne d'un air interrogateur. Était-elle d'accord ?

Cette dernière secoua légèrement la tête et s'essuya les mains avec un torchon avant de les rejoindre.

— Rebecca, je vous ai engagée pour vous occuper de la lessive, pas pour jouer avec les enfants. Si nous en avons le temps après que vous aurez fini votre travail, alors vous pourrez passer quelques minutes avec Pia et les petits. Gardez bien en tête que c'est la première fois depuis des mois que j'autorise quelqu'un à entrer chez nous. Je suis sûre que vous comprendrez pourquoi mon mari, Pia et moi-même sommes les seules personnes à prendre Cooper dans nos bras.

Rebecca laissa retomber ses mains.

— Oui, madame, répondit-elle avec une déception évidente avant de se remettre à la tâche.

Pia tendit Cooper à Mrs Hudson.

— Je l'ai changé, indiqua-t-elle.

— Merci, Pia. Bonjour, mon petit chéri, dit-elle en embrassant le bébé sur le front. Pia, je vais le nourrir dans le salon. Peux-tu rester ici pendant ce temps ?

— Bien sûr.

Cooper avait faim. Les questions sur le hochet devraient attendre.

Pendant que Mrs Hudson nourrissait Cooper, Pia s'assit avec les filles pour s'assurer qu'elles mangeaient sans se chamailler ni salir leurs tenues toutes propres. Rebecca frottait les vêtements et les couches sur la planche à laver tout en adressant de temps à autre un sourire amical à Pia et aux enfants. Au moins, elle semblait très travailleuse.

Quand Mrs Hudson revint dans la cuisine, elle plaça Cooper dans son berceau près de la cuisinière, le borda d'une couverture et retourna s'occuper de la vaisselle. Pia se leva pour la rejoindre et jeta un coup d'œil par-dessus son épaule pour vérifier que Rebecca n'écoutait pas. Cette dernière était en train d'essorer un drap, le dos tourné.

— Madame, si vous me permettez de poser la question, commença Pia à voix basse, d'où vient le hochet en bois dans la chambre d'enfants ?

— Cette vieille chose ? C'était dans le colis que Rebecca a trouvé sur le perron hier.

— Savez-vous qui l'a envoyé ?

Mrs Hudson posa le plat qu'elle venait de laver sur le plan de travail, s'essuya les mains et fit signe à Pia de la suivre. Quand elles furent hors de portée de voix dans l'office, elle murmura :

— C'est très étrange. Il n'y avait pas d'adresse d'expéditeur, pas de mot à l'intérieur, rien du tout. Je ne comptais pas le donner à Cooper au début, mais mon mari a dit que c'était peut-être un employé de l'asile où était internée sa mère qui nous l'avait fait parvenir.

Par conséquent, s'il est possible que cela vienne de sa mère, c'eut été incorrect de ne pas le lui donner.

— Et l'initiale sur le manche ? Que pensez-vous que cela puisse représenter ?

— J'ai supposé qu'il s'agissait du vrai nom de Cooper.

Pia serra les dents. Elle avait espéré que l'infirmière Wallis avait indiqué le prénom de baptême de Cooper à Mrs Hudson. À présent, elle ne le saurait jamais. Dans tous les cas, pourquoi une personne travaillant à l'asile en aurait quelque chose à faire d'un vieux hochet, et pourquoi payer les frais de port ? Et pourquoi ne pas indiquer l'adresse du destinataire ?

Soudain, un déclic s'effectua dans l'esprit de Pia.

— Je ne crois pas qu'il vienne d'un asile.

— Pourquoi pas ? s'étonna Mrs Hudson.

— Parce que si ce hochct appartenait à Cooper, alors la personne qui l'a envoyé devait savoir où il était. Et si l'infirmière Wallis s'adonne à ce à quoi on la soupçonne de s'adonner, jamais elle n'aurait confié à quiconque où il vit désormais.

Mrs Hudson écarquilla les yeux de surprise, avant de hocher le menton en direction de la cuisine.

— Et Rebecca ? Elle a affirmé qu'elle avait trouvé le paquet devant la porte.

— Nous pouvons lui poser la question, mais je doute qu'elle sache ce qu'il contenait. Le hochet est exactement comme ceux que mon père avait fabriqués pour mes frères, avec l'initiale et tout le reste. Et je crois que c'est l'infirmière Wallis qui l'a envoyé.

Mrs Hudson porta une main à sa bouche.

— Mon Dieu.

— Je n'en suis pas certaine, madame, mais un fort pressentiment me souffle que j'ai raison.

— Peut-être le moment est-il venu d'avouer à Paul ce qui se passe, résolut alors Mrs Hudson. Lui saura peut-être quoi faire.

Pia hocha la tête. Elle n'était pourtant pas sûre qu'en parler au médecin aiderait, mais elle n'avait rien à perdre.

— Puis-je aller le voir maintenant, madame ?

— Maintenant ?

— Oui, s'il vous plaît. J'ai peur de perdre la raison si je dois attendre jusqu'à la fin de la journée.

Les sourcils froncés, Mrs Hudson réfléchit quelques instants avant de sortir de l'office.

— J'imagine que nous pouvons lui demander s'il a quelques minutes à nous consacrer entre deux patients.

Pia la suivit, soulagée.

Lorsqu'elles revinrent dans la cuisine, Rebecca était agenouillée près du berceau de Cooper, en train de lui chanter une berceuse. Dès qu'elle les vit, elle se releva et se remit au travail. Mrs Hudson accrocha la lavette à l'étendoir et retira son tablier.

— Rebecca, nous étions en train de parler du paquet que vous avez trouvé sur le perron. Où était-il exactement ?

— Il était posé juste devant la porte, madame. Pourquoi ?

— Alors vous n'avez pas vu le postier le déposer ? intervint Pia.

— Non. Le colis était déjà là quand je suis arrivée en haut des marches. Y a-t-il un problème, madame ? demanda Rebecca d'un air inquiet.

— Non. Simplement, nous nous interrogions quant à sa provenance étant donné que l'adresse de l'expéditeur ne figure nulle part.

— Je ne sais rien du tout, madame, je vous assure.

— Pouvez-vous surveiller les enfants pendant quelques minutes, s'il vous plaît ? Je dois accompagner Pia jusqu'au cabinet de mon mari. Je reviens tout de suite.

Le visage de Rebecca s'éclaira.

— Bien sûr, madame. Avec joie.

— Les filles peuvent vous aider à débarrasser la table quand elles auront fini de manger.

— Oui, madame. Prenez votre temps.

— Je n'en ai pas pour longtemps, mais si vous avez le moindre problème, le cabinet est au bout du couloir, derrière cette porte. Si Cooper commence à s'agiter, ne le prenez pas. Venez me chercher. C'est bien compris ?

— Oui, madame. Tout ira bien, ne vous inquiétez pas.

Mrs Hudson lui adressa un petit hochement de tête, puis sortit de la cuisine avec Pia sur les talons. Après quelques minutes passées à attendre la fin de sa consultation en cours, Mrs Hudson demanda à son mari si Pia pouvait s'entretenir avec lui. Elle avait prévu de retourner immédiatement auprès des enfants, mais quand Pia commença à parler elle se laissa absorber par son récit. Le Dr Hudson fut choqué par ce qu'il entendait, et il se fâcha en apprenant que sa femme lui avait caché la vérité concernant la commission. Mais sa colère se dissipa dès qu'elle lui expliqua qu'elle avait eu peur lorsque l'infirmière Wallis l'avait menacée de trouver une autre famille pour Cooper si jamais elle ne la payait pas.

— Je pense que Pia dit la vérité quant au fait que Cooper a été abandonné ou trouvé dans un orphelinat, finit par déclarer le médecin. Mais dans un cas comme dans l'autre, les actions de cette femme sont répréhensibles.

— Tu ne crois donc pas que le hochet provienne de l'asile où est sa mère ? demanda Mrs Hudson.

— Pas après ce que vous venez de me raconter.

— D'après vous, serait-il possible de découvrir si c'est l'infirmière Wallis qui l'a envoyé ? intervint Pia.

— Je ne vois pas comment.

— En interrogeant le receveur des postes ou le facteur ? suggéra Mrs Hudson.

— As-tu la certitude qu'il a été envoyé par la poste ? Comportait-il des tampons ou des cachets ?

Les épaules de Mrs Hudson s'affaissèrent.

— Je ne me rappelle pas. Et j'ai brûlé le papier. Et toi, Pia ?

— Moi non plus. Peut-être l'a-t-elle déposé elle-même.

— Si elle en est bel et bien l'expéditrice, c'est une possibilité, reprit le médecin. Et si elle vend réellement des enfants, alors il nous faut avertir la police, mais ils voudront des preuves avant d'entamer une enquête.

— Elle a menacé de reprendre Cooper si je ne payais pas. N'est-ce pas une preuve suffisante ?

— Ce serait ta parole contre la sienne, ma chérie. Sans parler du fait que nous ne savons même pas où elle est.

Pia se tourna vers Mrs Hudson, les yeux pleins de larmes.

— Je suis navrée, Pia. Nous en reparlerons au dîner, d'accord ? Je suis sûre que nous trouverons une solution. Mais là, nous devons retourner auprès des enfants. Je les ai laissés bien plus longtemps que ce que j'avais prévu.

Pia hocha la tête et la suivit hors du cabinet, presque submergée par le désespoir. Comment découvrir si l'infirmière Wallis savait quelque chose sur Ollie et Max s'ils n'étaient pas en mesure de la localiser ? Tout ce qu'elle pouvait faire, c'était prier qu'elle revienne chercher le reste de la somme. Et quand bien même, comment s'y prendre à ce moment-là ? Lui arracher des aveux ? L'attacher jusqu'à l'arrivée de la police ?

Dans la cuisine, Elizabeth n'était plus dans sa chaise haute, mais debout sur la table avec du porridge plein les mains, la robe et les cheveux. Margaret sautait sur une chaise en chantant et Sophie avait une assiette sale en équilibre sur la tête. Rebecca, elle, n'était pas là. Mrs Hudson poussa un cri et se précipita vers le berceau de Cooper tout en ordonnant à Margaret de descendre. Tremblante de colère, Pia attrapa Elizabeth et ôta l'assiette de la tête de Sophie. Comment Rebecca avait-elle pu les laisser seules ? Et où était-elle passée ?

— Il n'est plus là ! hurla soudain Mrs Hudson.

Pia sentit sa nuque se hérisser.

— Quoi ?

— Cooper n'est plus là !

— Margaret, où est Rebecca ? demanda Pia d'une voix aiguë.

Toujours perchée sur la chaise, Margaret montra la porte qui menait au vestibule.

— Elle est montée parce que Cooper avait besoin d'une couche propre. Elle a dit qu'il avait fait popo, ajouta Margaret en gloussant.

Mrs Hudson poussa un soupir de soulagement et porta une main à son front, vacillant légèrement. Puis elle alla aider Margaret à descendre.

— Elle n'était pas censée le prendre. Et elle était encore moins censée vous laisser seules, dit Mrs Hudson d'une voix frémissante de courroux.

Pia remit Elizabeth dans sa chaise haute et lui débarbouilla le visage.

— Je vais voir là-haut, madame, annonça-t-elle ensuite.

— Oui, s'il te plaît. Et dis-lui de redescendre immédiatement. J'ai besoin de lui parler.

Pia sortit de la pièce et traversa le couloir à pas rapides, envahie par un sentiment de malaise. Elle venait juste de changer Cooper. Et quand bien même sa couche aurait été sale, Rebecca avait reçu l'ordre de ne pas le prendre. Si elle avait si cruellement besoin de ce travail, pourquoi désobéir à sa patronne ? Cela n'avait pas de sens. Pia monta les marches quatre à quatre et se rua vers la chambre d'enfants. Et si Rebecca avait menti à Margaret ? Et si elle n'était pas au premier ? Quand Pia arriva sur le seuil, elle se figea, abasourdie par ce qu'elle voyait.

Le visage baigné de larmes, Rebecca était installée dans le fauteuil à bascule, avec sa blouse déboutonnée et Cooper sur sa poitrine nue. Quand elle aperçut Pia, elle posa délicatement la main sur la tête du bébé et le serra contre elle.

Pia traversa la pièce en trombe et tendit les bras.

— Donnez-le-moi.

Rebecca secoua la tête.

— Non, dit-elle tout bas. Pas encore.

— Vous avez perdu l'esprit ? Donnez-le-moi immédiatement.

— Non. Je sens que je recommence à avoir du lait.

— Ce n'est pas votre enfant, répliqua Pia, le ventre noué par la furie. Ce n'est pas Simon.

— Je sais. Je sais que ce n'est pas mon fils, geignit Rebecca d'un air misérable.

Pia tenta de s'emparer de Cooper, mais Rebecca resserra son étreinte. Elles se débattirent l'espace de quelques secondes, jusqu'à ce que Pia lâche prise par peur de faire mal au petit garçon.

— Lâchez-le, ordonna-t-elle entre ses dents serrées.

Au même moment, des pas retentirent sur le plancher, et Mrs Hudson entra dans la pièce avec Elizabeth dans les bras et Sophie et Margaret sur les talons. Quand elle vit Cooper au sein de Rebecca, elle blêmit.

— Qu'est-ce que vous fabriquez ? cria-t-elle.

Elle mit Elizabeth dans les bras de Pia et se rua sur la jeune femme.

— Donnez-le-moi !

Rebecca résista un bref instant avant de céder. Mrs Hudson attrapa Cooper et recula en la dévisageant comme si elle était folle à lier. Rebecca laissa ses mains retomber mollement sur ses genoux tandis qu'un filet de lait coulait de son sein et formait une tache sur sa blouse bleu clair.

— Sophie, Margaret, allez dans votre chambre, ordonna leur mère. Tout de suite.

— Mais, maman… tenta de protester Margaret.

— Ne me forcez pas à répéter et filez immédiatement dans votre chambre. Pia vous rejoint dans une minute.

Les filles firent la moue, mais elles obéirent sans un mot de plus.

— Je suis désolée, madame, dit alors Rebecca. Il commençait à s'agiter et je… je n'ai pas pu m'en empêcher.

Mrs Hudson tendit un index tremblant vers la porte.

— Sortez de chez moi, ordonna-t-elle d'une voix frémissante de rage. Et ne revenez jamais.

— Madame, je vous en prie, implora Rebecca. Je ne recommencerai pas. C'était une erreur.

— Une erreur ? répéta Mrs Hudson. Une erreur serait d'avoir déchiré un drap ou cassé une assiette. Partez d'ici avant que je demande à mon mari d'appeler la police.

Des rivières de larmes s'écoulèrent des yeux de Rebecca.

— S'il vous plaît. Je suis désolée, madame. Je vous ai menti… Mon bébé… mon Simon adoré… il est mort juste après sa naissance. Son père m'avait promis le mariage, mais ensuite il est parti et…

Elle se pencha en avant et cacha son visage dans ses mains.

— Mon petit me manque tellement…

Mrs Hudson serra Cooper contre elle, les yeux pleins de larmes.

— Je suis désolée, mais vous ne pouvez pas… vous n'auriez pas dû… Cooper est *mon* fils. C'est *mon* enfant.

Rebecca se redressa.

— Je le sais, madame. Vous avez raison et je n'avais pas le droit de… Simplement, je…

Elle se leva et boutonna sa blouse de ses mains tremblantes, vacillant comme si elle avait trop bu.

— J'espère que vous connaissez votre chance d'avoir autant d'enfants et les moyens de vous occuper d'eux tous. Toutes les mères n'ont pas ce bonheur.

— J'en suis consciente. Je n'ai pas besoin de l'entendre de votre bouche.

Les yeux rougis, Rebecca hocha la tête avant de se diriger vers la porte d'un pas chancelant, clignant des paupières comme si elle venait de se réveiller d'un cauchemar.

Mrs Hudson la regarda quitter la pièce puis confia Cooper à Pia.

— Va t'occuper des enfants, s'il te plaît. Je tiens à m'assurer qu'elle va bel et bien s'en aller.

— Souhaitez-vous que j'aille chercher le Dr Hudson ? proposa Pia.

— Non, répondit Mrs Hudson. Je peux gérer ça toute seule.

Le dimanche suivant, après avoir annoncé que le nombre de cas de grippe avait suffisamment diminué pendant la semaine écoulée, le Dr Hudson informa Pia qu'il avait réservé un fiacre pour se rendre dans le 5e arrondissement. Mrs Hudson insista pour qu'ils portent des masques, ce à quoi son mari consentit en dépit des indices encourageants qui semblaient présager la fin de l'épidémie. Quant à Pia, cela lui était égal. Tout ce qui l'intéressait, c'était l'espoir de glaner des informations sur ses frères ou son père. La guerre était finie depuis des mois. Il était forcément revenu.

En regardant par la fenêtre du fiacre, Pia eut l'impression de sortir de prison. Depuis combien de temps était-elle enfermée chez les Hudson ? Elle avait perdu la notion du temps. Les jours avaient laissé place à des semaines qui s'étaient transformées en mois qui semblaient être devenus des années. Comme avant, elle scruta les trottoirs en quête de visages familiers, ceux de ses frères, de son père, de Finn. Et bien sûr, celui de l'infirmière Wallis.

Lorsqu'ils arrivèrent devant son ancien immeuble, elle descendit du cab, les jambes flageolantes. Si elle retrouvait son père, comment lui expliquerait-elle ce qui était arrivé à Ollie et Max ? Le comprendrait-il ? Serait-il en colère, la blâmerait-il ? Elle serra ses bras autour d'elle et leva les yeux vers la fenêtre de son ancien appartement. Elle fut alors surprise de constater qu'elle n'avait pas la moindre envie de revoir cet endroit. Si ce n'était la possibilité de découvrir ce qu'il était advenu de ses proches, elle aurait pu ne jamais revenir sans que cela lui pose aucun problème. Les pièces exiguës du 408 Shunk Alley renfermaient trop de mauvais souvenirs.

— Prête ?

La voix du Dr Hudson la fit sursauter.

Elle redressa la tête, avala difficilement sa salive et monta les marches.

Enjambant des journaux froissés, un seau rouillé, des éclats de verre, ils traversèrent le vestibule sombre et se dirigèrent vers l'escalier. Leurs semelles craquaient sur le sol crasseux, et une odeur de chou bouilli et d'oignons frits flottait dans l'air. L'espace d'un instant, elle se souvint du sentiment de rentrer à la maison après l'école, d'avoir hâte de dîner avec ses parents et de jouer avec Ollie et Max. Ce sentiment léger et joyeux d'insouciance, avant que le monde sombre dans l'obscurité et que sa vie bascule. Mais la sensation disparut aussi vite qu'elle était apparue, aussitôt remplacée par un chagrin si lourd qu'il menaçait de la broyer.

Quand ils atteignirent le troisième étage, elle se précipita vers la porte de son ancien foyer, certaine que son cœur allait exploser dans sa poitrine. Et si c'était une autre famille, différente de la précédente, qui vivait ici désormais ? Et si elle devait de nouveau raconter son histoire et que ces gens ne parlaient pas anglais ? Et si on refusait de lui ouvrir ? Elle inspira profondément, frappa et lança un regard au Dr Hudson. Il lui adressa un sourire rassurant, mais le doute se lisait dans ses yeux. Ils attendirent pendant des secondes qui parurent des heures, sans obtenir de réponse. Pia se mordit la lèvre et toqua de nouveau. Enfin, la poignée tourna et la porte s'ouvrit sur une femme aux cheveux sombres et au visage fatigué, qui tenait un bébé dans ses bras. Au soulagement de Pia, c'était la même que la dernière fois.

— *Visszajötetél ?* demanda la femme avec un sourire chaleureux avant de leur faire signe d'entrer.

Le Dr Hudson ôta son chapeau melon et suivit Pia à l'intérieur. Les deux enfants qu'elle avait vus sur le lit lors de sa première visite levèrent les yeux sur elle. Ils étaient assis à terre, en train de jouer avec les mêmes jouets que lors de sa précédente visite. L'homme barbu n'était pas là. Après avoir vécu dans la belle demeure des Hudson, les pièces de son ancien chez-elle lui semblaient encore plus petites et sombres, le sol, les murs, les placards écaillés et couverts de crasse, les rideaux et les draps sales et élimés. Jamais jusqu'à cet instant elle n'avait compris combien ils étaient pauvres. C'était le jour et la nuit. Elle se demanda pourquoi Dieu permettait une telle injustice. Pourquoi certaines personnes souffraient-elles d'avoir eu la malchance de naître à un endroit plutôt qu'à un autre ? Elle s'en voulut soudain de ne pas avoir demandé à Mrs Hudson d'apporter de la nourriture et du linge propre pour ces pauvres gens. Ils avaient largement de quoi partager. Peut-être le Dr Hudson pouvait-il leur donner de l'argent. Il semblait saisi par ce qu'il voyait.

La femme le montra du doigt en haussant les sourcils.

— *Ez az apád ?*

Pia ne comprit pas ce qu'elle disait, mais elle comprit le sens de la question. Elle secoua la tête.

— Non. Ce n'est pas mon père.

Pia mima le geste d'écrire.

— Est-ce que Vater est revenu ici ? Lui avez-vous donné mon mot ?

La femme secoua la tête à son tour avant de se diriger vers l'étagère poussiéreuse au-dessus de la table. Elle enfonça la main dans le vase bleu et en ressortit un morceau de papier qu'elle tendit à Pia. La gorge de celle-ci se serra. C'était le message qu'elle avait laissé pour son père, couvert d'une fine couche de suie. Il n'était pas revenu. Alors, la femme lui tendit un autre papier. Celui-là était jaune. Un télégramme.

Le ventre de Pia se noua. La peur l'empêchait presque de respirer. Elle s'empara du télégramme et le déplia, tremblante.

WASHINGTON, 7 JANVIER 1919

MRS AMELIA LANGE

SHUNK ALLEY, IMMEUBLE 408, PHILADELPHIE, PENNSYLVANIE

AVONS REGRET DE VOUS INFORMER QUE LE SOLDAT KARL LANGE EST OFFICIELLEMENT DÉCLARÉ MORT AU COMBAT LE 9 OCTOBRE 1918

ADJUDANT GÉNÉRAL HARRIS

Pia sentit un éclair de douleur la transpercer de part en part. Elle lâcha le télégramme et s'effondra au sol, terrassée par le chagrin. Quelques mots sur une feuille venaient d'anéantir le dernier fragment d'espoir de voir son père revenir. À présent, le doute n'était plus permis. Jamais elle ne le reverrait. Jamais il ne rentrerait à la maison pour l'aider à retrouver les jumeaux. Jamais plus elle ne pourrait lui dire qu'elle l'aimait. Des images traversèrent son esprit : Vater qui la portait sur ses épaules pendant une promenade dans les bois, attendant patiemment pendant qu'elle décrochait des pommes de pin des branches des arbres ; Vater qui lui montrait des mots dans le journal pour lui apprendre à les prononcer ; le sourire sur son visage quand il avait tenu ses fils pour la première fois. Puis elle se remémora le jour de son départ pour l'armée. Avait-elle bien serré sa main deux fois de suite, leur code secret pour se dire qu'ils s'aimaient ? Elle avait dû le lui dire à voix haute. Elle avait dû le prendre dans ses bras et lui faire promettre d'être prudent. Mais lui avait-elle fait sentir combien elle tenait à lui ? Elle ne s'en souvenait pas. Puis une image horrible se matérialisa devant ses yeux : son père adoré en uniforme de soldat, allongé dans un champ. Mort. La poitrine criblée d'impacts de balles, le visage livide et couvert de sang. *Non !* hurla-t-elle en son for intérieur. *Ce n'est pas possible ! Il n'est pas mort, ce n'est pas vrai !*

Elle dissimula son visage dans ses mains et cria, secouée par de violents sanglots qui la vidaient de toutes ses forces. La réalité s'abattit sur elle avec une brutalité inouïe. Ses deux parents étaient morts. Désormais, elle était bel et bien orpheline.

Chapitre vingt-cinq

Pia

1924

En cette troisième semaine de novembre, il pleuvait depuis trois jours d'affilée. Les rafales de vent brisaient les branches des arbres et les projetaient à travers les pelouses comme s'il s'agissait de simples allumettes. Des ruisseaux de boue coulaient le long des trottoirs et formaient des flaques sur la chaussée, de telle sorte que le chemin de retour ressemblait à un parcours en pleine jungle. Normalement, Pia aimait faire le trajet après avoir déposé à l'école Margaret, Sophie et Elizabeth, désormais âgées de 10, 8 et 7 ans. Même rentrer sous la neige ne la dérangeait pas. Mais aujourd'hui, elle était impatiente de retrouver la chaleur de la maison. Elle remonta le col de son manteau sous son menton pour se protéger des gouttes glacées qui percutaient sa peau comme de minuscules projectiles. Elle contournait les hommes qui tenaient des parapluies, dépassait les femmes qui poussaient des landaus. Par chance, elle avait pris l'habitude de porter des gants, et ce, par tous les temps. Le Dr Hudson avait pensé que cela pourrait atténuer les sensations indésirables qu'elle éprouvait quand elle sortait de la maison et il avait eu raison. Heureusement qu'elle n'avait pas emmené Cooper avec elle aujourd'hui, compte tenu de sa tendance à s'enrhumer.

Au-delà de lui donner froid, le temps humide et morose semblait refléter son humeur. Après avoir aidé Mrs Hudson à préparer le petit déjeuner pendant que le Dr Hudson lisait un article dans le journal du matin sur la nouvelle loi sur l'immigration promulguée par Calvin Coolidge, dont le but était de limiter le nombre d'Européens du Sud et de l'Est, d'Arabes et de Juifs autorisés à entrer aux États-Unis (afin de préserver l'idéal américain d'homogénéité et de stabiliser la composition ethnique de la population), un sentiment de tristesse avait envahi Pia et ne l'avait pas quittée depuis. Peut-être cette loi lui rappelait-elle ses parents, leur venue ici en quête d'une vie meilleure, pour finalement ne trouver que la mort. Ou peut-être cela lui faisait penser à l'infirmière Wallis et à la haine qu'elle vouait aux Allemands. Ce qui, naturellement, lui rappelait également ses frères disparus et la façon dont toutes les pistes explorées au cours des cinq dernières années n'avaient débouché que sur des impasses.

Ils avaient cru avoir retrouvé l'infirmière quelques années plus tôt, quand le Dr Hudson s'était entretenu avec un commis à la paie dans un hôpital qui se souvenait d'une infirmière avec le même nom de famille. Mais lorsqu'ils s'étaient rendus à l'adresse de l'autre côté de la ville, la femme qui avait ouvert la porte n'était pas celle qu'ils cherchaient et jamais elle n'avait entendu parler d'autres consœurs ayant le même patronyme qu'elle. Le Dr Hudson avait appelé Saint-Vincent à de nombreuses reprises pour savoir si l'infirmière Wallis était revenue y chercher d'autres enfants, mais personne ne l'avait revue depuis le printemps 1919. À croire qu'elle s'était volatilisée de la surface de la Terre, ce qui ne faisait que renforcer les soupçons de Pia quant au fait que cette femme avait quelque chose à cacher. La provenance du hochet était restée un mystère, elle aussi. Aucun employé d'aucun asile ne l'avait vu auparavant, et personne ne se souvenait d'une immigrante accompagnée d'un nourrisson lors de son internement. De la même façon, aucun postier ne se rappelait avoir déposé le colis devant la porte. Si seulement ils avaient davantage interrogé Rebecca avant de la renvoyer… Elle avait menti à propos de son fils, alors comment savoir si elle n'avait pas fabulé sur d'autres choses ?

La troisième vague de grippe avait pris fin pendant l'été 1919, soit neuf mois après le début de la terreur. L'épidémie avait semé le chaos, avec des enfants introuvables, des familles séparées, d'autres entièrement décimées. Des centaines d'enfants trop jeunes ou trop malades pour se rappeler leur nom après avoir été pris en charge par des infirmières avaient été confiés à des familles d'accueil ou envoyés dans d'autres villes par erreur. Pia se demandait combien de fois l'infirmière Wallis avait tiré profit de la situation, combien de fois elle s'était fait de l'argent sur le dos d'orphelins ou d'enfants perdus. Et combien de personnes, à l'instar de Pia, cherchaient leurs fils, leurs filles, leurs frères et sœurs disparus ? Aucun hôpital, aucun orphelinat, aucun foyer ne disposait de la moindre information concernant Ollie et Max, et Pia était convaincue que l'infirmière Wallis savait où ils se trouvaient. Sa plus grande peur, outre la possibilité qu'ils soient morts, était qu'on les ait expédiés dans un autre État à bord de l'un de ces trains d'orphelins. Mais elle avait aussi entendu des histoires qui lui donnaient espoir, comme celle de cette mère tombée malade qui était rentrée chez elle et dont les trois enfants avaient disparu. Deux ans plus tard, elle avait ouvert la porte et trouvé l'un d'eux sur le seuil, accompagné par une employée de la Croix-Rouge.

Partout où elle allait, sur les marchés ou dans le tramway, dans les ruelles et les avenues bondées, elle guettait des petits garçons d'environ 6 ans, des jumeaux blonds avec les yeux bleus de Mutti et le menton ciselé de Vater. Mais tout comme l'infirmière Wallis, Ollie et Max semblaient s'être évaporés dans l'atmosphère. Et peut-être était-ce le cas. Peut-être cherchait-elle des fantômes.

Aujourd'hui encore, elle les revoyait endormis dans le casier de la chambre de ses parents, leurs petites jambes repliées, leurs visages à la peau douce, leurs longs cils. Si elle avait su à l'époque ce qu'elle savait désormais, elle serait rentrée dans ce casier avec eux. Sa culpabilité et son incapacité à découvrir ce qui leur était arrivé étaient comme une plaie béante dans son cœur, qui se remettait à saigner à la moindre occasion. Et ce jour-là, pour une raison quelconque, tous ces souvenirs revenaient l'assaillir et tout ce qu'elle avait traversé et perdu remontait à la surface.

Elle pressa le pas, impatiente de rentrer et d'enfiler des vêtements propres avant d'aller voir si le Dr Hudson avait besoin d'aide. Après que ses ressentis concernant Leo et Elizabeth s'étaient révélés exacts plusieurs années auparavant, elle avait senti à plusieurs reprises que quelque chose n'allait pas chez tel ou tel membre de la famille. Une angine pour Sophie, une infection oculaire pour Margaret, et même une pneumonie qui avait affecté Mrs Hudson au cours de l'hiver 1921. Le Dr Hudson était convaincu que, à la manière de l'infirmière avec laquelle il avait travaillé sur le front et secouru des soldats, Pia avait contribué à sauver la vie de ses êtres chers en lui permettant de poser un diagnostic avant l'aggravation de la maladie. Il n'avait pas tardé à lui demander de l'assister lorsqu'il butait sur les symptômes de certains patients. Au fil des années, elle l'avait aidé à diagnostiquer des calculs rénaux, des occlusions intestinales, des attaques cardiaques imminentes, des infections pulmonaires, des fractures et bien d'autres choses encore.

Même si elle était heureuse de lui prêter main-forte, Pia continuait à redouter le contact d'étrangers et le moment où la douleur l'assaillirait. Au bout d'un moment, c'était comme si la souffrance des patients était devenue partie intégrante de sa personne, tel un fardeau invisible qu'elle transportait dans son cœur et dans son âme. Ou peut-être était-ce tout simplement son cœur brisé qui lui pesait. Elle se demandait souvent ce à quoi ressemblerait une radiographie de son corps. Révélerait-elle les os cassés ou les perforations, les organes malades et les membranes déchirées de tous les gens qu'elle avait touchés ? Ou dévoilerait-elle le vide et la tristesse qu'elle transportait, tel un trou noir dans le ciel nocturne ?

Jamais elle n'oublierait la fois où le Dr Hudson lui avait demandé d'apposer les mains sur une fillette de 3 ans que sa mère paniquée avait amenée au cabinet au beau milieu de la nuit. Roulée en boule, la petite hurlait de douleur, le visage couvert de sueur et les lèvres bleues. Quand Pia avait glissé sa main sous sa robe pour toucher son abdomen distendu, elle était tombée à genoux, l'estomac et la poitrine vrillés par une violente contraction. La mère avait crié et attrapé sa fille en dévisageant Pia comme si celle-ci avait fait mal à son enfant. Lorsqu'elle était parvenue à reprendre ses esprits et à se relever, elle avait demandé à s'entretenir en privé avec le Dr Hudson. Là, elle l'avait informé que le mal qui frappait la fillette allait l'emporter, elle en était certaine. Deux heures plus tard, quand le médecin était revenu de l'hôpital, il lui avait dit que la petite était morte soit de calculs biliaires, soit d'intoxication alimentaire à la ptomaïne, une maladie provoquée par l'ingestion de lait en provenance d'une vache qui avait mangé de l'eupatoire rugueuse, une plante vénéneuse. Pia avait pleuré pendant des heures en pensant à l'agonie de l'enfant et en tentant de comprendre pourquoi Dieu laissait des petits êtres innocents souffrir de la sorte.

Néanmoins, en dépit de son malaise, elle ne pouvait pas dire non au Dr Hudson, surtout après tout ce que lui et sa femme avaient fait pour elle afin de l'aider à retrouver ses frères. Et c'était sans parler du fait qu'ils la traitaient comme si elle faisait partie de la famille. Ils avaient même commencé à la payer quelques années plus tôt, tout en continuant à la nourrir et à la loger. À Noël, elle dînait avec eux et recevait des cadeaux.

Ils lui offraient également un présent et un gâteau pour son anniversaire. Même si elle restait convaincue de ne pas les mériter, elle était profondément reconnaissante pour leur gentillesse et leur générosité. Elle tenait à eux et avait le sentiment qu'ils tenaient à elle, et elle aimait les enfants de tout son cœur. Margaret, Sophie, Elizabeth et Cooper la traitaient bien plus comme leur grande sœur que comme leur nourrice, et ils avaient besoin d'elle. En tout cas, c'était ce qu'elle avait envie de croire, même si elle avait, dans le même temps, l'impression de vivre la vie de quelqu'un d'autre. Peut-être était-ce là son châtiment.

Les yeux brûlants de larmes, elle se força, comme elle l'avait déjà fait à d'innombrables reprises, à repousser ses souvenirs dans un coin de sa mémoire pour penser à autre chose. Elle se redressa en songeant au livre qu'elle avait emprunté à la bibliothèque la veille, *Howards End : le legs de Mrs Wilcox*, d'E. M. Forster. Plus tard, quand les enfants seraient couchés, elle irait dans sa chambre et se plongerait dans l'histoire de ces trois familles installées en Angleterre, l'une riche, l'autre pauvre et la troisième allemande. Ce n'était qu'une mince distraction, mais quelque chose qu'elle appréciait et qui l'empêchait de trop réfléchir. Chaque jour, elle tentait de se rappeler qu'il n'était pas trop tard pour qu'un miracle se produise, qu'un jour peut-être elle retrouverait ses frères. Même si cela n'effacerait jamais ce qu'elle avait fait. Rien ne l'effacerait jamais.

Après avoir tourné au coin de la rue qui abritait la maison des Hudson, Pia fronça les sourcils. Un homme se tenait sur leur perron. Les visiteurs étaient de nouveau les bienvenus depuis la fin de l'épidémie, mais la plupart d'entre eux étaient des amis, des couples qui allaient avec eux à l'église ou les mères des camarades d'école des filles. Avec ses bottes éraflées, sa veste déchirée et ses cheveux trempés, cet individu ne ressemblait en rien aux membres du cercle immédiat des Hudson. Peut-être cherchait-il le Dr Hudson et n'avait-il pas vu la pancarte qui indiquait la direction du cabinet. Elle s'empressa de remonter le trottoir, les mains dans les poches.

— Puis-je vous être utile ? lança-t-elle du bas de l'escalier.

L'homme pivota sur lui-même et ôta la casquette qu'il avait sur la tête.

— Euh, bonjour. Je cherche quelqu'un.

Pia gravit les marches qui menaient au perron.

— Le Dr Hudson ?

— Non. Une fille qui s'appelle Pia Lange.

Pia se raidit. Sa peau se couvrit de chair de poule. Qui était cet homme et que lui voulait-il ? Et comment connaissait-il son nom ? À moins que… à moins qu'il soit le miracle qu'elle avait tant attendu. Sa gorge se noua, tant et si bien qu'il lui fallut un moment pour retrouver sa voix.

— Êtes-vous ici à propos de mes frères ?

Il haussa les sourcils.

— Pia, c'est toi ?

Elle plissa les yeux en tentant de comprendre une nouvelle fois comment il connaissait son nom. Son visage barbu semblait étrangement familier, comme ses yeux noisette, ses cheveux cuivrés, la fossette de son menton. Puis elle comprit. Sa voix était plus profonde, plus mature, mais son accent et sa façon de prononcer son prénom restaient reconnaissables entre mille. En cinq ans, son meilleur ami était devenu un homme. Elle se mit à trembler.

— Finn ? souffla-t-elle d'une voix faible. Qu'est-ce que tu fais ici ? Comment m'as-tu retrouvée ?

Il la prit dans ses bras et la serra contre lui.

— On m'avait dit que tu étais ici, mais depuis le temps, je pensais que tu serais partie. J'ai cru que je ne te reverrais jamais.

Elle s'écarta et tenta de reprendre son souffle.

— Où étais-tu passé ? demanda-t-elle avec une colère qui la surprit elle-même. Pourquoi t'es-tu sauvé de Saint-Vincent sans moi ?

Il fronça les sourcils et son expression s'assombrit.

— Je ne me suis pas sauvé. Tu devrais savoir que je n'aurais jamais déserté comme ça. On m'a emmené.

— Comment ça, on t'a emmené ? Qui ça ?

Avant qu'il ait le temps de répondre, la porte s'ouvrit et Mrs Hudson apparut. À l'exception des fines lignes autour de ses yeux et de quelques cheveux blancs sur ses tempes, elle était exactement la même que la première fois que Pia l'avait vue. Sauf qu'aujourd'hui le chignon de sa patronne était aussi impeccable que sa robe, ses prunelles brillantes et pleines de vivacité. Elle examina Finn de la tête aux pieds, le front barré d'un pli contrarié en voyant sa tenue élimée et ses chaussures sales.

— Que fabriques-tu dehors par un si mauvais temps, Pia ? Et qui est cette personne ?

— C'est mon ami Finn, expliqua Pia.

Elle se sentait essoufflée, perdue et totalement bouleversée.

— Nous vivions l'un en face de l'autre quand nous étions enfants et nous étions ensemble à l'orphelinat.

— Doux Jésus. Finn, bien sûr.

Aussitôt, la contrariété de Mrs Hudson face à la mise du jeune homme disparut.

— Tu m'as parlé de lui, je me souviens, poursuivit-elle. Fais-le donc entrer, ne restez pas dans le froid sous la pluie. Vous allez attraper la mort.

Finn adressa à Pia un regard dubitatif.

— Ne t'inquiète pas, assura-t-elle en tentant un sourire. Tu aurais dû voir dans quel état j'étais la première fois qu'elle m'a rencontrée.

Pia avança et lui fit signe de la suivre, reconnaissante de l'hospitalité de Mrs Hudson sans toutefois être étonnée pour autant.

— Vite, les pressa Mrs Hudson. Vous laissez entrer le froid.

Finn haussa les épaules et emboîta le pas à Pia dans le vestibule. Planté sur le tapis, il se passa une main dans les cheveux et balaya la pièce du regard, bouche bée. Pia ôta ses gants, son manteau qu'elle accrocha au portemanteau, puis offrit de débarrasser Finn.

Il inspecta sa propre tenue avant de secouer la tête.

— Je ressemble à l'as de pique. J'ai bien peur de ne pas être habillé comme il se doit pour une visite de ce genre.

— Sottises, protesta Mrs Hudson. Ce que vous portez nous est bien égal. Si vous êtes un ami de Pia, alors vous êtes le bienvenu chez nous.

Finn dévisagea de nouveau Pia, hésitant. Elle hocha la tête avec insistance et il finit par retirer sa veste, révélant un gilet en laine élimé par-dessus une chemise grise froissée à laquelle il manquait des boutons. Un morceau de ficelle retenait son pantalon en lieu et place de ceinture.

— Juste ciel, se désola Mrs Hudson.

— Pardonnez-moi, madame. Comme je vous l'ai dit, je ne suis pas…

— Ne vous inquiétez pas, l'interrompit Mrs Hudson. Je vais vous dénicher des vêtements de rechange. Mon mari fait la même taille que vous, et je peux vous assurer qu'il possède plus de pantalons et de chemises qu'il ne peut en porter. Pia, pourquoi ne l'emmènes-tu pas dans le petit salon pendant que je vois ce que je peux trouver ? Et prépare-lui une tasse de thé par la même occasion. Il a l'air gelé jusqu'aux os.

— Oui, madame.

— Merci, madame, dit Finn. Mais je ne veux pas m'imposer. Je suis venu ici simplement dans l'espoir de retrouver Pia.

— Et maintenant que c'est le cas, vous allez bien rester un peu. Elle doit être enchantée de vous voir et vous devez avoir une foule de choses à vous raconter.

Elle adressa un clin d'œil à Pia et s'éloigna, avant de revenir sur ses pas.

— Finn, je ne veux pas être impolie, mais je vous remercierais de bien vouloir retirer vos chaussures avant de vous rendre dans le petit salon. Et ne vous asseyez pas sur les canapés ou les fauteuils avant de vous être changé.

Là-dessus, elle tourna les talons et disparut. Finn sourit faiblement à Pia.

— Ne le prends pas pour toi, lui dit-elle. Elle a toujours été comme ça.

— Si tu le dis…

Finn ôta ses chaussures et les rangea près du tapis. Des trous dans le cuir laissaient dépasser les orteils et ses chaussettes n'étaient pas beaucoup mieux.

— Je suis vraiment désolé d'être dans un état aussi lamentable. Je ne savais pas…

— Tu n'as pas à être désolé. Tout ce qui compte, c'est que tu m'aies trouvée. Viens, je vais faire du thé et tu vas pouvoir me raconter ce qui s'est passé.

Dans la cuisine, elle mit de l'eau à bouillir et offrit une chaise à Finn, qui secoua la tête. Elle avait tant de choses en tête qu'elle avait déjà oublié la consigne de Mrs Hudson. Debout de l'autre côté de la table, elle était aussi pudique et mal à l'aise que lui, n'en revenant pas de l'avoir en face d'elle, ici, dans la maison des Hudson. Un étrange mélange de confusion et d'exaltation l'envahit. Depuis toutes ces années, Finn était en quelque sorte devenu un inconnu. Mais dans le même temps, il était aussi devenu un homme qui était là à la dévisager, tandis qu'un million de questions défilaient dans ses yeux. Dire qu'elle était heureuse de le voir était un euphémisme.

— Je suis vraiment déçu que tu aies pu penser que j'étais parti sans toi.

Elle agrippa le dossier d'une chaise, si fort que ses jointures blanchirent.

— Qu'étais-je censée croire ? Un jour, tu étais là, et le lendemain, tu avais disparu.

— Je peux te garantir que ce n'était pas mon idée.

— Où es-tu allé ?

— Mère Joe m'a dit qu'une famille de l'Iowa voulait m'adopter et qu'elle allait me mettre dans un train en compagnie de plusieurs autres garçons en provenance d'autres orphelinats. Je me suis débattu comme un beau diable, mais un grand type m'a forcé à monter dans une charrette et m'a emmené à la gare. Sauf que quand je suis descendu de ce maudit train, il n'y avait pas de famille qui m'attendait.

Pia retint son souffle.

— Mon Dieu. Quelle horreur.

Alors qu'elle s'apprêtait à lui poser une question, Mrs Hudson les rejoignit avec des vêtements de rechange, des chaussettes, des chaussures et un manteau en laine.

— Voilà qui devrait faire l'affaire, annonça-t-elle. N'hésitez pas à utiliser la salle de bains pour vous laver et vous changer. J'y ai disposé un kit de rasage.

— Vous êtes trop bonne, madame, mais je n'ai pas d'argent pour vous payer tout cela.

Mrs Hudson souffla et lui plaça les effets dans les bras.

— Il est hors de question que vous payiez quoi que ce soit. Contentez-vous d'aller vous débarbouiller, et plus vite que ça.

Quand elle lui eut indiqué où se trouvait la salle de bains, Finn lui adressa un sourire où se mêlaient gêne et gratitude avant de filer.

— C'est formidable qu'il t'ait retrouvée après tout ce temps, commenta Mrs Hudson après son départ.

— Je sais.

— Tu dois beaucoup compter pour lui.

Ne sachant pas quoi répondre, Pia se contenta de hocher la tête. Elle sentit que le rouge lui montait aux joues.

— Je vais dans la salle de jeux avec Cooper. Mais tu as intérêt à tout me raconter ensuite.

Mrs Hudson rit, adressa un nouveau clin d'œil à Pia et quitta la cuisine.

En attendant le retour de Finn, Pia emporta un plateau avec une carafe en argent et deux tasses dans le petit salon et s'installa dans l'un des fauteuils, pensive. Pendant tout ce temps, elle s'était demandé pourquoi il avait quitté Saint-Vincent sans rien lui dire. Et jusqu'à ce qu'elle le voie sur le perron, elle ne s'était pas rendu compte à quel point elle lui en voulait, et ce, même si elle ignorait ce qui s'était réellement passé. Jamais elle n'aurait imaginé qu'une religieuse puisse forcer son ami à faire quelque chose contre son gré. Elle aurait pourtant dû se douter que jamais il ne l'aurait abandonnée. Mrs Hudson avait raison : c'était formidable qu'il l'ait retrouvée après tout ce temps. Cela signifiait forcément quelque chose.

Quand Finn la rejoignit un peu plus tard, il avait revêtu la tenue fournie par Mrs Hudson et ramené ses cheveux en arrière. Il était rasé de près et ses joues étaient encore rouges. Elle le dévisagea, avant de se reprendre rapidement et de servir le thé. Pour la première fois depuis leurs retrouvailles, elle remarqua la ligne ciselée de sa mâchoire et de ses pommettes, l'émeraude profond de son regard doux… Son meilleur ami était devenu un bel homme. Peut-être aurait-elle dû se changer au lieu de rester dans sa robe mouillée, elle aussi.

Elle garda les yeux rivés sur le plateau pour dissimuler le feu qui lui montait aux joues et lança :

— Et donc, qu'est-ce qui t'est arrivé quand tu as débarqué dans l'Iowa et qu'aucune famille ne t'attendait ? Qu'est-ce que tu as fait ?

Finn s'installa dans le fauteuil en face du sien et soupira. Était-ce le soulagement procuré par une douche et des vêtements propres, ou la frustration générée par la question de Pia ?

— J'ai survécu du mieux que j'ai pu. Voilà ce que j'ai fait. J'ai trouvé du travail dans une ferme et j'ai économisé jusqu'à avoir assez d'argent pour revenir. La première chose que j'ai faite a été de retourner à Saint-Vincent pour te retrouver.

— Qui t'a dit où j'étais ? demanda Pia en lui tendant une tasse de thé.

— Mère Joe. Je n'étais pas sûr qu'elle se souviendrait de moi, mais elle m'a remis quand je lui ai parlé de la foutue infirmière qui m'avait fait monter dans le train.

Pia se figea.

— Quelle infirmière ?

— Tu te souviens de la fois où nous avons dû nous mettre en rang dans le réfectoire, quand cette infirmière a emmené Kafka, Gerhard et son frère ?

Le cœur de Pia s'emballa. Il parlait de l'infirmière Wallis. Elle hocha la tête.

— Eh bien plus tard ce jour-là, sœur Ernestine m'a accompagné dans le bureau de mère Joe. La même infirmière était là, qui m'attendait.

— L'infirmière Wallis, parvint à peine à articuler Pia.

Finn but une gorgée de thé et reposa sa tasse sur le plateau.

— Non. Bernice Groves.

Pia secoua la tête.

— Qu'est-ce que tu racontes ? L'infirmière qui a pris Kafka et Gerhard s'appelait Wallis.

Finn fronça les sourcils.

— Non.

— Je te dis que si. Je la connais. Tu dois la confondre avec quelqu'un d'autre.

— Non, je ne la confonds pas. Enfin, tu ne te souviens pas de Bernice ? Elle vivait dans le même bâtiment que moi, deux étages en dessous, et elle était méchante comme une teigne. Avec mes frères, on la surnommait Bernice la vieille bique parce qu'elle passait son temps à nous traiter de sales Irlandais et à faire des remarques snobinardes sur l'accent de ma mère.

— Désolée, mais ça ne me dit rien.

— Comment peux-tu l'avoir oubliée ? C'était vraiment une sale carne, cette bonne femme. Elle avait crié sur ta mère, comme quoi ton père avait volé le travail du sien et c'était ça qui l'avait envoyé au cimetière.

Pia secoua de nouveau la tête.

— Je n'étais pas là quand c'est arrivé. Ma mère m'a raconté l'altercation plus tard et je n'avais pas la moindre idée de qui elle parlait.

— Alors tu ne l'as pas reconnue quand elle a débarqué à Saint-Vincent dans son déguisement ? Parce que moi, je l'ai remise tout de suite et je savais pertinemment qu'elle n'était pas infirmière. Elle m'a reconnu, elle aussi. Au moment où elle m'a collé dans le train, elle a dit qu'elle faisait ça pour nettoyer la ville de toute la racaille et de tous les immigrants. Mais je suis sûr que si elle s'est débarrassée de moi, c'était pour m'empêcher de révéler aux sœurs qu'elle mentait quant à qui elle était.

Pia se figea comme si tout son corps se changeait soudain en glace. À cet instant, toutes les pièces du puzzle s'emboîtèrent. La réaction de l'infirmière Wallis la première fois qu'elle l'avait vue à l'orphelinat, quand elle était venue déposer le bébé roumain. Son refus de l'aider à chercher les jumeaux, sa colère, ses accusations, ses questions. Elle savait qui était Pia, car elle vivait dans le même quartier. Et elle savait qu'elle était allemande, car elle s'était disputée avec Mutti.

Et elle connaissait Ollie et Max.

Pia se mit à trembler de tous ses membres. Dans un cliquetis de porcelaine, elle posa sa tasse dans sa soucoupe et s'avachit dans son fauteuil, en proie à un vertige.

Finn la rejoignit et s'agenouilla auprès d'elle.

— Qu'est-ce qu'il y a ? Tu ne te sens pas bien ?

Les yeux pleins de larmes, Pia secoua la tête.

— C'est Bernice qui a pris Ollie et Max.

Chapitre vingt-six

Pia

Le lendemain, Pia et Finn étaient assis côte à côte dans le bureau de mère Joe, à Saint-Vincent. C'était on ne peut plus perturbant d'être de retour à l'orphelinat. Pia avait l'impression de voyager dans le temps, de revenir à une partie de sa vie qu'elle aurait tout donné pour oublier. Sauf que, désormais, elle était adulte et pouvait partir quand bon lui semblait. En tout cas, c'était ce qu'elle se répétait pour se tranquilliser. Le bureau paraissait plus petit que dans ses souvenirs, mais l'odeur de bois moisi, de vieil encens et de pommes de terre rassises flottait toujours dans l'air, comme si les fenêtres étaient fermées depuis un siècle. La seule différence consistait au nombre de photos de groupe sur le mur, derrière mère Joe. Il y en avait davantage à présent, chaque nouveau cadre peuplé des visages sombres et hagards d'enfants qui avaient perdu ceux qui étaient supposés les aimer, quand ces derniers ne les avaient pas abandonnés. La simple vue de ces clichés donnait à Pia envie de pleurer. Elle détourna le regard.

— Quand avez-vous vu Bernice Groves pour la dernière fois ? demanda Finn à la religieuse.

— Il veut dire l'infirmière Wallis, intervint Pia. Mais ce n'était pas son vrai nom. Vient-elle encore ici ?

Elle s'attendit à ce que la nonne la réprimande de ne pas s'adresser à elle correctement, mais mère Joe n'en fit rien. De fait, elle n'avait plus d'ordre à lui donner. Et elle ne méritait pas une telle marque de respect. Mais ce n'était pas le moment de le lui dire.

Mère Joe croisa ses mains parsemées de taches de vieillesse sur le bureau et cligna des yeux, pensive. Les cinq dernières années ne l'avaient pas épargnée. Ses paupières pendaient sur ses iris laiteux, l'une bien plus tombante que l'autre, et les bords de sa cornette trop grande entouraient son visage aussi ridé qu'un vieux chiffon fripé.

— Je crains bien que non. Nous ne l'avons pas vue depuis des années. Comme je l'ai expliqué au Dr Hudson lorsqu'il a appelé, elle a cessé ses visites du jour au lendemain, sans que je sache pourquoi. J'ai supposé qu'il lui était arrivé quelque chose.

— Je sais que le Dr Hudson vous a déjà posé cette question, mais êtes-vous sûre de ne disposer d'aucune information sur elle ? insista Pia. Son adresse ou un moyen quelconque de la contacter ?

— Je suis navrée, mais je n'ai rien.

— Qu'en est-il des autres religieuses ? Sœur Agnes, sœur Ernestine ?

Mère Joe secoua la tête, ce qui fit vaciller sa coiffe.

— Sœur Agnes a été assignée à un autre poste il y a bientôt deux ans. Quant à sœur Ernestine, elle a rejoint notre Seigneur au plus haut des cieux il y a six mois, bénie soit-elle. Nous l'avons trouvée un jour, gisant dans la cour de récréation. Le médecin a dit que son cœur s'était tout simplement arrêté de battre.

La nouvelle ne surprit pas Pia. Elle se rappela avoir senti son cœur qui ralentissait chaque fois que sœur Ernestine la touchait. Elle avait envie de demander à mère Joe pourquoi elle croyait qu'une personne comme sœur Ernestine méritait une place au paradis et comment elle pouvait prétendre ne pas être au courant des horreurs dont elle s'était rendue coupable, mais elle avait des choses plus importantes à régler. Au moins, plus jamais sœur Ernestine ne maltraiterait un autre enfant.

— Je suis navrée, dit Pia par pure correction.

— Est-ce que Bernice, enfin, l'infirmière Wallis était en bons termes avec d'autres infirmières qui venaient ici ? tenta Finn. Peut-être sauraient-elles où la chercher.

— L'infirmière Wallis était unique en son genre. Aucune autre ne passait ici de sa propre initiative. Mais l'infirmière Wallis venait car elle voulait aider les enfants, sans parler de ce qu'elle faisait pour nos mères célibataires.

— Que faisait-elle pour elles ? s'enquit Pia.

— Elle trouvait des foyers pour leurs bébés, bien sûr.

Bien sûr. Le ventre de Pia se noua en pensant à cette femme qui volait et vendait les bébés de jeunes filles et de femmes déjà effrayées et anéanties. Mère Joe était-elle au courant de ce détail ? Mais Pia devait conserver son calme. S'en prendre à la religieuse, l'accuser ou la mettre en colère ne la mènerait nulle part.

— Dans ce cas, vous devez avoir la trace de ces placements dans vos archives. Peut-être que l'une de ces mères célibataires saurait comment contacter l'infirmière Wallis.

— Grand Dieu, non. Ces documents sont confidentiels. Je suis dans l'impossibilité de vous communiquer la moindre information concernant ces personnes, ce serait incorrect.

Pia s'avança sur le bord de sa chaise.

— Vous devez m'aider. Cette femme n'était pas une vraie infirmière, et j'ai des raisons de croire qu'elle a kidnappé mes frères.

Mère Joe écarquilla les yeux.

— C'est une accusation très grave, Miss Lange.

— J'en ai conscience. Mais elle vivait dans mon quartier et connaissait ma famille, et je…

— Je suis désolée, l'interrompit la religieuse, mais je ne peux pas vous aider. Et je crois très sincèrement que l'infirmière Wallis aurait été incapable de voler vos frères. Les aider ? Absolument. Mais les enlever et vous cacher l'endroit où ils se trouvaient ? Je n'y crois pas une seconde. C'est l'une des femmes les plus affables que j'aie jamais rencontrées.

— Bon sang, s'agaça Finn. Nous sommes là à vous dire qu'elle a menti sur son identité et vous la défendez ? Je ne vous ai pas encore parlé de la partie où elle vous a menti en vous racontant qu'une famille souhaitait m'adopter, avant de me mettre dans un train à destination d'une ville où personne ne m'attendait.

— Quelque chose me dit que vous n'avez pas les idées claires. Mais si ce que vous affirmez est vrai, alors je suis persuadée qu'elle était animée des meilleures intentions.

À ces mots, mère Joe se leva, contourna son bureau et se dirigea vers la porte.

— À présent, si vous voulez bien m'excuser, je dois vaquer à d'autres occupations.

— Et les commissions ? lança Pia. Saviez-vous qu'elle demandait une commission en échange des enfants qu'elle venait chercher ici pour les placer dans des familles ? Elle racontait aux familles en question que c'était pour venir en aide aux orphelinats de la ville. Vous a-t-elle donné de l'argent pour les enfants de Saint-Vincent ?

— Oui, figurez-vous. Ce n'étaient pas de grosses sommes, mais elle faisait ce qu'elle pouvait. Et si vous saviez combien cela coûte de subvenir aux besoins de tant d'orphelins, des soins dont je vous ferais remarquer que vous avez tous deux bénéficié, vous comprendriez pourquoi son aide nous était si précieuse. À présent, je vous suggère de prier le Seigneur de vous pardonner pour vos atroces accusations, car l'infirmière Wallis mériterait d'être sanctifiée.

Pia et Finn échangèrent un regard chargé de frustration.

— Vous vous trompez, répliqua Pia en ravalant des larmes de colère. Et lorsque je mettrai au jour la vérité, c'est vous qui demanderez au Seigneur de vous pardonner pour ne pas m'être venue en aide plus tôt. Si ma mémoire est bonne, la Bible dit d'apprendre à faire le bien et à obtenir justice.

— En effet, Miss Lange. Et la Bible encourage également à ne pas accuser notre prochain. Vous êtes la bienvenue pour revenir vous entretenir avec moi quand ou si vous trouvez des preuves de ce que vous avancez.

En attendant, que Dieu vous bénisse et prenez soin de vous.

Furieuse et désespérée, Pia suivit Finn dans le couloir, plongée dans un silence mutique. Elle avait pensé qu'en lui confiant leurs soupçons la vieille religieuse leur viendrait en aide. Mais elle ne les avait pas crus. Ou alors cela lui était égal. À présent, Pia ne savait pas vers qui se tourner.

Elle emboîta le pas à Finn, lui aussi perdu dans ses pensées. À l'instar du bureau de mère Joe, les couloirs semblaient avoir rétréci, mais la peur et la misère restaient palpables dans l'atmosphère. Pia avait hâte de sortir d'ici.

— Est-ce que ça va ? lui demanda Finn.

Elle hocha la tête en dépit du nœud dans sa gorge.

Au bout du couloir, une porte s'ouvrit sur une rangée de fillettes aux regards tristes et aux vêtements trop grands. Pia et Finn s'écartèrent pour les laisser passer, Pia ne pouvant s'empêcher de scruter leurs visages émaciés. Comment avaient-elles atterri dans cet horrible endroit ? Avaient-elles perdu leurs parents ? Les avaient-ils abandonnées ? Des agents de police les avaient-ils interpellées ? Une autre porte s'ouvrit et deux femmes en robes noires apparurent. Pia leur lança un bref regard avant de reporter son attention sur les jeunes pensionnaires. Elle avait envie de les secourir, de les emporter loin de cette prison pour les choyer, les aimer et leur montrer qu'elles n'étaient pas seules. Mrs Hudson en aurait pensé autant si elle les avait vues. Peut-être que Pia devrait l'amener ici. Peut-être pourraient-elles ouvrir leur propre orphelinat, dans lequel les enfants seraient traités avec tendresse et bienveillance.

— Pia ? dit une voix derrière elle.

Pia se retourna, surprise. Le visage pâle de la femme ne lui était pas étranger, mais elle ne la reconnut pas. Peut-être était-ce une fille qui avait séjourné à Saint-Vincent en même temps qu'elle. Gigi, Jenny, ou encore Edith… Non. Edith était brune. Or, cette femme avait les cheveux blonds et les yeux bleus. Soudain, la mémoire lui revint.

— Rebecca !

— Que fais-tu ici ? lui demanda Rebecca.

Elle dévisagea Finn d'un air soupçonneux avant de couver Pia d'un regard inquiet.

— As-tu des ennuis ?

Pia rougit. Rebecca pensait que Finn était son petit ami.

— Non, je vais bien. Nous cherchons quelqu'un.

— Qui ça ?

— Tu ne la connais pas, répondit Pia en reprenant sa route.

— En es-tu sûre ? insista Rebecca derrière elle. Je travaille ici depuis que je suis partie de chez les Hudson et j'ai accouché de Simon au foyer pour mères célibataires de Saint-Vincent. J'ai vu beaucoup de choses et je sais beaucoup de choses.

Pia s'arrêta et fit volte-face. Après la façon dont Rebecca s'était comportée avec Cooper, elle était totalement indigne de confiance à ses yeux. Mais dans le même temps, Pia avait désespérément besoin d'aide.

— Te rappelles-tu avoir vu des infirmières qui venaient déposer ou chercher des enfants ici ?

— Peut-être.

— Une certaine infirmière Wallis, est-ce que ça te dit quelque chose ? Très grande, avec des cheveux châtain clair et le teint terreux. Mère Joe a affirmé qu'elle n'était plus venue depuis des années, mais peut-être que…

— Jamais je ne pourrai l'oublier, l'interrompit Rebecca.

L'estomac de Pia se noua. Elle ne s'était pas attendue à une réaction aussi vive. Rebecca avait l'air sincère, mais le doute habitait Pia.

— Pourquoi ça ?

— Parce qu'elle m'a volé mon fils.

Pia serra les dents. Rebecca mentait, une fois de plus.

— Tu nous as raconté que ton bébé était mort.

Rebecca baissa la tête et poussa un soupir à fendre l'âme. Quand elle releva les yeux, ils étaient brillants de larmes.

— J'ai dit ça, car je ne pouvais pas vous avouer la vérité.

— Quelle vérité ? Tu as changé de version à de si nombreuses reprises, comment suis-je censée te faire confiance ?

— Cooper est mon fils. L'infirmière Wallis me l'a pris pour le donner aux époux Hudson.

Pia poussa une exclamation de surprise et fixa Rebecca, bouche bée. Tout concordait. C'était pour cette raison que Rebecca tenait tellement à travailler chez les Hudson. C'était pour cette raison qu'elle semblait si énamourée de Cooper. C'était pour cette raison qu'elle tenait tant à le prendre dans ses bras et qu'elle l'avait nourri.

— Mon Dieu, dit Pia dans un souffle.

Les questions se bousculaient dans son esprit par dizaines, mais elle ne savait pas laquelle poser en premier. De toute évidence, Mrs Hudson avait vu juste en s'inquiétant de la provenance des bébés que l'infirmière Wallis faisait adopter.

— Je voulais trouver une place chez les Hudson pour être près de lui, continua Rebecca. Lorsque j'ai donné naissance à mon fils, je savais que je ne pourrais pas le garder et j'avais prévu de le faire adopter, mais cette femme l'a pris sans me le dire. Je suis consciente que j'ai eu tort d'agir de la sorte ce jour-là, mais il pleurait et je n'ai pas pu m'en empêcher. Je suis sa mère.

En pleurs, elle dissimula son visage dans ses mains.

— Rebecca, je suis vraiment désolée. Mais comment savais-tu où ton fils se trouvait ? Est-ce l'infirmière Wallis qui te l'a dit ?

— Non, elle ne m'a rien dit du tout, répondit Rebecca entre deux sanglots. Il était chétif, souffreteux, alors j'ai cru que les nonnes allaient le garder un peu avant de le faire adopter. Mais deux jours après sa naissance, je me suis réveillée et il n'était plus là. Les religieuses m'ont expliqué que l'infirmière Wallis lui avait déjà trouvé une famille. Elle ne m'a même pas laissée lui dire au revoir.

— Dans ce cas, comment as-tu découvert chez qui elle l'avait placé ?

— Je suis restée au foyer pour y travailler, afin d'être là quand elle viendrait chercher un autre bébé. Quand je l'ai revue, je lui ai dit que je voulais seulement revoir mon fils une dernière fois et je lui ai juré sur ma vie que je ne lui causerais pas de problème. Je lui ai dit que je ferais tout ce qu'elle demandait, que je serais sa domestique gratuitement, que je lui achèterais ce que bon lui semblerait. N'importe quoi. Au début, elle a refusé, mais quelques jours plus tard, elle a fini par accepter de me dire où il était à condition que je livre un colis. Je ne savais pas ce qu'il contenait et cela m'était égal. Tout ce qui m'intéressait, c'était de voir mon fils. Le reste n'avait pas d'importance.

— Alors elle t'a donné un paquet en te disant de l'apporter chez les Hudson ?

— Pas exactement. Elle ne voulait pas que les nonnes la voient me le donner, alors j'ai dû aller le chercher.

— Où ça ? intervint Finn.

— Chez elle.

Pia retint son souffle.

— Alors tu sais où elle vit ?

— Je sais où elle vivait il y a cinq ans, mais j'ignore si elle est encore là-bas, répondit Rebecca dans un haussement d'épaules.

— Te souviens-tu de l'adresse ? demanda Finn.

— Je pense pouvoir retrouver l'immeuble.

— Peux-tu nous y emmener ? demanda Pia à son tour.

Rebecca hocha la tête.

Chapitre vingt-sept

Pia

La gorge nouée et le cœur battant, Pia suivait Rebecca dans l'allée jonchée de détritus, dans l'espoir d'être bientôt arrivée. En ce début de soirée, l'air était comme immobile, chargé d'une humidité annonciatrice de pluie, et une lune décroissante luisait faiblement entre les nuages. Le sifflement d'un train retentit dans le lointain, creux et solitaire. Çà et là, de la lumière brillait derrière des rideaux. Un mélange de conversations, de rires, de cris et de notes métalliques d'un phonographe flottait en provenance des fenêtres entrouvertes.

Les nerfs en boule, Pia pria pour que Finn et elle ne se soient pas embarqués dans une chasse au dahu. Cinq ans étaient une durée non négligeable. L'infirmière Wallis avait pu déménager dans une autre rue. Une autre ville. Un autre État. Et si Pia la trouvait, que ferait-elle ? Comment lui faire admettre qu'elle avait pris Ollie et Max ? En l'attachant ? En la menaçant ? En appelant la police ? Plus important encore, que ferait-elle si cette quête s'avérait une énième impasse ? Elle n'était pas sûre d'être en mesure de supporter une nouvelle déception, surtout quand elle avait l'impression d'être si près du but.

— Est-ce encore loin ? demanda-t-elle à Rebecca.

— Nous y sommes presque. Plus qu'un pâté de maisons, répondit celle-ci.

Pia regarda Finn, qui haussa les épaules et lui fit signe de continuer d'avancer. Rebecca s'était montrée pleine de bonne volonté, peut-être pour se racheter comme elle le pouvait. Mais que penseraient le Dr Hudson et sa femme s'ils savaient que Finn et elle étaient avec Rebecca, et non pas en train de se promener tous deux comme elle le leur avait fait croire ?

Au bout de l'allée, ils tournèrent à gauche, parcoururent un autre pâté de maisons et traversèrent une artère animée. Pia n'avait pas la moindre idée de là où elle se trouvait, mais c'était certainement plus agréable que le sud de Philadelphie. De beaux bâtiments de plusieurs étages bordaient les rues, avec d'imposants perrons en pierre. Des hommes en élégants manteaux de laine et des femmes avec des chapeaux à large bord marchaient sur des trottoirs qui n'étaient pas jonchés de détritus. Comment l'infirmière Wallis pouvait-elle se permettre de vivre dans un quartier si huppé ? En vendant des bébés ?

À l'intersection suivante, Rebecca s'arrêta et montra du doigt un édifice en briques de l'autre côté de la rue.

— C'est là. Quand j'étais venue, elle était devant ce bâtiment, avec un couple âgé et deux petits garçons. Elle a embrassé les petits, puis le couple les a mis dans un landau, sûrement pour les emmener se promener.

Après leur départ, elle m'a fait monter dans son appartement pour me donner le colis.

Le cœur de Pia se mit à tambouriner dans sa poitrine.

— Deux petits garçons, tu dis ?

— Oui.

— Quel âge avaient-ils ?

— Je ne sais pas trop. Six ou huit mois, peut-être ? Ils étaient emmitouflés dans des manteaux et des bonnets, alors je n'ai pas bien vu.

Le trottoir sembla tanguer sous les pieds de Pia, qui s'accrocha au bras de Finn pour ne pas tomber. Il semblait que Bernice les avait gardés. Peut-être étaient-ils encore ici, à Philadelphie. Dans cet appartement.

— Est-ce que c'étaient des jumeaux ? parvint-elle à articuler.

Rebecca fit la moue pendant qu'elle réfléchissait.

— C'est bien possible.

Pia crut que son cœur allait exploser. Cela ne pouvait pas être une coïncidence.

— Allons-y, ordonna-t-elle avant de traverser la chaussée au pas de charge.

Rebecca et Finn la suivirent.

— Qu'est-ce que tu comptes faire ? interrogea Finn.

— Frapper à sa porte et lui demander où sont mes frères.

— Et si elle ne vit plus ici ?

— Ce n'est pas en restant sur le trottoir que je vais le découvrir.

— De quoi parlez-vous ? intervint Rebecca. Pia, est-ce que l'infirmière Wallis a pris tes frères ?

— Oui, dit Pia sans ralentir.

— Et si ce ne sont pas Ollie et Max ?

Pia ignora la question de Finn et continua d'avancer. C'étaient forcément eux. Bernice n'avait jamais mentionné avoir des enfants lors de ses visites chez les Hudson. Elle avait seulement dit avoir perdu un fils, et qu'elle adorait aider les enfants. *Voler* aurait été plus exact.

Pia gravit quatre à quatre les marches du perron, ouvrit en grand la porte d'entrée et s'engouffra à l'intérieur.

— Quel appartement ? demanda-t-elle à Rebecca.

Celle-ci pâlit et bafouilla :

— Je… je ne suis pas sûre. J'étais tellement nerveuse en attendant qu'elle me dise où était mon fils que je n'ai pas fait attention. Mais je suis presque certaine que c'était au premier.

Pia fixa l'escalier le temps de rassembler son courage, puis elle attrapa la rambarde et commença à monter.

— Nous allons sonner à toutes les portes jusqu'à ce qu'on la trouve.

Une fois sur le palier, elle regarda autour d'elle en essayant de contrôler sa respiration. Il y avait quatre portes. Quatre logements, dont l'un abritait peut-être Ollie et Max. Pia se précipita vers le premier et frappa vivement. Finn et Rebecca attendaient derrière elle sans dire un mot. Au bout de quelques secondes, Pia se redressa et toqua de nouveau avant de coller son oreille à la porte.

— J'entends du bruit, souffla-t-elle avant de reculer d'un pas.

Après quelques instants, la porte s'ouvrit sur une femme. Les sourcils froncés, elle retenait les pans de sa fine robe de chambre sous son menton. Une longue tresse blonde tombait sur son épaule. Elle avait le teint terreux et des cernes gonflés sous ses yeux aux prunelles grises fatiguées.

Bernice. L'infirmière Wallis.

Pia resta figée, incertaine. C'était comme si elle avait perdu la capacité de bouger ou de parler. Sans son uniforme, dans sa chemise de nuit et ses collants en laine, Bernice semblait plus jeune et en quelque sorte plus vulnérable. Elle n'avait pas l'air d'une criminelle, mais plutôt d'une personne qui confectionnait des gâteaux et amenait de la soupe à ses voisins malades. Mais Pia n'était pas dupe. Elle finit par avancer d'un pas vers elle, prête à forcer le passage pour entrer dans l'appartement. Tout à coup, Bernice la reconnut et se décomposa. Elle poussa un cri de surprise et tenta de refermer la porte, mais Pia tendit les bras pour la maintenir ouverte et Finn bondit en avant pour la bloquer avec son pied. Avec l'aide de Rebecca, la porte s'ouvrit à la volée et Bernice bascula en arrière. Les trois se ruèrent à l'intérieur et Finn claqua la porte derrière eux.

Bernice roula sur le côté et se remit péniblement debout.

— Que fabriquez-vous ici ? demanda-t-elle d'une voix aiguë. Que voulez-vous ?

— Je veux mes frères ! s'écria Pia. Où sont-ils ?

Elle balaya la pièce du regard, dans tous ses états.

L'endroit était propre, bien ordonné. La vaisselle était soigneusement rangée sur les étagères. Une bouilloire en cuivre crachotait sur la cuisinière à charbon tandis que de petites éclaboussures s'en échappaient. Un trio de poêles en fonte était accroché au mur adjacent. Mais pas la moindre trace de ses frères. Pas de vêtements d'enfants suspendus à la corde à linge, pas de jouets à terre. Pia dépassa Bernice en direction d'une porte qui devait mener à une chambre.

— Sortez avant que j'appelle la police ! cria la maîtresse des lieux. Je suis chez moi ! Vous n'avez rien à faire ici !

— Ollie ! Max ! Est-ce que vous êtes là ?

La chambre était vide, à l'exception d'un lit individuel recouvert d'un édredon et d'une commode adossée à l'un des murs.

— Avez-vous perdu l'esprit ? Partez ! ordonna Bernice.

Pia ressortit de la pièce et se précipita vers le salon. Un canapé, un fauteuil à bascule, une table basse, un secrétaire et plusieurs plantes se disputaient l'espace. Mais il n'y avait pas de balle ni de camion, pas de cubes ou de livres pour enfants. Pas d'osselets ni de billes. Pia retourna dans la cuisine et fusilla Bernice du regard, le souffle court. Finn et Rebecca étaient en faction près de la porte d'entrée.

— Où sont les jumeaux ?

— Sortez de mon appartement avant que je vous fasse tous arrêter ! hurla-t-elle en postillonnant.

— C'est vous qui allez finir en prison si vous ne me dites pas ce que vous avez fait de mes frères.

Bernice fronça les sourcils.

— Je n'ai pas la moindre idée de ce dont vous parlez. Et maintenant, allez-vous-en !

— Je parle d'Ollie et Max. Je sais que vous les avez pris. Elle vous a vue avec eux, ajouta Pia en montrant Rebecca.

Bernice dévisagea Rebecca avec dédain.

— Je n'ai jamais vu cette fille de ma vie.

— Et je suppose que moi non plus, vous ne m'avez jamais vu, intervint Finn.

— Jamais, affirma la femme en secouant la tête.

La haine remonta dans la gorge de Pia telle de la bile. Elle avait envie de l'attraper par le cou et de l'étrangler jusqu'à ce qu'elle passe aux aveux.

— Vous mentez. Vous avez pris Finn quand il était à Saint-Vincent et vous l'avez mis dans un train pour vous débarrasser de lui, car vous redoutiez qu'il révèle votre véritable identité à mère Joe. Vous avez volé le bébé de Rebecca pour le vendre aux Hudson. Et votre vrai nom est Bernice Groves.

La peur se lut sur le visage de Bernice. Elle regarda autour d'elle, comme en quête d'une échappatoire. Finn verrouilla la porte.

— Vous connaissiez ma mère, car vous habitiez dans le bâtiment en face du nôtre, continua Pia. Après sa mort, vous m'avez vue sortir, alors vous êtes allée chez nous et vous avez pris les jumeaux.

Elle enfonça sa main dans sa poche et en sortit un papier qu'elle déplia avant de le brandir sous le nez de Bernice.

— Et vous avez laissé ça.

Face au mot qu'elle avait déposé dans le casier, Bernice secoua la tête.

— Vous êtes folle à lier. Je n'ai pas la moindre idée de qui était votre mère, de là où vous viviez ou de qui a écrit ça. Et je ne sais absolument rien concernant des jumeaux.

Pia chiffonna le message dans son poing et le lui jeta au visage.

— Qu'avez-vous fait des enfants que vous avez pris à Saint-Vincent ? Est-ce que vous les avez vendus ? Et Kafka ? Et Gerhard et son frère ? Vous êtes-vous débarrassée d'eux comme vous vous êtes débarrassée de Finn ?

— Je les ai sauvés, au contraire. Je leur ai trouvé une nouvelle maison, je leur ai offert une vie meilleure. Je n'ai rien fait de mal. Même le président Coolidge dit que nous ne pouvons pas laisser les immigrants débarquer en nombre. Nous sommes en train de perdre le contrôle. J'ai donné à ces enfants la possibilité de devenir de vrais Américains.

Pia n'en croyait pas ses oreilles. Elle serra les poings pour résister à l'envie de hurler et de cogner.

— Et Ollie et Max ? Vous leur avez offert une vie meilleure, à eux aussi ?

— Je vous le répète, je ne sais pas de qui vous parlez.

Pia sortit le hochet de la poche de son manteau.

— Dans ce cas, comment expliquez-vous ceci ? Ce hochet appartient à mon frère. Et vous avez demandé à Rebecca de l'apporter aux Hudson en échange d'informations sur l'enfant que vous lui aviez pris.

Bernice pinça les lèvres comme si elle réfléchissait à un autre mensonge. Mais la haine brillait dans son regard et elle fut incapable de contenir les mots qui la hantaient depuis si longtemps.

— Quel genre de personne met des bébés dans un casier et les abandonne à une mort certaine ?

Pia retint son souffle. Pendant toutes ces années, la personne qui avait pris Ollie et Max avait été là, sous son nez. Un million de questions tourbillonnaient dans son esprit. Était-elle passée à côté d'indices ?

Avait-elle été aveugle ? Elle secoua la tête pour s'éclaircir les idées. Il fallait qu'elle garde le contrôle et qu'elle parvienne à faire passer Bernice aux aveux pour savoir ce qu'étaient devenus ses frères.

— Je suis partie chercher à manger pour que nous ne mourions pas de faim, rétorqua-t-elle d'une voix frémissante de rage. Je ne les ai pas abandonnés. J'allais revenir. Dites-moi où ils sont.

Bernice lui adressa un rictus mauvais.

— Vous arrivez trop tard. Ils ne sont plus là.

— Comment ça, ils ne sont plus là ?

— Ils sont morts il y a trois ans. Tuberculose.

Tout autour de Pia devint noir. Non. C'était impossible. Elle n'avait pas parcouru tout ce chemin pour les perdre à nouveau. Bernice mentait. Elle inspecta la pièce pour la énième fois, en quête désespérée d'une preuve de la présence d'Ollie et Max. Mais elle ne vit aucune photographie aux murs, pas de dessins d'enfants.

— Vous n'allez rien trouver qui leur appartient, déclara Bernice d'une voix glaciale. J'ai tout jeté.

Pia l'ignora, retourna dans le salon et ouvrit le secrétaire. Des enveloppes, du papier à lettres fleuri, des feuilles et un nécessaire d'écriture s'y entassaient. Un petit tiroir contenait des timbres, des pinces, des pièces de monnaie et une marguerite séchée. Bernice voulut rejoindre Pia pour l'empêcher de fouiller, mais Finn l'attrapa et la ceintura. Pia referma l'abattant et ouvrit le grand tiroir qui se situait en dessous. Elle en sortit des écheveaux de laine, des aiguilles à tricoter, un coussin à aiguilles, un œuf à repriser et un panier à ouvrage. Dans un autre tiroir, elle trouva des tabliers, des napperons jaunis, des cartes de Noël. Après l'avoir vidé de son contenu, elle ouvrit le dernier tiroir. Là, sous une nappe, se trouvait un livre maintenu fermé par un élastique en caoutchouc. Pia s'en empara et reconnut le carnet qu'elle avait aperçu dans le sac de Bernice des années plus tôt.

— Vous n'avez aucun droit de fouiller dans mes affaires ! hurla Bernice.

Elle se jeta en avant pour arracher le registre des mains de Pia, mais Finn la retenait fermement et ne relâcha pas son étreinte.

La première page était noircie de lignes et de colonnes. Pia commença à lire.

Francis... 6 mois... vendu à Mr et Mrs Johnston

Le reste des lignes – plus d'une trentaine – était identique : des noms de bébés en bas âge vendus à des couples. Pia chercha la mention d'Ollie et Max à travers ses larmes, mais ils ne figuraient nulle part. Elle tourna la page.

Piotr (rebaptisé Peter)... 6 ans... envoyé dans le Michigan

À partir de là, des prénoms étrangers apparaissaient régulièrement, remplacés par d'autres aux consonances plus « américaines ». Chacun d'eux, fille ou garçon, avait été mis dans un train à destination d'autres villes, d'autres États. Soudain, une ligne attira l'attention de Pia.

Finn (rebaptisé Fredrick)... 14 ans... envoyé dans l'Iowa

Pia feuilleta le reste du carnet. D'autres listes occupaient quelques pages supplémentaires. Des billets de 50 dollars étaient intercalés entre chaque. Elle se tourna vers Bernice, le visage déformé par la furie.

— Où sont Ollie et Max ?

— Ils sont morts. Je viens de vous le dire.

— Je ne vous crois pas. Rebecca, va prévenir la police. Dis-leur que nous avons pris en flagrant délit une personne qui tentait de kidnapper un bébé.

À ces mots, Bernice donna un violent coup de pied en arrière, qui atteignit Finn dans le tibia. Il ne la lâcha pas pour autant, mais elle parvint à pivoter sur elle-même, à se soustraire à son étreinte et à arracher le carnet des mains de Pia. Celle-ci voulut le lui reprendre, mais Bernice la poussa de toutes ses forces. Pia tomba lourdement contre le secrétaire, et une douleur aiguë lui transperça le dos. Elle se releva tandis que Finn attrapait Bernice par la manche. Mais Bernice était trop rapide. Elle réussit à se dégager et à gagner la cuisine. Là, clle ouvrit la porte de la cuisinière et jeta le carnet à l'intérieur.

— Non ! hurla Pia en tendant les bras, comme si elle pouvait la retenir par la seule force de sa volonté.

Elle rejoignit Bernice, la poussa à son tour et tenta de récupérer le cahier, mais la chaleur du feu lui brûla la peau. Elle recula et vit, impuissante, les flammes dévorer les pages et les transformer en cendres.

À côté d'elle, Bernice était au sol, cramoisie et essoufflée.

Furieuse, Pia lui enserra le poignet et la tira vers elle. Bernice voulut se débattre, mais Pia saisit son bras à deux mains, enfonçant ses doigts dans sa chair. Il était hors de question qu'elle la laisse s'échapper.

— Vous n'allez pas vous en sortir comme ça. Dites-moi ce que vous avez fait d'Ollie et Max.

Tout à coup, un éclair de douleur transperça l'une des tempes de Pia, juste au-dessus de son œil droit, comme si quelque chose venait d'exploser sous sa boîte crânienne. Elle lâcha prise et tomba à genoux, soudain nauséeuse et étourdie.

Bernice parvint à se remettre debout et gagna l'évier en chancelant. Son coude saignait et le bas de sa chemise de nuit était déchiré. Lorsqu'elle se retourna, un éclat argenté brilla dans sa main.

— Sortez, ordonna-t-elle en brandissant un couteau. Sortez immédiatement ou je jure devant Dieu que je n'hésiterai pas à m'en servir.

— Rebecca, va chercher de l'aide ! cria Finn. Dépêche-toi !

— Non. Attends, lui enjoignit Pia alors que Rebecca se précipitait déjà vers la porte.

Elle posa une main à terre pour que la pièce arrête de tourner et ferma les yeux. Aussi vite qu'elle était apparue, la douleur dans sa tempe disparut.

— Pia, elle a un couteau ! protesta Finn.

Pia se redressa et se mit debout, les yeux rivés sur Bernice.

— Elle a pris mes frères. Elle a pris un tas d'enfants. Et elle va payer pour tout ça.

Bernice lui rit au nez.

— Tu n'as plus aucune preuve de ce que tu avances.

— Ça n'a pas d'importance. Je connais la vérité. Et vous êtes en train de mourir en ce moment même.

— Bon sang, Pia, à quoi tu joues ? cria Finn. Il faut qu'on aille chercher de l'aide.

— Non. Pas encore. Elle ne va pas nous faire de mal.

— C'est ce que tu crois, ma petite. Si vous ne…

Brusquement, Bernice se tut et grimaça.

Finn fixa Pia sans comprendre.

— Qu'est-ce qui se passe ?

Pia leva une main en l'air pour lui intimer l'ordre d'attendre. Elle devait soutirer des aveux à Bernice, et elle n'avait plus beaucoup de temps.

— Elle ne sait pas, expliqua Pia. Elle n'arrive pas à réfléchir.

— Qu'est-ce que tu racontes ? Qu'est-ce qui se passe, bon sang ?

Bernice baissa le couteau et vacilla. De petites gouttes de sueur perlèrent à son front et au-dessus de sa lèvre supérieure. L'air confuse, elle agrippa le rebord de l'évier.

— Vous ne vous sentez pas bien, n'est-ce pas ? lui demanda Pia. Nous allons appeler un médecin, mais d'abord, vous devez me dire ce que vous avez fait de mes frères.

— Je vais parfaitement bien. Sortez d'ici, maintenant.

— C'est faux. Il faut que vous alliez à l'hôpital.

Bernice s'essuya le front. Le couteau tremblait dans sa main.

— Non. Laissez-moi tranquille. Je…

Elle s'interrompit de nouveau, incapable de finir sa phrase.

— Il faut vous rendre immédiatement à l'hôpital. Autrement, vous allez mourir, assena Pia.

Elle avait ressenti une explosion identique, quoique moins insoutenable, en aidant le Dr Hudson avec une patiente. Une femme d'un certain âge était venue le voir en consultation en proie à la plus atroce des migraines, dans l'espoir d'obtenir un médicament qui apaiserait la douleur. Elle avait la même attitude et les mêmes symptômes que Bernice. Le Dr Hudson l'avait aussitôt emmenée à l'hôpital, mais la femme était morte d'une hémorragie cérébrale plus tard dans la journée. La même chose était en train d'arriver à Bernice, mais plus rapidement encore.

— Sottises, lança Bernice d'un ton coupant. Je suis simplement…

— Ç'a été une trop grande émotion pour vous de vous faire prendre. Un vaisseau s'est rompu dans votre tête. Je l'ai senti, chuchota Pia.

Bernice porta une main mal assurée à sa tempe et voulut répondre, mais sa bouche se tordit et elle lâcha le couteau. Manquant son pied de peu, la lame acérée s'enfonça dans le plancher tandis que le bras de Bernice retombait pour pendre mollement le long de son corps. Puis elle tomba à genoux et laissa échapper un grognement étouffé, comme la plainte d'un animal blessé.

Pia s'empara du couteau et le confia à Finn, qui la scruta avec inquiétude pendant que Rebecca assistait à la scène d'un air aussi effrayé que fasciné.

— Avez-vous mal à la tête ? demanda Pia à Bernice.

Bernice acquiesça. La peur se lisait dans ses yeux injectés de sang. Elle grimaça et de la salive s'accumula aux commissures de ses lèvres tandis qu'elle s'affalait au sol et se roulait en boule.

— Dites-moi ce que vous avez fait de mes frères et j'enverrai Rebecca chercher de l'aide.

Au prix d'un effort considérable, Bernice tourna la tête vers elle.

— Je les ai mis dans un train, marmonna-t-elle.

Pia jura entre ses dents. Pour la première fois de sa vie, elle pria pour que Bernice mente. Autrement, jamais elle ne retrouverait Ollie et Max.

— Où allait ce train ?

— Je ne sais plus. C'était marqué dans le carnet, ajouta-t-elle avec un rictus cruel.

— Je ne vous crois pas, répondit Pia.

Bernice serra les dents et ferma les yeux, en proie à une douleur intense.

— Dites-moi où ils sont, ou nous vous laissons mourir.

— Je ne vais rien vous dire du tout… Je suis prête à partir… J'attends depuis des années d'être avec mon fils… mon Wallis chéri…

Pia se figea. C'était comme si ses poumons venaient de se vider de leur oxygène. Bernice ne confesserait pas. Elle désirait mourir. La panique s'empara d'elle. Comment faire peur à quelqu'un qui n'avait rien à perdre ?

— Je devrais peut-être aller chercher de l'aide, hasarda Rebecca.

Bernice rouvrit les yeux et la fusilla du regard.

— Non. Je veux… mourir…

Pia ne savait pas quoi faire. Menacer Bernice ne servait à rien. Elle devait tenter autre chose.

— Finn, Rebecca, allez prévenir la police qu'une femme doit tout de suite se rendre à l'hôpital. Demandez-leur d'envoyer une ambulance !

— J'y vais, dit Finn avant de sortir en trombe de l'appartement.

Pia s'agenouilla auprès de Bernice et amena son visage tout près du sien.

— Rebecca a vu Ollie et Max avec un couple de personnes âgées. Qui sont-ils ? Vos parents ? Vivent-ils dans l'immeuble ?

Pas de réponse.

— Où sont les jumeaux ? insista Pia. Si vous ne me répondez pas, je ne vous laisserai pas mourir. Vous irez à l'hôpital et les médecins vous sauveront, sauf que vous ne pourrez plus jamais parler ou marcher. Dites-moi la vérité, ou vous allez devoir attendre très longtemps avant de retrouver votre fils.

— Pia… tu n'es pas certaine que ces bébés étaient tes frères, tempéra Rebecca d'une voix douce.

Pia lui lança un regard mauvais, dévorée par un mélange de frustration et de chagrin. La terreur lui nouait le ventre. Si Bernice mourait, tout était perdu. Elle était la seule personne au monde à savoir où se trouvaient ses frères.

— Si, je le suis, répliqua Pia. C'étaient eux. J'en suis sûre. Tu as dit toi-même qu'ils avaient l'air d'être jumeaux. Elle les a pris et elle va me dire où ils sont.

Elle se tourna vers Bernice, mais c'était trop tard.

Elle était déjà morte.

Quand Finn revint accompagné d'un policier, Pia et Rebecca étaient dans le hall de l'immeuble. Rebecca était assise sur un banc en fer forgé, tête basse, les yeux rivés au sol. Les cheveux en bataille, elle avait le visage rouge, les joues baignées de larmes. Finn les examina sans comprendre. Pia lui lança un regard d'avertissement pour lui indiquer de jouer le jeu.

— Je suis navrée, monsieur l'agent, commença-t-elle. C'était une fausse alerte. Elle se sent beaucoup mieux, grâce au ciel. N'est-ce pas, Rebecca ?

Rebecca releva la tête et acquiesça.

— Oui, murmura-t-elle faiblement. Je suis désolée d'avoir fait tant d'histoires.

L'homme s'agenouilla devant elle.

— Êtes-vous sûre que ça va, mademoiselle ? Ce jeune homme avait l'air de dire que c'était une urgence. Je peux vous emmener immédiatement à l'hôpital si vous le souhaitez.

— Non, je vais bien, monsieur l'agent. J'étais très étourdie il y a quelques minutes, mais ça va beaucoup mieux, je vous assure.

— Elle se remet à peine d'une infection puerpérale, expliqua Pia. Et elle a eu des vapeurs récemment.

Le policier se redressa, les sourcils froncés.

— Je vois.

Puis il examina Finn, le torse bombé, un pouce passé dans la boucle de sa ceinture.

— Je comprends que vous vous fassiez beaucoup de souci pour elle, fiston, mais la prochaine fois, assurez-vous bien qu'il s'agit d'une urgence avant de faire intervenir les forces de l'ordre.

Finn lui adressa un hochement de tête contrit.

— Oui, monsieur l'agent. Désolé de vous avoir dérangé.

— Vous habitez tous dans l'immeuble ? demanda l'officier.

Rebecca se mit à secouer la tête alors que Finn et Pia acquiesçaient. Se rendant compte qu'elle contredisait les autres, Rebecca s'empressa de les imiter. Pia déglutit péniblement. Et si ce petit mensonge mettait la puce à l'oreille du policier ? Il y avait un cadavre à l'étage. Et même si Bernice aurait très certainement fini par succomber à la même maladie, Pia avait sans doute accéléré le processus. Expliquer qu'ils étaient là au moment de sa mort, mais qu'ils n'avaient encore prévenu personne ne serait pas une mince affaire.

— Peut-être devriez-vous ramener votre amie dans son appartement afin qu'elle puisse se reposer, conseilla le policier à Pia.

— Oui, monsieur l'agent. Merci beaucoup d'être venu.

L'homme inclina son képi.

— Pas de problème. Bonne soirée.

Après son départ, Finn se tourna vers Pia, les yeux écarquillés.

— Bon sang de bon Dieu, qu'est-ce que c'était que ce cirque ? Qu'est-ce qui s'est passé ?

— Bernice est morte, murmura Pia.

— Bonté divine. Est-ce qu'elle t'a dit quelque chose avant de…

— Non. Rien du tout.

Pia tourna les talons et se dirigea vers l'escalier.

— Où vas-tu ? demanda Finn.

— Fouiller l'appartement, répondit-elle en grimpant les marches quatre à quatre.

Sa détermination dut surprendre Finn et Rebecca autant qu'elle les motiva, car, au lieu de protester, ils la suivirent sans un mot.

De retour chez Bernice, Finn étendit une couverture sur le cadavre avant de se rendre dans la chambre pour la passer au peigne fin en quête d'un indice qui attesterait de la présence des jumeaux. Pia examinait la cuisine en contournant le corps de Bernice et en tentant d'ignorer sa peur qu'elle revienne d'entre les morts et lui saute dessus. Ses gestes étaient ralentis par les courbatures et les coups hérités de sa chute et de son corps à corps avec Bernice, mais aussi par le chagrin. La seule personne au fait de ce qu'il était advenu de ses frères n'était plus là. Il faudrait un miracle pour les retrouver, désormais. Mais Pia n'était pas encore prête à jeter l'éponge.

Après avoir inspecté chaque coin et recoin, parcouru chaque carnet, chaque lettre et chaque carte, ils durent se résigner. Aucun document, aucun vêtement, aucun jouet ni photographie ne semblait indiquer que les jumeaux étaient passés par là. Tandis que Finn remettait la couverture dans la chambre, Pia fixa le corps inerte de Bernice en se demandant si elle était enfin là où elle avait rêvé d'être depuis si longtemps : au paradis avec son fils. Cela semblait aussi injuste qu'improbable après tout ce dont elle s'était rendue coupable, mais Pia ne savait plus que croire.

Quand Finn ressortit de la chambre, ils quittèrent l'appartement et restèrent plantés dans le couloir, à tenter de décider de la prochaine étape.

— Nous devons prévenir quelqu'un de son décès, dit Finn.

— Et nous le ferons, mais pas tout de suite, répondit Pia. Je veux chercher encore. Un voisin la connaît forcément. Quelqu'un a bien dû voir les jumeaux.

— Et quand on va nous demander ce qui lui est arrivé, que dirons-nous ? s'enquit Rebecca.

— Que nous étions venus lui rendre visite et qu'elle s'est écroulée. Ce qui est vrai, ajouta Pia. Mais quand nous irons à la police, nous devons nous assurer de ne pas parler au même agent que celui que Finn a amené tout à l'heure.

Pia se dirigea vers la porte voisine et leur fit signe de l'accompagner.

— Je ne peux pas, annonça Rebecca. Je suis désolée, mais si je ne suis pas de retour à Saint-Vincent avant le couvre-feu, ils ne me laisseront pas rentrer.

— Ça ne fait rien. Merci de m'avoir aidée.

— Je t'en prie. À vrai dire, j'avais vraiment envie qu'elle se fasse arrêter pour qu'elle paie après tout ce qu'elle a fait.

— Moi aussi, déplora Pia.

— Tu me diras si tu as retrouvé tes frères ?

— Bien sûr.

Rebecca leur adressa un petit signe de la main et descendit l'escalier. Après son départ, Pia s'apprêtait à frapper à la porte de l'appartement adjacent à celui de Bernice quand Finn l'interrompit.

— Attends.

Elle se tourna vers lui.

— J'ai une question à te poser, mais je voulais attendre qu'on soit seuls.

— Je t'écoute.

— Quand on était avec Bernice… qu'est-ce que tu as voulu dire quand tu as dit que tu avais senti que quelque chose s'était rompu dans sa tête ?

Pia soupira. Elle avait espéré qu'il n'avait pas entendu. Elle lui devait une explication, mais pas ici et pas maintenant.

— Je t'expliquerai plus tard, d'accord ? Je te le promets.

— D'accord. Qu'est-ce que tu comptes dire aux voisins ? Tu ne peux pas leur raconter ce qui s'est passé.

— Non. Mais de toute façon, nous n'avons rien fait de mal. Elle allait mourir dans tous les cas.

— Mais on aurait pu l'aider. Aller chercher des secours plus tôt.

— C'est vrai, mais je pense sincèrement que ça n'aurait fait aucune différence. C'est arrivé trop vite. De plus, tu as entendu ce qu'elle a dit. Elle voulait rejoindre son fils.

Les yeux remplis de larmes de tristesse et de frustration, Pia détourna le regard. Elle avait échoué dans sa mission de prendre soin de ses frères et dans celle de faire payer Bernice pour ses méfaits. Et désormais, Finn la prenait probablement pour une folle sans cœur.

— Ça va, Pia ?

Elle hocha la tête et serra les dents. Puis elle frappa à la porte.

À l'intérieur, une voix masculine cria quelque chose qu'elle ne comprit pas. Des pas se rapprochèrent, le verrou cliqueta et la poignée tourna. Un vieil homme avec une imposante moustache grise se tenait sur le seuil. Une forte odeur de tabac à pipe et d'oignons frits se répandit dans le couloir. Il les fixa d'un air suspicieux à travers ses épaisses lunettes.

— Oui ?

— Nous sommes navrés de vous déranger, mais nous sommes à la recherche de quelqu'un. Puis-je vous poser quelques questions ? demanda Pia.

Il balaya le couloir du regard avant d'acquiescer.

— Je vous écoute.

— Connaissez-vous votre voisine ?

— Laquelle ?

— L'infirmière Wallis, répondit Pia.

— Bernice Groves, répondit Finn en même temps qu'elle.

Pia lui lança un regard nerveux.

— L'infirmière, répéta-t-elle. Vous la connaissez bien ?

L'homme remonta ses lunettes sur son nez, les sourcils froncés.

— Qu'est-ce qui se passe ? J'ai cru entendre crier chez elle un peu plus tôt. Est-ce que tout va bien ?

Pia réfléchit. Cet homme ne soupçonnait sans doute pas sa voisine de palier d'être une criminelle. Et s'ils étaient amis ?

— Puis-je vous demander depuis combien de temps vous vivez ici ?

— Depuis que ma femme et moi nous sommes mariés, il y a quarante ans. Mais quel est le rapport avec…

— Vous rappelez-vous avoir vu deux petits garçons avec elle ? interrompit Pia.

L'homme secoua la tête et referma très légèrement la porte. Face à ce geste, le cœur de Pia s'emballa. Il était au courant de quelque chose.

— Je ne m'en souviens pas. Pourquoi n'allez-vous pas lui poser la question directement ?

— Nous avons frappé chez elle, mais elle n'a pas répondu, intervint Finn.

Pia referma ses bras autour d'elle pour faire mine de réprimer un frisson.

— Pourrions-nous entrer un instant ? Il fait froid dans le couloir.

L'homme regarda par-dessus son épaule.

— Je suis désolé, mais ma femme et moi étions sur le point de passer à table et le dîner va refroidir. Je ne sais pas pour vous, mais je déteste manger de la soupe tiède.

Il rit dans une tentative d'avoir l'air amical et badin, mais son sourire semblait forcé. Pia sourit à son tour et s'approcha d'un pas.

— Peut-être que votre épouse pourrait nous aider ? Parfois, les femmes ont meilleure mémoire, surtout quand il s'agit d'enfants.

L'homme fronça les sourcils et leva une main.

— Elle ne se sent pas bien, et je doute que nous puissions vous être utiles de toute façon. À présent, si cela ne vous fait rien, je ferais mieux de…

— Qui est-ce, mon chéri ? demanda une voix derrière lui.

Une femme apparut sur le seuil. Elle sourit à Finn et à Pia tout en essuyant ses mains sur son tablier. Elle était menue, avec des cheveux gris fins et un visage rond.

— Je ne sais pas qui sont ces gens, lui dit l'homme. Ils ont posé des questions sur les jumeaux.

À la seconde où les mots franchirent ses lèvres, il grimaça. Les cheveux dans la nuque de Pia se hérissèrent.

— Alors vous savez de qui je parle.

L'homme fixa sa femme, dépité. Elle lui tapota le bras comme pour le consoler et adressa un sourire triste à Pia.

— Je suis navrée. Mon mari perd légèrement la tête à son âge. Dites-moi en quoi nous pouvons vous être utiles.

— De qui parlait votre époux lorsqu'il a dit *les jumeaux* ?

La femme haussa les sourcils. Un peu trop haut au goût de Pia.

— Je ne sais pas. Peut-être avez-vous mentionné des jumeaux dans la conversation ? Il s'emmêle facilement les pinceaux, vous savez.

— Je n'ai rien mentionné du tout, répondit Pia en tentant de garder son calme. Mais mes frères jumeaux ont disparu alors qu'ils étaient bébés. Et j'ai des raisons de croire que votre voisine les a enlevés après que ma mère est morte pendant l'épidémie de grippe espagnole.

La femme se décomposa. Elle dévisagea Pia d'un air incrédule, la mâchoire serrée. Était-elle choquée ou en colère ? C'était impossible à dire.

— Une amie à moi l'a aperçue avec eux, continua Pia. Elle m'a raconté qu'un couple plus âgé les avait emmenés dans une poussette. Vous souvenez-vous d'avoir croisé Bernice avec des jumeaux ?

— Je suis navrée, mais je ne connais personne du nom de Bernice. Peut-être vous êtes-vous trompée d'immeuble, rétorqua la femme d'une voix dure.

— Elle voulait dire l'infirmière Wallis, intervint Finn.

Le couple échangea un regard où se mêlaient la confusion et ce qui ressemblait à de la peur.

— Je parle bien de votre voisine, l'infirmière Wallis. Sauf que son vrai nom est Bernice Groves.

L'homme secoua la tête et riva au sol ses yeux soudain humides, une expression indéchiffrable sur le visage. La femme lui prit la main et un masque de tristesse couvrit ses traits. Elle plongea son regard dans celui de Pia, comme si elle y cherchait une réponse.

— Elle nous a brisé le cœur, finit-elle par lâcher dans un murmure.

L'homme hocha la tête et renifla.

— Comment ça ? demanda Pia.

— Ces enfants étaient comme nos petits-fils.

Pia retint son souffle. Elle avait l'impression d'avoir été frappée par la foudre. Si Finn n'avait pas été à côté d'elle pour la retenir, elle se serait écroulée. Ces gens connaissaient les jumeaux !

— Oui, enchérit le vieil homme. Le Seigneur ne nous a pas donné d'enfants. Alors quand elle a débarqué dans nos vies avec les garçons, nous avons pensé que nos prières avaient été entendues. Ils ont vécu avec nous un temps. Nous gardions les jumeaux pendant qu'elle partait travailler. Nous avons commencé à la considérer comme notre fille, mais ensuite…

— Nous n'avons jamais compris comment une mère pouvait laisser ses enfants aussi facilement, intervint la femme. Ni pourquoi elle refusait de nous dire où ils étaient, surtout en sachant combien nous les aimions. Mais si ce que vous affirmez est vrai, peut-être qu'elle ne tenait pas autant à eux que ce que nous croyions.

La joie qu'avait éprouvée Pia laissa place à un profond désespoir. Non. Cela ne pouvait pas être une nouvelle impasse. Les murs du couloir paraissaient se refermer sur elle, prêts à la broyer. Finn prit sa main dans la sienne et la serra.

— Vous ignorez où sont les garçons ? demanda Finn.

La femme dévisagea son mari d'un air interrogateur. Il hocha la tête.

— Vas-y, chérie. Dis-leur.

Chapitre vingt-huit

Pia

Ben et Louise Patterson invitèrent Finn et Pia à entrer. Ils s'installèrent dans le salon, Ben dans un fauteuil à bascule et Louise perchée sur le bord d'une ottomane. Pia et Finn étaient côte à côte sur le canapé. Louise leur avait offert du thé et des biscuits que Pia avait poliment déclinés. Entre l'angoisse de ce que les Patterson s'apprêtaient à lui révéler et l'image de Bernice étendue sur le plancher de l'autre côté du mur orné de portraits, d'un Notre Père confectionné en broderie et d'une étagère où trônait un vase rempli de plumes de paon, elle redoutait d'être malade d'un instant à l'autre. Les regards sombres des personnes sur les photographies semblaient la transpercer, comme s'ils savaient ce qu'elle avait fait et qu'ils la jugeaient.

— Un jour, elle est rentrée dans un état qui frôlait l'hystérie, commença Louise. Nous ne l'avions jamais vue comme ça.

Ben sortit sa pipe de la poche de sa veste et la prit en coupe dans sa main ridée comme il l'aurait fait avec un oisillon.

— Elle n'arrêtait pas de répéter qu'elle devait se débarrasser des jumeaux, qu'elle ne pouvait pas continuer comme ça.

Ben hocha la tête et glissa sa pipe entre ses dents avant de se mettre en quête de tabac.

— Elle disait qu'elle n'arrivait plus à s'occuper d'eux. Que c'était trop difficile et qu'elle allait les mettre dans l'un de ces trains pour orphelins.

Le ventre de Pia se tordit douloureusement. *Non. Dieu, pitié. Pas alors que je suis si près du but.*

— Elle disait que des gens dans l'Ouest étaient disposés à accueillir des enfants, intervint alors Ben. Que quelqu'un serait content d'avoir des jumeaux et qu'elle n'aurait plus à se faire de souci pour eux.

— Nous l'avons suppliée de nous les confier, mais elle a refusé, expliqua Louise. Nous lui avons même offert de l'argent, mais elle n'en a pas voulu. En tout cas au début.

— Alors nous avons doublé la mise, avoua Ben en fourrant sa pipe avant de l'allumer.

— Et alors ? demanda Pia.

— Elle a pris l'argent en échange de la promesse qu'ils resteraient à Philadelphie. Mais elle a tout de même refusé de les laisser avec nous. Et nous devions nous engager à ne pas essayer de les retrouver.

Pia se mordit la lèvre pour ne pas crier. Les Patterson étaient le seul lien avec Ollie et Max, et ils avaient eu la gentillesse de les inviter à entrer et de répondre à ses questions, néanmoins elle ne parvenait pas à y croire.

— Comment saviez-vous qu'elle n'allait pas les déporter de toute façon ?

Louise haussa les épaules.

— Nous n'en savions rien.

Pia se leva et se mit à faire les cent pas, dévorée par la nervosité et la frustration.

— Alors vous n'avez pas la moindre idée de là où ils sont. Vous n'avez pas la moindre idée de ce que Bernice a fait d'eux.

Son intonation était dure, mais elle n'arrivait pas à s'en empêcher.

— Nous n'avons pas dit ça, nuança Ben.

Pia se tourna vers lui, la vue troublée par les larmes.

— Dans ce cas, que voulez-vous dire ? Parlez avant que je devienne folle, je vous en prie.

Chapitre vingt-neuf

Pia

Vêtue de sa robe en crêpe favorite et chaussée de talons hauts, Pia s'affairait autour de la table à manger des Hudson, disposant des serviettes pour chaque convive et ajustant les couverts. Après avoir passé l'après-midi en cuisine avec Mrs Hudson à peler des pommes de terre pour le pot-au-feu, à préparer des biscuits, à remuer la crème de tapioca à la canneberge et à surveiller les betteraves, elle s'était coiffée et avait mis un peu de rouge à lèvres et de fard à joues. Elle s'empara d'un verre qu'elle essuya, les mains tremblantes. À l'étage, les enfants jouaient au milieu des cris joyeux et des rires.

Elle tentait de ne pas se demander sans cesse si Ben et Louise parviendraient à tenir leur promesse, mais c'était mission impossible. S'ils n'y arrivaient pas, ce serait une immense déception. Mais dans tous les cas, elle n'était pas décidée à abandonner.

Quand elle avait dit aux époux Hudson qui était réellement l'infirmière Wallis et les méfaits dont elle s'était rendue coupable, ils avaient été choqués et horrifiés. Le Dr Hudson avait promis d'en informer les orphelinats et les foyers, dans l'espoir qu'ils soient plus vigilants à l'avenir. Il s'était également entretenu avec la police, après qu'une autopsie avait prouvé que Bernice avait été victime d'une importante hémorragie cérébrale, afin de s'assurer que sa dépouille était confiée à la maison funéraire la plus proche. Les Patterson avaient offert de prendre à leur charge les frais de l'enterrement, car elle n'avait à leur connaissance pas de famille, et aussi parce qu'en dépit de ses actions elle avait été comme une fille pour eux. Louise affirmait que c'était possible d'aimer quelqu'un malgré ses défauts, mais Pia n'était pas sûre qu'une personne telle que Bernice mérite d'être aimée. Non seulement elle avait kidnappé impunément Ollie et Max, mais elle avait vendu des enfants. Sans compter qu'elle était si débordante de haine qu'elle avait déporté des enfants parce qu'ils étaient immigrants. Certains actes étaient trop diaboliques pour être pardonnés. Néanmoins, Mutti disait toujours que Dieu rendait un jugement dernier pour tous, alors peut-être que Bernice avait eu ce qu'elle méritait dans tous les cas.

— Tu es très élégante, dit une voix derrière Pia.

Elle sursauta et manqua lâcher le verre avant de faire volte-face. C'était Finn, habillé d'une nouvelle veste et d'un pantalon fraîchement repassé. Il était rasé de près, ses cheveux ramenés en arrière dégageant son beau visage.

— Tu m'as fait une de ces peurs, le réprimanda-t-elle en lui fouettant le bras avec la serviette de table.

Il attrapa la serviette et attira Pia à lui avec un grand sourire.

— Je n'ai pas fait exprès.

— Et si j'avais fait tomber le verre ?

— Je l'aurais rattrapé.

— Ha ha. Très drôle. Je suis sur le point d'avoir des vapeurs et toi, tu fais des blagues. Imagine si j'avais dû nettoyer un fatras d'éclats de verre par-dessus le marché ?

Il ramena délicatement une mèche de cheveux derrière l'oreille de Pia.

— Essaie de te détendre. Inutile de te mettre dans un état pareil.

Elle soupira et posa une main sur son bras. C'était merveilleux, après tout ce temps, d'être enfin en mesure d'apprécier le contact humain. Elle était étonnée de constater à quel point cela pouvait être agréable. Par chance, lorsqu'elle avait expliqué à Finn ce que le Dr Hudson surnommait son sixième sens, il n'avait pas pris peur. Il avait même affirmé qu'il la trouvait courageuse d'utiliser son don pour aider d'autres gens. D'après lui, cela ne faisait que prouver ce qu'il avait toujours su : Pia était spéciale.

— Et s'ils ne viennent pas ?

— Ils viendront.

— Comment peux-tu en être aussi sûr ?

— Parce que Mr et Mrs Patterson ont dit que c'étaient des gens très gentils. Je suis certain qu'après avoir appris ce qui s'est passé, ils vont venir.

— Ou alors ils vont quitter la ville.

— Ils ne feront pas une chose pareille.

— Et s'ils ne m'aiment pas ?

— Ne sois pas sotte. Bien sûr qu'ils t'aimeront bien. Comment peut-on ne pas t'aimer ?

À ce moment, le Dr Hudson et sa femme entrèrent dans la pièce, elle en robe deux-pièces bleue et lui en costume gris sur mesure. Le Dr Hudson s'était laissé pousser la barbe, de telle sorte que Pia trouvait qu'il ressemblait à un Viking. Sur ses tempes, ses cheveux avaient commencé à grisonner. Mais même avec quelques mèches poivre et sel et des rides, les Hudson continuaient de former un couple magnifique.

— Est-ce que tout est prêt ? s'enquit Mrs Hudson.

— Je crois que oui, répondit Pia.

Le Dr Hudson se pencha dans le couloir et appela en direction du premier étage :

— Venez, les enfants ! Descendez pour attendre nos invités.

Un bruit de cavalcade résonna dans l'escalier puis dans le couloir, ponctué de cris et d'éclats de rire. Sophie apparut en premier, son nœud blanc de travers dans ses cheveux. Puis Margaret et Elizabeth arrivèrent, leurs tresses retenues par des rubans assortis, les volants de leurs robes sens dessus dessous. Cooper les suivait, un bandeau d'Indien à plume autour de la tête, un arc et une flèche dans les mains. Mrs Hudson s'esclaffa et leva les yeux au ciel avant de lui prendre son déguisement pour aller le ranger. Pia recoiffa Sophie et ajusta la mise de ses sœurs.

Soudain, la sonnette retentit et elle se figea.

Cooper voulut aller dans l'entrée, impatient de voir qui était là, mais le Dr Hudson le retint par le col.

— Je vais ouvrir, jeune homme.

Mrs Hudson s'empressa de ranger l'arc, la flèche et le bandeau dans le buffet et ordonna aux enfants de s'asseoir.

— Je veux que vous soyez d'une sagesse exemplaire, dit-elle. Pia attend une visite très importante et je refuse que vous semiez la pagaille.

— Oui, mère, répondirent-ils tous à l'unisson.

Le cœur battant, Pia lança un regard nerveux à Finn, qui lui prit la main et la serra.

— Ne t'inquiète pas. Ils auront pris la bonne décision, je le sais.

Elle tenta de sourire pour lui témoigner sa gratitude, mais ses lèvres tremblaient. Elle avait toutes les peines du monde à ne pas pleurer. La voix du Dr Hudson résonna, ainsi que celle d'une femme. Pia se redressa et serra les dents. Et si c'était seulement Mrs Patterson venue s'excuser ? Le Dr Hudson ne tarda pas à revenir. Quand Pia vit qui l'accompagnait, ses épaules s'affaissèrent.

Rebecca se tenait sur le seuil, un sac en papier brun dans les mains.

— J'ai acheté des friandises pour les enfants, annonça-t-elle.

Pia la rejoignit, prit le sac et l'invita à entrer dans la salle à manger.

— C'est très gentil à toi, merci.

— Où sont-ils ? demanda Rebecca.

— Ils ne sont pas encore là.

— Es-tu sûre qu'ils vont venir ?

— Je ne suis sûre d'absolument rien.

Rebecca étreignit chaque enfant un par un et gratifia Cooper d'un baiser supplémentaire sur la joue, qu'il frotta en fronça les sourcils. Rebecca rit et lui ébouriffa les cheveux avant d'aller se placer à côté de Finn.

Pia avait été choquée quand Mrs Hudson avait autorisé Rebecca à rendre visite à Cooper après avoir découvert qu'il était son fils, mais les Hudson étaient les meilleures personnes qu'elle connaissait, après tout. Cooper ne devrait jamais apprendre que Rebecca était sa mère, naturellement, mais cette dernière était folle de gratitude de simplement le voir. Les Hudson avaient même accepté qu'elle vienne pour ses anniversaires et lors des fêtes, occasions au cours desquelles ils la traitaient comme une amie de longue date. Leur générosité émerveillait Pia et lui donnait l'espoir que d'autres êtres aient un cœur aussi généreux.

— Qui vient, déjà ? demanda Sophie. J'ai oublié.

— Pourquoi a-t-on dû mettre nos beaux habits ? Mon col me gratte, geignit Elizabeth.

— Calmez-vous, les filles. Attendez et vous verrez.

Pia examina les visages qui l'entouraient, le cœur débordant de gratitude et d'amour pour chacun. Elle n'en revenait pas qu'ils soient tous réunis, prêts à l'aider et à prendre soin d'elle quoi qu'il arrive. Les époux Hudson avaient été formidables avec elle pendant toutes ces années ; Finn était parvenu à rentrer à la maison ; et enfin, avec le concours de Rebecca, elle avait percé le mystère de ce qui était arrivé à Ollie et Max. Plus important encore, elle avait eu la confirmation indubitable qu'ils étaient en vie. Peut-être que cela aurait dû suffire. Peut-être en demandait-elle trop. Peut-être que chaque être humain ne disposait que d'un certain nombre de prières pouvant être exaucées et qu'il ne lui en restait plus.

Lorsque la sonnette retentit de nouveau, Pia faillit pousser un cri. Cette fois, elle était si fébrile qu'elle ne résista pas à la tentation de suivre le Dr Hudson dans l'entrée. Elle le dépassa, retint son souffle et ouvrit la porte en grand.

Mr et Mrs Patterson se trouvaient sur le perron. Ils tenaient par la main deux jeunes garçons, dont chacun avait un camion en bois. Un couple les accompagnait, qui fixait Pia d'un air nerveux.

Pia se sentit vaciller et la panique l'envahit à l'idée de perdre connaissance. Elle agrippa l'encadrement de la porte d'une main et porta l'autre à sa tempe. Un bruit sonore résonna dans sa tête, en même temps qu'elle entendait le vent qui bruissait dans les feuilles des arbres et le pépiement des oiseaux.

Elle aurait reconnu les garçons n'importe où.

Elle s'accroupit devant eux et leur sourit en essayant de ne pas pleurer. Elle avait envie de les serrer dans ses bras, de les embrasser, de leur dire combien elle était désolée, mais elle risquait de les effrayer. C'était trop tôt.

— Bonjour, vous deux, lança-t-elle d'une voix mal assurée. Comment vous appelez-vous ?

Ils la dévisagèrent de leurs yeux bleu cobalt. Les yeux de Mutti.

— Mason, répondit celui de gauche.

— Owen, annonça l'autre. Papa dit que c'est moi le plus vieux.

Pia se redressa et examina la femme qui la scrutait de son côté. Elle semblait un peu plus jeune que son mari. Elle avait des cheveux roux chatoyants, les joues roses et l'air avenant.

— Bonjour, lui dit Pia avec un hochement de tête qui indiquait qu'elle reconnaissait les jumeaux.

La femme acquiesça et ses yeux se remplirent de larmes.

— Je m'appelle Prudence et voici mon époux, Marshall.

Pia leur offrit un sourire aussi tremblotant que ses jambes. C'étaient donc eux qui avaient recueilli ses frères, qui les avaient aimés et s'étaient occupés d'eux, et qui avaient eu la gentillesse de bien vouloir parler au couple âgé qui les avait abordés un jour dans un parc. C'étaient eux qui avaient accepté que le couple âgé vienne au parc de jeux tous les dimanches avec des gâteaux et des jouets, qui avaient accepté leur offre de les aider à prendre soin des enfants. C'étaient eux qui avaient écouté le couple âgé raconter leur tristesse de ne pas être parents et leur avaient ouvert la porte de leur maison et de leur famille pour partager des dîners et l'amour de leurs fils adoptifs. Et c'étaient eux qui, en se présentant ici aujourd'hui, prouvaient qu'ils avaient de la place pour accueillir une personne de plus dans leur cœur.

— Jamais je ne pourrai assez vous remercier d'être venus, dit Pia.

Prudence et Marshall lui rendirent son sourire. Les mots étaient superflus. Elle lisait l'acceptation dans leurs regards. Prudence s'agenouilla à côté des jumeaux.

— Les garçons. J'aimerais vous présenter Pia, votre grande sœur.

Les garçons sourirent joyeusement à Pia, dévoilant des trous là où des dents de lait étaient déjà tombées.

— Est-ce qu'on peut rentrer pour jouer ? demanda Max.

Ollie brandit son camion en bois.

— Tu veux que je te montre mon nouveau jouet ? C'est Papy Ben qui l'a fabriqué pour moi.

La gorge nouée par l'émotion et le cœur sur le point d'exploser, Pia hocha la tête.

— Bien sûr. Entrez tous, je vous en prie.

Note de l'autrice

La grippe espagnole a déferlé en trois vagues, la première atteignant l'Amérique, probablement d'abord dans le Kansas, en mars 1918. Des soldats et des civils sont tombés malades dans la zone de la base de Fort Riley, et le virus s'est rapidement propagé à d'autres camps militaires et à d'autres villes portuaires, avant de se dissiper pendant l'été. Mais la grippe se déplaçait, embarquant dans les navires de guerre à destination de l'Europe et de l'Asie. À la fin de l'été, le virus a muté et un variant extrêmement virulent a embarqué sur les mêmes bateaux que ceux qui l'avaient emmené en Europe, pour toucher terre à Boston en septembre. Il a débarqué au sein de la base maritime et du chantier naval de Philadelphie le 18 septembre. Dès le lendemain, six cents marins étaient malades et les hôpitaux commençaient à recevoir des patients.

J'ai choisi Philadelphie comme toile de fond pour *Les Orphelins de Philadelphie*, car l'épidémie a frappé la ville avec une dureté exceptionnelle après le défilé qui avait rassemblé deux cent mille personnes dans les rues le 28 septembre 1918. À la suite de cela, plus d'un demi-million d'habitants dans une métropole qui en comptait près de deux millions ont contracté la maladie au cours des six mois qui ont suivi et plus de seize mille y ont succombé. Alors que la grippe gagnait du terrain, les infirmières de Philadelphie ont bientôt été en nombre insuffisant ; les étudiantes et des volontaires ont rapidement été réquisitionnées. Les membres de la Société des infirmières à domicile de Philadelphie travaillaient nuit et jour, se rendant aux domiciles des milliers de personnes qui n'étaient pas en mesure de se rendre à l'hôpital. Bon nombre d'entre elles y ont laissé leur vie. Dans certains quartiers, les infirmières étaient acclamées comme des sauveuses, tandis que, dans d'autres, on les rejetait du fait de leurs blouses blanches et de leurs masques de gaze. Les témoignages de femmes en poste décrivent leur arrivée dans des foyers où tous les membres d'une même famille étaient morts ; d'autres où les parents avaient succombé et où les enfants se retrouvaient seuls et affamés. Lorsque la troisième vague eut fini de ravager la ville en 1919, plusieurs milliers d'enfants au bas mot étaient orphelins.

Si le courage de ces infirmières a inspiré le personnage de Bernice Groves, aucune n'a à ma connaissance profité des habitants de Philadelphie pendant l'épidémie en volant ou en vendant des enfants. Bernice est le pur fruit de mon imagination, à l'instar des autres personnages de ce roman. Dans l'intérêt de l'histoire, j'ai pris la liberté de déplacer le Foyer pour mères célibataires de Saint-Vincent dans l'ouest de Philadelphie dans le quartier de Tacony. Certains noms de rue ont également été modifiés.

Pendant l'écriture des *Orphelins de Philadelphie*, j'ai lu les ouvrages suivants : *People of the Plague*, de T. Neill Anderson ; *The 1918 Spanish Flu Pandemic*, de Charles Rivers Editors, et *The Great Influenza : The Story of the Deadliest Pandemic in History*, de John M. Barry. Je me suis également appuyée sur le site Internet de *The Encyclopedia of Greater Philadelphia*.

POUR EN SAVOIR PLUS

Influenza : The Last Great Plague, de William I. B. Beveridge

America's Forgotten Pandemic : The Influenza of 1918, d'Alfred W. Crosby

The Plague of the Spanish Lady : The Influenza Pandemic of 1918-1919, de Richard Collier

The Devil's Flu : The World's Deadliest Influenza Epidemic and the Scientific Hunt for the Virus That Caused It, de Pete Davies

A Cruel Wind : Pandemic Flu in America 1918-1920, de Dorothy A. Pettit

Remerciements

L'écriture d'un roman est une aventure bien solitaire, avec de très nombreuses heures passées en tête à tête avec le clavier. Une entreprise impossible à mener à bien sans les encouragements et le soutien des personnes qui ont toujours cru en moi. Une fois de plus, je suis enchantée de leur adresser mes remerciements les plus sincères, ainsi qu'à toutes celles et tous ceux qui m'ont épaulée et aidée tout au long de ce parcours parfois semé d'embûches.

En tout premier lieu, je tiens à remercier Louise Patterson d'avoir allumé l'étincelle qui a conduit à l'idée de ce livre. C'est ta suggestion qui m'a ouvert les yeux sur l'épidémie de grippe espagnole et sur les infirmières qui risquaient leur vie en venant en aide aux familles et aux enfants orphelins pendant cette période terrible. Tu as mon éternelle gratitude. Je suis également éperdument reconnaissante à ma grande amie Debbie Battista d'avoir partagé une histoire de famille impliquant des jumeaux qui a fini par inspirer mon récit. Merci d'avoir lu les premiers chapitres, merci pour ton enthousiasme sans bornes et merci pour ton soutien indéfectible et inconditionnel.

Un grand merci aux vendeuses et vendeurs de livres, aux libraires, à mes ami·e·s et aux lectrices et lecteurs en ligne qui ont joyeusement fait passer le mot concernant mon travail et font des réseaux sociaux un endroit aussi amusant. Andrea Preskind Katz, Nita Joy Haddad, Susan Peterson, Sharlen Martin Moore, Jenny Collins Belk, Barbara Khan, Kayleigh Wilkes, Lauren Blank Margolin, Melissa Amster, Kristy Barret, Tonni Callan, Lunda Levack Zagon, LuAnne Rowsan et ma camarade autrice Cathy Lamb. Si j'ai oublié qui que ce soit qui promeut mon travail, que ce soit en ligne ou dans le monde réel, j'espère que vous me pardonnerez. Je vous adore toutes et tous !

Merci à ma famille et à mes ami·e·s pour leur compréhension face à mon emploi du temps imprévisible et pour leur patience lorsque j'approche d'une date butoir. Si, parfois, vous n'avez pas de mes nouvelles, n'oubliez jamais que je vous aime ! Un remerciement tout particulier à ma sœur cosmique Barbara Titterungton et à mes grands amis Beth et Steve Massey, qui m'écoutent parler pendant des heures, me soutiennent quand j'ai besoin d'une dose supplémentaire d'encouragements et me traînent hors de ma tanière quand je n'arrive pas à voir qu'une pause est nécessaire. Comme toujours, mille mercis à toutes les personnes de ma communauté qui m'appuient de mille et une façons et répondent toujours présentes lors de chaque lancement dans notre petite librairie. Vous n'imaginez pas ce que vos sourires représentent pour moi. C'est ce qui fait que tout ce dur labeur en vaut la peine !

Je suis éternellement redevable à mon mentor William Kowalski, qui a cru en moi depuis le début et m'a appris à être romancière. Je suis si heureuse que nous nous soyons enfin rencontrés ! Merci à mon brillant agent et ami fidèle Michael Carr pour ses retours indispensables sur chaque ouvrage et ses précieux conseils pleins de sagesse concernant ma carrière. Que de chemin parcouru depuis ce premier e-mail que je t'ai envoyé ! Merci à mon merveilleux éditeur John Scognamiglio de faire du travail avec lui un plaisir, de m'aider à améliorer chaque livre et d'avoir toujours confiance en mes histoires. À toute l'équipe de Kensington, les mots me manquent pour exprimer ma gratitude pour tout ce que vous faites pour moi et pour tout le travail que vous effectuez pour publier mes romans : Steven Zacharius, Lynn Cully, Vida Engstrand, Alex Nicolajsen, Jackie Dinas, Kristine Mills et toutes celles et ceux qui réalisent des miracles en coulisses. Merci, merci. J'ai une chance folle de vous avoir à mes côtés ainsi que toute la famille Kensington.

Il va sans dire que je dois tout à l'amour inconditionnel de ma famille, en particulier ma mère adorée, Sigrid ; mon mari et meilleur ami, Bill ; mes enfants chéris, qui m'emplissent chaque jour de fierté, Ben, Shanae, Jessie et Andy ; et les inestimables petits êtres qui peuplent mon monde de rire et de joie, mes petits-enfants Rylee, Harper, Lincoln et Liam. Jamais je n'aurais cru pouvoir adorer autant que je vous adore. Le soleil se lève et se couche avec vous ! Merci pour tout votre amour et merci de croire en moi. Vous êtes et serez toujours tout pour moi.

Note d'Ellen Marie Wiseman à l'attention de ses lectrices et lecteurs

Chère lectrice, cher lecteur,

Alors que je finissais d'écrire *Les Orphelins de Philadelphie* l'année dernière[1], il était inconcevable qu'un autre puissant virus mette de nouveau le monde à genoux. Et pourtant… À l'heure où je rédige ces mots, les États-Unis recensent le nombre de cas le plus élevé au monde de Covid-19 et le taux d'infection explose.

À présent, en ce printemps 2020, quand je rends visite à mes petits-enfants, je leur fais signe par la fenêtre, mais je n'entre pas chez eux. Cela me fend le cœur de ne pas pouvoir les serrer dans mes bras ni les embrasser, particulièrement mon petit-fils de 3 mois qui change de jour en jour. Ma petite-fille de 8 ans pleure quand je m'en vais après que nous avons discuté et

1. En 2019 (note de l'éditeur).

échangé des sourires de part et d'autre de la vitre. Cela aide de savoir qu'elle pourra m'appeler en FaceTime un peu plus tard, voire plusieurs fois par jour si cela lui chante. Pendant l'épidémie de grippe espagnole de 1918, les grands-parents ne pouvaient pas s'offrir ce luxe ; ils ne possédaient aucun des appareils high-tech qui nous permettent de rester connectés pendant l'épidémie de Covid-19. Bien peu de gens disposaient d'un téléphone à l'époque, sans parler de la possibilité de prendre des nouvelles de leur famille *via* Zoom ou les réseaux sociaux. Ils ne pouvaient pas enchaîner les épisodes sur Netflix, jouer à des jeux vidéo ou passer des appels groupés sur leur portable. Désormais, même ma mère de 83 ans a appris à utiliser FaceTime afin que nous puissions nous voir.

Même si cela peut sembler évident, en tant que romancière professionnelle qui a consacré deux ans à effectuer des recherches afin de se plonger dans les existences des personnes touchées par la pandémie de 1918, c'est impossible de ne pas comparer la manière dont les dirigeants et les citoyens américains réagissent face à la crise actuelle. Cela me fait m'interroger sur ce que les historiens et les écrivains futurs raconteront à notre sujet lorsqu'ils se pencheront sur cette période. Admireront-ils notre volonté de nous montrer à la hauteur ? Trouveront-ils que nous étions plus résilients que nos ancêtres ? Concluront-ils que nous avons tiré les leçons du passé ou que l'histoire était destinée à se répéter ?

Avec pour toile de fond la pandémie de grippe mortelle qui a sévi en 1918, *Les Orphelins de Philadelphie* est à la fois un moyen de se remémorer « l'année de la mort oubliée » et de réfléchir sur ce que nous vivons en ce moment. Il s'agit de l'histoire d'une jeune immigrée allemande, Pia Lange, qui se bat pour réunir sa famille à une époque où davantage d'Américains mouraient chez eux et sur les trottoirs que sur les champs de bataille de la Première Guerre mondiale. C'est aussi l'histoire d'une mère en deuil, Bernice Groves, qui utilise sa haine des migrants comme une excuse pour briser des familles lorsqu'elles sont au sommet de leur vulnérabilité. J'espère que vous serez touché·e par la résilience, le courage et la détermination de Pia envers et contre tout, même quand la honte et la peur menacent de l'engloutir. J'espère également que l'histoire de Bernice rappellera à tou·tes que l'empathie est toujours le bon choix, qu'importe la race, la nationalité ou la religion.

Avec toute mon affection,
Ellen Marie Wiseman